Prolog

Bist du der Richtige?

Bist du es? Bist du derjenige, bei dem ich endlich ganz ich selbst sein kann?

Stell dir vor, du wärst dieser Mensch! Stell dir vor, du wärst jemand, bei dem ich mich einfach fallen lassen kann. Jemand, in dessen Gegenwart ich mir nicht ständig Gedanken darüber machen muss, ob ich alles unter Kontrolle habe. Stell dir vor, wie es wäre, wenn ich dir all die Seiten von mir zeigen könnte, die ich so sehr verabscheue; wenn du der eine Mensch auf der Welt wärst, der mich nicht kritisiert. Stell dir vor, ich müsste mich nicht dafür entschuldigen, wenn die Teile meiner Persönlichkeit, die ich nicht leiden mag, versehentlich zum Vorschein gekommen sind. Stell dir vor, du würdest mich einfach in die Arme nehmen, wenn ich mal wieder grundlos Angst bekomme. Du würdest mir über den Kopf streicheln, wenn ich einen Kater habe, statt mich zu verurteilen; du würdest mir morgens ungefragt einen Tee mit drei Stück Zucker bringen und die Handtücher immer genau so hinhängen, wie ich es bevorzuge. Stell dir vor, du wärst jemand, vor dem ich meinen Schwabbelbauch und meine Hängebrüste entblößen könnte, und du würdest mich nur noch mehr begehren. Stell dir vor, du würdest so tun, als bekämst du es nicht mit, wenn ich im Schlaf furze. Stell dir vor, du würdest mir kommentarlos eine neue Tafel Schokolade kaufen, nachdem ich all unsere Süßigkeiten-Vorräte in der Woche vor meiner Periode zum Frühstück gegessen habe. Stell dir vor, du wärst dieser Mensch.

Bist du derjenige, mit dem ich über alles reden kann, was mich traurig macht? Kann ich in deiner Gegenwart über all die Dinge weinen, die passiert sind, ohne mich dafür schämen zu müssen? Kann ich mich zusammen mit dir besaufen, ungehemmt dummes Zeug reden und Monologe über dieses eine Mädchen auf meiner Schule halten, das ich nie leiden konnte und das jetzt eine eigene Tortenmanufaktur via Facebook betreibt, die blöderweise richtig gut zu laufen scheint – ohne danach um zwei Uhr morgens mit klopfendem Herzen aus dem Schlaf zu schrecken, weil ich Panik habe, dich mit meinem wahren Selbst überfordert oder angewidert zu haben? Bist du dieser Mensch?

Ich blicke in seine wunderschönen großen Augen. Ich betrachte seine langen, dunklen Wimpern – die viel schöner sind als meine – und frage mich im Stillen: Bist du der Eine?

Er nimmt meine Hand, presst seine Lippen auf die pochende Vene an der Innenseite meines Handgelenks, und endlich – nach Sekunden, die sich wie ein ganzes Leben anfühlen – beugt er sich zu mir, um mich auf den Mund zu küssen.

Scheiße. Ich glaube, du könntest es sein.

I

Drei Monate zuvor

»Und dann sind wir mit seinem Hund spazieren gegangen, und es stellte sich raus, dass er keinen Kackbeutel dabeihatte.« Bei der Erinnerung an das erlebte Grauen ziehe ich instinktiv die Augenbrauen hoch. »Also mussten wir die Hundescheiße mit …« Ich mache eine dramatische Pause, um sicherzugehen, dass sie auch gut zuhören. » … mit einem *Kondom* aufsammeln.«

»O Gott.« Bibi beugt sich über mich, als sie sich die Hand vors Gesicht schlägt.

»Moment mal.« Louise, die auf meinem Schoß liegt, dreht den Kopf, um mich anschauen zu können. »Wie meinst du das?« Ihr hübsches Gesicht ist vor Verwirrung gefurcht. »Mit einem *benutzten?*«

»Nein, nein.« Beruhigend streichle ich ihren Arm. »Es war neu. Aber ja, er hat allen Ernstes ein brandneues Kondom ausgepackt, das er zufällig in der Hosentasche hatte, und die Kacke damit aufgesammelt – während ein paar alte Damen und ein Briefträger von der anderen Straßenseite aus vorwurfsvoll zugeschaut haben, damit wir das Häufchen auch ja ordentlich beseitigen.«

»Warum hatte er denn ein Kondom dabei?« Bibi hat immer noch die Hand vor dem Gesicht. »Dachte er, du würdest beim *Gassigehen* mit ihm Sex haben? Ist das der neueste Trend, oder so? Ist es mit dem Dating jetzt schon so weit gekommen?« Sie erschauert.

Wir drei liegen wie eine Art menschlicher Tausendfüßler auf meinem Bett. Bibi, unser Alphatier, sitzt in die Kissen gelehnt am oberen Ende. Ich habe meinen Kopf in ihren Schoß gebettet, und Louise wiederum liegt auf mir und zerquetscht meine Beine. Ihre Zehen ragen über die Bettkante. Es ist seltsam gemütlich und schön, mit geliebten Menschen so eng verbunden zu sein – vor allem, wenn man einen ganz entsetzlichen Kater hat, so wie ich gerade.

»Warum sind Kondompackungen eigentlich immer lila und metallic?«, grübelt Bibi laut, ehe sie die Fernbedienung nimmt und den Ton am Fernseher hochregelt. *BBC Breakfast* wird marginal lauter, ist aber vom Inhalt her immer noch so belanglos, dass man es mühelos ignorieren kann. »Glaubt ihr, ein paar Kondomhersteller haben mal in einem Marketing-Meeting gesessen, und irgendein junger Manager, der seinen großen Durchbruch witterte, hat sich über den Tisch gebeugt und mit eindringlicher Stimme gesagt: ›Ist schon mal jemandem aufgefallen, wie *sexy* lila glänzende Folie ist?‹«

»So wird es gewesen sein.« Ich nicke ernst. »Oh, hey, Bib, vielleicht solltest du dir einen Job im Kondom-Marketing suchen.« Bibi arbeitet momentan als Barfrau, aber bevor sie letztes Jahr entlassen wurde, war sie in der Werbeabteilung einer großen Firma tätig. Sie versucht seit Ewigkeiten, eine neue Stelle in der Branche zu finden, aber offenbar waren ihr langes Studium und der Abschluss in Psychologie nichts als teure Zeitverschwendung. Jetzt reicht es gerade mal für einen Job hinter der Theke. Die arme Bibi mit ihrem sinnlosen Studiendarlehen über 25.000 Pfund, das immer noch nicht abbezahlt ist.

In Wahrheit hätte ich mit achtzehn fast denselben Fehler gemacht. Ich habe ein Geschichtsstudium angefangen, es aber schon nach einem Semester geschmissen – nachdem ich mein Darlehen fürs ganze Jahr verpulvert hatte. Aber das ist nicht so schlimm, denn dieses eine Semester Geschichte, dessen Kosten ich immer noch abstottere, ist *total* nützlich für meine Arbeit als Eventplanerin, das kann ich euch sagen. Louise – eine Schauspielerin, die nie was zu tun hat und im Wesentlichen von Baked Beans lebt (wenn sie es mal richtig krachen lassen will, gönnt sie sich eine Scheibe Brot dazu) – verzieht nie eine Miene, wenn wir uns mal wieder über die Mahnungen beklagen, die man uns nur schickt, um uns zu verhöhnen. Wir sind Versager und Schmarotzer, das Produkt einer Elterngeneration, die alles umsonst bekommen und uns dazu ermuntert hat, es genauso zu machen wie sie – nur ohne den Drogenkonsum. Oder das Eigenheim, das man sich früher noch leisten konnte.

Aber klar, Boomer, kritisiert uns nur fleißig dafür, dass wir richtungslos durchs Leben dümpeln.

»Nee.« Ich spüre, wie Bibi die Achseln zuckt. »Ich glaube, Kondome sind passé. Wer benutzt die Dinger denn noch? Selbst Geschlechtskrankheiten machen mehr Spaß als Gummis. Da könnte ich genauso gut Werbung für CDs oder Floppy Disks machen.«

»Ist ›Floppy Disk‹ ein Euphemismus für irgendwas?«, murmle ich, als Louise sich aufsetzt und mir ihre Körperwärme entzieht. Auf einmal sind meine Beine ganz kalt und einsam.

»Glaubt ihr, Kondome sind umweltschädlich?« Sie macht ein besorgtes Gesicht. »Sie bestehen ja aus Kunststoff, ich kann mir nicht vorstellen, dass die so ohne Weiteres verrotten.«

Louise hat eine reine Seele. Sie bemüht sich redlich darum, ein guter Mensch zu sein, macht sich immerzu Gedanken um die Welt und die Gesellschaft, will lernen und lehren – obwohl sich Letzteres hauptsächlich darauf beschränkt, dass sie Sprüche rezitiert, die sie auf der Instagram-Seite der feministischen Autorin Florence Givens gelesen hat.

»Falls ja, dann ist Esther für einen großen Teil des Klimawandels verantwortlich.« Bibi kichert. »Man sollte auf dem nächsten G7-Gipfel ihr Sexleben zum Thema machen.«

Ich setze mich auf, damit ich sie anfunkeln kann. »Es ist nicht meine Schuld, dass Dating so eine Tortur ist. Ich habe nur Sex mit den Typen, weil die Dates so langweilig sind und es die Sache schneller zu einem Ende kommen lässt.«

Sie nickt zum Zeichen, dass sie diese Wahrheit akzeptiert, obwohl sie eigentlich nie mit Männern ausgeht. Bibi ist seit mehreren Jahren Single, aber das scheint ihr nichts auszumachen. Dieses Miststück ist doch allen Ernstes glücklich!

Das ist so unfair – vor allem weil es mir lange Zeit genauso ging. Früher hat es mich nicht gestört, Single zu sein.

»Ich habe auch jede Menge Kondome verbraucht, bevor ich Sven getroffen habe.« Louise wirkt immer noch nachdenklich. »Vielleicht sollte ich auf vegane Ernährung umstellen, um den CO_2-Abdruck meiner Vagina zu kompensieren? Ich muss mehr so werden wie Greta Thunberg.«

»Ach du Scheiße, bitte *nicht.*« Bibi lässt sich nach vorn sinken und vergräbt das Gesicht in meiner Bettdecke. Mir fällt ein, dass ich seit Ewigkeiten die Bettwäsche nicht mehr gewechselt habe.

»Ich weiß, dass sie superwichtig ist und all das.« Bibis Stimme wird von meinen muffigen Laken gedämpft. »Aber GOTT, stell dir nur mal vor, wie ätzend es wäre, wenn man näher mit ihr zu tun hätte. Niemand will mit Greta Thunberg *befreundet* sein.«

Ich nicke energisch. »Genau, Lou. Versuch das mit dem Veganismus, aber tu es, weil Beyoncé auch mal für eine halbe Minute lang vegan war, nicht, um ein besserer Mensch zu werden – langweilig.«

»Oh. Okay.« Aber ganz so einfach lässt sich Louise nicht beschwichtigen. Ich ziehe sie zurück in unsere Dreier-Umarmung, und sie fügt zögerlich hinzu: »Nachdem ich *Cowspiracy* gesehen habe, habe ich eine Woche lang kein Rindfleisch gegessen, das hat der Umwelt doch sicherlich auch ein bisschen geholfen, oder? Und Bacon esse ich nur, wenn ich einen richtig schlimmen Kater habe oder nach einem versemmelten Casting Trost brauche. Oder nach einem Streit mit Sven.«

Ich verkneife mir ein Augenrollen, denn in Wahrheit streiten sich die beiden nie. Dafür sind sie viel zu lieb.

Louise ist jetzt seit knapp drei Jahren mit Sven zusammen, und die beiden sind das schönste, entzückendste Paar, das man sich überhaupt vorstellen kann. Das sagt jeder.

Aber perfekt ist auch ihre Beziehung nicht, rufe ich mir ins Gedächtnis. Wir alle wissen, dass ihr Sexleben ziemlich öde ist und seine Blähungen, wenn er Zwiebeln gegessen hat, Louise nachts oft um den Schlaf bringen. Aber es herrscht eine unglaubliche Vertrautheit zwischen ihnen. Jedes Mal, wenn ich ins Wohnzimmer komme und die beiden auf diese zutiefst glückliche, innige Art und Weise kichern sehe, wie es nur Pärchen tun, die schon sehr lange zusammen sind, steigt ein eifersüchtiger Zorn in mir hoch, für den ich mich gleichzeitig hasse.

Natürlich freue ich mich für sie, und es ist schön, meine Freundin glücklich zu sehen, doch andererseits ärgert es mich auch, weil die beiden etwas gefunden haben, das für mich bislang unerreichbar war. Sie führen mir vor Augen, worauf ich verzichten muss, und das ist jedes Mal wie ein Schlag in die Magengrube.

»Du hast also mit ihm geschlafen und bist danach noch für einen Morgenspaziergang geblieben, willst aber definitiv kein zweites Date mit …« Bibi wechselt geschmeidig das Thema. Sie weiß von meinen negativen Gefühlen, was das Glück anderer betrifft. »Wie hieß er noch gleich?«

»Andrew«, sage ich. »Wobei – den Großteil unseres Dates hat er versucht, mich zu überreden, ihn And zu nennen.« Ich verziehe das Gesicht. »Nicht Andy oder Drew oder irgendeine andere gängige Abkürzung von Andrew – sondern *And*.«

»Stellt euch nur mal vor«, Bibi hat Mühe, sich ein Schmunzeln zu verkneifen, »wenn ihr neue Leute kennenlernt und sagt: ›Hi, wir sind Esther und And!‹ Versuch mal, das laut auszusprechen, ohne dabei einen Lachanfall zu kriegen.«

»Das ist kein Name, sondern eine englische Konjunktion!«, sage ich empört. »Aber du solltest den Mund lieber nicht zu voll nehmen, *Belinda*.« Ich sehe Bibi mit vielsagend erhobener Augenbraue an.

Sie lacht. »Falsch! Mein Name ist definitiv nicht Belinda.«

»Verdammt.« Ich drohe ihr mit der Faust. »Äh. Brianna?«

Sie schüttelt den Kopf.

Als sie vor ein paar Jahren bei uns eingezogen ist, hat sie den Fehler gemacht zuzugeben, dass Bibi bloß ihr Spitzname ist. Ihren echten Namen wollte sie uns nicht sagen, und seitdem versuchen wir, ihn zu erraten – bislang ohne Erfolg.

Louise schüttelt ebenfalls den Kopf und kuschelt sich noch enger an uns. Sie öffnet ihren riesengroßen Bademantel aus Waffelpiqué und hüllt mich darin ein. Ihr Duft ist warm und vertraut, und ich lasse mich ein bisschen von ihr bemuttern. Wo Bibi meine strenge Stimme der Vernunft ist, ist Louise mein emotionales Therapietier. »Es tut mir wirklich leid, Esty. Ich weiß, dass du große Hoffnungen in das Date gesetzt hattest.«

Gegen meinen Willen kommen mir die Tränen.

»Ich habe das so satt, Leute.« Ich benutze den Gürtel von Lous Bademantel, um mir über die feuchten Augen zu reiben. »Jedes Mal mache ich mir Hoffnungen, obwohl ich mir fest vornehme, es nicht zu tun. Obwohl ich weiß, dass es idiotisch ist, mich an diesen naiven Glauben zu klammern. Ich tausche ein paar Nachrichten mit einem Kerl aus, und auf dem Foto wirkt er auch total sympathisch, aber wenn ich ihm im echten Leben begegne, sieht er aus wie ein Psycho und benimmt sich auch so. Dann bin ich jedes Mal so enttäuscht und komme mir gleichzeitig unfassbar dumm vor. Ich kann das einfach nicht mehr.«

Bibi streichelt mich ungewohnt sanft durch den Stoff des Bademantels. Normalerweise ist sie nicht der Typ für offene Mitleidsbekundungen, es muss also wirklich schlimm um mich stehen. »Ach, Süße, du hattest in letzter Zeit aber auch eine Menge Pech mit Männern.«

»Ja, wirklich!«, sage ich. Ihr Mitgefühl ehrt mich. »Erinnert ihr euch noch an diesen einen Typen, der nicht aufhören konnte, meine Haare anzufassen? Oder an den Fußfetischisten, der sich die ganze Zeit beklagt hat, weil ich zum Date keine Sandalen trug? Oder an den Impfgegner, der mir Kühlschrankmagnete auf die Haut gelegt hat, weil er beweisen wollte, dass ich seit der COVID-Impfung magnetisch bin? Oder an diesen blöden Sack, der meinte, er müsste kein Gummi benutzen, weil Febreze ihn gegen Geschlechtskrankheiten immun macht?« Ich ziehe geräuschvoll die Nase hoch. »Und dann war da noch dieser eine, bei dem sich rausstellte, dass er im Netzwerk-Marketing arbeitet und Tinder nur dazu benutzt, um neue Kunden Schrägstrich Opfer zu finden.«

»Vergiss nicht den Mann, der keine fünf Minuten, nachdem du mit ihm nach Hause gegangen warst, einen Porno angemacht hat«, ergänzt Louise hilfsbereit.

»Wie könnte ich nur?«, seufze ich. »Ganz zu schweigen von den zwei Jahren, die ich dank der Pandemie verpasst habe.«

»Ich habe dir doch gesagt, du hättest zoomdaten sollen wie alle anderen auch.«

»Zoom-Dates sind sinnlos.« Wenn man sich nicht treffen kann, um nach einem deformierten Penis zu suchen, wozu dann monatelange Videochats? Außerdem fühlte sich Zoom nach Arbeit an.

Ich knetete meine Hände. »Ich mache alles so, wie es einem geraten wird: Ich suche *aktiv*. Ich bin *offen*. Ich probiere es auch mit Männern, die auf den ersten Blick nicht meinem Beuteschema entsprechen. Ich *schraube meine Ansprüche herunter*. Ich sage Ja zu einem zweiten Date, selbst wenn der Kerl einen gigantischen Scheißhaufen in unserer Kloschüssel abgesetzt hat, der sich nicht runterspülen lässt.«

Als ich das sage, horcht Louise auf. »Ich glaube, er ist schuld daran, dass die Spülung kaputtgegangen ist! Seitdem funktioniert sie nicht mehr richtig.«

»Das war echt ein Gewinner«, grummelt Bibi, doch davon lasse ich mich nicht beirren.

»Ich schwöre, wenn man neunundzwanzig ist, ändert sich beim Dating alles. Männer denken, man hat unglaubliche Angst davor, dreißig zu werden, und die biologische Uhr ist zu einer tickenden Zeitbombe geworden, deswegen lässt man sich die letzte Kackscheiße von ihnen gefallen. Das Traurigste daran ist, dass es sogar stimmt. Ich glaube, inzwischen würde ich mich sogar mit einer vier von zehn zufriedengeben, so groß ist meine Torschlusspanik.« Ich blinzle heftig und schaue meine zwei besten Freundinnen an. »Und dann mögen mich diese epischen Versager nicht mal leiden!«

Die beiden hören dieses Klagelied nicht zum ersten Mal, aber ich werde nicht müde, es zu singen, weil ich *weiß*, dass sie es nicht nachvollziehen können. Jedenfalls nicht wirklich. Bibi ist glücklich als Single, und Louise hat Sven. Die beiden können so oft den Kopf schütteln und mitleidig mit der Zunge schnalzen, wie sie wollen – sie haben einfach keine Ahnung, wie frustrierend es ist, ich zu sein. Sie wissen nicht, wie sehr ich mich dafür verachte, dass ich mich ohne Mann unvollständig fühle. Wie sehr ich es hasse, dass ich nicht selbstbewusst genug bin, um auch ohne feste Beziehung zufrieden zu sein. Sie können sich nicht vorstellen, wie sehr es mich wurmt, dass ich früher *gern* allein war. Dass ich es genossen habe, mit wechselnden Männern auszugehen, und über meine missglückten Dates lachen konnte. Sie wissen nicht, wie belastend die Erkenntnis ist, dass das letzte Jahr vor der großen Null etwas Entscheidendes in mir verändert hat. Dass der Anblick von Babys ein Ziehen in meinem Magen verursacht. Dass ich jedem älteren Paar nachschaue und mich frage, ob ich dazu verdammt bin, einsam zu sterben. Dass es mir körperliche Schmerzen bereitet, wenn ich sehe, wie alle meine Freundinnen einen Partner fürs Leben finden. Sie wissen nicht, dass ich mich bei *Dinner Date, Take Me Out, First Dates, Married At First Sight, The Guardian's Blind Date* und in einem Moment der Verzweiflung sogar bei *Love Island* beworben habe.

Manchmal wünsche ich mir, ich könnte einen kurzen – einen ganz klitzekleinen! – Blick fünf Jahre in die Zukunft werfen. Wenn ich nur sehen könnte, dass ich bis dahin einen tollen Mann an meiner Seite habe und glücklich bin, dann würde ich die Gegenwart sicher ein bisschen entspannter angehen. Ich könnte mein Leben wieder genießen, ohne ständig von dieser nagenden Angst getrieben zu sein. Von der Sorge, dass ich vielleicht nie jemanden finden werde, weil ich tatsächlich der eine Topf bin, für den es keinen passenden Deckel gibt.

Ein bedrücktes Schweigen senkt sich über uns. Die Moderatoren von *BBC Breakfast* stellen wieder mal irgendein Kind vor, das Geld für Aufmerksamkeit sammelt, äh, Wohltätigkeit, meine ich natürlich. Ich betrachte den feuchten gelben Fleck an meiner Zimmerdecke. Er wird mit jedem Tag größer, aber ich habe zu viel Angst vor unserem gemeinen Vermieter, um etwas dagegen zu unternehmen.

Heute Morgen fühle ich mich richtig niedergeschlagen. Ich

habe die Art von Kater, die man eigentlich nicht als echten Kater bezeichnen kann, weil es mir gar nicht mal so schlecht geht: keine Kopfschmerzen, keine Übelkeit, nur dieses konstante Gefühl der Verzweiflung, das mal stärker, mal schwächer wird. Lou, Bibi und ich ziehen ohnehin die Bezeichnung »Morgengrauen« vor, denn erstens beschreibt sie adäquat das Gefühl des Bedauerns und Selbsthasses, das man am nächsten Tag empfindet, und zweitens klingt »Kater« irgendwie nach Bier, und wir trinken kein Bier, sondern nur Rosé mit pseudowitzigen Etiketten, auf denen »Basic Bitch« oder »Wine Slut« steht. Wie auch immer. Jedenfalls habe ich das Gefühl, dass mein Leben vorbei ist – dass ich alles vermasselt habe, ohne genau sagen zu können, wie.

Abgesehen vom Offensichtlichen, natürlich: Ich werde in wenigen Monaten dreißig und habe absolut nichts vorzuweisen. Ich hatte seit Ewigkeiten keinen richtigen Freund mehr. Ich wohne in einer heruntergekommenen Bruchbude, und ich schaffe es ums Verrecken nicht, meine beiden Augenbrauen so zu zupfen, dass sie symmetrisch aussehen.

Ich weiß, ich sollte froh sein, dass ich Single bin. *Das weiß ich.* Ich bin eine erwachsene Frau mit einem fantastischen Job und tollen Freunden, aber irgendwie ist mir das nie genug. Ich frage mich: Was, wenn ich etwas verpasse? Was, wenn all diese Netflix-Romanzen mit Vanessa Hudgens in der Hauptrolle, die ich immer dann schaue, wenn der Algorithmus es mir vorgibt, recht haben? Was, wenn man ohne Partner kein erfülltes Leben führen kann? Manchmal, wenn ich nachts in meinem großen Bett liege, rufe ich mir ins Gedächtnis, wie angenehm es ist, die ganze Matratze für mich zu haben und keine fremden Schamhaare zwischen den Laken zu finden. Aber, aber, aber. Irgendetwas in mir sehnt sich und hofft weiterhin.

»Scheiße, ist das deprimierend.« Bibi schiebt mich von sich runter. »Aber ich habe die Lösung.«

Louise und ich sehen sie mit hoffnungsvollen Augen an. Bibi weiß immer Rat. Sie ist klug und allwissend. Sie wird mein jämmerliches Leben in die Hand nehmen.

Einen Moment lang hält sie die Spannung, indem sie eine dramatische Pause macht und zwischen uns hin- und herschaut. Dann verkündet sie ihre Antwort, und es ist genau die richtige.

»Es ist zehn Uhr vormittags, und wir werden uns jetzt betrinken.«

2

Um die Mittagszeit torkeln wir in den Swan, unseren versifften lokalen Pub, der nur fünf Minuten von unserer Wohnung entfernt liegt.

Gott, wie sehr wir diesen Pub lieben. Na ja, wenn man um dreiundzwanzig Uhr im Bett liegt und schlafen will, während Horden alkoholisierter Vollidioten draußen vor dem Fenster herumgrölen, ist das natürlich ein Albtraum. Aber zum Glück grölen wir normalerweise mit und sind somit aktiver Teil des Albtraums, statt ihn ertragen zu müssen.

Nicht, dass es ein besonders schöner Pub wäre. Im Gegenteil, er ist ziemlich ekelhaft. Statt »The Swan« nennen wir ihn gerne »The Swab« – den Abstrich, weil man sich, nachdem man dort etwas konsumiert hat, eigentlich ins nächstgelegene Notfallkrankenhaus begeben müsste, um eine ganze Reihe verschiedener Tests zu machen. Aber wir mögen die Vertrautheit, die er uns bietet. Das hier ist *unser* dreckiger, verkeimter Bakterienherd, und wir lassen nicht zu, dass jemand schlecht über ihn redet. Außer uns, versteht sich.

Bibi holt was zu trinken – wie üblich einen Rosé mit beleidigendem Namen –, und wir machen es uns in einer Ecke gemütlich. Wir sind die ersten und einzigen Gäste und haben bereits so viel getankt, dass uns diese Tatsache mit Stolz erfüllt.

»ICH HASSE DATING!«, schreie ich in den leeren Raum, was

Franco, den Manager, dazu veranlasst, verängstigt hinter der Theke in Deckung zu gehen. Er kennt uns. Er weiß, dass wir im betrunkenen Zustand streitlustig werden und nichts als Ärger machen. Außerdem hat er mich mal versehentlich nackt gesehen, aber das ist eine gaaaaanz andere Geschichte.

»SO GING ES MIR VOR SVEN AUCH!«, brüllt Louise, und wir kichern.

»ICH HABE EIGENTLICH KEINE MEINUNG DAZU, WEIL ICH NIE DATE!«, ruft Bibi, woraufhin wir uns vor Lachen kaum noch halten können.

»Was ist denn das?« Louise greift sich geistesabwesend an den Hintern und zieht eine Zeitschrift unter ihrem pinkfarbenen Sitzkissen hervor. Sie wirft sie Bibi hin, die sie wiederum in meine Richtung schleudert.

Sie landet in meinem Schoß, und ich starre sie mit glasigen Augen an. Es ist eine alte Ausgabe der *Cosmour*, der besten Zeitschrift der Neunziger- und Nullerjahre. Ich hatte ein Abo, bis sie vor ein paar Jahren eingestellt wurde. Sie jetzt so unverhofft wiederzusehen weckt alle möglichen Gefühle in mir. Neugierig betrachte ich die umgeknickten Ecken und reißerischen Schlagzeilen über Orgasmen und die Taliban. An diese spezielle Ausgabe kann ich mich nicht mehr erinnern.

»Krass. Ich habe die *Cosmour* geliebt!«, ruft Louise und rutscht näher, um mir über die Schulter schauen zu können.

»Ich auch.« Lachend fange ich an zu blättern. Zwischen diesen Seiten steckt so viel Spaß und Nostalgie. Ungefähr in der Mitte stoße ich auf ein poppig illustriertes Feature mit einer Überschrift, die mir sofort ins Auge springt. Ich halte inne.

»Lies vor!« Louise klatscht in die Hände, und selbst die sonst so zynische Bibi schenkt mir ein aufforderndes Lächeln.

Ich räuspere mich und beginne, mit sehr ernster Stimme zu lesen:

Die sieben Beziehungen, die jede Frau auf der Suche nach dem Richtigen hat

Die Forschung sagt, dass die Liebesgeschichten, die wir erleben, sich auf verblüffende Weise ähneln. Cosmour-*Autorin Demi Doris hat die Einzelheiten.*

»Äh, Bibi, gedenkst du heute eigentlich noch zu arbeiten?«, unterbricht eine nervöse Stimme meinen Vortrag. Wir drehen uns alle gleichzeitig um und funkeln Franco böse an.

Wisst ihr noch, dass ich gesagt habe, Bibi arbeitet als Barfrau? Nun ja, sie arbeitet hier im Swan. Und *eigentlich* fängt genau jetzt ihre Schicht an.

»Mal sehen, Franco«, lallt sie. Um es mit den Worten meiner Großmutter zu sagen: Sie ist voll wie eine Schrankwand.

»Äh, also.« Franco schürzt die Lippen, ist jedoch unfähig, seine Autorität geltend zu machen. »Dann eben in fünf Minuten, okay?«

»Kotz sei Dank, Franco, das ist echt total korrekt von dir«, säuselt Bibi zuckersüß. Dann starrt sie ihn an, bis er eingeschüchtert das Weite sucht.

»Du solltest nicht so fies zu ihm sein«, sagt Louise tadelnd, immer die Netteste von uns.

»Er ist ein blöder Pimmel«, verkündet Bibi. Louise kichert, dann wendet sie sich an mich. »Lies weiter«, drängt sie.

Es gibt viele deprimierende Dinge, die alle Frauen gemeinsam haben: die Periode, störende Haare an den Brustwarzen, die Tatsache, dass wir für dieselbe Arbeit weniger Geld bekommen als Männer (ach, davon will ich gar nicht erst anfangen). Und seit Neuestem können wir anscheinend auch unsere Beziehungsmuster auf diese Liste setzen. Aktuelle Studien haben gezeigt, dass die Männer, auf die sich Frauen einlassen, bevor sie den Einen fürs Leben finden, durch die Bank in ganz bestimmte Kategorien fallen. Ob es der Freund ist, mit dem wir eine Nummer geschoben haben, weil er gerade zur Verfügung stand, oder der Kollege, bei dem wir sicher sind, dass der Sex mit ihm ein Fehler war: Die große Liebe befindet sich irgendwo unter ihnen – TATSACHE.

Neugierig springe ich weiter nach unten und überfliege die sieben Kästchen, in denen die verschiedenen Beziehungskategorien näher erläutert werden: die erste Liebe; die Arbeitsaffäre; der Seitensprung; Freundschaft plus; die verpasste Chance; das Arschloch; die ernsthafte Beziehung.

»Ha!« Louise liest immer noch über meine Schulter mit. »Von denen hatte ich auch einige. Erinnerst du dich noch an Gabriel aus dem Theaterstück, in dem ich vor Jahren mal mitgespielt habe? Der mir gesagt hat, sein Penis wäre allergisch gegen Kondome, und bei dem ich mich dann mit Syphilis angesteckt habe? Das war meine Arbeitsaffäre!« Sie lacht und schmiegt voller Zuneigung ihren Kopf an meine Schulter. Aber ich höre ihr gar nicht wirklich zu. Stattdessen zähle ich nach.

- Die erste Liebe
- Die Arbeitsaffäre
- Der Seitensprung
- Freundschaft plus
- Die verpasste Chance
- Das Arschloch
- Die ernsthafte Beziehung

Ich höre ein Rauschen in meinen Ohren, während ich die Liste wieder und wieder durchgehe. Jetzt lese ich die Kästchen gründlicher. Ich sauge die Wörter förmlich auf. Nur am Rande bekomme ich mit, dass Bibi kurz verschwindet und bei ihrer Rückkehr eine weitere rosafarbene Flasche auf den Tisch donnert, die sie definitiv nicht bezahlt hat. Sie setzt sich uns gegenüber und ignoriert die beunruhigten Blicke, die Franco ihr von der anderen Seite des Raumes aus zuwirft.

»Schenk ein.« Sie schiebt Louise die Flasche hin, die nur zu gern die Zügel in die Hand nimmt und die Flüssigkeit auf unsere Gläser verteilt.

Alistair, Carl, Alex, Paul, Idris, Will und Rich.

Alle meine Beziehungen – so real, dumm, intensiv, absurd, schrecklich, herzzerreißend, erhellend, kindisch und prickelnd – werden auf dieser Seite beschrieben. Die erste Liebe, die Arbeitsaffäre, der Seitensprung, Freundschaft plus, die verpasste Chance, das Arschloch, die ernsthafte Beziehung: Alistair, Carl, Alex, Paul, Idris, Will und Rich. Sie alle sind hier vertreten, wenn auch vielleicht nicht in der richtigen Reihenfolge. Noch einmal studiere ich jeden einzelnen Kasten. Das Rauschen in meinen Ohren wird zu einem Pochen, und mein Kopf füllt sich mit ihren Stimmen, die alle durcheinanderrufen. Ich höre, wie sie flehen, lachen, hassen. Ich höre sie beim Vögeln, wie sie mich verlassen und von mir verlassen werden. Es ist nicht auszuhalten.

Ich zupfe Louise am Ärmel, doch die blickt kaum auf. Sie ist damit beschäftigt, das Etikett der Weinflasche auf Instagram zu posten. »Der schmeckt wirklich nach Basic Bitch«, sagt sie todernst zu Bibi, als die beiden miteinander anstoßen.

»Leute«, sage ich leise. Und dann noch einmal lauter: »LEUTE.«

Alarmiert von meinem Tonfall, drehen sie sich zu mir um. Ich steche mit einem Finger auf die Seite ein. »Ich hatte alle diese Beziehungen – *alle*. Jede einzelne.« Als sie mich verständnislos ansehen, füge ich verzweifelt hinzu: »Und mehr kriegt man nicht!«

»Wovon redest du?« Bibi sieht mich mit zusammengekniffenen Augen irritiert an. »Wie meinst du das, mehr kriegt man nicht?«

»Ich *meine* …«, mein Blick wird eindringlich, »dass ich *deshalb* das letzte halbe Jahr lauter furchtbare Dates hatte. *Deshalb* schickt mir das Universum immer Männer, die es für ein Persönlichkeitsmerkmal halten, in geschlossenen Räumen einen Schal zu tragen. Weil ich schon alle sieben Beziehungen *hatte* – genau diese hier! Und einer von ihnen hätte der Richtige für mich sein müssen. Ich habe meinen Anteil aufgebraucht, und jetzt werde ich nie mehr den Mann fürs Leben finden. O Gott.« Ich lasse den Kopf in die Hände sinken. »Ich hatte meine Männer-Zuteilung!«, jammere ich. »Und ich habe sie alle in die Wüste geschickt!«

»Das kann doch nicht stimmen.« Mit einem nervösen Lachen nimmt Louise mir die Zeitschrift aus der Hand und betrachtet argwöhnisch die Seite. Sie wirkt erschüttert.

»Doch. Ehrlich, Leute.« Ich schaue zwischen den beiden hin und her. Ich bin fassungslos, aber zugleich auch ganz nüchtern und ruhig. »Ihr kapiert es nicht. Ich hatte meine Chancen – und ich habe sie nicht genutzt.« Ich halte inne, als mich in einer meiner hintersten Gehirnwindungen etwas kitzelt. Der Beginn eines Gedanken. Was, wenn ich … nein, nicht auszudenken. Das ist eine durch und durch grauenhafte, unsinnige, idiotische, potenziell traumatisierende Idee.

Aber was, wenn es meine einzige Option ist?

Was, wenn ich nur so den Richtigen finden kann? Was, wenn ich es nicht tue und hinterher dazu verdammt bin, mich alljährlich vor der Hochzeitssaison zu fürchten? Wenn ich Bibi fragen muss, ob sie mich zu Betriebsfeiern begleitet? Wenn ich weiterhin ertragen muss, dass Judy, meine achtundsiebzigjährige Tante väterlicherseits, sich in jeder Weihnachts- und Geburtstagskarte danach erkundigt, ob ich endlich in festen Händen bin? Die garstige Kuh hat noch viele Jahre vor sich.

Erneut richte ich den Blick auf die Seiten des Hochglanzmagazins. Da steht es schwarz auf weiß. Die Forschung sagt, man bekommt nur diese sieben Chancen. Wissenschaftler haben sich mit der Frage beschäftigt. Seriöse Menschen mit Doktortiteln in weißen Laborkitteln. Die müssen doch wissen, wovon sie reden.

Und ich weiß jetzt, was ich zu tun habe. Es ist der einzige Weg, der mir noch offensteht.

Louise wartet mit weit aufgerissenen Augen auf meine nächsten Worte. Bibi hingegen pult in vollendetem Desinteresse einen Kaugummirest vom Tischrand.

Ich hole tief Luft. »Lou, Bibi. Ich glaube, ich muss meine Ex-Freunde finden.«

»Welche denn?« Louise blickt verdutzt auf.

Wieder betrachte ich den Artikel. Die bunten Bilder verschwimmen vor meinen Augen.

Ich schlucke. »Alle.«

Sie starrt mich mit offenem Mund an, ehe ich ihr das Magazin wegnehme und es zuklappe.

Das ist die Lösung. Das ist die Antwort. Das ist der Grund, weshalb ich keinen Ehemann finde – weil ich ihn schon gefunden *hatte*. Jetzt muss ich ihn nur *wiederfinden*.

Und ich weiß auch schon, mit wem ich beginnen werde. Er war der Anfang von allem.

Alistair Morris.

EX NR. 1: ALISTAIR MORRIS

Auch bekannt als: die erste Liebe
Teil eins

St. Jude's Gesamtschule
Am Fahrradschuppen
12:40 h

»HEY, FANNY ADAMS! ALISTAIR MORRIS SAGT, ER FINDET DICH HEISS.«

Ich spucke Apple Tango auf den Asphalt, wirble herum und lande dabei in einer Art halber Hocke. Wenn jemand meinen Namen ruft – oder die Variante meines Namens, die ein Großteil der Zehnten benutzt –, schießt man mir normalerweise direkt im Anschluss einen Fußball an den Kopf. Ich habe gelernt, mich zu ducken.

Getreu ihrer Rolle als meine beste Freundin und Fürsprecherin macht Louise einen Schritt nach vorn. »WAS HAST DU GE-

SAGT?«, brüllt sie Nick Wilde von der 10PT aus den Tiefen der Kapuze ihrer voluminösen grauen Steppjacke zu.

Shelley, die von ihr mitgeschleift wird, weil die beiden sich untergehakt haben, ist ebenfalls sofort zur Stelle. »GENAU!«, ruft sie in ihrem unverwechselbaren Aussie-Akzent. »WAS QUATSCHT IHR DA ÜBER ESTHER?«

Auf der anderen Seite des Pausenhofs lacht Nick, als wäre das alles unfassbar komisch. Er ist umringt von drei oder vier Kumpels aus der A-Mannschaft des Fußballteams, alle mit gegelten Igelfrisuren. Er legt eine Hand als Schalltrichter an den Mund und probiert es noch mal.

»ICH HABE GESAAAAAAAGTTT« – genervte Überbetonung des ›t‹ – »DASS ALISTAIR« – kurze Pause, in der er auf einen aus seiner Gruppe zeigt, der nach Kräften versucht, im Hintergrund zu verschwinden – »AUF FANNY ADAMS STEHT!«

Ich erröte am ganzen Leib. Als ich mich aufrichte, ist mir, als würde ich außerhalb meines Körpers schweben. Von oben betrachte ich meine ungelenke fünfzehnjährige Gestalt in der auf dem Flohmarkt gekauften Fake-Ellesse-Jacke. Dies hier ist eine noch nie dagewesene Situation. Normalerweise ziehen wir keine Aufmerksamkeit auf uns – zumindest nicht *solche* Art von Aufmerksamkeit. Wir drei – Shelley, Louise und ich – bemühen uns immer, wahrgenommen zu werden, und gleichzeitig versuchen wir, möglichst unsichtbar zu sein.

Louise blickt mich fassungslos an. In der dicken Jacke hat sie keinen Hals, man sieht nur ihren Kopf und ihre vor Unsicherheit erstarrte Miene.

»Hast du das gehört?«, zischt Shelley mir Kaugummi kauend zu. »Alistair Morris aus der Fußballmannschaft, Esther! Aus der *A-Mannschaft*, Esther!«

So was passiert mir sonst nicht. Und Shelley und Louise passiert so was auch nicht. Das ist einfach Fakt. Wir drei sind seit der Siebten beste Freundinnen, hauptsächlich weil uns sonst keiner mag. In unserem Außenseiterinnen-Status vereint, verbringen wir fast jede Pause hier unten beim Fahrradschuppen und tun so, als würden wir die eine Zigarette rauchen, die wir letzten Monat von Louises Bruder geklaut haben.

»Das kann doch nur ein blöder Witz sein«, flüstere ich, aber unter meiner Schuluniform erwacht ein gänzlich ungekanntes Gefühl in mir zum Leben. Alistair Morris sieht sehr gut aus. Er sieht aus wie Charlie Simpson von der Band Busted.

Louise wendet sich wieder an Nick, der inzwischen in ein Schubsduell mit einem Teamkollegen verwickelt ist.

»HEY, NICK!«, brüllt sie, woraufhin er sich zu uns umdreht. »WILLST DU UNS VERARSCHEN, ODER WAS?«

Lachend raunt er einem der anderen Jungs etwas zu, ehe er antwortet. »NEE! IM ERNST, ALISTAIR STEHT VOLL AUF DEINE FREUNDIN. SAG IHR, SIE SOLL MAL RÜBERKOMMEN. ER WILL SIE WAS FRAGEN. OKAY?«

Louise und Shelley starren mich an, und ich starre zurück. Wir haben keinen Schimmer, wie wir uns verhalten sollen. Das einzige Mal, dass man uns in irgendeiner Form Aufmerksamkeit geschenkt hat, war im letzten Schuljahr, als Jodie Matthews aus der 11BG zufällig hörte, wie mein Opa mich beim Bringen »Fanny Adams« genannt hat. Das ist sein Kosename für mich, weil ich mit zweitem Vornamen Annie heiße. Jodie und Janie Thompson haben sich sofort darauf gestürzt. Sie recherchierten im Internet, und es stellte sich raus, dass der Name in Wahrheit von einem achtjährigen Mädchen stammt, das im neunzehnten Jahrhundert ermordet wurde. Fanny Adams wurde so übel zerstückelt, dass Seeleute ihr Gulasch später scherzhaft als »Sweet Fanny Adams« bezeichneten. Prompt fingen alle an, mich Fanny Adams zu nennen – was mir natürlich überhaupt nichts ausmacht. Nicht das kleinste bisschen.

»Sollen wir rübergehen?«, zischt Shelley, und ich zucke ein wenig panisch mit den Schultern.

»Keine Ahnung!« Mein Herz klopft. »Glaubst du, die wollen uns verarschen? Uns unters Top fassen oder an unseren BH-Trägern ziehen, oder so?«

Wir betrachten unsere dicken Winterjacken. Die Chancen für das Gelingen eines solchen Vorhabens sind eher gering.

»Ich finde, wir sollten hingehen.« Lou nickt großspurig, aber ich sehe, dass ihre Unterlippe zittert. »Wenn sie uns einen Streich spielen wollten, könnten sie das ja jederzeit machen. Am besten, wir bringen es einfach hinter uns, oder? Außerdem …« Sie rückt näher an mich heran, bis ich ihren heißen Atem im Gesicht spüre. »Was, wenn es stimmt? Was, wenn Alistair Morris *wirklich* auf dich steht?« Erneut schauen wir rüber zu den Jungs. Die lachen und kicken ihre Rucksäcke durch die Gegend, als wären es Fußbälle. Alistair steht ein Stück abseits. Er blickt nervös in unsere Richtung, dann ganz schnell wieder weg.

»Okay.« Ich seufze, und wir drei haken uns entschlossen unter. Langsam und vorsichtig, als würden wir aus dem Schützengraben kriechen, um uns in die Schlacht zu stürzen, überqueren wir den Pausenhof. Hundert neugierige Augen aus unserem Jahrgang folgen uns, und ich werde mit jedem Schritt unsicherer. Nur meine großen, starken Freundinnen, Lou auf der rechten und Shelley auf der linken Seite, hindern mich daran zu kneifen. Etwa sieben Meter von den Jungs entfernt halten wir an und werfen unsere Schultaschen auf den Boden, so als hätten wir ganz spontan beschlossen, uns heute mal einen neuen Platz fürs Mittagessen zu suchen.

Nick spricht mich an. »Hey, Fanny Adams, stehst du jetzt auch auf Alistair oder nicht?«

»Halt's MAUL, Nick!«, faucht Alistair, und Nick lacht. Die Jungen fangen an, zu drängeln und zu schubsen, um ihn innerhalb der Gruppe nach vorn zu schieben. Er leistet nur minimalen Widerstand und steht, sobald seine belustigten Freunde ihn bei uns abgeliefert haben, mit hängenden Armen da.

»TRAU DICH, MEIN SOHN!«, ruft einer, und ich widerstehe meinem inneren Impuls, der mir zur Flucht rät. Ich spüre, wie Louise und Shelley neben mir schlottern – Louise vor Angst und Shelley, weil sie es aufregend findet, beachtet zu werden. Unser gesamter Jahrgang verfolgt das Geschehen. Es ist mucksmäuschenstill auf dem Schulhof, weil endlich mal was halbwegs Interessantes passiert.

»Na, Esther?«, sagt Alistair Morris leise. »Na, Louise? Na, Shelley?«

»O mein Gott. Alistair Morris weiß, wie wir heißen«, entfährt es Louise. Vermutlich wollte sie in Flüsterlautstärke reden, aber jeder kann sie hören.

»Halt die Klappe, Lou«, knurrt Shelley, die unter Druck immer am coolsten ist.

Ich räuspere mich und bete, dass meine Stimme nicht quietschig klingt. »Hey, Alistair«, quieke ich.

»Ich hab dir auf Bebo eine Freundschaftsanfrage geschickt«, murmelt er und scharrt mit dem Fuß über den Boden. Vor meinen Augen verschwimmt alles. Zu Hause darf ich immer nur samstags ins Internet, wie soll ich da seine Freundschaftsanfrage annehmen?

»Cool«, sage ich, weil mir nichts Besseres einfällt.

»Magst du Monster Munch?« Er bietet mir die halb leere Tüte des Kartoffel-Snacks an. Sie raschelt in seiner Hand, und es ist das erotischste Geräusch, das ich jemals gehört habe.

»Nee«, antworte ich mit matter Stimme. »Ich habe Apple Tango. Ich stehe total auf Apple Tango.«

»Cool.« Er nickt. Ich glaube, er weiß auch, wie gut Apple Tango schmeckt.

Inzwischen hat sich ein Kreis von Schaulustigen um uns gebildet. Alle glotzen und warten. Die Luft knistert, und ich höre, wie einer der Umstehenden leise Borat nachmacht: »Alistair Morris findet Fanny Adams sehr niiiice!«

»Ich, äh …« Er bricht ab, und ich schnappe nach Luft. Ich rieche den kräftigen Duft von Lynx Africa Aftershave und das Gel in seinen Haaren. »Also, ich wollte dich fragen, ob du, na ja … ins Kino gehen willst.« Er räuspert sich. »Also, mit mir zusammen.«

Louise kann sich nicht beherrschen. Ein leises Quieken dringt aus ihrem Mund. Ich ramme ihr den Ellbogen in die Rippen.

»Hmmmm. Okay, klar«, sage ich nach einer Weile. Meine Stimme klingt, als käme sie von meilenweit weg. Mein Herz klopft wie rasend, und ich spüre, wie mir unter den Bekleidungsschichten aus Schuluniform und Winterjacke der Schweiß den Rücken hinabrinnt. Shelley drückt ermutigend meinen Arm. Ich stelle mir bereits vor, wie wir nach der Schule bei mir zu Hause die ganze Situation genauestens analysieren werden. Ist das überhaupt real? Bin ich wirklich hier?

»Cool.« Er nickt lange, dann verzieht er den Mund zum Ansatz eines Lächelns. Einer seiner Schneidezähne steht schief, und ich beschließe, dass dieser Zahn das Merkmal sein wird, das ich am meisten an ihm mag – an Alistair Morris, meinem *Date*. Später im Gespräch mit Louise und Shelley werde ich so was sagen wie: »Er hat das krasseste Lächeln, und ich liebe seinen schiefen Zahn. Den mag ich am allermeisten an ihm, wisst ihr?«

Alistair Morris wird mein fester Freund sein. Ich date Alistair Morris.

Er beißt sich auf die Lippe und lächelt noch einmal mein neues Lieblingslächeln. »Kann ich deine Nummer haben?«

»Cool, ja klar.« Ich bin ganz durcheinander, als ich Shelley die Dose Apple Tango reiche, mein Klapphandy zücke und ihm die Nummer aus meiner Kontaktliste vorlese.

Er ist verliebt in mich. Ich liebe ihn jetzt schon. Ich kann es gar nicht fassen. Alle im Jahrgang werden uns beneiden. Wir werden jeden Tag miteinander reden, den ganzen Tag lang, und alles über den anderen erfahren. Wir werden unsterblich ineinander verliebt sein, und wenn wir alt sind, mit zwanzig oder so, werden wir heiraten. Und auf der Hochzeit werde ich allen erzählen, dass sein Lächeln von Anfang an das war, was ich am meisten an ihm mochte.

»Ich schreibe dir«, sagt er und schwingt sich seinen Rucksack auf die Schulter. »Bis dann.« Er nickt erst Louise, dann Shelley förmlich zu, ehe er zurück zu seinen Freunden schlendert. Die nehmen ihn mit Gejohle und Schulterklopfen in Empfang. Aus der Menge ist noch einmal eine Borat-Imitation zu hören.

Ich kann es nicht glauben. Ich und Alistair Morris. Wir sind zusammen, für immer.

3

Bibi nickt aufmunternd, während ich auf der Rückseite des Magazins ein Baumdiagramm meiner Ex-Freunde zeichne. Ich reiche es ihr, und sie versucht, Einzelheiten zu entziffern, die ich über eine Anzeige für Kardashian-Make-up gekritzelt habe.

Sie zieht an ihrer E-Zigarette. Der Gestank von Dampf mit Himbeeraroma ist viel schlimmer als normaler Zigarettenqualm. »Und? Gehst du chronologisch vor? Fängst du bei deinem ersten Freund an?«

Louise hüpft auf ihrem Sitz auf und ab. »Aaaaah, Alistair Morris! O mein Gott, das ist ja Ewigkeiten her.«

Bibi wirft ihr einen düsteren Blick zu. Sie mag es nicht, wenn man sie daran erinnert, dass Louise und ich uns schon länger kennen; dass Lou – obwohl dies nie ausgesprochen wird – an erster Stelle kommt und Bibi eine Lücke ausfüllt, die entstanden ist, als Shelley uns verlassen hat.

Bei dem Gedanken an Shelley muss ich schlucken.

»Er war echt nett, und ihr wart so süß zusammen.« Louise grinst schelmisch und sieht Bibi an. »Sie haben ständig geknutscht, Bib. Du kannst dir nicht mal ansatzweise vorstellen, wie viel Speichel dabei im Spiel war. In der Zehnten und Elften war Esther die meiste Zeit komplett dehydriert.« Als Bibi laut lacht, wendet sich Lou wieder an mich. »Wie willst du ihn denn finden, Est?«

Ich schnaube spöttisch. »So, wie jeder seine alten Klassenkameraden findet.« Sie guckt verständnislos, also ergänze ich: »Über Facebook.«

Mit zitternden Händen rufe ich den Facebook Messenger auf und suche nach seinem Namen.

Da ist er.

Alistair Morris war während meiner Schulzeit der einzige Lichtblick. Er war tausendmal beliebter als Lou, Shelley oder ich – der Star der Fußballmannschaft. Aber er war keiner dieser Jungs, die nichts als Sport im Kopf hatten und sich für unfassbar toll hielten. Er war nett und witzig und sogar ein kleiner Streber, obwohl er sich nicht anmerken lassen durfte, wie schlau er war, um seinen Platz in der Clique der coolen Kids nicht zu gefährden. Und als er auf mich aufmerksam wurde – als er mir sagte, dass er mich mochte –, war ich felsenfest davon überzeugt, dass dies meine gesamte Existenz verändern würde.

Vielleicht kann das immer noch passieren?

Auf alle Fälle ist er ein guter Startpunkt für meine Mission. Ein ungefährlicher, durch und durch liebenswerter Mensch, den ich wirklich gerne wiedersehen würde.

Ich fange an zu tippen.

Esther Adams ist online.

Hi, Alistair. Tut mir leid, dass ich mich nach all den Jahren einfach so bei dir melde … das kommt bestimmt überraschend!

Ich halte inne.

»Soll ich noch *LOL* dazuschreiben?«, frage ich verunsichert.

Louise und Bibi antworten beide gleichzeitig.

»Definitiv!«

»Auf keinen Fall!«

Sie tauschen einen giftigen Blick.

»Vielleicht ein lächelndes Emoji?«, schlage ich zaghaft vor, woraufhin beide feierlich nicken.

Esther Adams ist online.

Hi, Alistair, tut mir leid, dass ich mich nach all den Jahren einfach so bei dir melde … das kommt bestimmt überraschend! ☺ *Ich habe mich gefragt, wie es dir in der Zwischenzeit so ergangen ist. Wenn du Lust hast, würde ich sehr gerne mal was mit dir trinken gehen, damit wir ein bisschen quatschen können. Esther.*

Abermals breche ich ab.

»Ich weiß, das ist nicht die beste Einleitung, aber sie bringt es auf den Punkt, oder?«

Beide zucken mit den Schultern.

»Der Text ist gut«, meint Louise und nickt ermutigend.

»Ja«, pflichtet Bibi ihr entschieden bei. »Du kannst keine Witze machen, ehe du weißt, wie er drauf ist. Du hattest seit ungefähr elf Jahren keinen Kontakt mehr zu ihm. Kann ja sein, dass er als Erwachsener vollkommen humorlos geworden ist.«

»Soll ich noch einen Kuss hinzufügen?«, frage ich, aber Bibi hat bereits den Arm ausgestreckt und auf *Senden* getippt. Wir starren das Display an, und ein ungutes Gefühl durchströmt meinen Magen, als hinter seinem Namen ein grüner Punkt auftaucht. Er ist online.

O Gott, o Gott, o Gott.

Seine Antwort kommt umgehend, und Louise keucht dramatisch, als die Worte auf dem Display erscheinen.

Alistair Morris ist online.

Fick dich, Esther.

Oh.

Vielleicht wird das Ganze doch nicht so unkompliziert, wie ich dachte.

EX NR. 1: ALISTAIR MORRIS

Auch bekannt als: die erste Liebe
Teil zwei

Haus meiner Eltern
Mein Schlafzimmer
23:45 h

»Sei einfach leise, okay?«, zische ich und ziehe mir die Bettdecke über den Kopf. »Meine Eltern sind direkt nebenan, und dir ist doch wohl klar, dass Dad uns umbringt, wenn er uns erwischt.«

»Versuch YouTube«, schlägt Alistair vor und rutscht näher. »Da gibt es bestimmt Tutorials.«

Ich öffne die Seite und tippe »Wieziehtmaneinkondomandamitmandefinitivnichtschwangerwird« in die Suchmaske ein. Enter.

»Puh, es gibt total viele.« Ich überfliege die Suchergebnisse und klicke auf das zweite Video von oben. Irgendwer hat mir mal gesagt, dass es ein Zeichen von Reife ist, in Restaurants immer den zweitbilligsten – statt den billigsten – Wein auf der Karte zu nehmen, und dieselbe Maxime wende ich nun bei den Suchergebnissen an. Schließlich werde ich in vierzehn Minuten siebzehn, und es wird allerhöchste Zeit, dass ich mich wie eine Erwachsene benehme.

Zum Beispiel, indem ich endlich Sex mit Alistair Morris habe.

Wir schauen uns gemeinsam das Video an, und ich bemühe mich, nicht das Gesicht zu verziehen, als ich sehe, wie die Frau mit dem Gummi hantiert. Es sieht ultrawiderlich aus, und ich bin geschockt, dass ich an einem so romantischen Abend eins dieser glibberigen Teile anfassen muss.

Ich kann immer noch nicht glauben, dass ich gleich mein erstes Mal haben werde!

»Hat Mr Havana euch im Biounterricht nicht gezeigt, wie das geht?«, fragt Alistair nach einiger Zeit in neutralem Ton.

»Bäh.« Ich rutsche hin und her. Es wird langsam heiß unter der Decke. »Als könnte ich hinsehen, wenn er so was erklärt! Shelley musste es mir hinterher erzählen. Angeblich hat er das Kondom ausgepackt, es dann aber nicht über die Banane gekriegt. Es ist weggeflutscht und ihm ins Gesicht gesprungen – die Klasse konnte sich überhaupt nicht mehr einkriegen. Außerdem wette ich, dass Mr Havana noch nie im Leben Sex hatte. Er hat *Haare in den Ohren*, Alistair. Deshalb konnte er auch nicht mit dem Kondom umgehen.«

Ich erschauere unter der stickigen Bettdecke. »Wie auch immer, ich will nicht schwanger werden und auch keine Geschlechtskrankheiten kriegen.«

Im Dunkeln spüre ich, wie Alistair mich ansieht. »Esther, du weißt, dass ich auch noch nie Sex hatte.«

»Na und?«

»Deshalb kann ich keine Geschlechtskrankheiten haben. Man wird ja nicht damit geboren.«

Weil ich nicht weiß, ob das stimmt, sage ich lieber nichts.

Das YouTube-Video ist zu Ende. Erneut beäuge ich das kleine quadratische Folienpäckchen zwischen uns. Es sieht aus wie Bonbonpapier. Eine Zeit lang liegen wir schweigend nebeneinander.

»Okay«, sage ich schließlich. »Ich glaube, so weit müsste jetzt alles klar sein. Wollen wir es dann … äh … machen?«

»Hm. Meinst du, ich könnte kurz noch mal Luft schnappen – nur für einen Moment?«, fragt Alistair höflich. »Es ist bullenheiß hier drunter.«

»Okay«, sage ich mit einem Hauch von Ungeduld. »Aber Sex hat man unter der Bettdecke, so funktioniert das nun mal. Außerdem dämpft sie die animalischen Schreie, die ich angeblich von mir geben werde.«

»Sollen wir uns vorher küssen?«, fragt er zögerlich, und ich nicke mit Nachdruck. Schließlich bin ich diejenige, die hier das Heft in der Hand hat. Ich bin diejenige, die zu dem Schluss gekommen ist, dass sie endlich Sex haben will, und sich im Vorfeld in das Thema eingearbeitet hat.

»Ja«, sage ich betont professionell. »Das Vorspiel ist angeblich sehr wichtig.«

Er beugt sich über mich, und als ich das Gewicht seines Körpers auf mir spüre, legt sich meine Nervosität ein wenig. Das hier ist mir vertraut. Wir haben uns schon oft geküsst – und ich meine wirklich *oft*. Louise und Shelley meckern immer, wenn wir es in ihrer Gegenwart tun, aber ich kann mich einfach nicht zurückhalten. Ich mag ihn so sehr.

Er legt eine Hand auf meine Brust. So weit, so gut. Auch das machen wir nicht zum ersten Mal. Wir haben schon ganz andere Sachen gemacht! Wir haben unsere Weichteile angefasst, und ich hatte sogar schon ein paarmal sein Ding im Mund. Beim ersten Mal hat er nach Seife geschmeckt, die anderen Male nach Schweiß.

Er hat mich auch geleckt.

»Sollen wir uns ausziehen?« Er redet im Flüsterton, aber ich mache trotzdem »Pssst«.

»Ja, okay.« Ich zerre an meinem Slip und streife ihn mir über Knie und Füße. Alistair macht bei sich dasselbe. Danach bin ich nackt – nur noch ein neuer BH und eine zur Hälfte rasierte Vulva zieren mich. Eigentlich wollte ich sie komplett rasieren, aber ich habe mich zu oft geschnitten, deshalb habe ich es irgendwann sein lassen. Hoffentlich habe ich all die kleinen Fetzen Klopapier beseitigt, mit denen ich die Blutungen gestillt habe.

»Soll ich mich auf dich legen?« Er macht im Halbdunkeln eine Handbewegung, und ich nicke. Ich habe mir im Internet verschiedene Stellungen angeschaut, aber noch will ich die nicht ausprobieren. Fürs erste Mal ist die herkömmliche Missionarsstellung völlig ausreichend.

Er legt sich auf mich, und ich spüre seinen harten Penis an meinem Oberschenkel. Das ist romantisch, sage ich mir. Wir lieben uns. Was wir hier machen, ist natürlich und ganz normal. Alle Menschen haben Sex! Ich werde begeistert sein! Anfangs wird es wehtun, aber dann wird es fantastisch werden, und wir beide werden multiple Orgasmen erleben.

Außerdem wird er mit mir Schluss machen, wenn ich ihn nicht bald ranlasse. Er hat lange warten müssen und war die ganze Zeit wirklich sehr geduldig, während alle anderen in unserer Klasse schon mit fünfundzwanzig verschiedenen Leuten im Bett waren.

Ich spüre seine Hand, die sich zwischen unseren Beinen zu schaffen macht, und dann ein Druckgefühl, so als würde man aufs Klo gehen, nur umgekehrt.

»Ist er drin?«, wispert er, und ich nicke. Es fühlt sich etwas unangenehm an.

»Ja, glaub schon.«

Hinterher fühle ich mich wund, aber glücklich und erwachsen. Alistair hält meine Hand und sagt, wie sehr er mich liebt. Ich weiß, er meint es ernst, trotzdem stelle ich mir gleichzeitig das wunderschöne Mädchen vor, für das er mich schon bald verlassen wird.

Alistair wälzt sich auf die Seite, um das benutzte Kondom in eine Plastiktüte zu wickeln. Er versteckt die Tüte in seinem Rucksack und dreht sich wieder zu mir. »Du nimmst dir aber nicht gleich einen anderen, wenn du nächstes Jahr zur Uni gehst, oder?« Er lächelt im Dunkeln. Seine Silhouette wird sichtbar, als er zurück ins warme Bett kriecht.

»Natürlich nicht.« Ich drücke ganz fest seine Hand. Auch sie ist klebrig. Als ob ich ihn jemals verlassen würde. Ich liebe ihn so, so sehr.

Er wird *mich* verlassen.

4

Kennt ihr das, wenn man von etwas Süßem abbeißt und einem augenblicklich das Wasser im Mund zusammenläuft? So geht es mir, als ich seine Stimme hinter mir höre.

»Trinkst du immer noch Malibu Cola?« Ich drehe mich auf meinem Stuhl herum, wobei ich ihn beinahe umstoße, und mein Magen macht einen kleinen Satz.

Alistair Morris.

Er ist es wirklich. Er sieht noch fast genauso aus wie vor zehn Jahren, nur wie sein großer Bruder – macht das Sinn? Wenn er einen großen Bruder *hätte,* was nicht der Fall ist. Er hatte bloß Schwestern, die mir immer die kalte Schulter gezeigt haben. Er sieht älter aus, aber man kann nicht sagen, inwiefern. Er ist immer noch derselbe Alistair mit seinem Lächeln und seinem schiefen Zahn. Immer noch einen Hauch zu schick angezogen – vor allem für diesen ranzigen Pub in Soho – und immer noch etwas schlaksig mit seinen zu langen Armen und Beinen, mit denen er manchmal nichts anzufangen weiß. Es gibt nichts an ihm, was merklich anders aussähe als früher, und doch hat er sich verändert. Er ist erwachsen geworden.

Ich lache, weil ich weiß, worauf er mit seiner Frage anspielt. »Mittlerweile trinke ich meistens Wein«, sage ich, ehe ich aufstehe und ihn, ohne nachzudenken, umarme. »Malibu schmeckt zu sehr nach Jugend in den Nullerjahren, findest du nicht?« Unsere Umarmung dauert einen Sekundenbruchteil zu lange, und als ich mich von ihm losmache, haftet sein Duft an mir. Er löst etwas in meinem Innern aus, und ich unterdrücke das Bedürfnis, mir die Lippen zu lecken.

»Ich habe uns schon mal eine Flasche bestellt.« Ich deute zum Tisch. »Aber natürlich kann ich dir auch was anderes besorgen, wenn du nicht so gerne Wein trinkst?« Ich lache nervös, weil es irgendwie seltsam ist, jemanden, den ich früher buchstäblich in- und auswendig kannte, nach seinen Getränkevorlieben zu fragen.

Als wir Teenager waren, hat er Wein getrunken, allerdings nur dann, wenn es im Laden zwei Flaschen für vier Pfund gab und einer von uns daran gedacht hatte, einen Korkenzieher mit in den Park zu nehmen. Was beides fast nie der Fall war. Die Malibu Colas kamen später, als wir schon fast achtzehn waren und in Bars gehen konnten. In unserem letzten gemeinsamen Jahr.

»Wein hört sich gut an.« Er grinst, und wieder sehe ich den berüchtigten Krummzahn, den ich so sehr mochte. Er nimmt mir gegenüber Platz. »Ich bin nur froh, dass du keinen roten bestellt hast. Mittlerweile kriege ich von Rotwein immer einen mordsmäßigen Kater!«

Ich lächle höflich und trinke einen tiefen Schluck aus meinem Glas, während eine Woge der Irritation in mir hochsteigt. Ich wollte mich heute Abend wieder wie ein Teenager fühlen – ein Teenager, der denkt, ein Kater bedeute, dass man jemanden mit grünem Schleim vollkotzt, nur um denselben Jemand eine halbe Stunde später wild zu küssen, sodass man es am nächsten Morgen beim Aufwachen kaum erwarten kann, das Ganze noch mal zu machen. Ich will nicht daran erinnert werden, dass wir alt sind und von Wein einen Kater bekommen.

Eine längere Stille tritt ein, während wir beide an unserem

Wein nippen und jeglichen Blickkontakt vermeiden. Das Knistern, das ich bei der Begrüßung zwischen uns gespürt habe, ist verflogen. Jetzt sind wir bloß zwei Fremde, die abgesehen vom gleichzeitigen Verlust ihrer Jungfräulichkeit nichts gemeinsam haben. Ein Schweißtropfen rinnt mir die Wirbelsäule hinab, und auf einmal wird mir bewusst, wie unangenehm das Kunstleder der Stuhlpolsterung an der Unterseite meiner Schenkel klebt. Wenn ich zur Toilette muss, werde ich mich regelrecht losreißen müssen.

»Oh, hey, tut mir übrigens leid, was ich dir auf Facebook geschrieben habe.« Er lacht, doch wegen seiner Nervosität klingt es seltsam dissonant. »Ich wollte witzig sein, aber gleich danach ist mir klar geworden, wie blöd das klang. Ich habe wohl einen Moment lang vergessen, dass wir uns gar nicht mehr kennen.«

Ich nicke. »Du brauchst dich nicht zu entschuldigen.« Ich muss schlucken, als ich mich an das mulmige Gefühl beim Lesen seiner Antwort erinnere – bis kurz darauf der lachende Emoji folgte. »Obwohl du recht hast. Zehn Jahre sind eine lange Zeit, und die Menschen ändern sich. Aber nicht komplett – ich fluche immer noch gern!«

Er lacht höflich, und abermals versinken wir in Schweigen.

»Und, was hast du die letzten Jahre so getrieben?«, fragt er nach einer Weile. Seine Stimme klingt zu hoch, und ich passe mich ihm instinktiv an. Ich erkenne meine eigene Stimme kaum wieder.

»Ha!«, kiekse ich. »Preisfrage!« Ich lache hölzern. »Also, na ja. Ich bin Eventplanerin. Nachdem ich die Uni geschmissen hatte, war ich eine Zeit lang als Köchin tätig, und dann bin ich in die Veranstaltungsbranche eingestiegen. Ich arbeite für das Norris Museum im Süden von London – kennst du das?« Er schüttelt den Kopf. »Tagsüber ist es für Besucher geöffnet, aber abends und am Wochenende kann man die Location für Partys und andere Veranstaltungen mieten. Wir sind ein kleines Team, eigentlich bloß ich und meine fantastische Assistentin Katie, aber die Arbeit macht Spaß. Wir richten Hochzeiten aus, Geburtstagsfeiern, Firmenevents, Konferenzen … Kürzlich hatten wir sogar den Produkt-Launch für eine neue Reihe von Duftkerzen. Eine von ihnen roch nach Katzenklo!« Ich lache kurz, und er lächelt höflich. »Wie auch immer, die Arbeit ist echt, äh … schön. Man erlebt jeden Tag was Neues …« Ich breche ab. »Tja, das ist also mein Job …« Uuuuund mir fällt absolut nichts ein, was ich in den letzten zehn Jahren sonst noch gemacht habe. Vielleicht *habe* ich gar nichts gemacht? Was war der Sinn meines Lebens? Warum habe ich keine Kinder, Haustiere oder Hobbys? Ich habe eine Katzenklo-Duftkerze, ist das so ähnlich, wie eine Katze zu haben? Oh, und in unserem Badezimmer steht ein künstlicher Kaktus! Sollte ich das erwähnen? O Gott, ich habe wirklich nichts vorzuweisen.

Ich gebe mir einen Ruck. Alles ist gut. Alles ist absolut in Butter. Genau aus dem Grund mache ich das hier ja: Bei meiner Sieben-Ex-Partner-Mission geht es darum, etwas zu finden, das mein Leben bereichern kann. Alistair könnte ein Teil dieses Lebens werden. Wir könnten heiraten und uns Pflanzen und Kinder und ein echtes Katzenklo anschaffen. Zusammen.

»Äh, und was ist mit dir?«, frage ich lahm. »Was machst du so?«

»Ich bin bei der Polizei.« Er lächelt, und mein erster Gedanke gilt den Hasch-Brownies in meiner Gefriertruhe. Mein zweiter Gedanke ist: *Alistair in Uniform*. Das macht meine Nervosität nur noch größer.

»Wow!«, sage ich gedehnt. »Das ist bestimmt total spannend.«

»Manchmal, aber es ist auch ziemlich viel Papierkram.« Er zuckt die Achseln und verzieht das Gesicht.

Wieder Schweigen.

»Und was ist mit Louise und Shelley?« Er sucht nach einem unverfänglichen Thema. Er kann ja nicht wissen, dass das Thema

»Shelley« alles andere als unverfänglich ist. »Ich wollte die ganze Zeit ein Klassentreffen organisieren. Es ist schon so lange her, dass ich die anderen gesehen habe! Wäre das nicht toll? Bist du noch mit den beiden in Kontakt? Ihr wart früher ja praktisch unzertrennlich.«

Ich nicke mit einem angespannten Lächeln. »Das stimmt!« Ich schlucke. »Also, ja, hm, wir ...« Ein Räuspern. »Lou und ich sind nach wie vor beste Freundinnen. Wir wohnen sogar zusammen, mit unserer gemeinsamen Freundin Bibi. Aber Shelley ... wir, also ... Wir haben uns ein bisschen, na ja ... sie ...« Ich verstumme. Er betrachtet mich mit seinen warmherzigen braunen Augen.

Als ich nicht fortfahre, nimmt er mit sanfter Stimme den Faden auf. »Nach der Schule lebt man sich auseinander. Das passiert halt, oder? Man kann jemandem noch so nahestehen, irgendwann treibt einen das Leben in unterschiedliche Richtungen. Ich treffe mich noch manchmal mit einigen Leuten aus der Fußballmannschaft, aber ich würde nicht sagen, dass wir besonders eng befreundet sind.« Er macht eine Pause. »Aber das ist schon okay. Das bedeutet nicht, dass man sich nicht gerne an die gemeinsame Zeit zurückerinnert. Irgendwie hat man die Leute von früher immer noch im Herzen.«

Seine vertraute Güte legt in mir einen Schalter um, und auf einmal muss ich lächeln. Ich spüre, wie sich der Knoten in meinem Magen löst, und entspanne mich ein wenig.

»Ich denke auch gerne an dich zurück – an uns«, sage ich ein wenig schüchtern, und seine Miene hellt sich auf.

»Wirklich?«

Als ich nicke, schmunzelt er. »Wir haben ganz schön viel zusammen erlebt, was? Hey, weißt du noch, wie du mich mal mit deiner Familie zum Skifahren mitgenommen hast und ich auf der roten Piste fast ums Leben gekommen wäre, weil ich zuvor behauptet hatte, ich wäre ein guter Skifahrer?«

»Dabei hattest du vorher noch nie auf Skiern gestanden!« Ich schlage mir die Hand vor den Mund.

»Aber ich konnte richtig gut eislaufen!«, ruft er. »Ich dachte, das wäre im Wesentlichen das Gleiche.«

Nachdem ich uns beiden Wein nachgeschenkt habe, wird unsere Unterhaltung lebhafter und ungezwungener. Wir schwelgen in alten Erinnerungen und schaffen gemeinsam neue. Ich betrachte die Poren seiner Haut und die unbekannten Sommersprossen auf seiner Nase. Ich versuche, objektiv zu sein. Würde ich ihn attraktiv finden, wenn er ein Fremder wäre? Es ist schwer, den erwachsenen Alistair Morris von dem jugendlichen Fußballstar zu trennen, dem Kapitän der A-Mannschaft und Anführer der coolen Clique.

Aber doch, er ist eindeutig attraktiv.

Dann wird mir auf einmal bewusst, dass ich immer noch auf ihn stehe. Und wie.

»Erinnerst du dich noch an die Party, die ich mal in der Elften gegeben habe?« Mit einem gelösten Lächeln beugt er sich über den Tisch. »Wo Louise in die Besteckschublade gekotzt hat? Ich habe die nie wieder richtig sauber bekommen. Ich schwöre dir, der Grund, weshalb meine Eltern ein paar Jahre später umgezogen sind, war der, dass Mum nach all der Zeit immer noch zusammengeklebte Teelöffel gefunden hat.«

»Das war meine Schuld«, gestehe ich. »Ich habe ihr eine ganze Dose Pringles mit Salt-and-Vinegar-Geschmack und neun Vodka blue gegeben – eine hochgiftige Mischung.«

Er lacht und hält den Blickkontakt zu mir aufrecht. »Oder als du mit Shelley und Louise in der Weihnachtsaufführung mitgespielt hast?«

»Ja!«, sage ich eifrig. »Ich war Freundin Nummer zwei der bösen Stiefschwestern – eine komplett erfundene Rolle, in der mich niemand ernst genommen hat. Shelley und ich waren sowieso nur beim Vorsprechen, weil Lou uns dazu gezwungen hat.«

»Das erklärt wohl auch, weshalb du bei der Aufführung deinen Text nicht konntest.« Er lacht schnaubend. »Louise musste all deine Zeilen reinrufen, und dann seid Shelley und du während des zweiten Akts einfach abgehauen.«

»Mr Havana hat in der Pause zu uns gesagt, wir sollen uns verpissen.« Ich grinse. »Es war das erste Mal, dass ein Lehrer in meiner Gegenwart einen solchen Ausdruck benutzt hat.« Ich mache eine Pause und betrachte ihn. »Lou ist immer noch Schauspielerin.« Ich räuspere mich, dann wende ich den Blick ab. »Mehr oder weniger, jedenfalls. Sie hat eine Agentin und geht zu Castings.«

»Das ist toll«, sagt er ehrlich erfreut.

»Und sie ist sehr glücklich mit ihrem Freund Sven«, füge ich hinzu, obwohl ich mich gleichzeitig frage, weshalb ich das Bedürfnis habe, dies zu erwähnen. »Sie sind schon seit Jahren zusammen. Ein Paar fürs Leben, weißt du? Wahrscheinlich heiraten sie bald und kriegen Kinder.« Ich starre auf die Tischplatte und hoffe, dass er nicht an meinem Tonfall hört, wie neidisch ich bin.

Doch Alistair scheint nichts zu bemerken. Stattdessen setzt er unsere Reise in die Vergangenheit fort. »Weißt du noch, wie Louise sich mal auf dem Schulhof mit Nick gezofft hat?«

Ich nicke. Ich erinnere mich nur zu gut an das mehrere Tage andauernde Drama.

»Sie war felsenfest davon überzeugt, dass es nicht ›Hickhack‹, sondern ›Fickfack‹ heißt. Sie war nicht von ihrer Meinung abzubringen.«

»Ich bin mir immer noch nicht ganz sicher, welche Version die richtige ist«, sage ich trocken.

Er lacht laut, und ich stimme mit ein. »Ich weiß noch, dass Shelley auf ihrer Seite war, aber später hat sie allen anderen auf dem Schulhof erzählt, dass Lou sich irrt.« Er schenkt mir Wein nach. Sein langer Arm reicht problemlos über den Tisch. »Ihr wart unzertrennlich. Ein grandioses Gespann und so unfassbar cool«, sagt er, als wir uns wieder einigermaßen beruhigt haben.

»Was?« Ich spucke einen Schluck Wein zurück in mein Glas. »Ich glaube nicht, dass man uns jemals als *cool* bezeichnet hätte.« Abermals muss ich lachen.

Er legt den Kopf schief und runzelt die Stirn. »Natürlich wart ihr cool.« Sein Tonfall klingt verspielt, aber es scheint ihm ernst zu sein. »Ihr drei wart die coolsten Mädchen in unserem Jahrgang. Ehrlich gesagt wart ihr sogar ein bisschen Furcht einflößend. Alle anderen Mädchen hatten Angst vor euch. Sogar *ich* hatte Angst vor euch.«

Völlig entgeistert schüttle ich den Kopf. »Hast du die Geschichte umgeschrieben? Ich, Shelley und Lou waren totale Außenseiter. Niemand wollte was mit uns zu tun haben, deshalb haben wir uns jeden Tag hinter dem Fahrradschuppen verkrochen.«

»Äh.« Er grinst wissend. »Ich glaube, *du* bist diejenige, die hier die Geschichte umgeschrieben hat. Ihr habt dort abgehangen, wo Schüler gar nicht hindurften. Ihr habt Zigaretten geraucht und dem Rest des Jahrgangs die kalte Schulter gezeigt, weil ihr das alles gar nicht nötig hattet. Wie kann es sein, dass euch das nicht aufgefallen ist?«

Ich mache den Mund zu und versuche, mich an diese angebliche Coolness zu erinnern. Ich dachte immer, wir wären in der Schule ausgegrenzt worden. Hatten in Wahrheit alle anderen das Gefühl, *sie* würden von *uns* ausgegrenzt?

»Ja«, fährt Alistair fort. »Du warst so hübsch und klug, und Shelley war mutig und frech – außerdem war sie Australierin und hat ständig Kaugummi gekaut, dadurch wirkte sie immer total selbstbewusst und auch ein bisschen mysteriös. Und Lou war so niedlich. Alle Mädchen haben euch nachgeeifert und wollten mit euch befreundet sein.«

Noch immer fassungslos angesichts dieser Offenbarung, schüttle ich den Kopf.

Alistair lächelt. »Ich erinnere mich noch an den Tag, als ich dich gefragt habe, ob du meine Freundin sein willst. Ich hatte zu viel Schiss, um zu dir zu gehen. Nick war der Einzige, der den Mut hatte, euch anzusprechen. Wir dachten, du würdest ihm sagen, er soll sich ins Knie ficken – oder Shelley würde es tun.«

Das hat Shelley damals zu ziemlich vielen Leuten gesagt. Aber mit australischem Akzent wirkte es irgendwie nicht so schlimm.

»Ich bin froh, dass du es getan hast. Dass du mich gefragt hast, ob ich deine Freundin sein will, meine ich.« Wieder tritt Schweigen ein, aber diesmal hat es nichts Peinliches. Falls überhaupt, ist es spannungsgeladen.

Alistair ist derjenige, der es bricht. »Dann hast du also niemand Besonderen kennengelernt seit, äh …« Er lacht. »Na ja, seit mir?«

Insgeheim denke ich an meine anderen Beziehungen, von denen jede einzelne auf ihre eigene Weise wichtig und besonders war. Aber ich weiß, was er hören möchte.

»Nein.« Ich sehe ihm in die Augen und verspüre ein kleines Flattern in der Brust.

»Das heißt, ich bin nach wie vor der beste Freund, den du je hattest?« Er setzt sich aufrecht hin, streckt ein wenig die Brust raus und grinst.

»Ha! Na ja, das ist schwer zu beurteilen. Das mit uns damals war ja nicht wirklich was Ernstes, oder?« Lachend trinke ich einen Schluck von meinem Wein. In meinem Kopf dreht es sich schon ein wenig. »Im Grunde genommen waren wir ja noch Kinder.«

Ich rechne damit, dass er mir zustimmt, doch stattdessen huscht ein Schatten über seine Züge. »Ach, Esther«, seufzt er, bricht jedoch abrupt ab. Zunächst sieht es so aus, als wolle er noch etwas hinzufügen, doch dann schiebt er stattdessen seinen Stuhl zurück. Ein undefinierbarer Ausdruck tritt in sein Gesicht, und er geht ohne ein weiteres Wort.

Im ersten Moment sitze ich wie versteinert da.

»Whoa!«, murmle ich nach einer Weile. Was ist hier gerade passiert? Als ich nach links schiele, stelle ich fest, dass die zuvor so ausgelassene Gruppe am Nebentisch still geworden ist und mich in einer Mischung aus Mitleid, Belustigung und Vorwurf ansieht.

Ich schätze, er hatte wohl genug von mir?

Ich schlucke den Kloß in meinem Hals hinunter. Ich werde *nicht* weinen.

Aber mal ganz im Ernst: Was war das gerade? Wir haben uns über die gute alte Zeit unterhalten, gemeinsam gescherzt und gelacht. Und dann hat er … warum hat er … was ist passiert?

Ich darf nicht weinen.

Spielt es eine Rolle, was passiert ist? Er ist weg, und ich muss hier raus. Ganz offensichtlich ist er ein Spinner, der völlig ohne Grund die beleidigte Leberwurst spielt. Ich werde jetzt meine Sachen nehmen und nach Hause gehen.

Doch das tue ich nicht. Stattdessen bleibe ich sitzen, spüre die Blicke der anderen auf mir und frage mich, was ich falsch gemacht habe.

EX NR. 1: ALISTAIR MORRIS

Auch bekannt als: die erste Liebe
Teil drei

Durham University
Studentenwohnheim
18:31 h

»Na los, jetzt mach's endlich!« Meine Mitbewohnerin verdreht die Augen. »In einer halben Stunde geht die Happy Hour los, es gibt fünf Snakebites für einen Fünfer.«

»Aber ich trau mich nicht!«, jammere ich. Ich habe schon ganz schön einen im Tee. »Ich weiß, ich muss es tun, aber es ist furchtbar. Wir sind seit Jahren zusammen. Ich mag ihn immer noch total gern, weißt du?«

»Ach, stell dich nicht so an.« Wieder rollt sie mit den Augen. »Jeder hat einen Freund oder eine Freundin, wenn er zur Uni geht, und jeder macht im ersten Jahr Schluss. Du musst ihm zuvorkommen. Dafür ist die Uni doch da! Man kommt hierher, um neu anzufangen und Abenteuer zu erleben.« Sie stampft ungehalten mit dem Fuß auf. »Jetzt komm schon, Ellie. Die Snakebites warten.« Sie nennt mich Ellie, seit wir uns vor ein paar Wochen kennengelernt haben, und ich weiß nicht, wie ich sie auf diesen Irrtum hinweisen soll. Vor allem, da ich keine Ahnung habe, wie *ihr* Name lautet.

Es ist seltsam, wenn man sich das Zimmer mit einer Fremden teilt. Man muss sich zusammenraufen und im Wesentlichen von Anfang an so tun, als würde man sich großartig verstehen. Und wenn man ein paar wichtige Dinge nicht mitbekommt – wie zum Beispiel den Namen der Mitbewohnerin –, muss man sich irgendwie durchmogeln.

Ich schlucke trocken, nehme mein Handy und drücke die Kurzwahltaste.

»Hey, Baby.« Er geht sofort ran. »Endlich rufst du mal zurück! Wie ist es so auf der Uni? Hast du Spaß?« Er lacht, lässt mir aber keine Zeit zu antworten. »Ich habe das Gefühl, als hätte ich in letzter Zeit kaum von dir gehört. Du rufst doch nicht etwa an, um mit mir Schluss zu machen, oder?«

O Gott. Warum hat er das gesagt?

Als ich nicht mitlache, verstummt er.

»Alistair …«, beginne ich stockend. Ich fühle mich schrecklich. Meine Mitbewohnerin hält mir ein Glas mit grüner Flüssigkeit unter die Nase, und ich trinke es in einem Zug aus. »Alistair, ich weiß, es ist beschissen, dass du es auf diese Weise erfahren musst, aber …«

»O mein Gott, du meinst es ernst, oder?« Auf einmal klingt er regelrecht erschüttert. »Machst du *wirklich* mit mir Schluss, Esther? Ernsthaft?«

Ich öffne den Mund und schließe ihn wieder. »Es tut mir so leid.«

Ein langes Schweigen setzt ein, während ich von Schuldgefühlen fast erdrückt werde. Tue ich das Richtige? Meine namenlose Mitbewohnerin hat doch recht, oder nicht? Jeder trennt sich, wenn er auf die Uni geht. Es gibt so viele neue Leute, so viele Partys, so viele spannende Erfahrungen. Und Alistair war meine erste Liebe. Das mit uns war von vorneherein nicht auf die Ewigkeit ausgelegt, oder? Vor allem nicht auf drei Jahre Fernbeziehung, während ich in Durham studiere!

»Einfach so? Aus heiterem Himmel? Verdammte Scheiße, am *Telefon?*« Er ist tief verletzt. Ich dachte, es würde ihn nicht ganz so hart treffen, weil ich mich die letzte Woche kein einziges Mal bei ihm gemeldet habe – diese These vertrat jedenfalls meine namenlose Mitbewohnerin. Doch offensichtlich hatte er nicht den Schimmer einer Ahnung, was ihm bevorstand.

»Äh.« Mir wird schwindlig. Was, wenn ich die falsche Entscheidung treffe? »Ich meine, wir sollten vielleicht noch ein paar Dinge durchsprechen – wo wir jetzt stehen oder …«

»Ich fasse es nicht.« Seine Stimme klingt heiser, als käme sie von ganz weit weg. »Ich kann es echt nicht glauben. Du machst allen Ernstes mit mir Schluss. Nach drei Jahren. Du bist erst ein paar Wochen an der Uni. Ist es da wirklich so toll?«

Ich weiß nicht, was ich darauf antworten soll, und schlucke den klebrig-süßen Kloß in meinem Hals hinunter, der teils aus Gefühlen, teils aus billigem Alk besteht.

»Du hast mir *geschworen,* so was nicht zu machen«, flüstert er niedergeschmettert. »Du hast mir versprochen, dass wir zusammenbleiben, wenn du auf die Uni gehst. Du hast uns keine Chance gegeben. Das erste Semester ist noch nicht mal zur Hälfte um.«

»Es tut mir so leid, Alistair.« Mein Mund ist trocken. »Ich wollte es dir nicht auf diese Weise sagen, und ich weiß, es kommt plötzlich für dich, aber …«

Auf der anderen Seite des Zimmers tut meine ungeduldige Mitbewohnerin so, als würde sie eine Flasche an die Lippen setzen. »Beeil dich!«, formt sie lautlos, aber zugleich aggressiv mit den Lippen, ehe sie deutlich lauter hinzufügt: »ES IST HAPPY HOUR!! Die Typen aus Wohnung 25C warten auf uns!!«

»Ich sehe, du bist gerade beschäftigt.« Auf einmal klingt Alistairs Stimme kalt. »Dann lege ich jetzt mal auf.«

»Hör zu, können wir später darüber reden?«, flehe ich ihn schuldbewusst an. Ich dachte, ich tue etwas Vernünftiges, etwas Erwachsenes, wenn ich mit meiner ersten Liebe Schluss mache. Stattdessen komme ich mir grausam vor und fühle mich richtig beschissen. »Vielleicht könnte ich am Wochenende kommen? Oder – ach nein, dieses Wochenende habe ich schon was vor, es gibt eine Ballonparty im Wohnheim … Aber vielleicht nächstes oder übernächstes Wochenende? Dann können wir alles in Ruhe besprechen, und ich kann es dir erklären? Es tut mir wirklich leid, Alistair.«

Statt mir zu antworten, legt er auf. Einen Moment später lasse ich das Handy neben mich aufs Sofa fallen. Mein Magen und meine Brust fühlen sich leer und wund an.

»Na, endlich!« Meine neue Freundin lacht dreckig, und auf einmal vermisse ich Louise und Shelley schmerzlich. Gerade wenn ich sie am dringendsten brauche, sind sie nicht da. Louise ist zu Hause. Sie hat sich ein Jahr Pause gegönnt und nimmt Schauspielstunden. Anscheinend will sie die Schauspielerei zu ihrem Beruf machen – wobei ich nicht glaube, dass dieses Vorhaben von Dauer sein wird. Shelley ist nach Warwick gezogen, um Informatik zu studieren. Sie ist neuerdings ein bisschen distanziert, und ich mache mir Sorgen, dass sie uns vielleicht ersetzen könnte. Während ich zusehe, wie meine Mitbewohnerin Tasche und Jacke nimmt, schwöre ich mir, dass ich mit Shelley in Kontakt bleiben werde. Ich darf sie oder

Louise nicht verlieren. Nicht, nachdem ich bereits Alistair verloren habe.

Auf einmal kommt mir in den Sinn, dass ich meinen Freund womöglich nie wiedersehen werde. Dass ich nie mehr mit ihm sprechen werde. Mit meinem *Ex*-Freund. Meiner ersten, meiner einzigen großen Liebe. Was habe ich getan? Ich renne aufs Klo, wo ich widerlichen grünen Schleim in die Schüssel kotze, der mir noch Tage später im Hals brennt.

5

Scheiß drauf. Ich werde nicht zulassen, dass er mich einfach so sitzenlässt. Das kann er nicht mit mir machen. Ich habe was Besseres verdient! Oder vielleicht nicht unbedingt was Besseres – aber wenigstens Antworten.

Gelassen und mit einem nichtssagenden Lächeln auf den Lippen nehme ich meine Tasche, ganz so, als würde es immer so enden, wenn ich mit einem Freund was trinken gehe. Wir gehen grundsätzlich ein paar Minuten zeitversetzt, macht das denn nicht jeder? Ich schwinge mir die Tasche über die Schulter und tue so, als müsste ich gähnen, um zu demonstrieren, wie locker ich das alles nehme. Dann strebe ich – zügig, aber gleichzeitig betont langsam – auf den Ausgang zu.

Draußen weht mir die kalte Luft entgegen, und ich stelle fest, dass ich mehr getrunken habe als beabsichtigt. Habe ich irgendwas Dummes gesagt, an das ich mich nicht mehr erinnern kann? Warum ist er einfach gegangen? Hektisch schaue ich nach rechts und links, ehe ich ihn erspähe. Er ist größer als alle anderen, deshalb ragt sein Kopf aus der Menge der Passanten heraus. Er geht in Richtung U-Bahn und ist bereits ein gutes Stück entfernt.

»Alistair!« Meine Stimme klingt gepresst, als ich seinen Namen rufe. Keine Ahnung, ob er mich gehört hat, jedenfalls dreht er sich nicht um.

Was zum Teufel ist passiert? Was habe ich gesagt? Ich dachte, wir hätten einen schönen Abend. Ich habe sogar mit dem Gedanken gespielt, dass wir *vielleicht* … Aber das könnte auch am Wein gelegen haben. Nein, es war *wirklich* schön. Wir hatten Spaß zusammen, da kann er nicht einfach Knall auf Fall aufstehen und gehen. Wir sind erwachsen. Eingeschnappt abzurauschen war vielleicht vor fünfzehn Jahren okay, aber die Zeiten sind vorbei.

Ich nehme die Verfolgung auf und laufe im Zickzackkurs zwischen den Fußgängern hindurch.

»ALISTAIR!« Nachdem ich etwas aufgeholt habe, versuche ich es noch einmal. Einige Passanten drehen sich um, aber die Person, deren Aufmerksamkeit ich erregen will, geht unverdrossen weiter.

»ALISTAAAAAAAAAIR!« Ich ziehe noch mal das Tempo an und renne beinahe einen Spendensammler und ein paar verwirrte Touristen um. Kurz bevor Alistair die Treppe zum U-Bahnhof erreicht hat, hole ich ihn endlich ein und packe ihn am Arm. Er leistet keinen Widerstand.

»Alistair!« Ich drehe ihn zu mir herum, doch er sieht mich nicht an, sondern blickt nach oben in den Himmel. »Mann, was sollte das? Warum bist du einfach abgehauen? Weshalb bist du so sauer? Was habe ich getan?«

Er seufzt, dann schaut er mir endlich in die Augen.

»Ich …« Jemand rempelt ihn an und brummt etwas von wegen »verdammte Touris«. Alistair verdreht die Augen, ehe er mich ein Stück vom U-Bahn-Eingang wegführt, wo es vor Leuten nur so wimmelt. Vor dem Schaufenster eines riesigen Kaufhauses bleiben wir stehen. Verärgert warte ich auf eine Erklärung.

»Hör zu, Esther … Tut mir leid, dass ich einfach so gegangen bin, aber ich konnte mir einfach nicht anhören, wie du dasitzt und wieder genau dasselbe machst wie früher. Es ist immer das Gleiche mit dir, selbst nach all der Zeit noch.«

Ich bin wie vor den Kopf gestoßen. »Was? Was habe ich denn gemacht? Wovon redest du?«

Wieder blickt er in den Himmel. Die Situation ist ihm sichtlich unangenehm. »Du … na ja, du hast immer so getan, als wäre unsere Beziehung nichts Ernstes. Eine Albernheit, die keine große Bedeutung hat. Als wären wir Kinder, die bloß ein Spiel spielen.«

Ich stutze und lasse mir seine Worte durch den Kopf gehen. Ist das wahr? Ich erinnere mich noch daran, wie ich mir damals fest vorgenommen habe, mich bloß nicht in unsere Romanze hineinzusteigern. Es war wie ein Mantra: *Das hier ist deine erste Liebe, er ist zu gut für dich, es wird nicht lange halten. Früher oder später wird er dich für eine andere verlassen.* Ich habe mir die ganze Zeit eingeredet, wie unbedeutend unsere Beziehung ist und dass es völlig in Ordnung wäre, wenn sie in die Brüche geht, denn Alistair war ja *nur* meine erste Liebe.

Aber ich kann mich nicht daran erinnern, dies ihm gegenüber geäußert zu haben. Jedenfalls nicht sehr oft. Und selbst wenn – er wirkte immer so selbstbewusst, deshalb bin ich davon ausgegangen, dass er derjenige wäre, der darüber bestimmen würde, wie lange unsere Beziehung anhielt, und dass er dies auch wusste. Irgendwann würde er mich durch ein anderes – viel hübscheres und klügeres – Mädchen ersetzen, das er am Ende vermutlich heiraten würde, und dann würden sie zusammen über seine alberne Freundin von der Schule lachen, die doch tatsächlich so bekloppt gewesen war zu glauben, er würde für immer bei ihr bleiben.

»Wir waren mehrere Jahre zusammen, Esther. Mehrere Jahre!« Die nächsten Worte flüstert er. »Du warst meine erste Liebe. Wir hatten gemeinsam unser erstes Mal. Das mit uns hat mir etwas bedeutet. Ich fand dich toll, aber du hast mich die ganze Zeit auf Abstand gehalten oder unsere Beziehung runtergespielt. Dir war gar nicht klar, wie sehr ich dich mochte, obwohl ich es dir ständig gesagt habe. Nachdem du eingewilligt hattest, mit mir auszugehen, habe ich zwei Wochen lang nicht mit dir geredet, weil ich so aufgeregt war. Nick musste mich zwingen, dich anzusprechen!«

Ich denke an jene Tage zurück. Daran, dass wir uns in den ersten Wochen kaum in die Augen schauen konnten. Wir standen auf dem Schulhof nebeneinander – er kickte einen Ball, ich trank meinen Apple Tango –, ohne ein Wort miteinander zu wechseln. Es dauerte Ewigkeiten, bis wir anfingen, uns wie ein Pärchen zu verhalten.

Seufzend fährt er fort. »Wir ... du hast so oft beteuert, dass wir zusammenbleiben würden, auch wenn du auf die Uni gehst. Wir wollten es versuchen, und ich habe daran geglaubt. Aber sobald du weg warst, hast du dich kaum noch bei mir gemeldet, und als du dann mit mir Schluss gemacht hast, hast du so getan, als wäre unsere Beziehung von Anfang an nichts Ernstes gewesen. Als hätte sie dir nichts bedeutet. Ich hatte so schlimmen Liebeskummer.« Wieder seufzt er, als würde es immer noch wehtun. »Ich habe Ewigkeiten gebraucht, um über dich hinwegzukommen.« Er schaut hoch. »Und dann tauchst du plötzlich wieder in meinem Leben auf – oder wenigstens auf meiner Messenger-App – und tust *immer* noch so, als wäre das alles keine große Sache gewesen. Esther, es *war* eine große Sache. Ich habe dich geliebt. Ich dachte, wir würden für immer zusammenbleiben.« Er scharrt mit dem Fuß auf dem Boden. »Ich will einfach nicht hören, dass es für dich bedeutungslos war.«

In dem Schweigen, das daraufhin eintritt, umspült vom Londoner Straßenlärm, spüre ich die Scham in mir aufsteigen. Denn er hat recht. Die Trennung war wirklich eine ganz miese Nummer. Ich war davon ausgegangen, es würde ihn nicht weiter jucken – ich habe das wirklich geglaubt. Ich hatte mir selbst eine Gehirnwäsche verpasst und dachte, das zwischen uns wäre bloß eine alberne kleine Teenie-Romanze. Aber die Art, wie ich den Kontakt zu ihm abgebrochen habe, war wirklich grausam. Am Telefon, in einem zweiminütigen Gespräch, auf Drängen dieses blöden Mädchens hin, mit dem ich mir damals das Wohnheimzimmer geteilt und dessen Namen ich mir nie gemerkt habe. Und hinterher habe ich mich aufgebrezelt und bin zu einer Studentenparty in eine Bar gegangen, wo ich mit mehreren Jungs geflirtet habe. Ich habe meine Trauer verdrängt, indem ich völlig wahllos mit irgendwelchen Typen knutschte, die gerade verfügbar waren. Rückblickend wird mir bewusst, wie schäbig das war.

»Nach der Trennung hast du dich geweigert, mit mir zu sprechen.« Er holt tief Luft. »Deshalb war ich auf das angewiesen, was Nick mir von der Uni berichtet hat.«

»Nick Wilde aus unserem Jahrgang? Was hat er dir denn erzählt?« Ich bin verunsichert. Nick und ich waren die Einzigen, die nach dem Schulabschluss zum Studieren nach Durham gegangen sind, allerdings hatten wir kaum etwas miteinander zu tun. Wir beide konnten es gar nicht erwarten, unsere alte Identität abzustreifen und uns neu zu erfinden.

»Nicht viel.« Er zuckt mit den Schultern. »Nur, dass du glücklich zu sein schienst. Nicht gerade das, was ich hören wollte.« Er lacht verlegen, und ich lasse den Kopf hängen.

»Es tut mir so leid«, sage ich leise, und ich meine es auch so.

»Hey.« Wieder zuckt er mit den Schultern, doch diesmal wirkt es so, als wolle er damit seinen alten Schmerz abschütteln. »Es ist, wie es ist. Und mir tut es auch leid. Wie du schon sagtest, wir waren praktisch noch Kinder.« Jetzt klingt sein Lachen schon weniger angespannt. »Ich habe vorhin überreagiert, dafür entschuldige ich mich. Das war dumm. Aber als ich gehört habe, wie du unsere Beziehung einfach so abtust, ist das alles wieder in mir hochgekommen. Offenbar hat mein achtzehnjähriges Ich noch nicht damit abgeschlossen! Aber der neunundzwanzigjährige Alistair ist ein bisschen weiser.«

»Nein, du hattest schon recht.« Ich schüttle den Kopf. Jemand schnalzt missbilligend mit der Zunge und versetzt mir einen Stoß, sodass ich auf Alistair zustolpere. Auf einmal bin ich ihm so nah, dass ich seinen Atem spüren kann. Er blickt mich intensiv an. Einen Moment lang denke ich, dass er mich küssen wird. Und ich will es. Zwischen uns existieren immer noch so viele Emotionen, und es könnten noch mehr werden, wenn ich mich nur fünf Zentimeter nach vorn beugen würde.

Aber.

Ein Kuss mit Alistair Morris bliebe nicht ohne Konsequenzen, vor allem, nachdem ich ihn so viele Jahre lang *nicht* geküsst habe. Damit wären Tausende Gefühle und Erinnerungen verbunden, alte Wunden und Unsicherheiten, von denen ich glaubte, sie überwunden zu haben. Das könnte alles wieder hochkommen.

Außerdem: Was würde es für ihn bedeuten, wenn wir uns küssen? Jetzt, wo er mir gestanden hat, wie wichtig unsere Beziehung ihm damals war? Vielleicht würde ich ihm nur noch mehr wehtun, und das hat er nicht verdient.

Er blickt zu Boden und lacht. Es ist ein wunderschönes Geräusch. Mein Herz krampft sich zusammen. Ich weiche einen kleinen Schritt zurück, und der Bann ist gebrochen.

Vielleicht bin ich noch nicht bereit für einen Kuss, aber ich möchte Alistair gerne wiedersehen. Unbedingt.

»Können wir das vielleicht bei Gelegenheit wiederholen?« Ich versuche, die Frage möglichst beiläufig zu stellen, scheitere jedoch kläglich. Im Gegenteil, ich klinge auf peinliche Weise begierig. »Vielleicht könnten wir dann ja auf ein richtiges …«, ich kichere verlegen, »auf ein richtiges Date gehen?«

»Oh.« Er sieht mich verdutzt an und reibt sich über sein Gesicht. Die Pause zieht sich ins Unendliche, und ich will so tief im Boden versinken, dass mich selbst Höhlenforscher nicht mehr finden. Liege ich so daneben? Ich dachte, der Vibe wäre flirty gewesen. Schließlich sieht er mir in die Augen und schämt sich offensichtlich für mich. »Mist. Das tut mir echt leid, Esther. Ich glaube, ich habe da bei dir einen falschen Eindruck erweckt. Ich bin in einer Beziehung. Ich habe eine Freundin.«

Ich schlucke und versuche, mir nichts anmerken zu lassen, aber meine Wangen glühen. »Ach so.« Noch einmal muss ich schlucken. »O Mann, entschuldige, ich wollte nicht … Ich wusste nicht … ich meine … Scheiße.«

Er legt mir in einer viel zu netten Geste eine Hand auf die Schulter. Ich spüre die Wärme seiner Handfläche durch meine dicke Jacke. »Das ist meine Schuld. Es tut mir wirklich leid. Ich hätte sie schon früher erwähnen sollen, aber es war so schön, sich über die alten Zeiten zu unterhalten. Ich habe nicht nachgedacht.« Er hält inne. »Ich weiß, die Leute sagen das andauernd, ohne es ernst zu meinen, aber ich würde mich freuen, wenn wir Freunde sein könnten. Glaubst du, das wäre möglich? Du bist immer noch so klug und witzig. Ich möchte es jedenfalls gerne versuchen, wenn du Lust darauf hast? Und es wäre auch toll, Shelley und Louise mal wieder zu treffen.« Rasch wird ihm sein Fehler bewusst. »Nur Lou, meine ich. Ich würde sie wirklich zu gern wiedersehen.« Nervös wartet er auf meine Antwort.

Ich nicke. Mein Kopf fühlt sich schwer an. »Klar.« Ich nicke immer weiter. Ich kann gar nicht mehr damit aufhören. »Das wäre wirklich toll, Alistair. Es war … schön, dich zu sehen.«

»Dann ist es abgemacht«, sagt er zufrieden.

Wir verabschieden uns, und ich spüre eine schmerzhafte Enge in meiner Brust. Ich glaube nicht, dass ich Alistair Morris je wiedersehen werde. Andererseits: Wie oft habe ich das schon gedacht?

6

»Dann ist er also nicht derjenige?« Bibi verzieht verwirrt das Gesicht. »Oder doch?«

»Arrrrgghhhh.« Ich lasse mich aufs Bett fallen. »Wie oft denn noch? Es spielt keine Rolle. Das Ganze war die reinste Zeitverschwendung – er hat eine Freundin.«

Sie sieht mich auf ihre typische Bibi-Art an.

»Okay, meinetwegen. Es hat ein bisschen zwischen uns geknistert.« Ich mache eine kurze Pause. »Als wir uns verabschiedet haben, lag da diese irre sexuelle Spannung in der Luft. Die habe ich mir definitiv nicht eingebildet. Aber er hat deutlich gemacht, dass er nicht an mehr interessiert ist. Außerdem will ich mich nicht in eine intakte Beziehung drängen. Nein, danke.« Abermals eine Pause, dann sage ich probehalber: »Barbara?«

»Verstehe. Und nein, falsch«, sagt Bibi, belustigt von meinem neuesten Versuch, ihren Namen zu erraten. Wir liegen nebeneinander auf ihrem Bett und hören gelangweilt zu, wie Louise und Sven nebenan ihrem tristen Alltagssex frönen.

»Iih, du hast mein Gesicht vollgekrümelt«, sagt Lou leise. Sie klingt genervt. »Kannst du dich bitte vorher ausschütteln, wenn du im Bett Kekse gegessen hast? Vor allem, wenn du oben bist. Jetzt habe ich Keks im Auge.«

Sven murmelt eine Entschuldigung.

»Willst du so was wirklich?« Bibi sieht mich mit einer hochgezogenen Augenbraue an.

Ich lache, dann stoße ich einen Seufzer aus. »Ja, irgendwie schon«, gestehe ich. »Ich will diese langweilige Intimität. Ich will jemanden so gut kennen, dass ich mit ihm über den Durchfall reden kann, den er kriegt, wenn er laktosehaltige Lebensmittel gegessen hat. Ich will mich bei jemandem so wohlfühlen, dass wir unsere Zugangsdaten für den Tesco-Lieferdienst miteinander teilen. Ich will einen Partner, der sich darüber beschwert, dass er meine Haare in seiner Poritze oder seiner Unterhose findet. Und ja, ich will zusammen mit ihm im Bett Kekse essen, hinterher über die Krümel meckern und dadurch unsere wöchentliche Blümchensex-Nummer ruinieren.«

Bibi wendet sich ab. »Für mich klingt das absolut ätzend.«

»Aber sie lieben sich trotz ihres eintönigen Sexlebens!«, rufe ich. »Eintöniger Sex ist okay. Wahrscheinlich wäre er mir sogar lieber. Gott, ich hasse Blowjobs. Man sollte meinen, all die Schnelltests, die die Männer während der Pandemie machen mussten, hätten ihnen vor Augen geführt, wie unangenehm so was ist. Wenn man schon würgen muss, nachdem man sich ein Wattestäbchen in den Rachen gesteckt hat, und einem davon hinterher zehn Minuten lang die Augen tränen, sollte man vielleicht gewisse Dinge überdenken.« Bibi grinst, und ich stemme eine Hand in die Hüfte. »Aah, jetzt weiß ich, wie du heißt.« Kichernd gebe ich ihr einen Knuff. »Es war die ganze Zeit so offensichtlich, *Bridget*. Du bist Single, und du trägst sogar diese riesigen Unterhosen.«

Sie schüttelt lachend den Kopf. »Nein.«

Auf einmal steht Louise im Bademantel in der Tür. Das postkoitale Strahlen in ihrem Gesicht ist unverkennbar. Selbst langweiliger Sex ist immer noch Sex.

»Esty! Du bist wieder da!«

»Ich bin wieder da.« Ich breite die Arme aus, und sie wirft sich hinein. Sie riecht nach Sex, aber das stört mich nicht. Mehr Intimität bekomme ich momentan eh nicht.

»War es magisch?« Voller Hoffnung sieht sie mich an. »Hast du dich neu in Alistair verliebt? Oder ist er schlecht gealtert und postet pro Tag fünfzig Memes auf Facebook?«

»O mein Gott.« Ich setze mich so hastig auf, dass sie von mir herunterrutscht. »Das habe ich gar nicht nachgeprüft. Ich glaube nicht. Andererseits sieht man jemandem ja nicht an, ob er Memes auf Facebook postet.«

Lou kichert. Dann wird sie ernst. »Geht es dir gut? Du siehst ein bisschen geknickt aus.«

»Bin ich auch«, räume ich ein, als mich die Last der Gefühle von heute Abend aufs Neue übermannt. Jemanden, den ich sehr geliebt habe, nach so langer Zeit wiederzusehen, ist anstrengend. »Und es war alles umsonst. Er hat eine Freundin, und er hat mir keinen Antrag gemacht oder sonst irgendwas.«

Bibi schüttelt den Kopf. »Was für eine Dreistigkeit. Nicht zu fassen.«

»Eben!«, sage ich entrüstet, dann lasse ich mich resigniert aufs Bett sinken. »Aber na ja, ich muss nach vorn schauen. Weiter zum nächsten Ex!«

Lou macht ein nachdenkliches Gesicht. »Esther«, sagt sie langsam. »Glaubst du wirklich, dass sich das lohnt? Ich meine, es hat mit ihnen beim ersten Mal ja auch nicht funktioniert – warum sollte es jetzt anders sein?«

Ich denke gründlich über ihren Einwand nach. Derselbe Gedanke ist mir auch schon gekommen. »Weil ich es jetzt mehr will«, antworte ich schließlich wahrheitsgemäß. »Ich bin bereit für etwas Festes, und das war ich damals nicht, weder mit Alistair noch mit Paul oder Idris oder einem der anderen. Wenn ich ganz ehrlich bin, habe ich bisher keiner Beziehung wirklich eine Chance gegeben. Beim ersten Anzeichen von Konflikten habe ich die Reißleine gezogen. Ich war noch zu jung. Ich wollte frei sein, und deshalb habe ich mich total unreif verhalten.« Ich halte inne. »Außerdem ist es doch romantisch, oder? Mit einem Verflossenen wiedervereint zu werden! Denkt nur an die Rede auf unserer Hochzeit. Die wird zum Dahinschmelzen! So wie bei dir und Sven!«

Bibi grunzt. »Nach dem ersten Jahr geht es immer steil bergab.«

Louise macht ein empörtes Gesicht. »Das stimmt nicht!«, ruft sie. »Wenn überhaupt, geht es bergauf!«

»Das klingt genauso schlimm«, sagt Bibi, doch Louise beachtet sie gar nicht.

»Sven ist sehr fürsorglich und nett.« Sie strahlt mich an. »Er hinterlässt mir immer noch kleine Liebesbotschaften.«

»Ich persönlich ziehe Fünfzig-Pfund-Scheine vor«, murmelt Bibi trocken, während Louise einen kleinen Glückstanz aufführt und dabei eine Lampe umstößt, die mit einem gedämpften Knall auf dem Teppich landet. »Ups!« Sie hält sich die Hand vor den Mund.

Aus der Etage unter uns kommt ein lautes Klopfen.

»Fick dich, du alte Nervensäge«, ruft Bibi laut.

»Nenn ihn nicht so«, tadelt Louise. Sie hat ein sehr enges Verhältnis zu ihrer Großmutter, deshalb ist sie älteren Leuten gegenüber immer besonders respektvoll. Selbst wenn sie Arschlöcher sind. »Er heißt Ivan. Oder für unhöfliche Menschen wie euch: Mr Walsh. Ich glaube, er meint es auch gar nicht böse, wenn er gegen die Decke klopft. Wahrscheinlich will er uns einfach nur Hallo sagen.«

Wir wohnen in der mittleren Etage eines viktorianischen Altbaus im Südosten Londons. Über uns lebt eine ehemalige Tänzerin namens Sofia, die vor etwa einem Jahr eingezogen ist. Sie ist cool, und wir mögen sie. Sie kocht manchmal für uns und erinnert uns immer daran, dass wir unsere Rechnungen pünktlich zahlen müssen. Wenn sie und wir die einzigen Hausbewohner wären, gäbe es keinen Grund zur Klage. Aber im Souterrain haust ein miesepetriger alter Knacker namens Ivan – seinen Namen kennen wir nur, weil wir in seiner Post geschnüffelt haben. Er klopft sehr oft an die Decke, normalerweise, wenn ich zu laut durch die Wohnung laufe oder Louise und Sven eine ihrer langweiligen Nummern schieben. Bibi und ich haben es schon vor langer Zeit aufgegeben, freundlich zu ihm zu sein, aber Lou ist wild entschlossen, sein Herz zu gewinnen. Sie hasst es, wenn andere Leute sie ablehnen. Ich glaube, deshalb ist sie auch Schauspielerin geworden. Sie möchte von der ganzen Welt geliebt werden.

Wie dem auch sei. Neulich hat sie sogar Kekse für Ivan gebacken und sie ihm vor die Wohnungstür gestellt, und er verhält sich uns gegenüber immer noch wie ein Arschloch.

»Willst du deine Mission in chronologischer Reihenfolge fortsetzen?«, fragt Bibi. Sie betrachtet das Baumdiagramm. »Ist Carl als Nächstes dran?«

Louise und ich wechseln einen Blick, und sie verzieht das Gesicht.

»Genau genommen schon. Ich bin ihm mit einundzwanzig begegnet«, sage ich vage.

»Bist du sicher, dass du ihn wiedersehen willst?«, fragt Lou vorsichtig.

»Hmmm.« Ich atme einmal tief durch und überlege. »Ja, ich bin mir sicher. Aber jetzt noch nicht. Ich weiß schon, wen ich mir als Nächstes vornehmen will.« Ich schenke meinen Freundinnen ein breites Lächeln. »Meinen Harry.«

Louise sieht mich verständnislos an, während Bibi eine Grimasse schneidet. Noch einmal studiert sie das Diagramm meiner

Ex-Freunde. »Was? Wer zum Geier ist Harry? Der steht hier gar nicht drauf.«

Ich seufze verträumt. »Paul. Mein guter Freund, mein ehemaliger Kollege, mein *Was Wäre Wenn*. Wir waren wie Harry und Sally.« Die beiden wechseln einen Blick. »Meine verpasste Chance!«, füge ich erklärend hinzu.

Bibi und Louise wirken skeptisch, aber das ist mir egal. Wenn Alistair nicht der Eine für mich ist, dann muss es Paul sein. Garantiert.

7

»Runter!« Alle bis auf Bibi werfen sich gleichzeitig zu Boden. Die anderen Gäste im Café drehen sich zu uns um und starren uns an. Wir haben uns wochenlang vorbereitet, aber das hier wird nicht die verdeckte Operation, die wir uns erhofft hatten.

»Okay, wieder hoch«, murmle ich peinlich berührt, während ich mich auf meinem Stuhl aufrichte. Louise taucht verlegen neben Bibis Schoß auf. Ihre dunkle Sonnenbrille ist verrutscht.

»Was zum Teufel macht ihr da?« Bibi trinkt seelenruhig einen Schluck von ihrem Tee.

»Ich dachte, ich hätte ihn rauskommen sehen«, gestehe ich.

Bibi schaut an mir vorbei aus dem Fenster auf das Objekt unseres Interesses. »Du meinst die ältere Dame ohne Haare, die gerade das Restaurant verlassen hat?« Sie sieht mich belustigt an. »Du dachtest, *das* wäre Paul?«

»Na ja«, sage ich trotzig. »Es ist immerhin fünf Jahre her. Ich war mir nicht ganz sicher.

»IST DIE LUFT REIN?« Sofia, unsere Nachbarin aus dem Stock über uns, kauert noch immer unter dem Tisch und klammert sich an eins der hölzernen Tischbeine.

»Ja, Sofia, du kannst rauskommen. Falscher Alarm«, sagt Louise freundlich und streckt ihr eine Hand hin, die jedoch ignoriert wird. Sofia kommt unter dem Tisch hervor und lässt sich in vollendeter

Eleganz auf ihren Stuhl sinken. Sie sieht noch genauso adrett aus wie vor ihrem Tauchgang.

»Was jetzt?« Sie beugt sich verschwörerisch über den Tisch.

Wir haben unsere Nachbarin mit auf unsere Mission genommen, weil sie, wie sich herausgestellt hat, über die Ausrüstung verfügt, die man benötigt, wenn man seinen Ex ausspionieren will. Bibi hatte sie ganz spontan gefragt, ob sie eine dunkle Brille besäße, und als wir aufbrechen wollten, stand sie auf einmal mit einem Feldstecher, Walkie-Talkies und drei extrem agentenmäßig aussehenden Trenchcoats bei uns vor der Tür. Louise versuchte gerade, die Klospülung zum Laufen zu bringen, deshalb hat sie die Verteilung der Mäntel und Spielzeuge verpasst und schmollt jetzt. Sie trägt eine langweilige alte Bomberjacke und spielt an einem selbst gebastelten Dosentelefon herum.

Jedenfalls hat sich Sofia als die beste Spionin von uns allen entpuppt. Für eine Siebenundsiebzigjährige ist sie noch sehr rüstig.

»Also …« Ehrlich gesagt, weiß ich das auch nicht so genau. »Keine Ahnung. Wir warten?«

Bibi verdreht die Augen. »Mann, wieso kannst du ihm nicht einfach eine Nachricht schreiben?«

Louise beugt sich zu mir. »Ja, warum eigentlich nicht?«, fragt sie eifrig. »Ihr seid doch nicht im Streit auseinandergegangen, oder? Bestimmt würde er sich riesig freuen, von dir zu hören. Er ist doch dein Harry, Esther!«

»Was um alles in der Welt ist ein Harry?«, höre ich Sofia murmeln, doch ich beachte ihre Frage nicht weiter.

»Ohh«, stöhne ich hilflos. »Das weiß ich doch! Ich will ihn vorher einfach mal in Augenschein nehmen. Ihr wisst schon – um ein paar Hinweise über sein jetziges Leben zu sammeln. Wir standen uns damals so nahe. Unsere Freundschaft war sehr intensiv, und dann kam er mit dieser *Celeste* zusammen, und wir haben uns auseinander …«

»Ist es wegen Alistair?«, fragt Louise sanft.

Ich blicke auf meine Füße. »Kann sein.« Ich atme tief durch. »Ich habe mich wirklich auf dieses Wiedersehen eingelassen.« Ich höre den Trotz in meiner Stimme. »Und ich dachte, da wäre was zwischen uns. Bis er so ganz nebenbei seine Freundin erwähnt hat. Pfui!« Ich ringe die Hände und stoße dabei um ein Haar Sofias Teetasse um. »Deshalb will ich diesmal vorher wissen, worauf ich mich einlasse. Damit ich mir keine falschen Hoffnungen mache. Ich mochte Paul wirklich sehr.«

»Tja.« Bibi ist sichtlich amüsiert. »Falls er sie heute nicht gerade zur Arbeit mitgenommen hat, kannst du wohl kaum rausfinden, ob er noch mit Celeste zusammen ist, indem du den ganzen Nachmittag sein Restaurant observierst.«

Als plötzlich die Kellnerin an unserem Tisch auftaucht, zucken wir vor Schreck zusammen. »Wünschen die Damen noch etwas?« Sie sieht uns vier amüsiert an, und auf einmal wird mir bewusst, wie absurd wir aussehen müssen: eine Gruppe erwachsener Frauen mit Sonnenbrillen und Trenchcoats (bis auf Louise), die in einem Café sitzen und ein Restaurant beobachten.

»Nein, danke«, sagt Bibi knapp, während Louise noch ein »Vielen lieben Dank« hinterherschiebt.

»Beschatten Sie jemanden?« Die Kellnerin macht keine Anstalten zu verschwinden, genauso wenig wie ihr Schmunzeln.

»Ja, das tun wir!«, antwortet Sofia voller Inbrunst. »Wir versuchen, Esthers große Liebe wiederzufinden!« Sie deutet auf mich, und ich erröte noch heftiger.

»Ach«, stammle ich. »Ich weiß nicht, ob er meine *große* Liebe war …«

»Was?«, ruft Sofia hellauf empört, und das Schmunzeln der Kellnerin wird breiter. »Was denn dann?«

»Er ist, ähm ...« Ich komme mir dämlich vor. »Er ist jemand, mit dem ich mit Anfang zwanzig mehrere Jahre lang eng befreundet war. Wir haben uns kennengelernt, während ich als Köchin gearbeitet habe ...«

»Du warst Köchin?« Sofias Verwirrung wächst. »Ich dachte, du organisierst Partys?«

»Ja, ich war Köchin ...« Ich runzle die Stirn, weil sie das Wort »Partys« benutzt hat, um meinen extrem verantwortungsvollen Job zu beschreiben. »Es hat mir gut gefallen, aber die Arbeitszeiten waren der Horror. Manchmal muss man sechzehn, siebzehn Stunden am Tag schuften ... Irgendwann habe ich das nicht mehr gepackt.«

Die Kellnerin verlagert das Gewicht von einem Fuß auf den anderen. Allmählich schlägt ihre Belustigung in Langeweile um.

»Wie dem auch sei«, fahre ich hastig fort, »Paul und ich haben zusammengearbeitet, und er war einer der wenigen im Restaurant, die nett zu mir waren. Zwischen uns hat sich diese intensive, knisternde Freundschaft entwickelt, aus der nie mehr geworden ist, obwohl offensichtlich war, dass wir total aufeinander standen. Erst war ich mit jemand anderem zusammen, dann er. Ihr wisst ja, wie das ist. Vor ein paar Jahren haben wir uns aus den Augen verloren, aber Mann, ich war damals so was von scharf auf ihn. Jedes Mal, wenn wir zusammen waren, hätte ich ihn am liebsten geküsst.«

Sofia mustert mich ein wenig irritiert. »Wenn er nicht deine große Liebe ist, was machen wir dann hier?«

Ich blicke zu Boden. Zu Hause hielt ich das noch für eine ausgezeichnete Idee. Eine Mission innerhalb meiner Mission! Eine verdeckte Spionage-Operation! Wir hätten Sofia niemals mitnehmen dürfen. Sie ist viel zu gut darin, mich auf Fehler in meinen vollkommen wasserdichten Plänen hinzuweisen.

Louise meldet sich zu Wort. »Es ist eine Mission, Sofia!« Sie schaut mich aufmunternd an. »Wir wollen Esther helfen, den Einen zu finden. Dafür muss sie all ihre Ex-Freunde aufspüren. Es ist ihre Sieben-Ex-Partner-Mission. Dieser Mann hier war ihre verpasste Chance – Paul.«

Sofia lacht. »Ich würde meine Ex-Männer nur ungern wiedersehen, sie sind fast alle schrecklich.« Sie macht eine Pause. »Oder tot.« Jetzt schaut sie mir geradewegs in die Augen. »Aber du hattest echte Gefühle für diesen Paul, *oui*? Und du denkst, sie könnten wieder neu entflammen?«

Ich rutsche unbehaglich auf meinem Stuhl herum. Dann schaue ich noch einmal hinüber zu dem Restaurant, wo er derzeit als Küchenchef tätig ist.

Hatte ich echte Gefühle für Paul?

EX NR. 4: PAUL D'SILVA

Auch bekannt als: die verpasste Chance
Teil eins

A'Diva Restaurant
Türschwelle
7:40 h

Die Neue zu sein ist wirklich das Schlimmste.

Ich meine – natürlich wusste ich das vorher. Es ist *immer* so. Ich dachte nur, wenn ich in diesem Restaurant anfange und bereits weiß, dass es schlimm wird, bin ich besser gerüstet. Aber von wegen. Es ist trotzdem das Allerschlimmste.

In den ersten paar Tagen ist es noch halbwegs erträglich. Die Aufregung und der Reiz des Neuen treiben einen an, und man denkt: »Hey, vielleicht wird es ja gar nicht so schrecklich!« Aber diese Phase geht unweigerlich vorbei, und dann wird einem klar, dass man keine Freunde hat, nicht weiß, was man tut, und es allen anderen scheißegal ist, ob man lebt oder stirbt.

Und dann erinnert man sich daran, dass es einfach das Allerschlimmste ist, die Neue zu sein.

Dies ist meine zweite Woche als Beiköchin – im Wesentlichen nur eine Stufe höher als ein Azubi – in der Küche des A'Diva, und nach ein paar Tagen, in denen die Kollegen mehr oder weniger nett zu mir waren und Interesse an mir gezeigt haben – wahrscheinlich um auszuloten, wie fickbar ich bin –, werde ich nun wie Luft behandelt. Heute ist der bislang schlimmste Tag.

Ich habe gestern Nacht bis zwei Uhr gearbeitet! Bis zwei Uhr morgens – nachdem ich um acht Uhr angefangen hatte. Und als ich ging, hat mir dieser hochnäsige, überhebliche Souschef doch glatt mitgeteilt, dass ich am nächsten Tag frühmorgens wiederkommen müsse. Spätestens um sieben, sonst sei ich gefeuert.

Ich bin buchstäblich fast gestorben, als ich mich nach so wenig Schlaf aus dem Bett quälen musste. Aber ich habe es geschafft! Ich bin um sechs Uhr achtundfünfzig auf der Arbeit erschienen – nur um festzustellen, dass das Restaurant zugesperrt ist und keine Sau da ist, um mir aufzumachen.

Mir ist so unfassbar kalt, bis auf die Knochen.

Aber das Ärgerlichste ist, dass einige der Köche direkt über dem Restaurant wohnen. Ich weiß, dass sie da drin gerade schnarchend unter ihren dicken, warmen Bettdecken liegen, während ich hier draußen erfriere. Und natürlich haben sie bisher nicht auf mein verzweifeltes Klingeln und Klopfen reagiert.

Keine Ahnung, ob das irgendein blödes Initiationsritual sein soll oder ob sie heute Morgen einfach nur spät dran sind, aber ich stehe jetzt schon seit vierzig Minuten hier vor der Tür und friere mir den Arsch ab. Ich kann mich nicht mal hinsetzen, weil ich meine weiße Kochhose anhabe und man mich zum Umziehen nach Hause schicken wird, wenn ich sie schmutzig mache.

»Alles klar?« Ich zucke zusammen, als ich nach der langen Stille plötzlich jemanden hinter mir höre. Es ist Paul, einer der Postenchefs. Ich habe mir gleich an meinem ersten Tag letzte Woche alle Namen eingeprägt, weil ich meine Kollegen beeindrucken wollte. Nicht, dass es irgendeinen Unterschied gemacht hätte.

»Hast du einen Schlüssel?«, knurre ich. Mir ist zu kalt für eine Begrüßung, und ich habe diesen Job schon jetzt so satt, dass es mich nicht juckt, was er von mir denkt.

Er nickt und betrachtet mich eingehend. »Alles in Ordnung? Du bist die neue Beiköchin, oder? Ellie, richtig?«

»Esther«, fauche ich. »Danke, *Saul*.«

»'tschuldige.« Er lächelt gewinnend und holt den Schlüssel unter einem Blumentopf hervor. Hätte ich mir eigentlich denken können. »Und du kannst mich gerne Saul nennen, wenn du magst.«

Schuldbewusst lasse ich den Kopf hängen. »Tut mir leid. Ich weiß, dass du Paul heißt. Ich bin nur zickig, weil ich mir schon seit Ewigkeiten hier draußen die Beine in den Bauch stehe. Ich sterbe gleich vor Kälte, und ich bin todmüde.«

»Mach dir keinen Kopf.« Er schließt die Tür auf und tritt zur Seite, um mich vorzulassen. Die Wärme von drinnen weht mir entgegen und bringt meine frostige Art teilweise zum Schmelzen. Vor allem, als er hinzufügt: »Ich weiß, der oder die Neue zu sein ist immer das Allerschlimmste.«

Ich bleibe kurz vor der Schwelle stehen und sehe ihn zum ersten Mal richtig an. Er ist attraktiv, wenngleich nicht unbedingt im klassischen Sinne. Er ist eher klein und ziemlich stark behaart, aber sein stämmiger Körper strahlt Verlässlichkeit aus. Er hat eine dreieckige Statur, die typisch ist für Männer, die viel ins Fitnessstudio gehen. Und er sieht sonnengebräunt und gesund aus, was in meinem Kopf nicht so recht zusammenpassen will. Die Köche, für die ich bisher gearbeitet habe, waren eher apfelförmig, weil sie jahrelang ihr eigenes Essen abgeschmeckt haben, und kränklich blass, weil sie jahrelang in irgendwelchen Kellerküchen schuften. Ganz ehrlich, dieser Beruf ist der Gesundheit nicht zuträglich.

In der Küche sehe ich Paul und seinem durchtrainierten Hintern dabei zu, wie er den Wasserkocher befüllt.

»Also, Esther, was führt dich ins A'Diva? Es ist doch nicht etwa unser für sein gutes Aussehen berühmter, begnadeter Küchenchef, oder?« Er zwinkert mir zu, und ich lache, weil es mir zu peinlich ist, zuzugeben, dass der Küchenchef in der Tat der einzige Grund ist, weshalb ich hier bin. Nicht, dass er, seit ich hier angefangen habe, in irgendeiner Weise von mir Notiz genommen hätte. Unsere erste und bisher einzige richtige Unterhaltung fand am Tag meines Vorstellungsgesprächs auf dem Parkplatz statt. Ich muss ihn wirklich von den Socken gehauen haben, denn seitdem hat er mich keines Blickes mehr gewürdigt.

»Nein.« Ich nehme die dampfende Tasse entgegen, die Paul mir hinhält. Das Gebräu darin sieht widerwärtig aus, wie wässrige Milch, aber ich trinke trotzdem davon. »Es ging mir allein um einen der Postenchefs. Die kulinarische Welt redet nur noch von dir, Saul.«

Paul lacht offenherzig. Das Geräusch ist wohltuend wie ein Schluck kühles Wasser, nachdem man aus einem Fiebertraum aufgewacht ist. Ich war so einsam hier im Restaurant. Niemand hat sich mit mir abgegeben. Ich habe mich so ungewollt gefühlt, und weil ich teilweise sechzehn Stunden am Stück arbeiten musste, hatte ich nicht mal Gelegenheit, mir bei meinen Mitbewohnerinnen Shelley und Lou den Frust von der Seele zu reden. Ehrlich – niemand hier hat mehr als zwei Worte an mich gerichtet, und vor lauter Arbeit wusste ich kaum, wo mir der Kopf steht. Manchmal, wenn ich alleine die Arbeitsflächen geputzt oder die *Mise en Place* gemacht habe, gab es Momente, in denen ich mich fragte, ob ich überhaupt existiere.

Aber Paul existiert, also muss ich auch existieren. Und er ist so nett zu mir.

»Was hast du vorher gemacht?« Er setzt sich neben mich, und ich trinke noch einen Schluck von dem Ekeltee. In Wahrheit schmeckt er gar nicht so übel. Paul hat viel Zucker hineingetan, und die Süße tröstet mich.

»Ich war drei Jahre lang in einem familiengeführten italienischen Restaurant«, sage ich. »Da ging es deutlich entspannter zu. Nicht so wie hier.« Ich deute auf die gekachelten Wände des neuen Londoner Nobelrestaurants. Man sieht auf den ersten Blick, dass hier eine Menge Geld investiert wurde. Wahrscheinlich hoffen die Besitzer, aus dem Laden einen Hotspot für die Londoner Elite machen zu können. Ich sollte mich glücklich schätzen, hier arbeiten zu dürfen. Ich meine … Ich bin ja auch glücklich. Oder?

»Ich habe als Küchenhilfe angefangen«, fahre ich fort. »Zu der Zeit …«, aus unerfindlichen Gründen beschließe ich, ihm die ganze Geschichte zu erzählen, »war ich noch an der Uni. Ich habe Geschichte studiert und den Job nur nebenbei gemacht, weil ich mein gesamtes Studiendarlehen schon im ersten Semester auf den Kopf gehauen hatte.« Ich mache eine Pause und zucke entschuldigend die Achseln. »Ich dachte, ich könnte mir mit Alkohol Freunde kaufen – und wie sich rausstellte, geht das wirklich!« Er lacht höflich, während ich weiterrede. »Wie auch immer, jedenfalls war das einzige Restaurant, wo man überhaupt einen Blick auf meinen nicht vorhandenen Lebenslauf geworfen hat, ein kleiner Italiener namens La Rita in der Nähe meines Wohnheims. Ich habe zwölf Stunden am Stück Teller gespült, aber irgendwie fand ich es von Anfang an toll und wollte unbedingt Köchin werden. Am Ende des ersten Semesters, in dem ich so ziemlich jede Vorlesung und jedes Seminar geschwänzt hatte, habe ich mein Studium geschmissen.

Im Restaurant hat man mich zur Auszubildenden befördert, und ich habe angefangen, kochen zu lernen.«

»Das ist eine schöne Geschichte.« Er lächelt verschmitzt, und ich sonne mich in seiner Aufmerksamkeit. »Aber hier im A'Diva ist es sicher ganz anders als das, was du gewohnt bist.«

Ich nicke. »Rückblickend habe ich das Gefühl, dass meine alten Chefs mir was vorgegaukelt haben. Sie waren total nett und fürsorglich. Sie haben immer darauf bestanden, dass wir zu einer vernünftigen Uhrzeit Feierabend machen können und auch mal freie Tage haben. Der Laden hier ist ein ziemlicher Schock für mich.«

»Ich glaube, du kannst es schaffen. Du hast das Zeug dazu«, sagt Paul freundlich, und sofort geht es mir ein bisschen besser. Seine Anwesenheit hat etwas Beruhigendes. Man fühlt sich einfach wohl in seiner Gegenwart. »Wir haben noch nicht lange geöffnet, aber die Fluktuation der Mitarbeiter ist extrem hoch.« Er hebt eine Augenbraue. »Wenn du es eine Woche hier ausgehalten hast, bist du schon besser als die meisten.«

Das Geräusch der sich öffnenden Tür reißt uns aus unserem vertraulichen Gespräch. Vom Korridor dringen laute Stimmen zu uns herein.

Rasch dreht Paul sich zu mir um. »Kann ich dich vielleicht mal irgendwann auf einen Drink einladen? Es wäre schön, dich näher kennenzulernen. Ich gebe dir sogar einen Sherry aus.«

Ich runzle verständnislos die Stirn. »Einen Sherry?«

Er lächelt breit. »Sherry ist ein ausgezeichnetes Getränk! Sträflich unterschätzt. Man wird sehr schnell sehr betrunken davon. Es ist, als würde man sich Gummibärchen direkt in die Blutbahn spritzen.«

»Ich weiß nicht, ob ich mir Haribo in die Blutbahn spritzen möchte.« Ich versuche, es mir vorzustellen. »Und ist Sherry nicht was für … Omas? Und, na ja, ein bisschen … feminin?«

Er tut entsetzt. »Das ist aber sehr gender-normativ von dir, Esther. Ich staune über so eine Bemerkung. Geschlecht ist ein Konstrukt, und wenn Mädchen Astronautinnen und Mörderinnen werden können, dann kann ich auch Sherry trinken und über meine Gefühle reden, okay?«

Ich nicke zerknirscht, während er stolz weiterredet. »Mit so was kann man meine Männlichkeit nicht untergraben. Ich bin sehr selbstbewusst, was meine Vorliebe für Sherry betrifft, und ich werde mich weder von dir noch von sonst jemandem deswegen verspotten lassen.« Er hält inne. »Außerdem schmeckt Sherry köstlich. Du wirst in Nullkommanichts zum Fan werden.« Ich lache, und er beugt sich dichter zu mir. »Also, was ist? Magst du mal mit mir ausgehen?«

Ich öffne den Mund, um ihm zu antworten, doch dann wird schlagartig alle Luft aus dem Raum gesaugt.

Er ist da.

Der Küchenchef persönlich. Er war noch nie so früh hier! Er kommt in die Küche gerauscht, und sofort erfüllt seine Aura den gesamten Raum. Die Gerüche in seiner Nähe sind kräftiger, die Geräusche klarer, die Farben leuchtender.

Und der arme beflissene, nette Paul ist für mich auf einmal nicht mehr als ein Fleck am äußersten Rand meines Blickfelds.

Mein Held und Idol nimmt Kurs auf mich. Er hat die ganze Zeit kaum in meine Richtung geschaut, und nun steht er auf einmal direkt vor mir. Ganz nah. Mir stockt der Atem.

»Esther Adams!« Er lächelt ein unfassbar erotisches Lächeln, und ich muss ein Keuchen unterdrücken. Er kennt meinen Namen. Der Küchenchef kennt meinen Namen! Wie ist das möglich?

»Ja, Chef?«, sage ich mit gelähmter Zunge, während ich versuche, nicht auf seine muskulösen Arme und breiten Schultern zu starren.

Es geht das Gerücht um, dass er einmal einen Beikoch mit einer Hand hochgehoben und quer über den Arbeitstresen geworfen hat, weil der das Dressing auf die falsche Seite des Tellers geträufelt hatte.

Ich will auch von ihm über einen Arbeitstresen geworfen werden. O Gott, ich will es so sehr.

»Die kleine Esther Adams«, sagt er laut, und seine Augen blitzen, als er meinen Namen ausspricht. »Heute brauche ich dich auf dem Salatposten. Mach mir einen Kaffee, dann erkläre ich dir alles. Du weißt, wo die French Press ist, oder?«

»Die French Press?«, wiederhole ich wie eine Idiotin, die einen Schlag auf den Kopf bekommen hat. Er sieht mich belustigt an, und ich füge hastig hinzu: »Natürlich, Chef, sorry, Chef!« Ich springe auf, während er entschwebt, um sich seine Kochjacke anzuziehen.

Als ich die Cafetière holen gehe, erinnere ich mich endlich wieder daran, dass Paul auch noch da ist.

»Scheiße.« Völlig durcheinander drehe ich mich zu ihm um. »Tut mir leid, Paul, äh … Was sagtest du gerade?«

Das Licht in seinen Augen ist erloschen. »Nicht so wichtig. Viel Glück beim Salat. Du schaffst das schon. Ich glaube an dich.«

8

»Okay, das reicht!« Sofia richtet sich zu ihrer vollen Größe auf. »Von hier aus können wir nichts sehen. Wir müssen näher ran.«

»Was?« Ich sacke auf meinem Stuhl in mich zusammen. »Auf gar keinen Fall! Nein! Setz dich wieder hin, Sofia!«

Doch sie denkt nicht daran. Im Gegenteil, sie strebt zur Tür, und meine Freundinnen Bibi und Louise, diese Verräterinnen, beeilen sich, unserer alten Nachbarin zu folgen, als diese ins Freie tritt.

»Man muss im Leben auch mal was riskieren!« Sie überquert die Fahrbahn. »Solange dabei niemand verletzt wird, musst du es versuchen!«

»Aber vielleicht *wird* jemand verletzt!«, rufe ich, ehe ich aufspringe, um mich den dreien anzuschließen.

Sie winkt ab, ohne stehen zu bleiben. »Quatsch! Wer sollte denn verletzt werden?«

»Ich!«, rufe ich, doch sie befindet sich bereits außer Hörweite.

Wir weichen den Autos aus und schaffen es wohlbehalten auf die andere Straßenseite, wo wir uns ein Haus weiter in einem engen Grüppchen zusammenfinden. Wir ziehen uns in den Eingang zurück, und von dort aus recken sich vier Köpfe gespannt um die Ecke, um die nunmehr sehr nahe gelegene Front des Restaurants zu beobachten. Ein paar Gäste sitzen draußen beim Essen und unterhalten sich.

Schweigend schauen wir ihnen eine Zeit lang zu, bis Bibi sich zu langweilen beginnt.

»Ist es das wirklich wert?«, stöhnt sie. »Ich meine, vielleicht solltest du erst mal austesten, wohin das mit Alistair führt, bevor du deine anderen Ex-Freunde stalkst.«

»Das ist kein Stalking«, widerspreche ich. »Und es hat keinen Sinn, eine Mission zu beginnen, wenn ich bei meiner ersten Liebe gleich wieder aufhöre.«

»Meine Mum sagt, man hört nie auf, seine erste große Liebe zu lieben«, meint Louise verträumt. »Das hat mit der Körperchemie zu tun und damit, dass zum ersten Mal all diese Hormone ausgeschüttet werden.«

»Hm.« Bibi legt den Kopf schief. »So wie MDMA. Das kickt auch nur beim ersten Mal richtig gut.«

»Wer ist MDMA? Ein Rapper?«, fragt Sofia neugierig.

»Das ist eine Droge«, sagt Bibi ganz selbstverständlich. »Speed, Ecstasy – du weißt schon.«

»Wie aufregend!« Sofia klatscht in die Hände. »Können wir die mal ausprobieren? Vielleicht bringt das ein bisschen Schwung in diesen öden Spionagetag.«

Weil ich nicht vom eigentlichen Thema abkommen – oder meine ältere Nachbarin mit einer Designerdroge umbringen – will, räuspere ich mich. »Sofia, wer war denn deine erste große Liebe?«

Ihr Blick verschleiert sich. »Ich war noch nie verliebt.«

Louise ringt dramatisch nach Luft. »Noch nie?«

Sofia schüttelt unbekümmert den Kopf. »Ich hatte so einige Affären, und es gab viel Lust in meinem Leben, aber die Liebe ist mir bisher nicht begegnet.« Sie beißt sich neckisch auf die Unterlippe.

»Allerdings schwärme ich ein bisschen für Ivan aus dem Souterrain. Ich stand immer schon auf jüngere Männer.«

»Ivan?« Bibi ist geschockt. »Aber der ist doch immer so mürrisch und gemein! Und du bist so cool!«

»Nein, ist er nicht«, verteidigt Lou ihn. »Neulich hat er mich sogar angesprochen. Ich glaube, das lag an den Keksen, die ich ihm vor die Tür gestellt hatte.«

»Die aus dem Flur?«, fragt Sofia. »Nein, Schatz, die habe ich aufgegessen. Diesmal waren sie ganz okay, du steigerst dich langsam beim Backen. Immer noch ein bisschen trocken, aber besser als beim letzten Mal.« Sie tätschelt Louise freundlich, die ein wütendes Gesicht macht, aber nichts sagt.

»Mann, Lou, warum bist du so scharf darauf, dich mit Ivan anzufreunden?« Bibi verdreht die Augen. »Er *will* nicht unser Freund sein, also hör auf damit. Das klappt sowieso nicht.«

»Ich kann ihn knacken«, murmelt sie.

»Worüber hast du denn mit Ivan geredet?«, frage ich neugierig.

»Hauptsächlich über seine, äh ... Zähne«, sagt sie ein bisschen verlegen. »Er hat mir erzählt, wie teuer seine Kronen waren.«

»Ooh«, macht Sofia. »Aber sehen sie nicht wunderschön aus? So weiß und ebenmäßig. Ich bin total in ihn verschossen.«

»Hast du ihn gefragt, ob er mal mit dir ausgehen möchte?« Entzückt vom Gedanken einer Romanze bei uns im Haus, beuge ich mich zu ihr.

»Nein. Ich habe ihm schöne Augen gemacht, aber beim Plaudern sind wir noch nicht.« Sie hält inne. »Meint ihr, ich sollte ihn fragen?«

Louise und ich nicken energisch. »Auf jeden Fall!«, sagt sie ermutigend. »Können wir vielleicht irgendwie helfen?«

Bibi wirkt skeptisch. »Haben wir nicht schon genug Liebesmissionen?«

»Na ja.« Louise wirkt hin- und hergerissen. »Aber es ist so wichtig, die Liebe zu finden.«

Bibi rollt mit den Augen.

»Du hast doch einen festen Verehrer, nicht wahr?«, wendet Sofia sich an Lou. »Ich habe ihn schon oft kommen und gehen sehen. Es sei denn, er ist nur ein Bekannter?«

Lous Miene verdüstert sich. »Nein, Sven ist mein Freund. Aber ich möchte im Moment nicht über ihn reden.«

»Oh, in Ordnung.« Sofia nickt, und wir fahren fort, auf Pauls Restaurant zu starren.

»Na gut, ich erzähle es euch«, sagt Louise, eingeschnappt wegen unseres mangelnden Interesses, und seufzt theatralisch. »Also, hört euch das an.« Sie scheint ihr Eröffnungsplädoyer bereits vorbereitet zu haben. »Gestern Abend kommt Sven vorbei und fragt mich innerhalb der ersten fünf Minuten, ob mit mir alles in Ordnung ist.« Sie sieht uns der Reihe nach mit großen Augen an. »Könnt ihr euch das vorstellen, Leute? Ob mit mir ›alles in Ordnung ist‹! Er fragt mich das ganz leise und sanft, als wäre ich so zerbrechlich, dass ich jeden Augenblick explodieren könnte. Dabei ging es mir gut! Absolut fabelhaft! Ich habe mich kein bisschen anders verhalten als sonst. Ich war supernett zu ihm, und er fragt mich, ob mit mir alles in Ordnung ist! Also antworte ich natürlich, dass es mir gut geht, und er nimmt mich in die Arme, als würde er mir das nicht glauben. Und dann sagt er: ›Bist du sicher?‹« Sie fuchtelt mit den Händen herum und sieht mich um Beistand heischend an. Hastig setze ich eine geschockte Miene auf. »Was denkt er sich dabei – mich zu fragen, ob ich *sicher* bin, dass alles in Ordnung ist, weil ich ja so seltsam und schwierig bin. Ich war wie immer, ich schwöre es! Dieser Blödmann! Dann bin ich ganz passiv-aggressiv geworden und habe ihn gefragt, ob bei *ihm* alles in Ordnung ist, was er in aller Seelenruhe bejaht hat. Dann war ich natürlich beleidigt, und mit mir war *nicht* mehr alles in Ordnung – aber glaubt ihr, er hätte mich auch nur einmal danach gefragt?«

Ihre Augen werden immer größer. Sie wartet auf eine Reaktion, also versuche ich es mit einem zaghaften: »Nein?«

»Natürlich nicht.« Sie rollt heftig mit den Augen. »Er ist so gestört.«

Ich nicke zustimmend, während Sofia sich nur wenig beeindruckt zeigt. »Das ist doch gar kein richtiger Streit«, meint sie ernst. »Ich habe mal einen Stuhl durchs Fenster geworfen.«

»Cool«, murmelt Bibi.

»Jedenfalls«, fährt Lou seufzend fort, »befinden wir uns jetzt in einer Art Pattsituation. Ich tue absichtlich lauter nette Dinge für ihn, damit er sich bei mir bedanken muss, obwohl wir beide sauer aufeinander sind.«

»Aha, das viel zitierte hohe Ross.« Bibi und ich wechseln grinsend einen Blick.

»Aber normalerweise liebe ich ihn«, fügt Lou, an Sofia gewandt, hinzu. »Meistens sogar sehr!«

Doch Sofia hat das Interesse verloren – sowohl an Louises alles andere als aufregendem Beziehungsknatsch als auch an unserer Spionageaktion. Sie fuchtelt ungeduldig mit den Armen. »Können wir nicht einfach reingehen?«

»Sehe ich genauso«, verkündet Bibi. »Wie hoch ist die Wahrscheinlichkeit, dass er an einem Samstag während der Mittagszeit nach draußen kommt, um von uns in Augenschein genommen zu werden?«

»Arbeitet er denn auch wirklich hier?«, fragt Louise wenig hilfreich.

»Ich googel ihn mal.« Sofia zückt mit einer ausladenden Geste ihr Mobiltelefon. »Wie heißt er?«

Louise runzelt die Stirn und zieht die Nase kraus. »Wie war noch mal sein Nachname, Esther? Irgendwas Vornehmes, oder?«

»Paul D'Silva«, sage ich in ernstem Ton. »Oooh, stellt euch mal vor, ich würde Esther D'Silva heißen – das wäre doch was, oder?«

»Bäh«, macht Sofia. »Du würdest deinen Namen ändern, wenn du heiratest? Warum? Wie kannst du so viele Jahre mit einem Namen und einer Identität verbringen und das alles dann einfach wegwerfen, um dich dem Leben eines Mannes unterzuordnen? Die Identität eines Mannes anzunehmen? Das ist doch grotesk!«

Ich winde mich. Mein Mangel an feministischer Überzeugung ist mir peinlich. »Äh, keine Ahnung. Ich schätze, ich würde das nur machen, wenn es ein wirklich schöner Name wäre – so wie Esther D'Silva.«

»Hmpf.« Sofia funkelt mich missbilligend an.

Bibi beugt sich ganz dicht zu unserer älteren Nachbarin.

»Sofia«, beginnt sie gedehnt. »Nichts für ungut. Wir wissen, dass ihr in eurer Generation feministische Vorkämpferinnen wart. Aber ihr versteht doch auch, dass es im Feminismus darum geht, die *Wahl* zu haben. Es geht darum, die Freiheit zu besitzen, den eigenen Weg zu gehen, ohne dass dich deine Vagina dazu zwingt, eine bestimmte Richtung einzuschlagen. Wenn Esther ihren Namen ändern oder zu Hause bleiben, sich eine Schürze umbinden und Kuchen backen möchte, dann kann sie das tun – solange sie sich nicht dazu verpflichtet fühlt oder das Gefühl hat, die Gesellschaft oder ihr Partner würden ihr diese Rolle aufzwingen. Sie darf sich frei entfalten.«

»Meinetwegen.« Sofia winkt ab. »Aber vergesst nicht: Für euch habe ich ein Jahrzehnt lang keinen BH getragen.« Wir nicken dankbar. »Mein Busen hängt mir bis zur Vulva«, fährt sie fort, und wir neigen demütig die Köpfe. »Meine Brustwarzen zeigen in Richtung meiner Füße.«

»Das tut mir sehr leid«, wispert Louise. »Danke.«

»Gern geschehen«, entgegnet Sofia großmütig.

»Dann darf ich also Mrs Paul D'Silva sein?«, juble ich entzückt.

Erst als mir von hinten jemand auf die Schulter tippt, wird mir bewusst, dass wir in den letzten Minuten nicht nur sehr laut geworden sind, sondern darüber hinaus auch noch direkt neben dem Restaurant auf dem Gehweg stehen.

EX NR. 4: PAUL D'SILVA

Auch bekannt als: die verpasste Chance
Teil zwei

The Swan/Swab
Ecktisch
22:23 h

»Ehrlich, das macht mich wahnsinnig«, jammere ich, den Kopf in die Hände gestützt. »Ich denke die ganze Zeit, er ist weg, und dann geht es wieder los.« Ich hickse so laut, dass die Leute am Nachbartisch zu uns rüberschauen. Ein kleines Kind zeigt auf mich und fängt an zu weinen. Ich hebe die Hand und flüstere seinen Eltern ein mattes »Sorry« zu.

»Klingt ziemlich übel«, pflichtet Paul mir bei und nippt an seinem Sherry.

»HICKS!«, mache ich und würde am liebsten auch losheulen. »Das Komische ist, dass ich außerdem einen Ohrwurm von ›Defying Gravity‹ aus *Wicked* habe. Jedes Mal, wenn ich einen Schluckauf habe, spielt mein Hirn die Stelle ab, wo sie sich in die Lüfte erhebt.«

Er zuckt die Achseln. »Habe das Musical nie gesehen.«

»Leck mich am Ar-HIIIIIIRCKS.« Durch den Schluckauf wird das »Arsch« zu einem verstörenden Schrei, der das Kind am Nebentisch abermals in Tränen ausbrechen lässt.

»Was ist eigentlich die Ursache von Schluckauf? Stress?«, fragt er höflich.

»Könnte gut sein. Ich bin nämlich extrem gestresst, Paul.« Ich seufze.

»Ach, Esther, wirklich?« Er nimmt meine Hand. Er berührt mich oft, und das löst immer dieses Kribbeln in mir aus. Ich vermisse es, berührt zu werden. Aber ich sollte nicht zu viel in die Geste hineininterpretieren. »Weswegen? Gefällt es dir nicht in deinem Restaurant? Ist das Küchenteam nicht nett?«

»Nein, daran liegt es nicht.« Ich schüttle den Kopf. »Ich mag die Arbeit, und die Kollegen sind alle in Ordnung. Es hat zwar eine Weile gedauert, bis ich mir nicht mehr wie die völlig überforderte Neue vorkam, aber inzwischen ist es ja fast zwei Jahre her, dass ich nicht mehr im A'Diva bin.«

»Wow, die Zeit ging aber schnell rum!« Er atmet aus und betrachtet mich eingehender. »Was ist es dann?« Er macht ein besorgtes Gesicht, und schon wieder ist mir nach Weinen zumute. »Du kannst mir alles sagen, wenn du möchtest.«

Ach. Das ist es ja gerade! Ich weiß nicht, ob ich über das reden möchte, was mir im Kopf herumspukt. Wenn ich erst mal anfange, kann ich bestimmt nicht mehr aufhören. Ich starre auf die Tischplatte.

»Wenigstens musst du dich nicht mehr mit den Launen des blöden Sacks herumschlagen«, sagt Paul milde und meint damit unseren alten Boss. »Du bist gerade noch rechtzeitig ausgestiegen. Der Typ ist völlig durchgeknallt.«

Ich weiß nicht, wie viel Paul darüber weiß, was mir im A'Diva passiert ist – dass ich gewissermaßen mit Schimpf und Schande davongejagt wurde. Er hat es mir gegenüber nie angesprochen, also hoffe ich, dass er keine Ahnung hat. Ich habe ihm damals nur gesagt, ich hätte genug von allem und daher fristlos gekündigt. Er hat das nie hinterfragt. Viele Mitarbeiter werfen einfach hin, insofern klang meine Erklärung plausibel.

»Ja, mein neuer Küchenchef ist echt ganz nett«, sage ich. »Und es ist toll, Souschef zu sein. Die Arbeitszeiten sind aber immer noch so hart, dass ich nicht weiß, wie lange ich das durchhalte. Es ist eine elende Plackerei, und ich habe das Gefühl, außerhalb der Arbeit überhaupt kein Leben zu haben.«

»Wem sagst du das?« Er verdreht die Augen. »Ich kann nicht glauben, dass wir am selben Abend freibekommen haben. Das grenzt an ein Wunder! Ich sehe meine Freunde kaum noch, geschweige denn, dass ich Zeit zum Daten hätte.«

»Darauf trinke ich.« Wir stoßen an, ich mit meinem Weinglas, er mit seinem Sherry.

Paul mustert mich schelmisch. »Dann hast du also keinen Mann in der Pipeline?« Er schenkt mir ein hoffnungsvolles Lächeln, und ich muss schlucken.

»Definitiv nicht.« Ich verstecke das Gesicht hinter meinem Weinglas und bekomme natürlich prompt wieder Schluckauf.

Ich kann mit Paul nicht über Alex reden. Das geht einfach nicht. Hauptsächlich weil ich dann heulen würde, und er soll mich nicht heulen sehen. Ich sehe grässlich aus, wenn ich heule.

Ich kann immer noch nicht glauben, dass es so zu Ende gegangen ist. Erst letzten Monat. Ich stehe immer noch unter Schock. Es kam alles aus heiterem Himmel und war eine absolut entsetzliche Erfahrung. Ich hatte keine Ahnung, dass Alex zu so etwas fähig ist.

HICKS.

»Also.« Paul stellt entschlossen seinen Sherry hin. »Ich weiß, wie wir deinen Schluckauf loswerden. Ich komme mal zu dir rüber.« Er steht auf und kommt auf meine Seite des Tischs. Er nimmt mich bei den Schultern, und ich spüre ein leichtes Kribbeln, als er mich zu sich herumdreht. Auf einmal sind wir uns so nah wie noch nie zuvor, und ich halte es kaum aus.

Nur wenige Zentimeter von meinem Gesicht entfernt, sieht er mich eindringlich an. Dann hebt er die Hände und legt sie mir auf die Ohren. Ein dumpfes Rauschen tritt an die Stelle des Kneipenlärms, und ich schlucke instinktiv, als müsste ich für Druckausgleich sorgen.

»Alles gut?«, fragt er unhörbar, und ich nicke. Ich fühle mich seltsam verletzlich. Wir sind einander so nah, dass ich den süßen Sherry in seinem Atem riechen kann. »So, und jetzt zähl im Kopf bis fünfzig, und mach die Augen so weit wie möglich auf, ohne zu blinzeln.« Ich lese ihm die Worte von den Lippen ab, da ich fast nichts mehr hören kann. Seine Unterlippe ist ein wenig spröde, als hätte er darauf herumgekaut, und ich könnte platzen, so groß ist mein Verlangen hineinzubeißen.

Eins, zwei, drei, vier, fünf …

Er beugt sich dichter zu mir, und ich unterdrücke den Drang zu blinzeln.

Sechs, sieben, acht, neun, zehn …

Ich spüre eher, als dass ich es sehe, wie sich sein Mund wenige Zentimeter von meinem entfernt zu einem Lächeln verzieht.

Elf, zwölf, dreizehn, vierzehn, fünfzehn, sechzehn, siebzehn …

Ich fühle seine Wärme auf meinen Wangen. Mein Herzschlag beschleunigt sich.

Achtzehn, neunzehn, zwanzig, einundzwanzig, zweiundzwanzig, dreiundzwanzig, vierundzwanzig …

Als er anfängt, sanft auf meine Haut zu pusten, und sein Duft immer intensiver wird, habe ich ernsthaft das Gefühl, als würde mein Körper schweben. Ich sehe nichts mehr außer ihn. Rieche nichts mehr außer seinen Duft.

Fünfundzwanzig, sechsundzwanzig, siebenundzwanzig, achtundzwanzig, neunundzwanzig, dreißig …

Noch nie in meinem ganzen Leben war mein Bedürfnis, jemanden zu berühren, so groß. Der Drang, ihn zu packen, krempelt mich von innen nach außen – jeden Finger, jeden einzelnen Zeh – und brennt in meinem Innern, als stünde ich in Flammen.

Einunddreißig, zweiunddreißig, dreiunddreißig, vierunddreißig …

Er hört auf zu pusten, und sofort wünsche ich mir, er würde weitermachen. Ich wünsche mir, dass er mich küsst.

Fünfunddreißig, sechsunddreißig, siebenunddreißig, achtunddreißig, neununddreißig, vierzig, einundvierzig …

Ich glaube, wenn er mich jetzt nicht küsst, muss ich sterben. Ich komme ihm entgegen, und seine Lippen streifen meine Wange. Sie verweilen dort einen Moment, ehe er sich zurückzieht und wieder behutsam zu pusten anfängt.

Zweiundvierzig, dreiundvierzig, vierundvierzig …

Ich muss das beenden.

Ich darf mein Herz nicht noch einmal riskieren. Nicht nach dem, was mir mit Alex widerfahren ist. Wie kann ich auch nur in Erwägung ziehen, Paul zu küssen? Was für eine Vollidiotin muss ich sein, dass ich so schamlos mit ihm flirte? Wenn ich ihn jetzt küsse, würde das alles kaputt machen. Danach wäre es zwischen uns nie wieder so wie früher. Ich würde ihn verlieren, so wie ich

Alex verloren habe. Das darf nicht passieren. Ich muss aufhören. Jetzt sofort. HÖR AUF.

Ich schließe die Augen und wende den Kopf ab.

»Hey!« Er lässt mich los, und der Bann ist gebrochen. »Du solltest die Augen doch nicht zumachen! Jetzt hat es wahrscheinlich nicht geklappt.«

Ich schlucke langsam und warte nervös auf die nächste Kontraktion meines Zwerchfells.

»Doch.« Ich lächle zaghaft. »Ich glaube, es hat funktioniert. Du hast mich sehr gut … abgelenkt. Danke, Paul. Ich kann mir vorstellen, dass das eine sehr effektive Methode ist, um einen HICKS, ACH, VERDAMMTE SCHEISSE NOCH MAL!«

Gegenüber fängt das Kleinkind erneut an zu weinen.

9

»Haben Sie gerade Paul D'Silva gesagt?« Ein attraktiver Mann mittleren Alters sieht uns verwirrt an. Meine Wangen brennen vor Scham. Ich wette, er hat gehört, wie ich gerufen habe, dass ich Paul heiraten will. Ganz offensichtlich kennt er ihn. Dies ist der schlimmstmögliche Ausgang meiner Mission in der Mission. Wir sind keine guten Spioninnen.

Ich starre ihn mit offenem Mund an. Nach einem Augenblick des Schweigens macht er ein betretenes Gesicht. »Tut mir leid«, murmelt er und wendet sich ab. »Mir war, als hätten Sie gesagt …« Er verstummt und wendet sich zum Gehen.

Plötzlich finde ich meine Sprache wieder. »Äh. Kennen Sie ihn zufällig?«, frage ich mit erstickter Stimme.

Er dreht sich wieder zu uns um und deutet auf das Restaurant hinter ihm. »Ja. Ich arbeite für ihn. Er ist mein Küchenchef.«

»Sie sind sehr attraktiv.« Sofia macht einen Schritt auf ihn zu und taxiert ihn von oben bis unten.

»Ist er drinnen?«, fragt Louise aufgeregt, die lüsternen Avancen unserer Nachbarin ignorierend.

Der Mann schüttelt langsam den Kopf. »Er ist für zwei Monate weg. Die Chefs haben ihn zu einer Fortbildung geschickt, irgendwo im Norden. Soll ich ihm vielleicht etwas ausrichten oder …?«

Er ist nicht da. Er ist nicht mal in London. Ich kann mich nicht mit ihm treffen.

Was für eine Zeitverschwendung. Meine Schultern sacken herab, und ich lasse den Kopf hängen. Wieder eine Enttäuschung.

»Äh, nein«, sage ich leise. »Nicht nötig. Aber danke, wir …« Ich weiß nicht, was ich sonst noch sagen soll.

»Kein Problem.« Der Mann nickt und kratzt sich am Kopf. »Na dann.« Erneut will er gehen, doch Bibi ruft ihm nach: »Ist er noch mit Celeste zusammen?«

Ein weiteres Mal dreht sich der Mann um. Diesmal mustert er uns mit zusammengekniffenen Augen. »Mit wem?«

»Oder mit einer anderen Frau?«, fügt Sofia eifrig hinzu. »Hat er eine Freundin? Ist er verheiratet, geschieden, trifft er sich mit jemandem? Oder ist er Single? Sind *Sie* Single?«

Etwas wie Furcht huscht über seine Züge. Es ist, als würde er plötzlich begreifen, dass er in ein Wespennest gestochen hat. »Äh … woher kennen Sie Paul noch gleich?«, fragt er nervös.

»Wir sind keine Stalkerinnen«, beteuere ich viel zu hastig – und klinge dabei exakt wie eine Stalkerin. »Wirklich nicht.«

»*Tu es un peu*«, murmelt Sofia.

»Ich meine«, stammle ich. »Mir ist klar, wir haben uns, na ja, hinter der Ecke hier versteckt und das Restaurant beobachtet. Aber wir sind definitiv nicht verrückt, oder so.«

Der Mann weicht einen großen Schritt vor uns zurück und langt in seine Tasche.

»Sie brauchen niemanden anzurufen.« Auf einmal klingt meine Stimme sehr hoch. Einfach grauenhaft. »Schon gar nicht die Polizei!« Ich kichere – ein schrilles, furchterregendes Geräusch. »Sie können die Hand wieder aus der Tasche nehmen, mein Freund. Wir sind ganz normale Menschen, die ganz normale Fragen stellen, und es besteht überhaupt kein Grund, Angst vor uns zu haben oder die Polizei zu rufen oder …«

»Scheiß drauf«, unterbricht Bibi meinen beängstigenden Monolog. »ABHAUEN!«

Wir sprinten los, Sofia vorneweg. Mit ihren muskulösen Schenkeln läuft sie grazil wie ein Reh.

Kurz bevor wir um die nächste Ecke verschwinden, werfe ich noch einen Blick zurück und sehe das völlig entgeisterte Gesicht des Mannes.

Wunderbar.

EX NR. 4: PAUL D'SILVA

Auch bekannt als: die verpasste Chance
Teil drei

Wetherspoons
Der mieseste Tisch
22:14 h

»Na komm, zeig mir deine Möpse.« Hungrig glotzt er mir in den Ausschnitt. »Du machst mich schon den ganzen Abend an. Ich will nur mal einen kurzen Blick auf deine Euter werfen.«

Ich muss ein Würgen unterdrücken und stehe auf. »Ich gehe jetzt«, verkünde ich, so ruhig ich kann. »Und für zukünftige Tinder-Dates würde ich dir raten, Brüste nicht als ›Euter‹ zu bezeichnen. Es sei denn, du hast ein Date mit einer Milchkuh.«

Ich warte seine Reaktion nicht ab, sondern flüchte mich ins Freie. Gott, die kalte Luft in meinem Gesicht fühlt sich herrlich an.

Was für ein furchtbarer, deprimierender Abend. Ein einziges Desaster. Mann! Wie sehr mir dieser ganze Zirkus zum Hals raushängt. Im letzten Jahr hatte ich genau ein halbwegs schönes Date – und das war eigentlich gar kein Date im klassischen Sinne, sondern eher eine flüchtige Begegnung auf einer Behindertentoilette. Denken wir lieber nicht daran.

Es fängt an zu regnen. Ich bleibe stehen, um in meiner Tasche nach dem Regenschirm zu suchen, aber dann greife ich stattdessen nach meinem Telefon, weil das Display aufleuchtet.

Eine neue Voicemail. Ich mag Voicemails. Sie sind irgendwie immer spannend. Aber bei dieser hier bin ich noch gespannter als bei anderen. Ist es die Nachricht, auf die ich die ganze Woche gewartet habe?

Ich ignoriere den Regen und hebe das Telefon ans Ohr.

»Guten Abend, Ms Adams, entschuldigen Sie bitte die späte Störung. Hier spricht Anjan Cochran vom Norris Museum. Ich freue mich, Ihnen die Stelle als Eventkoordinatorin bei uns anbieten zu können. Das Vorstellungsgespräch mit Ihnen hat uns wirklich sehr gut gefallen. Bitte rufen Sie mich zurück, wenn Sie das hier abgehört haben – es muss nicht mehr heute sein, morgen reicht völlig aus. Dann können wir alles Weitere besprechen. Ich hoffe, Sie freuen sich über die Nachricht!« Er lacht kurz. »Gut. Dann einen schönen Abend noch und bis bald.«

Ich stecke das Telefon wieder ein. Meine Hände zittern.

Ich habe den Job. Ich habe ihn. Ich habe ihn tatsächlich bekommen.

Wen soll ich anrufen? Ich rufe Bibis oder Louises Kontakt auf, aber ich merke plötzlich, wem ich wirklich von der Neuigkeit berichten möchte. Der Person, mit der ich vor Freude durch den Raum tanzen möchte. Mit der ich zusammen feiern möchte. Und … andere Sachen.

Endlich nicht mehr kochen müssen. Endlich keine verrückten Arbeitszeiten mehr, keine stickigen Küchen voller aggressiver, arroganter Männer. Das hier ist meine Chance auf ein neues Leben. Ein Leben, das nicht nur aus Schuften besteht. In dem ich Zeit habe, Dinge zu tun, die mir Spaß machen. Ich könnte einen Freund haben.

Ich will Paul anrufen. Ich will Paul küssen. Ich denke die ganze Zeit an ihn.

Paul und ich schleichen schon so lange umeinander herum. Wir sind ganz offensichtlich scharf aufeinander. Ich stehe total auf ihn, und zwischen uns beiden passt es einfach. Wir matchen. Das sagen alle. Ich habe es mir so lange verboten – erst weil es mir unklug erschien, etwas mit einem Kollegen anzufangen, dann wegen der schrecklichen Sache im A'Diva. Und nach dem Fiasko mit Alex hatte ich riesengroße Angst davor, mich wieder auf jemanden einzulassen. Ich wollte meine Freundschaft mit Paul nicht gefährden.

Aber nun wird mir klar, dass eine freundschaftliche Basis essenziell für eine gute Beziehung ist. Freundschaft ist die Grundlage echter Liebe. Beste Freunde, die aufeinander stehen – etwas Tolleres gibt es doch gar nicht! Das könnten Paul und ich auch haben. Das mit uns könnte wahrhaft großartig werden, und dafür lohnt sich jedes Risiko.

Er arbeitet heute Abend, aber ich muss ihn unbedingt sehen. Ich muss es ihm sagen. Verdammt, und ich muss mir endlich erlauben, ihn zu küssen.

Ich nehme den Bus zu dem Gastropub, in dem er als Souschef arbeitet. Beim Aussteigen weiß ich immer noch nicht, was ich sagen soll. Vielleicht sage ich auch gar nichts. Vielleicht küsse ich ihn einfach nur. Endlich.

Sie schließen gerade, als ich hereinkomme, aber als ich dem Mann hinter der Bar erkläre, dass ich zu Paul möchte, lächelt er.

»Der ist hinten, gehen Sie nur durch.« Sein Lächeln sieht irgendwie seltsam aus. Fast belustigt. Und als ich die Tür zur Küche aufstoße, weiß ich auch, warum.

Paul küsst gerade leidenschaftlich eine der heißesten Frauen, die ich je gesehen habe. In meinem Innern zerbricht etwas, und ich muss mich gegen die kalte Küchenwand lehnen, um nicht am Boden zusammenzubrechen. Ich will wieder verschwinden, bevor er mich sieht, aber die Übelkeit, die in mir hochsteigt, ist zu stark.

Ich würge geräuschvoll, und die beiden machen sich hastig voneinander los.

»Tut mir total leid.« Ich huste, weil ich nicht kotzen will. »Es tut mir so leid, dass ich euch gestört habe. Ich wollte nicht …« Ich drehe mich um und ergreife die Flucht. Meine Wangen glühen vor Scham, und die Magensäure brennt in meiner Kehle.

»Esther!«, höre ich Paul hinter mir rufen, als ich den Weg zurückrenne, den ich gekommen bin. Am Bartresen holt er mich ein. Er sieht verwirrt aus. »Was machst du hier?«

Ich schlucke schwer. »Ich weiß auch nicht genau. Ich kam gerade vorbei, und es gibt … Neuigkeiten.« Das Atmen fällt mir so schwer, dass ich kaum sprechen kann. »Ich hatte ein absolut grauenhaftes Date, aber danach habe ich erfahren, dass ich den Job als Eventkoordinatorin gekriegt habe, und ich …«

»Was?« Er umarmt mich. »Das sind ja großartige Nachrichten, Mann! Herzlichen Glückwunsch.«

Ich erschlaffe in seinen Armen. »Wer war das?«, murmle ich.

»Wer?« Er löst sich von mir und blickt mir forschend ins Gesicht. »Ach so, das ist Celeste. Ich wollte dir von ihr erzählen, wenn wir uns nächste Woche auf einen Drink treffen. Es ist noch ganz frisch.« Ein Anflug von Besorgnis huscht über seine Züge. »Möchtest du sie, äh, kennenlernen? Sie ist wirklich toll.«

Er weiß es. Er weiß, dass mir die Situation schrecklich unangenehm ist und dass ich ein gebrochenes Herz habe. Er kann es sehen. Wir sehen es beide, aber wir müssen so tun, als wäre alles in Ordnung. Denn offiziell waren wir nie etwas anderes als gute Freunde. Falls überhaupt, war ich diejenige, die die ganze Zeit auf die Bremse getreten hat. Es steht mir nicht zu, jetzt enttäuscht oder verärgert zu sein, weil er sich anderweitig orientiert hat. Nicht, nachdem ich ihn drei lange Jahre habe zappeln lassen.

»Ich lerne sie ein andermal kennen.« Ich würge den Kloß aus Tränen hinunter, der mir in der Kehle sitzt. »Ich würde es liebend gerne gleich tun, aber jetzt bin ich müde und muss meine Euter ins Bett bringen …«

»Deine was?« Er runzelt die Stirn.

Ich ignoriere seine Frage. »Aber ich freue mich total für dich, sie scheint … Ich meine, sie sieht wunderschön aus!« Vor meinen Augen verschwimmt alles, also wende ich mich ab und gehe, so schnell meine wackligen Beine mich tragen, zum Ausgang. »Ich freue mich wirklich, wirklich, wirklich für dich, Paul! WIRKLICH!« Meine Stimme bricht, und ich bemerke, wie der Barkeeper uns von der anderen Seite des Raumes aus beobachtet. »Das sind fantastische Neuigkeiten! Wir sprechen uns bald, okay? Byeeeeeeee.«

Ich renne durch den Regen und bleibe nicht eher stehen, bis ich zu Hause bin. Ich kann mich nicht erinnern, schon mal so heftig geweint zu haben. Wir hatten unzählige Gelegenheiten, hätten es so oft versuchen können. Und jetzt haben wir unsere Chance verpasst.

10

Als wir die Haustür aufschließen, hat eine intensive Erschöpfung von mir Besitz ergriffen. Meine Knochen fühlen sich schwer und wund an, und ich kann den Gedanken an die Stufen in den ersten Stock kaum ertragen. An unserer Wohnungstür winken wir Sofia zum Abschied und schauen ihr nach, während sie mit der Behändigkeit einer ehemaligen Ballerina die Treppe hinaufhüpft.

Ich nuschle eine Entschuldigung und ziehe mich in mein Zimmer zurück, wo ich mich sofort auf die Bettdecke fallen lasse. Ich seufze in die Laken und frage mich, ob sich das alles überhaupt lohnt. Hält diese Mission womöglich bloß eine Demütigung nach der anderen für mich bereit? Bisher war sie jedenfalls ein totaler Reinfall: erst Alistair und seine Freundin, dann die Stalking-Aktion mit Paul. Bestimmt wird ihm zu Ohren kommen, dass mehrere Frauen vor seinem Restaurant auf der Lauer gelegen, irgendwas von Heirat gefaselt und nach seinem Aufenthaltsort sowie Beziehungsstatus gefragt haben. Jetzt kann ich ihm unmöglich noch eine Nachricht schreiben, selbst wenn ich bereit wäre, mehrere Monate zu warten, bis er wieder in der Stadt ist!

Neben mir liegt das Ex-Freunde-Diagramm. Ich nehme es in die Hand und betrachte es. Fünf sind noch übrig: Carl, Alex, Idris, Will und Rich. Darüber habe ich eine Liste mit Namen gekritzelt, die alle mit B anfangen und zu denen ich Bibi noch befragen will.

Ist sie eine Belle, eine Betty, eine Billie, Bernadette oder Bianca? Ooooh – Bertha! Sie sieht ein bisschen wie eine Bertha aus. Ich schnappe mir einen Kuli und schreibe den Namen dazu.

Mein Handy vibriert auf dem Bett, und ganz automatisch werfe ich einen Blick darauf. Der Name löst ein Gefühl in mir aus, das ich nicht richtig benennen kann.

Alistair Morris (Schule)

Na du! Hattest du eine gute Woche?

Ganz im Gegenteil. Ich hatte eine absolut grauenhafte Woche, Alistair Morris (Schule). Aber das möchtest du bestimmt nicht hören.

Mein Finger schwebt über dem Antwortfeld.

Warum schreibt er mir? Nach unserem merkwürdigen, intensiven, herrlichen und zugleich enttäuschenden Abend habe ich nicht damit gerechnet, noch mal von ihm zu hören. Hat er das mit der Freundschaft ernst gemeint? Wie seltsam. Ich habe noch nie erlebt, dass ein Mann so was ernst meint. Bei genauerem Nachdenken habe ich es auch nie ernst gemeint, wenn ich einem Mann eine Freundschaft vorgeschlagen habe.

Mit dem Telefon in der Hand renne ich ins Wohnzimmer. Bibi und Lou sitzen dicht nebeneinander auf dem Sofa und trinken Tee. Als ich hereingestürzt komme, erstarren sie schuldbewusst, aber ich bin zu panisch und zu verschwitzt, um mir Gedanken darüber zu machen, dass sie sich ganz offensichtlich über mich und meine heutige hochnotpeinliche Aktion unterhalten haben.

»Leute!«, rufe ich schrill, und Lou setzt sich auf. »Alistair hat mir geschrieben.«

»Zeig her!« Lou springt auf. Bibi klatscht überglücklich in die Hände.

Ich gebe ihnen mein Telefon, und eine etwa zwanzigsekündige Stille tritt ein, in der sie die Nachricht lesen und verarbeiten.

»Okay.« Bibi ergreift als Erste das Wort. Ihre Stimme klingt unsicher. »Okay, also. Äh. Er fragt dich, wie deine Woche war. Das ist doch … ein gutes Zeichen?«

»Ja, aber auch irgendwie nichtssagend, oder?« Ich bin ganz fahrig. »Wenn noch was anderes dahinterstecken würde, hätte er doch mehr geschrieben, oder nicht? Besonders nach der Art und Weise, wie wir auseinandergegangen sind. Und dieses bescheuerte ›Na, du‹.« Ich koche innerlich. »Da will jemand ganz sichergehen, dass ich weiß, wo mein Platz ist.«

»Vielleicht will er auch bloß vorfühlen, wie du empfindest, ehe er dir seine Liebe gesteht?«, fragt Lou hoffnungsvoll. »Oder er will dich dazu animieren, den nächsten Schritt zu tun? Damit er mit seiner Freundin Schluss machen und mit dir zusammen in den Sonnenuntergang reiten kann?«

»Aber müsste ich dann nicht ein schlechtes Gewissen haben?« Ich schlucke trocken. »Sollte ich so was nicht aus Respekt vor ihr ignorieren?«

»Vielleicht.« Louise nickt halbherzig und macht ein bekümmertes Gesicht.

»Du hattest ihn zuerst«, sagt Bibi trotzig. »Und vielleicht ist das mit ihr ja auch nichts Ernstes. Hat er gesagt, wie lange sie schon zusammen sind?«

Ich schüttle den Kopf. »Er hat nichts von ihr erzählt, absolut gar nichts.« Noch einmal lese ich die Nachricht. »Und ich habe natürlich auch nicht nachgefragt.« Ich ringe die Hände. »O Gott, ich weiß auch nicht. Was ist mit dem Ausrufezeichen? Was bedeutet das?«

Während wir die Leerzeichen und das fehlende x zum Abschied analysieren, vibriert das Telefon in Lous Hand. Wir starren es an, als hätten wir es mit Magie zu tun, dann wechseln wir einen Blick.

»Er ist es noch mal«, verkündet Lou mit zitternder Stimme. »Er schreibt: ›Hast du Lust, am Freitag was trinken zu gehen?‹«

»O mein Gott«, haucht Bibi fast unhörbar, als würden wir uns über Atomwaffen-Codes unterhalten. »O mein Gott.«

»Was hat das zu bedeuten?« rufe ich und fuchtle verzweifelt mit den Händen.

»Ich glaube, das ist ein Date«, sagt Lou mit bebender Stimme. »Ich glaube, er will dich zu einem Date einladen!«

»Es könnte aber auch ein rein freundschaftliches Treffen in einer größeren Gruppe sein«, gibt Bibi zu bedenken. »Glaubt ihr, es könnte ein rein freundschaftliches Gruppending sein?«

»Brenda, ich weiß auch nicht mehr als du!«, sage ich leicht ungehalten. »Die Nachricht ist vage! Absolut vage! Außerdem hat er mich in der Nachricht davor ganz bewusst mit ›Na du‹ angeredet!«

»Ja, das stimmt.« Louise wirkt zuversichtlich. »Aber er hat dich für einen Freitag eingeladen. Jeder weiß, dass Freitage von Natur aus romantisch sind. Freitage sind sexy, an einem Freitag fühlt sich jeder sexy! Freitag ist ein klassischer Date-Abend!«

»Tja, wenn das so ist, solltest du zusagen«, meint Bibi. »Du kannst doch ganz nebenbei fragen, ob es ein Gruppending ist oder nicht. Und ich heiße nicht Brenda.«

Fassungslos sehe ich sie an. »Das kann ich ihn doch nicht einfach so *fragen*! Wer sind wir denn, *normale Menschen,* wie bei Sally Rooney? Das geht nicht, Bibi! Wenn ich frage, ob es ein Gruppending ist, kriegt er vielleicht Panik und lädt extra noch einen Haufen Leute ein. Und wenn ich frage, ob wir nur zu zweit sind, lacht er mich vielleicht aus, weil ich mir eingebildet habe, es könnte ein Date sein. Ich kann ihn nicht *fragen,* Bibi. Gott.«

Sie besitzt den Anstand, ein beschämtes Gesicht zu machen.

Lou nickt. »Esther hat recht. Okay, dann sagst du zu und bereitest dich auf beide Eventualitäten vor.«

»Aber am Freitagabend kann ich nicht, da haben wir ein Event«, sage ich niedergeschlagen. »Katie und ich arbeiten seit Wochen daran.« Die beiden sehen mich hilflos an, und ich stöhne. »Scheiß drauf, ich sage meiner Assistentin, sie soll sich alleine darum kümmern. Sie kriegt das bestimmt hin. Den Vater meiner Kinder zu finden ist wichtiger als eine Firma für Damenbinden, die der Presse ihre neue Produktlinie vorführt, oder?«

»Klingt vernünftig«, sagt Louise ohne große Überzeugung.

Ich nicke. »Wenn ich da auftauche, und es ist ein Gruppending, müsst ihr dazukommen. Ihr könnt irgendwo in der Nähe in einer Bar sitzen oder so, dann seid ihr sofort einsatzbereit. Ja?« Beide nicken gleichzeitig.

»Wenn es ein Date ist«, sagt Lou vorsichtig, »und ihr euch wieder verliebt, machst du dann trotzdem noch mit der Sieben-Männer-Mission weiter?«

Ich denke darüber nach. »Hm, na ja«, antworte ich gedehnt. »Wenn er sich wirklich von seiner Freundin trennt und mir seine unsterbliche Liebe gesteht, dann blase ich die Mission höchstwahrscheinlich ab. Aber wenn das Ganze noch in der Schwebe hängt, sollte ich wohl erst mal weitermachen. Dann wäre es nicht klug, einfach aufzuhören.«

»Kapiert.« Lou nickt. Jetzt wirkt sie längst nicht mehr so unsicher.

»Obwohl …« Ich mache eine Pause, in der ich Bibi anschaue, um nicht Louise anschauen zu müssen. »Ich habe darüber nachgedacht, ob ich Alex vielleicht einfach überspringe. Das könnte richtig unangenehm werden – unangenehmer als mit allen anderen. Und ich muss mich ja nicht mit *all* meinen Ex-Partnern treffen, oder?«

Ein kurzes Schweigen tritt ein, ehe Bibi zustimmend nickt.

»Ich glaube, das ist eine gute Idee«, sagt sie, was ich mit einem dankbaren Lächeln quittiere.

»Äh.« Lou schüttelt den Kopf. »Tut mir leid, ich sehe das etwas anders. Ich finde es wichtig, dass du Alex wiedersiehst. Wenn du diese Mission ernst nehmen willst, musst du sie auch bis zum Ende durchziehen. Und wenn sogar Arschloch Rich auf der Liste steht, darfst du Alex auf keinen Fall weglassen.«

Ich senke den Kopf. »Hmm«, mache ich ausweichend. »Mal sehen. Wir verfassen erst mal eine Antwort an Alistair und suchen mir ein Outfit für Freitag raus – danach kann ich mir immer noch überlegen, was ich als Nächstes mache.«

Bibi und Lou tauschen einen vielsagenden Blick, den ich geflissentlich ignoriere.

II

Es ist Freitag, und ich lehne schwer atmend draußen vor der Bar an der Wand. Ich habe das Gefühl, dass gleich etwas Großes passieren wird. Etwas möglicherweise Lebensveränderndes. Es könnte sein, dass der Mann, für den ich bestimmt bin, da drinnen auf mich wartet. Heute Abend könnte sich alles ändern. Vielleicht werde ich Sex haben. Vielleicht werde ich Sex mit dem Menschen haben, der mein erster Geschlechtspartner war und auch mein letzter sein wird. Will ich, dass es Alistair ist? Er hatte einen sehr schönen Penis, und unser Sexleben war … also, an Enthusiasmus mangelte es nicht. Außerdem hat er in den letzten zehn Jahren bestimmt eine Menge dazugelernt. Bei mir ist das jedenfalls so. Aber ist sein Penis der letzte, den ich in mir spüren möchte? Für den Rest meines Lebens?

Ich zupfe am Saum meines Kleides und fühle mich befangen. Lou hat mich zu einem sexy Fummel überredet, der die altbekannte Regel, dass man immer nur einen seiner Aktivposten zur Schau stellen soll, komplett über den Haufen wirft. Im Moment sind meine Beine *und* meine Möpse für jedermann sichtbar. Und leider hat das kleine Glas von dem Whiskey, den ich noch irgendwo in den Tiefen eines Schranks gefunden habe, nicht ausgereicht, um mir die Unsicherheit zu nehmen.

Einen Moment lang stelle ich mir vor, wie Alistair nervös in der

Bar sitzt, vor sich auf dem Tisch eine Flasche Wein. Er war immer so aufmerksam und hat sich überlegt, womit er mir eine Freude machen kann. Diesmal wird er mich richtig umarmen – er ist jemand, der gerne umarmt –, und dann werden wir uns hinsetzen. Wir werden uns über den Tisch hinweg ansehen, und zwischen uns werden die Funken fliegen.

Ich hole meinen Taschenspiegel heraus, um zum wiederholten Mal meinen Lippenstift neu aufzutragen. Ich muss perfekt aussehen. Alles soll tipptopp sein.

Irgendwann, nachdem wir etwas getrunken haben, wird er mir dann sagen, dass er sich von seiner Freundin getrennt hat, und zwar so, dass ich mich nicht schuldig fühle – vielleicht hat sie ja auch einen anderen kennengelernt und ist heilfroh, dass er die Beziehung beendet hat. Und dann wird er die Hand über den Tisch strecken und …

»ESTHERRRRRR!«, grölt jemand, und jegliche romantische Illusion, die ich bis dahin noch gehegt habe, zerbricht.

Alistair ist da, und Alistair ist betrunken. Er kommt auf mich zu, nimmt mich in die Arme, hebt mich hoch und wirbelt mich im Kreis herum. Wir lachen, und ich spüre seinen heißen Atem an meinem Ohr, als er flüstert: »Tut mir leid, ich habe schon einen kleinen Vorsprung.«

»Das merke ich!« Ich kichere, als er mich wieder auf dem Boden abstellt.

»Ich wurde gezwungen!«, ruft er anklagend und deutet hinter sich. Wie in Zeitlupe registriere ich die bekannten Gesichter. Alle lächeln und winken.

Scheiße.

Klassenkameraden. Ehemalige Mitschüler. Personen, die ich seit über zehn Jahren nicht mehr gesehen habe. Das hier ist nicht nur ein Gruppending, sondern ein gottverdammtes *Klassentreffen.*

Ein Chor träger Begrüßungen erklingt, als ältere Versionen der Menschen, mit denen ich nie gesprochen habe, die ich aber trotzdem sehr gut kannte, an mir vorbeischlurfen.

»Hi!« Ich schlucke und taste hektisch nach meinem Handy, während ich den anderen in die Bar folge. Ohne hinzusehen, schreibe ich Lou und Bibi so schnell ich kann eine Nachricht:

NOTFALL. SOFORT KOMMEN, ES IST DEF
EIN KLASSENTREFFEN GRUPPENDING.
VRFCKTR NOTFALL

In der Bar drängt Alistair sich an mich.

»Kannst du glauben, dass alle gekommen sind? Ich habe dir doch gesagt, dass ich ein Klassentreffen organisieren will, oder? Ist das nicht genial?« Er strahlt mich erwartungsvoll an, und ich spüre, wie eine Woge der Zuneigung zu meinem jungenhaften, begeisterungsfähigen, unbeschwerten ersten Freund in mir hochsteigt. Am liebsten möchte ich sein Gesicht nehmen und es mit Küssen überschütten. Er beugt sich dichter zu mir. »Kann ich dir was zu trinken bestellen? Diese Runde geht auf mich.«

»Klar!«, sage ich munter und versuche, mich am Riemen zu reißen. O Gott, jeder muss eine Runde ausgeben. Gibt es was Schlimmeres? Können nicht einfach alle ihre eigenen Drinks bezahlen? »Ein Weißwein wäre toll. Danke.«

»Komm mit.« Er legt den Arm um mich, und seine Hand schwebt eine Zeit lang in der Luft, ehe er sie mit Bedacht auf meiner Schulter platziert – nicht zu weit oben, als wäre ich ein Kumpel, den er zu einer Partie Darts herausgefordert hat, aber auch nicht zu weit unten, als wollte er mich begrapschen. Ich spüre die Wärme seines Körpers, und in meinem Bauch kribbelt es.

Umringt von anderen Gästen, warten wir vor der Theke, dass

sich eine kleine Lücke auftut, in die wir uns schieben können. Ich räuspere mich. »Und, also … lerne ich heute Abend deine Freundin kennen? Ist sie auch hier?« Ich versuche, lässig zu klingen, versage aber kläglich. Zum Glück hat Alistair bereits einen Schwips und merkt nichts.

»Nein, nein, es sind nur ein paar Leute von der Schule da.« Er schenkt mir ein schiefes Lächeln. »Ich habe eine Gruppenmail rumgeschickt, ob wir uns treffen wollen, und alle haben sich total gefreut. Ich habe erwähnt, dass wir beide uns kürzlich wiedergesehen haben, deshalb haben sie darauf bestanden, dass ich dich heute auch einlade.«

Oh. Dies ist nicht nur kein Date, Alistair wollte mich ursprünglich nicht mal dabeihaben.

Er bekommt von meinen Seelenqualen nichts mit. »Ich dachte, du freust dich, alle mal wiederzusehen!« Er lächelt breit. »Es ist so lange her.«

»O ja, das ist großartig! So toll, sie alle zu sehen.« Ich erwidere sein Lächeln und erinnere mich daran, dass er früher immer genau wusste, wann ich log.

»Und natürlich wollte ich dich wiedersehen«, fügt er hastig und ein wenig betreten hinzu. Vielleicht spürt er, dass ich enttäuscht bin, weil ich mir den Abend anders vorgestellt habe, denn er schmiegt sich etwas enger an mich. »Und ich wollte …« Er bricht ab, als eine Stelle am Tresen frei wird. Alle drängen gleichzeitig nach vorn. Alistair hat das Glück, von der Menge direkt bis an die Theke gespült zu werden, während ich hinfalle und in einer fremden Arschritze lande.

»Verdammte Scheiße!«, fluche ich und versuche, mich aufzurappeln, ramme aber stattdessen nur mehreren Leuten meine Ellbogen in die Seiten. Eins meiner Opfer hilft mir auf die Beine, und ich entschuldige mich überschwänglich. »Sorry, Leute, mein Fehler.«

Als ich mich zu meinem Retter umdrehe, blicke ich in ein bekanntes Gesicht. Ich schnappe hörbar nach Luft.

Nick Wilde aus der Schule. Und theoretisch Nick Wilde von der Uni, da wir streng genommen ein Semester lang zusammen studiert haben.

»Esther Adams!« Er lächelt, während ich mit offenem Mund dastehe. Nick nach so langer Zeit leibhaftig vor mir stehen zu sehen ist irgendwie noch seltsamer als das Wiedersehen mit Alistair. Bei Alistair hatte ich das Gefühl, dass kaum Zeit vergangen ist. Bei Nick hingegen kommt es mir so vor, als wäre eine Ewigkeit verstrichen, seit ich ihn zuletzt gesehen habe. Er sieht vollkommen anders aus als der kleine rauflustige Kerl aus dem Biounterricht, der ständig mit seiner Ellesse-Jacke prahlte, während Louise ihn aus der Ferne anhimmelte. Er ist jetzt ein Mann. Ein großer, dunkelhaariger Mann mit Brille und einem leicht struppigen Bart.

»Hallo«, sage ich mit erzwungener Munterkeit. »Wie geht es dir, Nick Wilde? Brüllst du immer noch Mädchen quer über den Schulhof an, während sie versuchen, in Ruhe ihren Apple Tango zu trinken?«

Er lacht freundlich. »Ja, das mache ich andauernd. Deshalb habe ich auch keinen Zutritt mehr zu Schulhöfen. Wirklich jammerschade.«

Wir beide nicken in stummer Übereinkunft, wie schnell wir doch der Dunkelheit anheimgefallen sind.

»Nick!«, ruft Alistair von der Bar her. »Du bist auch gekommen! Schön, dich zu sehen!«

»Ich bin schon eine ganze Weile hier!«, ruft Nick zurück. »Wo wart ihr denn alle?«

Alistair zuckt hilflos mit den Schultern. »Magst du was trinken, alter Freund?«

Nick reckt den Daumen in die Höhe. »Einen Apple Tango, bitte«, ruft er, während ich mir vor Lachen die Hand vor den Mund halte.

Alistair macht ein verwirrtes Gesicht. »Was? Ich kann dich nicht hören.«

»Ein Lager, bitte.«

Alistair nickt und wendet sich an den Barkeeper.

»Also.« Nicks Blick kehrt zu mir zurück. Er zieht die Augenbrauen hoch. »Du und Alistair mal wieder, ja?«

»Was soll das heißen, ich und Alistair?«, gebe ich leicht gereizt zurück. »Da läuft nichts, wir sind nur Freunde, die sich seit Ewigkeiten nicht gesehen haben. Das ist alles.«

Er hebt beschwichtigend die Hände. »Schon gut! Ich meinte ja nur, dass ihr euch nach langer Zeit endlich wieder begegnet seid.«

»Ach so.« Ich lächle breit und versuche, mich nicht ganz so abwehrend zu verhalten. Schließlich stimmt es ja, oder? Das hier ist eindeutig ein Freundschaftsding. Mehr steckt nicht dahinter. Und was, wenn mehr gewesen wäre? Würde ich wirklich versuchen, etwas mit ihm anzufangen, wohl wissend, dass er eine Freundin hat? Der bloße Gedanke verursacht mir Gewissensbisse. Ich glaube, die Rolle des skrupellosen, männerstehlenden Vamps steht mir nicht.

»Und ihr beide seid nach all den Jahren immer noch in Kontakt?« Ich mache höflichen Small Talk und zähle die Minuten, bis ich so tun kann, als müsste ich aufs Klo, um mich irgendwo zu verkriechen.

Nick zuckt die Achseln. »Nicht wirklich. Ich habe ihn auch seit Jahren nicht mehr gesehen. Nach der Schule hatten wir noch eine Zeit lang recht engen Kontakt, aber irgendwie lebt man sich auseinander, stimmt's?«

»Manchmal«, räume ich ein und denke an Shelley.

»Aber ein gelegentlicher Trip in die Vergangenheit ist trotzdem ganz schön, oder?« Er grinst. Ich schlucke und muss daran denken, dass Blicke in die Vergangenheit nicht immer ein Riesenspaß sind.

Ich durchforste mein Hirn nach irgendetwas, worüber wir sprechen können. »Hast du Haustiere?«

Er sieht vage überrascht aus, aber dann lächelt er. »Ja!« Er rückt seine Brille zurecht und sieht plötzlich wieder aus wie der Nick aus der Schule. »Eine Hündin. Sie heißt Jackie und ist die Beste.«

»Jackie, die Hündin?«, frage ich zögernd nach.

»Ich weiß, es ist ein bisschen dämlich, aber ich hatte immer etwas übrig für Hunde mit Menschennamen. Außerdem erinnert sie mich an Jackie Weaver, du weißt schon, graue Haare und Ohren, die Frau aus dem Video.«

Ich lehne mich nach vorne, während er mir schmunzelnd erzählt: »Du solltest sehen, wie die Leute mich anschauen, wenn ich im Park nach Jackie Weaver brülle.«

»Welche Hunderasse ist Jackie?«

Er zuckt mit den Schultern. »Keine Ahnung. Ich habe sie aus dem Tierheim. Eines dieser Impuls-Lockdown-Haustiere.«

Ich will etwas erwidern, doch wir werden unterbrochen.

»OOOOH, das ist also der berühmte Alistair?« Ich zucke zusammen, als ich Bibis Stimme ganz dicht an meinem Ohr höre. Sie legt mir einen Arm um die Schultern, und gleich darauf taucht Lou an meiner anderen Seite auf. Sie beugt sich zu mir und küsst mich, als wären wir Familienmitglieder, die einander lange nicht gesehen haben. Ihr Atem riecht nach Wein. Sie haben eindeutig ohne mich getrunken, und ich verspüre einen vertrauten Stich der Eifersucht.

»Das ist doch nicht Alistair!«, widerspricht Lou mit Singsangstimme. »Das ist Nick Wilde! Nick Wilde aus Mr Snellings Biounterricht. Nick Wilde aus der Fußballmannschaft! Wir sind alle zusammen zur Schule gegangen.« Sie umarmt ihn. »Gott, er riecht echt gut«, murmelt sie an mich gewandt und deutlich zu laut.

»Sie ist betrunken«, erkläre ich Nick, und er grinst.

»Ich nehme jedes Kompliment, das ich kriegen kann.«

»Und wo ist Alistair?« Bibi wirkt gereizt. »Ich will ihn kennenlernen.«

Nick sieht mich belustigt an.

»Das ist unsere Mitbewohnerin Bibi«, sage ich peinlich berührt.

»Das ist aber nicht ihr richtiger Name!« Louise lehnt sich zu nah an Nicks Gesicht, als müsste sie es studieren. »In Wahrheit heißt sie Bethany oder Bailey.« Sie schielt in Bibis Richtung, die den Kopf schüttelt.

»Oder Bobbie?«

»Alistair ist an der Bar.« Leicht verwirrt zeigt Nick Bibi den Weg in seine Richtung. »Wenn du dich beeilst, kannst du ihn vielleicht noch dazu bringen, dir einen Drink auszugeben.«

Sie wird sofort hellhörig und schiebt sich energisch durch die Menge der Wartenden.

»Und? Wie geht's dir, Louise? Meint das Leben es gut mit dir?«

»Sehr gut.« Sie klimpert mit den Wimpern und beäugt ihn gierig. Ich versetze ihr einen Rippenstoß mit dem Ellbogen. Ich weiß, dass sie in der Schule in ihn verknallt war, aber hat sie vergessen, dass sie in einer festen Beziehung ist? »Äh, Louise, hast du dich eigentlich schon mit Sven versöhnt?«, frage ich bedeutungsvoll, ehe ich für Nick hinzufüge: »Sven ist Lous Freund.«

Sie schmollt. »Ein bisschen. Aber nicht wirklich.«

»O nein.« Ich drehe mich zu ihr um. »Geht es immer noch um den ›Ist alles in Ordnung mit dir‹-Streit?« An Nick gewandt, erkläre ich : »Er hat sie gefragt, ob mit ihr alles in Ordnung ist. Was für ein blöder Wichser.«

Er nickt in gespieltem Ernst. Seine Augen blitzen. »Verstehe.«

Lou holt tief Luft. »Na ja, ich habe ihn ein paar Tage lang zappeln lassen, aber gestern Abend habe ich beschlossen, die Sache abzuhaken. Der Klügere gibt nach, ihr wisst schon …« Sie sieht Nick aus schmalen Augen an. »Vergeben und vergessen. Als er dann also gestern Abend kam, habe ich mich mit ihm aufs Bett gesetzt und gesagt: ›Hör zu, Sven, es tut mir leid, wie ich mich neulich abends verhalten habe.‹«

»Das war sehr großmütig von dir«, sage ich, und sie strahlt.

»Ja, oder?« Doch im nächsten Moment verdüstert sich ihre Miene. »Aber du errätst nie, was er erwidert hat.«

Nick beugt sich zu ihr. »Was hat er erwidert?«

»Oh-oh«, murmle ich, Böses ahnend.

Louise atmet lange und tief ein, ehe sie antwortet. »Er hat gesagt: ›Mach dir deswegen keinen Kopf.‹« Fassungslos sieht sie mich und Nick an. »Er hat gesagt, ich solle mir keinen Kopf machen, ich sei einfach müde gewesen, und er sei bereit, die ganze Angelegenheit zu vergessen.«

Weil ich nicht genau weiß, was sie von mir hören will, begnüge ich mich erst mal mit einem Kopfschütteln.

»Ist das zu glauben?« Auch sie schüttelt langsam den Kopf. »Statt sich im Gegenzug auch bei mir zu entschuldigen, hat er gesagt, ich solle mir keinen Kopf machen – so als hätte ich mich vollkommen zu Recht bei ihm entschuldigt. Dabei habe ich es doch nur gemacht, weil ich ein guter Mensch sein wollte. Ich dachte natürlich, dass er sagt: ›Oh, Baby, nein, das muss dir doch nicht leidtun, es war alles meine Schuld!‹ Und dass er mich dann wortreich um Verzeihung bittet. Wisst ihr, was ich meine?«

»Geradezu verwerflich«, sagt Nick, der ebenfalls angefangen hat, den Kopf zu schütteln. Zu dritt fahren wir noch eine ganze Weile damit fort.

Glücklich, verstanden zu werden, strahlt Lou ihn an. »Na ja, wie dem auch sei«, seufzt sie. »Es kam mir kleinlich vor, ihm zu sagen, dass ich meine Entschuldigung zurücknehme und er mich mal am Arsch lecken kann, also bin ich ins Bett gegangen, ohne mich auszuziehen, und sofort eingeschlafen. Hoffentlich hat ihm das Gelegenheit gegeben, mal gründlich über sein blödes ›Mach dir keinen Kopf‹ nachzudenken.«

»Absolut richtig«, sagt Nick, der mittlerweile mit dem Kopfschütteln aufgehört und stattdessen angefangen hat zu nicken. »Aber wenn ihr mich entschuldigt – ich muss pinkeln. War toll, euch wiederzusehen.« Er macht eine Pause, eher er mit vielsagend hochgezogenen Augenbrauen zu mir sagt: »Freut mich, dass du und Alistair wieder Kontakt zueinander habt.«

»Genau«, sage ich. Irgendwie seltsam. »Viel Glück mit Jackie Weaver.«

Louise will ihm noch einmal in die Arme fallen, aber ich halte sie zurück. Er winkt uns zu, ehe er in Richtung Toiletten davongeht.

Lou schaut ihm gedankenvoll hinterher. »Mann, er sieht wirklich gut aus, findest du nicht? Ich kann gar nicht glauben, wie sehr er sich seit der Elften verändert hat. Er ist ein richtiger … *Kerl* geworden. Und wer ist diese Jackie? Seine Freundin?«

»Du bist also nicht auf die Idee gekommen, Sven heute Abend nach eurem ›Mach dir keinen Kopf‹-Eklat hierher einzuladen?«, frage ich laut, und sie wirbelt zu mir herum.

»Wo denkst du hin!« Sie schiebt trotzig die Unterlippe vor. »Ist ja auch egal. Worüber hast du dich eigentlich mit Nick unterhalten, bevor ich gekommen bin? Er wirkt so charmant und liebenswert. Weißt du noch, wie er damals auf dem Pausenhof war? Hatte nichts als Fußball im Kopf und hat ständig andere geärgert.«

»So waren doch alle Jungs«, sage ich, und sie nickt. »Über nichts Wichtiges. Bloß Small Talk. Er hat einen Hund.«

»Nichts Wichtiges?« Sie wirkt verstimmt. »Du hast nicht in Erfahrung gebracht, ob er eine Freundin hat oder verheiratet ist, oder so?«

»Weshalb sollte mich das interessieren, Lou?« Ich kneife die Augen zusammen, doch sie wischt mein Misstrauen mit einer Handbewegung beiseite.

»Was ist mit deiner Mission?« Noch einmal schaut sie sich nach dem sich entfernenden Nick um. »Bibi meinte, du hättest Alex geschrieben! Das ist toll! Ich weiß, dass dir das schwergefallen sein muss. Hut ab.«

»Ja, das ist wahr, aber …« Ich stöhne frustriert. »Es war eine alte Nummer, ich glaube, sie stimmt nicht mehr. Oder vielleicht bin ich auch immer noch blockiert? Jedenfalls habe ich keine Antwort erhalten.« Ich befeuchte meine Lippen mit der Zunge. »Um ehrlich zu sein, habe ich überlegt, mit jemand anders auf der Liste weiterzumachen – vielleicht Will oder Idris. Oder ich überwinde meine Scham und schicke Paul doch eine Nachricht. Wer weiß, vielleicht hat er ja Lust, sich mit mir zu treffen, wenn er wieder in der Stadt ist?«

Lou runzelt die Stirn. »Aber du gibst Alex doch nicht auf, oder? Bestimmt hast du noch andere Optionen außer dieser alten Telefonnummer?«

»Kann sein«, sage ich ausweichend. »Aber ich möchte nicht, dass die Mission ins Stocken gerät. Vor allem, da mir allmählich klar wird, dass aus mir und Alistair nie was werden kann.« An der Bar bezahlt meine erste Liebe gerade eine sehr umfangreiche Getränkebestellung, während Bibi ihm etwas ins Ohr schreit.

Lou gibt einen abgrundtiefen Seufzer von sich. »Glaubst du wirklich, da geht nichts?« Sie lässt ihren Kopf schwer auf meine Schulter sinken. »Ich bin so traurig. Ich habe euch wirklich die Daumen gedrückt.«

Ich drücke ihren Arm. »Ich auch. Aber genau das ist ja der Zweck der Mission. Ich muss alle sieben Ex-Freunde auskundschaften. Vielleicht schreibe ich heute Abend meiner verpassten Chance Paul – man kann nie wissen, vielleicht kommt er demnächst ja mal nach London und hat Zeit für einen Drink?«

Sie sieht mich an und nickt nachdenklich. »In Ordnung. Aber gib Alistair noch nicht endgültig auf, okay? Da ist definitiv was zwischen euch, das näher erforscht werden sollte.« Wir beide beobachten ihn, während er die Getränke bezahlt. Unbeholfen versucht er, seine Kreditkarte durch den Schlitz des Kartenlesegeräts zu ziehen, und kichert verlegen, als es ihm misslingt. Seine Arme sind einfach zu lang. Jetzt erinnere ich mich wieder, sie waren ihm andauernd im Weg, das machte ihn ein bisschen tollpatschig. Er sieht so süß aus. Inzwischen ist er schon beim dritten Versuch – ein absolut hoffnungsloser Fall –, während der leidgeprüfte Barkeeper allmählich sauer wird. Am liebsten würde ich Alistair in die Arme nehmen und ihm helfen. Bis in alle Ewigkeit.

»Versprochen.« Ich schenke Lou ein strahlendes Lächeln.

Diesmal ist ihr Nicken energischer. »Gut. Und jetzt lass uns aufs Klo gehen, vielleicht laufen wir dabei Nick über den Weg. Wir sollten uns wirklich länger mit ihm unterhalten, meinst du nicht auch?« Sie sieht mich von der Seite an. »Der Bart steht ihm gut, oder? Männer mit Bart und Brille haben irgendwas an sich. Das ist wie eine sexy Verkleidung.«

Ich verdrehe die Augen, woraufhin sie hinterherschiebt: »Außerdem müssen wir aufs Klo, weil du RICHTIG viel Lippenstift an den Zähnen hast.«

Alles Blut weicht mir aus dem Gesicht, während ich im Kopf überschlage, wie viele Leute ich in der letzten halben Stunde seit meiner Nachschminkaktion draußen vor der Bar gegrüßt habe. »WAS?«

12

»Erklär mir noch mal, wie es dazu kommen konnte«, zischt Bibi mir ins Ohr, während sich ihr Ellbogen in meine Rippen bohrt.

»Ich bin mir auch nicht sicher«, murmle ich ehrlich verblüfft.

»Ich denke, dass das sehr aufregend ist!«, meint Lou und wickelt ihren Mantel noch enger um sich, um dem kalten Wind zu trotzen.

Wir stehen vor unserem Gebäude und warten darauf, dass uns Alistair Morris und Nick Wilde für einen Road Trip nach Milton Keynes aufsammeln. Mein fünfzehnjähriges Selbst wäre von dieser Entwicklung wirklich verwundert. Ehrlich gesagt, mein neunundzwanzigjähriges Ich ist auch ziemlich verwirrt.

»Zeig mir noch mal die Nachrichten von letzter Woche.« Bibi ist immer noch sauer, und leicht verärgert reiche ich ihr mein Smartphone.

Paul D'Silva (Arbeit)
Freitag

> *Esther! Hallo, meine liebste lang verschollene Freundin, wie geht es dir? Ich weiß, es ist Jahre her, und es tut mir leid, dass ich dir einfach so schreibe, aber – und falls ich mich irre, klingt das Nächste vermutlich total verrückt – warst du letzte Woche*

zufällig bei mir vor dem Restaurant?! Einer meiner Köche meinte nämlich, ein paar Frauen hätten nach mir gefragt, und seiner Beschreibung nach könntest du eine von ihnen gewesen sein?! Klingt komisch, ich weiß. Wie auch immer, es wäre doch schön, wenn man sich mal wieder treffen könnte, oder? Mann, ich vermisse dich so sehr. Es ist viel zu lange her. Ich sehne mich danach, dein bezauberndes Gesicht wiederzusehen. Paul (Saul) xx
21:12 h

OMG PAUL! *Ich habe*
21:13 h

Sorr, bischn betrunkn, wollte nicht auf sendn
21:14 h

Bin mi alten Schufreunden was trii
21:15 h

Egaal, total schon, von dir zu hören! Nee, das warn def nicht ich oder bibi oder Sofia oder Loulou vor deinem Restaurant & er hat abslt überrrrgiert war total panisch und komisch.
21:16 h

Ich will dich auch sehnnnn!!!! Wan bistu wieder in Lndn?
21:17 h

Nicht dass ich weiß dass du nicht in Lndn bist.

Wahrscheinlich bistu inLndn weill warum nicht stimmts??
21:18 h

Lol, Esther, du bist immer noch zum Totlachen. Ich bin für eine Weile in Milton Keynes auf einer Fortbildung.
21:20 h

Hey, warum kommst du nicht her?! Wir könnten den Tag zusammen verbringen, das wäre doch toll!
21:21 h

Na los, sag Ja. Sei spontan. Ich hab das Wochenende frei, warum kommst du nicht gleich morgen?!
21:22 h

OMG JA! ICH BIN DABEI.
21:30 h

PS habe mich übergebn
21:31 h

Über Bibis Schulter hinweg zeige ich auf das Display. »Siehst du?«, flüstere ich. »Und dann habe ich Alistair gefragt, ob er ein Auto und Lust auf einen Tagesausflug nach Milton Keynes hat. Ich war betrunken.«

Sie schüttelt den Kopf. »Ich erinnere mich.« Ihre Stimme klingt leise und ernst. »Er hat zugesagt, und dann seid ihr beide laut schreiend durch die Gegend gesprungen, als wäre das die beste Idee aller Zeiten.«

»Ja.« Ich nicke. »Und dann haben alle Schnäpse getrunken und versucht, Conga zu tanzen.«

Bibi nickt ebenfalls. »Ein Tiefpunkt.«

»Offensichtlich habe ich gehofft, dass er es vergessen hat, denn ich habe die ganze Woche nichts von ihm gehört!« Meine Haare wehen mir ins Gesicht, und ich halte inne, um sie zu entwirren. »Dann hat er heute Morgen eine Nachricht geschickt und gefragt, wann er mich abholen soll. Ich hätte Nein sagen sollen, ich hätte einfach den Zug nehmen können.«

»Ja«, sagt Bibi, und Louise schreit gleichzeitig: »Nein!« Ehrlich, manchmal ist es, als hätte man einen Engel und einen Teufel auf jeder Schulter. Nur, dass ich nicht weiß, wer wer ist.

»Nein«, wiederholt Lou. »Das ist ein guter Plan. Auf diese Weise könnt ihr euch auf einem Mini-Roadtrip kennenlernen. Zusammen Musik hören und euch über die anderen idiotischen Autofahrer lustig machen.« Sie schaut auf ihre Uhr. »Alistair ist zu spät. Außerdem kannst du so mehr Einzelheiten über seine Freundin herausfinden. Wenn du dann Paul später siehst, wirst du wahrscheinlich wissen, ob Alistair der Richtige ist.«

»Aber wie willst du ihn loswerden, wenn du in Milton Keynes bist?« Bibis Stimme geht in einer Windböe unter, die unsere Frisuren in Formation peitscht.

»Ich habe ihm gesagt, dass ich einen Freund treffe«, erkläre ich. »Und er sagte, er würde einkaufen gehen, und wir könnten abends zurückfahren.«

»Warte. Wieso kommt Nick Wilde auch mit?«, fragt Louise misstrauisch.

Ich seufze theatralisch. »Ich habe keine Ahnung. Alistair hat mir dieses Detail erst vor zehn Minuten geschrieben.«

Ein silberner Alfa Romeo biegt links in unsere Straße ein und kommt vor unserem Haus zum Stehen. Nick sitzt am Steuer und sieht müde aus. Er stellt den Motor ab, als Alistair auf der Beifahrerseite aussteigt und uns beide nacheinander umarmt. Ich fühle mich besser, seine gute Energie ist ansteckend.

»Road Trip!«, brüllt Alistair und ist in diesem Moment wieder ganz der Fünfzehnjährige, in den ich mich damals verliebt habe. Er zieht mich an sich, und sein vertrauter Geruch umhüllt mich. Ich will ihn nicht mehr loslassen.

»Verdammt, ist das windig«, murmelt Nick unbeholfen und zerstört den Moment.

»Nick, wie geht's?« Ich versuche, nicht nachzuhaken, warum er dabei ist. Meinte er nicht letztens, dass er und Alistair sich nicht mehr nahestehen?

Bevor er antworten kann, stößt Lou mich mit der Schulter aus dem Weg. »Hi, Nick!«, haucht sie und klimpert mit den Wimpern. Er lächelt herzlich, und sie umarmen sich, was mir seltsam vorkommt. Haben sie sich letzte Woche bei den Drinks *so* gut verstanden?

»Tut mir leid«, murmelt Alistair in mein Ohr, während ich mich zu schnell umdrehe und fast seine Wange mit meinen Lippen berühre. Er errötet und weicht einen Schritt zurück, um dann mit leiser Stimme fortzufahren: »Nicks Eltern leben in Milton Keynes, und er hat erwähnt, dass er sie am Wochenende besuchen will. Ich dachte, wir könnten uns eine Mitfahrgelegenheit schnorren.« Ein paar Meter weiter sehe ich, wie Nick mit Lou lacht. Während sie sich unterhalten, nimmt er seine Brille ab und putzt sie mit seinem Wollpullover. »Außerdem ist er der einzige Mensch, den ich in London kenne, der ein Auto hat.«

»Sehr nett von ihm!«, rufe ich gegen den Wind an. »Wollen wir?«

Ich will hinten einsteigen, aber Alistair lotst mich auf den Beifahrersitz. Ich will protestieren, denn ich brauche längst nicht so viel Beinfreiheit, aber er meint: »Glaub mir, hinten bin ich besser dran. Vorne musst du dich mit einem enthusiastischen Reisebegleiter abgeben.«

Ich frage mich, ob er Nick meint, als ich einsteige und mich beinahe auf einem Fellknäuel niederlasse. Jackie Weaver, die Hündin.

»Sorry! Habe vergessen, dich zu warnen«, lacht Nick und setzt sich hinters Steuer. »Sie liebt Autofahrten. Ich wollte sie nicht den ganzen Tag allein lassen, und meine Eltern kennen sie noch nicht und haben darauf bestanden, dass ich sie mitbringe.«

Ich lächle. Zwei Stunden mit einem niedlichen Hund? Das hier wird der beste Roadtrip aller Zeiten. »Ein großer Moment, wenn man seine Lady den Eltern vorstellt.« Ich streichele Jackies weiches Fell. Sie schaut mich prüfend an, bis sie es sich auf meinem Schoß gemütlich macht. Nick schmunzelt und dreht am Radio, bis er einen Sender mit Siebzigerjahre-Hits gefunden hat.

»Ich bin ein bisschen nervös. Ich hoffe, sie mögen sie. Ich habe noch nie eine Lady mit nach Hause gebracht.«

»Du solltest nervös sein«, meine ich streng und fahre mit meinen Händen durch ihr langes graues Fell. »Falls deine Eltern sie nicht mögen, müsstest du dich zwischen Liebe und Familie entscheiden.«

Nick lacht wieder und schmeißt den Motor an. Er gurgelt bedrohlich. »Sorry, das Auto ist älter als das Internet.«

»Alles ist in Ordnung«, flüstere ich Jackie ins Ohr, während der Wind draußen pfeift. Mir fällt auf, dass ich diejenige bin, die nervös sein sollte; in einem uralten Auto, das beunruhigende Geräusche macht, während draußen ein Sturm wütet und ich den Fahrer eigentlich überhaupt nicht kenne. Aber ich bin nicht nervös. Ich fühle mich sicher.

»Wir wissen das echt zu schätzen, Mann!« Alistair klopft Nick von hinten auf die Schulter.

»Danke, wirklich«, ergänze ich, und Nick lächelt mich an. Für einen kleinen Moment denke ich, dass er noch was sagen möchte, aber dann fängt er an, den Abba-Song im Radio mitzusingen, sehr laut und sehr falsch.

Ich winke Bibi und Louise ein letztes Mal zu, als es losgeht. Ich wundere mich immer noch, was hier eigentlich passiert, als Jackie sich an mich kuschelt und Abba davon singt, wieder siebzehn zu sein. Irgendwie fühle ich mich plötzlich … hoffnungsvoll?

13

Wir haben uns vor Pauls Hotel verabredet. Während ich dort warte und verlegen an meiner Jacke zupfe, komme ich mir einen Moment lang vor wie auf einem Tinder-Date. Was, wenn ich ihn nicht wiedererkenne? Es ist fünf Jahre her, seit wir uns zuletzt gesehen haben. Was, wenn ein Fremder mich grüßt und ich nicht weiß, ob es Paul ist? Was dann?

Ich drehe mich im Kreis und halte Ausschau nach meinem alten Freund.

»Rate mal, wer da ist!« Die Stimme hinter mir klingt sanft und ach so vertraut. »Ich wollte dir eigentlich die Augen zuhalten wie in diesen klassischen Filmszenen, aber ich hatte Angst, dass du mir dann vielleicht in die Eier trittst.« Er macht eine Pause. »Was absolut nachvollziehbar gewesen wäre.«

»Keine Ahnung, wie es kommt, dass nicht viel mehr Filmstars Tritte in die Eier bekommen«, entgegne ich grinsend, »wenn sie solche Risiken eingehen.«

»Verdient hätten sie es.« Er nickt ernst.

Einen Moment lang sehen wir einander in die Augen. Es ist Paul. Er ist es wirklich. Und heilige Pralinenschachtel, er sieht immer noch so *fit* aus. Nein: Er sieht fitter aus denn je. Ist das überhaupt möglich? Ich glaube, Zeit, Nostalgiegefühle und jahrelange Sehnsucht haben ihn in meinen Augen noch attraktiver gemacht.

Und sicher auch einige Besuche im Fitnessstudio. Der Mann ist ja richtiggehend muskelbepackt.

»Du siehst atemberaubend aus, Esther«, sagt er mit einem glücklichen Lächeln, woraufhin ich instinktiv den Bauch einziehe. »Ganz ehrlich. Du bist kein bisschen älter geworden, du dreckige kleine Ratte.«

Ich lache, und mein Magen schlägt wilde Purzelbäume. »Und ob, du schamloser Lügner. Und überhaupt – schau dich mal an, du siehst großartig aus.«

Er schüttelt traurig den Kopf. »Ich bin alt geworden, sosehr es mich auch schmerzt, es zuzugeben. Im Dezember werde ich vierunddreißig. Tragisch. Ich gebe der Arbeit in der Küche die Schuld daran. Du hast rechtzeitig den Absprung geschafft. Noch ein bisschen länger, und du wärst jetzt genauso gebrechlich und verbraucht wie ich. Gott sei Dank konnten wir dich und dein wunderhübsches Gesicht noch retten.«

Die Komplimente verfehlen ihre Wirkung nicht. »Wollen wir in einen Pub gehen?«, schlage ich vor und höre die schrille Nervosität in meiner Stimme.

»Lass uns vorher was Aufregenderes machen!«, erwidert Paul. Er klingt entspannter, als mir lieb ist. »Wenn wir ein bisschen spazieren gehen, sehen wir unterwegs vielleicht etwas, worauf wir Lust haben. Ich weiß, wir sind hier nicht in London, aber es muss doch auch in Milton Keynes was zu erleben geben!«

»Okay. Klingt nach einem Plan!«, antworte ich und ärgere mich, weil ich vorerst keine Gelegenheit bekommen werde, meine Nerven mit Alkohol zu beruhigen.

In freundschaftlichem Schweigen und Arm in Arm machen wir uns auf den Weg. Mir kommt es so vor, als wäre gar keine Zeit vergangen. Doch bei dem Gedanken wird mir auf einmal übel. Ich starre seinen Jackenärmel an, dabei würde ich ihm viel lieber ins Gesicht sehen. Ich will ihn richtig betrachten – alles an ihm. Nach grauen Haaren und Falten Ausschau halten. Ich will, dass die vergangenen Jahre irgendwo Spuren hinterlassen haben. Denn wo sind sie sonst hin?

Es ist ganz anders als mit Alistair, der mich eher wie eine Schwester behandelt – aufmerksam, lustig und einfach nett. Paul hingegen hat eine besondere Intensität und ist unverhohlen in seiner Bewunderung für mich.

Ich habe einen Großteil der Autofahrt damit verbracht, Alistair im Seitenspiegel anzustarren und mir über meine Gefühle klar zu werden. Ich wollte begreifen, was das alles bedeutet und ob ich überhaupt das Recht habe, so viel Zeit mit ihm zu verbringen, wenn ich mich zu ihm hingezogen fühle, er aber mit einer anderen Frau zusammen ist. Ich weiß nicht, was ich von der Situation halten soll.

»Wie bist du auf die Idee gekommen, nach all der Zeit Kontakt zu mir aufzunehmen?«, fragt er. Sein Ton ist beiläufig, fast verspielt. »Ich *weiß* nämlich, dass du das warst vor meinem Restaurant.«

Ich beiße mir auf die Lippe und beschließe, es nicht abzustreiten. »Ich bin … na ja …« Wie viel kann ich preisgeben? »Ich blicke gerade auf mein bisheriges Leben zurück.« Ich mache eine Pause, um zu sehen, wie er reagiert. Statt zu antworten, hört er lediglich aufmerksam zu. »Und dabei habe ich mich daran erinnert, wie viel Spaß wir zusammen hatten, Saul.« Er lacht. »Wie dem auch sei – ich war einfach neugierig, wie es dir in der Zwischenzeit ergangen ist. Wir standen uns so nahe damals, und ehrlich gesagt hast du mir schrecklich gefehlt.«

»Du mir auch.« Er legt mir einen Arm um die Schulter, als wäre es das Selbstverständlichste von der Welt. »Und ich will alles über dich wissen. Wie läuft es mit – tut mir leid, wie heißt dein Freund noch mal? Idris?«

»Oh.« Ich muss grundlos lachen.

Als ich das letzte Mal mit Paul gesprochen habe – und damit meine ich mehr als »HAPPY BIRTHDAY!!!!!! Ich hoffe, dir geht es gut!!!!!« –, war ich noch mit Idris zusammen. Er war einer der Gründe, weshalb Paul und ich den Kontakt zueinander verloren haben. Nicht, dass Iddy mir verboten hätte, mich mit ihm zu treffen. Es ist einfach passiert. Paul war mit Celeste zusammen, ich mit Idris, und die unvermeidliche Kluft zwischen uns wurde immer größer. Wir drifteten weiter und weiter auseinander, bis wir uns irgendwann auf unterschiedlichen Kontinenten befanden. Ich glaube, in den letzten Jahren habe ich ihm nicht einmal mehr zum Geburtstag gratuliert. Da wir beide in festen Händen waren, kam es mir merkwürdig vor, eine Freundschaft aufrechtzuerhalten, die ganz offensichtlich viel mehr als eine Freundschaft war.

»Das mit Idris und mir ist vorbei«, sage ich. »Schon länger. Wir haben uns vor mehreren Jahren getrennt, da ist absolut nichts mehr zwischen uns.« Ich breche ab, als mir einfällt, dass Idris ja auch auf meiner Liste steht. Mist.

»Aha, verstehe.« Lächelnd sieht er mich von der Seite an. »Tut mir leid, das zu hören.«

»Was ist mit dir und Celeste?«, frage ich und klinge etwas gereizter als beabsichtigt. »Seid ihr noch zusammen?«

Er schüttelt den Kopf. »Das mit Celeste hat nicht lange gehalten.« Er zuckt mit den Schultern. »Ich bin seeeeehr alleinstehend.«

»Tut mir leid.« Die Übelkeit ist wieder da, und instinktiv reibe ich durch die Jacke meinen Bauch.

Er grinst mich an. »Das muss es nicht, ich bin glücklich.«

»Oh.« Ich schlucke ein bisschen Galle hinunter. »Na, dann ist ja alles ganz prima.«

Er bleibt stehen und sieht mich an. »Was hast du gerade gesagt?«

»Nichts.« Ich schaue ihm in die Augen. Wie hübsch sie sind.

Er grinst. »Du hast ›ganz prima‹ gesagt. So was gibt es nicht. Entweder, man sagt einfach nur ›prima‹, oder – und das ist der Idealfall – man benutzt das Wort überhaupt nicht.«

»Warum kann man denn nicht ›ganz prima‹ sagen?«, frage ich und versuche, mir das Lachen zu verkneifen. »›Prima‹ ist doch im Wesentlichen ein Synonym für ›gut‹. Warum sollte man also nicht ›ganz prima‹ sagen können?«

»Weil das nun mal nicht geht.« Er schüttelt mit großem Ernst den Kopf.

»Neulich«, sage ich, »haben wir rausgefunden, dass meine Freundin Louise ihr ganzes Leben lang immer ›Flugszeug‹ statt ›Flugzeug‹ gesagt hat.«

Er schnaubt belustigt. »Mein Bruder ist immer noch felsenfest davon überzeugt, dass es ›Mistverständnis‹ heißt und nicht ›Missverständnis‹. Er findet, das macht viel mehr Sinn, weil es bedeutet, dass jemand Mist verstanden hat. SUPER.« Er sieht mich mit schiefgelegtem Kopf an. »Du weißt schon: Red keinen Mist, Kumpel!«

»Red keinen Mist!«, rufe ich, und ein paar Leute schauen zu uns herüber.

Pauls Lächeln verblasst für eine Sekunde, und er nimmt meine Hand. »Ich war sehr traurig, als du mir nur noch so selten geschrieben hast.« Er klingt auch so. »Und dann sind die Nachrichten ganz ausgeblieben. Irgendwie hatte ich das Gefühl, dass du mich nicht mehr um dich haben wolltest, nachdem du deinen Freund kennengelernt hattest.«

Voller Verzweiflung und Bedauern drücke ich seine Hand. »Ich hatte das Gefühl, *du* hast aufgehört, *mir* zu schreiben! Sobald du mit Celeste zusammen warst, kam es mir irgendwie seltsam vor, dich mit albernen Updates aus meinem Leben zu nerven. Und dann bin ich Idris begegnet, und ich fand es komisch, dir weiterhin so wie früher zu schreiben. Als wäre ich Idris dadurch untreu.«

Er grinst schüchtern. »Na ja. Jedenfalls bin ich froh, dass wir uns wiedergefunden haben.«

»Ich auch«, flüstere ich.

Als wir weitergehen, kommen wir an einem kleinen Markt voller übel riechender Käsesorten vorbei, deren Gestank uns entgegenweht.

»Was meinst du? Sollen wir?« Er sieht mich an.

Ich liebe Käse. Es gibt nichts Besseres als einen extrem stinkigen Käse, der so aussieht, als wäre er verdorben. Andererseits: Besonders romantisch ist das nicht, oder? Vielleicht will Paul doch bloß mit mir befreundet sein.

»Sie haben auch Wein«, sagt er, und ich nicke. Das ist ein schlagendes Argument.

14

Im Zimmer nebenan haben Louise und Sven – zum vielleicht allerersten Mal – sehr interessanten Sex. Und wie üblich hören Bibi und ich ihnen dabei zu.

»Okay. Du nennst mich Althea, die Magische«, sagt Louise zu Sven. »Und ich nenne dich Ambrose, den Elfen!«

»O ja, meine geliebte Althea!«, sagt der gehorsame Sven. »Ich komme mit meinem Zauberstab, um alle Sorgen von Euch zu nehmen!«

»Ooh, ich liebe Euren Zauberstab, Ambrose«, gibt sie zurück. »Und gebt mir auch etwas von Eurem magischen Trank. Nur er kann meine Leiden lindern.«

Auf der anderen Seite der dünnen Wand tauschen Bibi und ich einen Blick. Wir können kaum noch an uns halten. Ich presse mir die Hand auf den Mund, damit man mein Prusten nicht hört, während Bibi ein leeres Bierglas neben meinem Bett findet, das sie an die Wand hält, um besser hören zu können.

»Das ist so was von genial!«, formt sie lautlos mit den Lippen, und ich nicke hingerissen.

Das hier ist absolutes Neuland für unser Pärchen. Normalerweise schieben sie einmal pro Woche eine Nummer in der klassischen Missionarsstellung, und die Unterhaltung dabei geht ungefähr so:

»Kannst du ihn wenigstens lutschen?«

»Achhhh, ich habe dir doch erst vor ein paar Monaten einen geblasen.«

»Ich weiß, aber ich mag es so gern, und ich habe dich letzte Woche stundenlang oral befriedigt.«

»Hmm. Wann hast du ihn denn zuletzt gewaschen?«

langes Schweigen

»Äh, heute Morgen?«

»Gründlich?«

langes Schweigen

»Ja.«

»Okay, dann lutsche ich ihn und schaue mal, wie es läuft.«

wenig enthusiastische Lutschgeräusche

»Kann ich jetzt aufhören?«

»Aber er ist noch nicht mal steif!«

»Aber halb steif! Kein Problem, ich stecke ihn einfach mit der Hand rein.«

»Okay. Au. Auuuuu. Ooh. O ja, Louise, JA!«

»Gefällt dir das?«

»Ohhhhhhh ja, jaaaaaaa! JAAAAAAAA.«

»Bist du fertig?«

»Ja. Ich liebe dich so sehr, Louise.«

»Okay. Ich will keine Blasenentzündung kriegen, deshalb gehe ich mal schnell aufs Klo und mache das sauber.«

»Ich liebe dich.«

»Ja.«

Ich frage mich, was diese neue Entwicklung in ihrem Sexleben verursacht hat.

Vielleicht hat es mit einer Rolle zu tun, für die Louise vorsprechen will. Sie hat nichts Konkretes erwähnt, aber in der letzten

Woche hatte sie extrem viele Termine. Sie hat gemeint, sie wolle uns nicht zu viel sagen, weil das Unglück bringe, aber sie sprüht nur so vor Energie. Und die Bandbreite der »Schauspieljobs«, für die sie vorspricht, ist so groß, dass es alles sein könnte. Wenn man zu einem Casting geht, ist alles Mögliche drin – von einer Rolle in einer Show im West End bis zu einem Engagement als falsche Verlobte auf einer Bar Mitzwa.

»Wir sollten wahrscheinlich lieber nicht weiter zuhören«, raune ich Bibi zu, als ein etwas romantischer beziehungsweise ekliger Punkt der Prozedur erreicht ist. Der Zauberstab braut gerade den magischen Trank.

Sie runzelt die Stirn. »Ist das wirklich Sven?«, flüstert sie.

Auch ich ziehe die Augenbrauen zusammen. »Natürlich, wer sollte es sonst sein?«

Bibi schüttelt den Kopf, als würde sie einen Gedanken verwerfen. »Egal.« Sie löst sich von der Wand und lässt sich auf mein Bett plumpsen.

Ich geselle mich zu ihr. »Und? Wie läuft's so bei dir, Brianna?«

Sie wird ein wenig munterer. »Das ist nicht mein Name, aber hey – ich habe nächste Woche zwei Bewerbungsgespräche. Für richtige Stellen im Marketing! Vielleicht kann ich Franco bald sagen, dass er sich seinen beschissenen Thekenjob in den Arsch schieben kann.«

»Spannend!«, sage ich mit erzwungenem Enthusiasmus.

Das Problem ist, dass Bibi andauernd Bewerbungsgespräche hat und nie etwas daraus wird. Das ist ungemein entmutigend für sie. Und für mich auch, wenn ich ehrlich sein soll. Ich ringe mir ein Mindestmaß an Begeisterung ab. »Erzähl mir mehr! Um was für Stellen geht es?«

Sie winkt ab. »Wenn ich zu einem zweiten Gespräch eingeladen werde, erzähle ich dir alles, versprochen.« Sie lächelt mich an.

»Hmpf«, brumme ich. »Du und Lou, ihr macht neuerdings immer so ein Geheimnis aus euren Projekten.« Ich beäuge sie argwöhnisch. »Wohingegen ich euch jedes noch so erbärmliche Detail meiner Existenz anvertraue. Ihr durftet letzte Woche sogar meinen höchst erniedrigenden Moment im Auto aus wenigen Zentimetern Entfernung live miterleben.«

Sie lässt ein helles Lachen erklingen. »Alles halb so schlimm«, lügt sie. »Ich glaube, soooo entsetzt war er gar nicht.«

Eine Woche ist seit dem Roadtrip mit Alistair nach Milton Keynes und meinem Käse-und-Wein-Wiedersehen mit Paul vergangen. Auf der Heimfahrt – leicht angetrunken und notgeil – habe ich Alistair praktisch gewaltsam auf die Rückbank gezerrt, weil ich unbedingt wollte, dass er neben mir sitzt. Jackie saß vorne neben Nick, und wir konnten uns in Ruhe unterhalten.

Nur, dass es ein Ding der Unmöglichkeit ist, romantische Bande zu seinem Ex zu knüpfen, wenn vorne ein Hund heult und Abba falsch und laut mitgesungen wird.

Zudem war es unfassbar stickig. Heiße Luft drang aus den Lüftungsschlitzen, weil sie klemmten und sich nicht mehr schließen ließen. Etwa zehn Minuten nach Fahrtantritt, während die abgestandene Luft mir ins Gesicht blies, forderten Käse und Wein ihren Tribut. Und zwar auf epische, absolut widerwärtige Weise.

An der Tankstelle versuchte ich notdürftig, die Überreste von Stinking Bishop und Gorgonzola wegzuwischen, aber das stellte sich als hoffnungsloses Unterfangen heraus. Nick war sehr nett. Er sagte, ich solle mir keine Sorgen machen, sein Auto hätte schon Schlimmeres mitgemacht. Trotzdem hängten für den Rest der Fahrt alle die Köpfe aus den Fenstern, und ich wagte nicht, Alistair noch einmal anzusehen. Seitdem habe ich nichts mehr von ihm gehört.

»Wenigstens ist es mit Paul gut gelaufen, oder nicht?« Bibi räuspert sich und spricht lauter, um die Geräusche der schwer beschäftigten Zauberer im Nebenzimmer zu übertönen.

Ich nicke und versuche, das Bild von unverdautem Käse in Alistairs Schoß aus meinem Kopf zu verbannen.

»Es war toll«, sage ich seufzend. »Es war genau wie früher – eigentlich sogar noch besser. Ich glaube, ich mag ihn wirklich, Beeb. Mit ihm fühlt sich alles so leicht und unbeschwert an. Und die Chemie zwischen uns stimmt. Du solltest mal sehen, wie intensiv wir flirten.« Ich lächle, als ich daran denke, wie schön die Zeit mit Paul war. Wir haben Unsinn geredet und uns gegenseitig aufgezogen, so wie früher.

»Aber geknutscht habt ihr nicht?« Sie zwinkert mir zu. »Noch eine verpasste Chance mit deiner verpassten Chance.«

Ich schlage sie mit einem Kissen. »Nein. Es war alles ganz sittsam. Aber wenn er in ein paar Wochen wieder in London ist, wollen wir uns wiedersehen. Und ich hoffe, dass es dann zum Kuss kommt. Zu sehr vielen Küssen. Und wahrscheinlich auch noch zu anderen Dingen.« Ich verspüre ein aufgeregtes Kribbeln, während Bibi so tut, als müsste sie kotzen. Als sie damit fertig ist, dreht sie sich wieder zu mir um.

»Das ist es dann also? Du und Paul? Aus und fertig? Ende der Sieben-Männer-Mission?«

Ich schüttle den Kopf. »Nein! Es ist überhaupt noch nichts entschieden. Ich will auf jeden Fall weitermachen. Außerdem …« Ich halte mir die Augen zu und hole tief Luft. »Als ich Alex geschrieben habe, kam keine Antwort, also habe ich es auf Instagram versucht. Ich kann sehen, dass die Nachricht gelesen wurde, sie ist also definitiv angekommen. Wenn ich nichts höre, heißt das, ich werde absichtlich ignoriert. Dann weiß ich immerhin, was Sache ist.«

Ein seltsames Schweigen tritt ein, ehe Bibi wieder das Wort ergreift. »Also, ich halte das für keine gute Idee«, sagt sie gepresst.

»Was? Warum nicht? Du kennst Alex doch gar nicht.« Sie gibt keine Antwort. »Warum bist du so komisch?«, frage ich möglichst sanft.

Sie wendet sich ab, aber ich mache mir nichts daraus. Das ist ihre Art, sich jemandem zu öffnen – sie kann einen nicht direkt ansehen, wenn sie emotional wird. Nicht, dass das jemals der Fall wäre.

»Du weißt, dass ich unsicher bin, was Alex betrifft«, sagt sie schließlich mit leiser Stimme. »Wir beide hätten uns nie getroffen oder angefreundet, wenn du dich nicht von Alex getrennt hättest. Wenn ihr nicht dieses ganze Freundschaft-Plus-Dings gehabt hättet, würdest du mich nicht mal kennen. Was, wenn ihr euch wieder anfreundet und du mich dann nicht mehr willst?«

»Das würde niemals passieren!«, beteuere ich und lege mich hin, um sie von hinten umarmen zu können. Ich vergrabe das Gesicht an ihrem Hals, während sie steif in meinen Armen liegt. »Ehrlich, Bibi, du bist meine Freundin, weil du so bist, wie du bist. Ich bin unheimlich froh, dich in meinem Leben zu haben, und daran wird sich nichts ändern. Wir hatten ein Riesenglück, dass du uns über den Weg gelaufen bist. Du bist keine zweite Wahl oder ein Ersatz für Alex. Ich habe dich unfassbar lieb – und Althea, die Magische, auch.«

Sie muss lachen, und ich spüre, wie ihr Körper sich ein wenig entspannt.

»Okay«, sagt sie schließlich verhalten. Ich bin mir nicht sicher, ob sie es ernst meint. Bibi hatte immer schon ein Problem mit Alex, daran wird ein einziges Gespräch wohl kaum etwas ändern.

Durch die Wand hören wir das vertraute Geräusch eines männlichen Höhepunkts und das weitaus weniger vertraute Geräusch, wie auch Lou zum Orgasmus kommt.

»Freut mich für sie!«, sagt Bibi grinsend.

»Ich weiß!« Ich bin heilfroh, dass wir die heiklen Themen hinter uns gelassen haben. »Vielleicht haben sie ab jetzt endlich vernünftigen Sex. Dann wäre ihre Beziehung tatsächlich perfekt. Was für Arschlöcher. Ich hasse die beiden.«

»Man weiß nie.« Bibi lacht, und ich ziehe sie an mich, um sie noch einmal ganz fest in die Arme zu nehmen. Ungewöhnlich ist, dass sie es zulässt.

15

»Die Toilette ist mal wieder im Arsch.« Bibi lässt sich auf mein Bett fallen und federt ein bisschen auf der Matratze. Ich bin gerade dabei, mir die Haare zu glätten, und wende mich wieder dem Spiegel zu.

»Ernsthaft? Ist sie schon wieder übergelaufen?« Ich seufze. »Das passiert neuerdings jedes Wochenende. Hast du dem Vermieter Bescheid gesagt?«

»Jawohl und jawohl«, bestätigt Bibi. »Der Saftsack hat versprochen, seinen dämlichen Schwiegersohn mit einer Saugglocke vorbeizuschicken. Weil das beim letzten Mal ja so gut funktioniert hat. Louise schiebt gerade Dienst und schöpft Wasser, aber sie will später noch mit Sven ausgehen. Kannst du die nächste Schicht übernehmen, oder soll ich?«

Ich drehe mich zu ihr um. »Ich weiß nicht. Ich könnte vielleicht die letzte Schicht übernehmen, ich muss nämlich auch bald weg. Sorry.«

Bibi setzt sich kerzengerade auf. »Wohin gehst du denn?« Sie klingt regelrecht empört. »Und das, ohne dich vorher mit uns abzusprechen?«

Erneut kehre ich ihr den Rücken zu und blicke in den Spiegel. Ich kann ihr nicht in die Augen sehen.

»Alex hat endlich geantwortet.« Ich zerre mit dem Glätteisen an meinen Haaren, bis es wehtut. »Wir treffen uns gleich im Swab.«

Schweigen. Ich drehe mich nicht um. Stattdessen senke ich den Blick, weil ich nicht einmal mehr mich selbst anschauen kann.

»Was ist los?« Louise taucht in der Tür auf. Ich höre ihrer Stimme an, wie groß ihre Angst ist, dass sie etwas verpasst haben könnte.

Eine kurze Stille tritt ein, ehe ich meine Bürste nehme. Ich muss schlucken, um die Tränen zurückzuhalten.

»Was?« Jetzt klingt Louise richtiggehend verängstigt. »Wo willst du denn hin, Esther? Habe ich was getan? An mir liegt es nicht, dass die Toilette kaputt ist, das schwöre ich. Vielleicht war es Sven? Er hat wieder zu viele Milchprodukte gegessen.«

»Nein«, faucht Bibi und steht auf. »Natürlich hast *du* nichts gemacht.« Das *du* klingt anklagend.

Ich schaue auf die Uhr meines Smartphones; ich muss los.

Ich nehme meine Tasche und betrachte mich noch ein letztes Mal nervös im Spiegel. Diesmal habe ich keinen Lippenstift an den Zähnen.

»Oh!« Ich muss Lou nicht sehen, um zu wissen, welchen Gesichtsausdruck sie jetzt gerade hat.

»Bis später«, murmle ich und gehe, ohne die beiden noch einmal anzusehen. Als ich die Wohnungstür zuziehe und den Flur entlanggehe, höre ich hinter mir gedämpft ihre hektischen Stimmen.

Die wenigen Minuten von der Haustür bis zum Pub sind brutal, weil meine Nervosität mit jedem Schritt wächst. Ich weiß nicht, ob ich jemals so aufgeregt war. Es ist ungleich schlimmer als bei Alistair oder Paul. Hier geht es um Alex. Meine Freundschaft plus. Das könnte richtig schrecklich werden – katastrophal sogar.

Ich strecke die Hand nach der Tür des Pubs aus und frage mich, ob noch Zeit ist, vorher schnell ein paar Shots zu kippen. Ich will mir Mut antrinken.

In dem Moment höre ich meinen Namen.

»Esther.«

Es ist eine Feststellung, keine Frage, und im ersten Moment bringe ich es nicht übers Herz, mich umzudrehen. Diese Begegnung ist lange überfällig – sieben Jahre, um genau zu sein. Trotzdem weiß ich nicht, ob ich dafür stark genug bin.

Wie in Zeitlupe drehe ich mich um und schaue in die Augen eines Menschen, den ich lange Zeit sehr geliebt habe – aber letzten Endes nicht auf die richtige Weise.

»Hey, Shelley«, sage ich scheu und betrachte meine älteste Freundin. Ich sehe, was sich alles an ihr verändert hat – und was nicht.

EX NR. 3: ALEX SHELLEY

Auch bekannt als: Freundschaft plus Teil eins

St. Jude's Gesamtschule
7QT Klassenraum
9:34 h

»Miranda George?«

»Hier, Madam.«

»Louise Hickman?«

»Hier, Madam.«

»Alistair Morris?«

»Anwesend, Madam.«

»Kelechi Musa?«

»Hier.«

»Annalise Price?«

»Hier, Madam.«

»Alexandra Shelley? Alexandra? Alex?«

»Ja, ich bin hier, Miss, aber Sie können einfach Shelley zu mir sagen, okay?«

Wie auf Kommando dreht sich die ganze Klasse um und blickt mit großen Augen in die Richtung, aus der die rebellische Stimme mit dem interessanten Akzent gekommen ist. In der letzten Reihe sitzt ein blondes Mädchen mit strahlenden Augen, sonnengebräunter Haut und selbstbewusstem Grinsen. Sie lümmelt sich auf ihrem Plastikstuhl und hat den linken Arm lässig über die Rückenlehne geworfen wie das coole Mädchen aus einem Teeniefilm. Auf unser kollektives Erstaunen reagiert sie mit hochgezogenen Augenbrauen. Sie strahlt in diesem Moment mehr Selbstvertrauen aus als ich jemals in meinem ganzen Leben.

Der Rest der Klasse dreht sich hastig wieder nach vorn, um die Reaktion der Lehrerin zu beobachten, aber ich starre weiterhin auf dieses faszinierende unbekannte Wesen. Mum hat mir im Sommer ein Wörterbuch gekauft – gewissermaßen ein Versuch, mich für meinen ersten Tag an der weiterführenden Schule vorzubereiten. Ich habe hinten angefangen und bin nur bis zum Wort »unverfroren« gekommen. Dieses Mädchen ist unverfroren.

Unsere Blicke treffen sich. Sie lächelt.

»Aha …« Die resignierte Reaktion der Lehrerin veranlasst mich dazu, mich ebenfalls wieder umzudrehen. »Also gut, von mir aus. Dann eben Shelley.«

Nach dem Ende der Stunde achte ich darauf, dass ich zusammen mit Alex Shelley den Klassenraum verlasse. So lässig und cool wie möglich nähere ich mich ihr.

»Yo, Shelley«, sage ich und schaue auf meinen Stundenplan, den ich in der Hand halte. »Bist du Amerikanerin oder so was?«

»Australierin«, sagt sie gedehnt und klingt herrlich gelangweilt dabei. »Meine Familie ist gerade erst hergezogen wegen des blöden Jobs meines Vaters. Ganz schön kalt in England, was?«

»Definitiv!«, sage ich mit Nachdruck, obwohl es heute sehr warm ist. »Und wie cool, dass du aus Australien kommst. Ich schaue ganz oft *Auf und Davon*, das ist wirklich die allerbeste Serie.« Sie zuckt mit den Schultern, also versuche ich es noch mal. »Also, äh, was hast du jetzt? Bio?«

»Ja«, sagt sie, während sie Kaugummi kaut, und ich spüre ihre Blicke auf mir, wie sie mich mustert – mich beurteilt. »Ich hasse Naturwissenschaften.«

»O Gott, ja, ich auch!!!« Ich rede viel zu laut und gebe mir einen Ruck. *Nicht ganz so viel schleimigen Enthusiasmus*, instruiere ich mich im Stillen – *bleib cool*. »Ich meine, ja, Bio ist total öde. Ich hab richtig Schiss davor.«

»Wie heißt du?« Im Gehen kickt sie einen Stein aus dem Weg. Selbst das kommt mir großartig vor.

»Esther Adams«, sage ich, während wir den Weg zum naturwissenschaftlichen Flügel einschlagen. »Wenn du willst, kannst du auch einfach Adams zu mir sagen.«

Sie sieht mich verächtlich an. »Sich mit dem Nachnamen anreden zu lassen ist irgendwie mein Ding, klar, Esther? Mach mich nicht nach, okay?«

»Nein, natürlich nicht!« Sofort imitiere ich ihren spöttischen Tonfall. »Esther ist auch total in Ordnung. Wir haben sowieso einen Adam bei uns in der Klasse, das könnte zu Verwechslungen führen.« Ich lache schallend.

Als wir im Biounterricht ankommen, gehen wir in stillschweigender Übereinkunft ganz nach hinten und suchen uns zusammen einen Tisch in der Ecke. Ein weiteres Mädchen setzt sich neben mich und stellt sich als Louise vor. Sie scheint ganz lustig zu sein, wenngleich ein bisschen langweilig. Aber im Vergleich zu Alex – sorry: Shelley – wirken alle langweilig. Wir drei amüsieren uns ohne ersichtlichen Grund darüber, dass jeder Tisch über ein eigenes Spülbecken verfügt.

Ein Mädchen, das ich aus der Grundschule kenne, fragt, ob es neben uns sitzen darf, und ich werfe ihr einen vernichtenden Blick zu. Ich habe jetzt eine Clique. Die Leute, mit denen ich mich als Kleinkind abgegeben habe, brauche ich jetzt nicht mehr.

»So.« Der Lehrer kommt herein. Er ist groß und spricht mit dröhnender Stimme. »Willkommen in der siebten Klasse. Ich bin Mr Cochran und werde euch in Biologie unterrichten. Lernen wir uns doch ein bisschen besser kennen, indem wir die Anwesenheitsliste durchgehen.« Er blickt in die Mappe vor sich auf dem Tisch, während Louise und ich uns zu Shelley umdrehen, gespannt, sie gleich in Aktion zu erleben.

Sie lehnt sich auf ihrem Stuhl zurück und macht sich für den Moment bereit, in dem ihr Name aufgerufen wird.

16

Die Stille dehnt sich eine schiere Ewigkeit lang. Sie ist überall um uns herum, während wir dasitzen und keine Worte formen können.

Im Swab ist es voller als üblich, deshalb sind wir nach draußen in die Kälte gegangen. Wir sitzen so weit wie möglich von den anderen entfernt auf zwei rauen hölzernen Picknickbänken neben dem zugewucherten Ententeich des Pubs. Die unbequeme Sitzgelegenheit wird nur noch von der unangenehmen Situation übertroffen. Jetzt bereue ich es, dem Lärm des Gastraums entflohen zu sein. Ich wollte nicht, dass uns jemand reden hört, aber wie sich herausstellt, haben wir einander gar nichts zu sagen.

Alex ist diejenige, die schließlich das Schweigen bricht.

»Mann, es tut fast ein bisschen weh, dich anzuschauen.« Sie lächelt, während sie diese schmerzhaften Worte ausspricht. Ich runzle die Stirn und blicke auf den hölzernen Tisch zwischen uns.

»Wegen … wegen der Art und Weise, wie es zwischen uns zu Ende gegangen ist, oder wegen der Freundschaft, die wir verloren haben?« Ich schlucke schwer.

»Oh.« Sie lacht leise. »Ja, das Erste vielleicht auch ein bisschen, aber hauptsächlich das Zweite.«

»Es tut mir so unglaublich leid«, wispere ich, woraufhin wir erneut in Schweigen versinken.

Und auf das Schweigen folgt noch mehr Schweigen.

Ich huste leise und wende mich dem großen Teich zu. »Schön, oder?«, sage ich lahm, obwohl der Teich überhaupt nicht schön ist. Er ist ein dreckiger Pfuhl aus Algen, Mücken und seltsamen Gerüchen. Sie nickt und starrt in die Ferne.

Eine Ente quakt, und ein paar weitere stimmen mit ein.

»Nett!«, kommentiert Alex schließlich mit erstickter Stimme. »Enten sind coole Tiere.«

Es ist ungefähr sieben Jahre her, seit ich sie zuletzt gesehen habe, und ihr australischer Akzent ist immer noch so stark wie eh und je.

Wir fahren fort, krampfhaft und verzweifelt auf den Teich zu starren. Ein Erpel schwimmt neben einem Weibchen her, als würden sie balzen. Es hat beinahe etwas Romantisches.

Jedenfalls, bis er auf ihren Rücken klettert und anfängt, sie zu begatten. Die Ente versucht, von ihm wegzukommen, aber all ihre Bemühungen sind vergeblich. Der Erpel ist stärker und gibt sie nicht frei, sosehr sie sich auch gegen ihn wehrt. Im verzweifelten Versuch, ihn abzuschütteln, taucht sie unter, dann ruft sie quakend um Hilfe. Es ist ein schrecklicher Anblick, und ihr Quaken klingt einfach grauenhaft. Es ist laut und brutal und kaum zu ertragen.

Alex und ich sehen uns an.

Dann öffnet sie den Mund und sagt mit sehr ernster Stimme: »Nature is healing.«

Wir fangen an zu lachen und hören zwei Minuten lang nicht mehr auf, trotz des Entengeschreis, das die Luft erfüllt.

»Das arme Geschöpf«, sagt sie mit feuchten Augen. »Sollten wir nicht was unternehmen?«

»Ich wüsste nicht, was.« Ich kichere. »Soll ich ›ENTENVERGEWALTIGUNG‹ brüllen, bis jemand zu Hilfe kommt?«

»Aber …« Alex macht ein nachdenkliches Gesicht. »Man soll

doch gar nicht ›Vergewaltigung!‹ rufen, wenn man vergewaltigt wird, oder? Man soll ›Feuer!‹ rufen, weil es die Leute nicht sonderlich interessiert, wenn Frauen Gewalt angetan wird.«

»Stimmt«, pflichte ich ihr bei. »Sie würden nur sagen, dass der Rock der Ente zu kurz war, deshalb muss sie es wohl ein bisschen gewollt haben.«

»Außerdem hat sie das Männchen vor einer Woche angelächelt.« Alex nickt. »Sie hat ihn scharfgemacht.«

»ENTENFEUER!«, brülle ich quer durch den Garten, und einige Gäste drehen neugierig die Köpfe in unsere Richtung.

»Das ist nicht komisch«, tadelt sie mich, fängt aber erneut an zu lachen. »Mutter Natur ist ein absolutes Miststück, oder?«

»Aber wirklich. Ein Glück, dass das hier kein Date ist, stimmt's?« Ich lache, nur um abrupt zu verstummen, als mir bewusst wird, wie idiotisch meine Worte geklungen haben.

»Schon gut.« Nach einer Sekunde lächelt sie. »Ich bin nicht davon ausgegangen, dass du mich treffen wolltest, um mir nach all der Zeit ein Liebesgeständnis zu machen. Und selbst wenn ich irgendwelche Zweifel daran gehabt hätte – spätestens, als du den Swab vorgeschlagen hast, wusste ich, dass es rein freundschaftlich ist. Ich kann nicht glauben, dass du und Lou immer noch hierherkommt. Es war damals schon übel genug, aber es ist echt noch ein bisschen schlimmer geworden.«

Ich lache herzlich, als ein gekränkter Franco an uns vorbeischleicht und Gläser einsammelt. »Unsere Mitbewohnerin Bibi arbeitet sogar hier.« Es ist irgendwie seltsam, über Bibi zu reden – über den Menschen, der nach Alex' Auszug ihren Platz bei uns zu Hause eingenommen hat. Kein Wunder, dass Bibi sich so komisch verhält, wenn es um Alex geht. »Ich glaube, sie tut alles dafür, den Pub noch schlechter zu machen.«

»Klingt, als wäre sie eine coole Frau.« Alex lächelt warmherzig und ohne jede Spur von Befangenheit. Sie kramt eine Kaugummipackung hervor und bietet mir eins an, doch ich schüttle den Kopf. Sie blickt einen Moment lang nach unten, als müsste sie sich sammeln. »Hey, Esther, es tut mir wirklich leid.«

Ich setze mich kerzengerade hin. »*Dir* tut es leid? Nein, ich bin diejenige, der es leidtut, Alex. Wirklich.«

Sie seufzt. »Willst du die Wahrheit wissen? Ich glaube, das muss es nicht.« Sie sieht mich mit ihren großen blauen Augen an, die mir so vertraut sind. »Ich wusste, was wir tun, ich habe mir einfach nur eingeredet, da wäre mehr. Ich habe nur an mein angekratztes Ego und mein gebrochenes Herz gedacht, und später habe ich mich zu sehr geschämt, um mich bei dir zu melden. Der Gedanke, dich zu entblocken und den Kontakt zu dir zu suchen, kam mir so furchtbar demütigend vor. Ich konnte es einfach nicht. Mein Stolz hat es nicht zugelassen.« Sie beißt sich auf die Lippe. »Ich habe mich wie ein kleines Kind benommen. Ich habe nicht nur meine Spielsachen aus dem Kinderwagen geschmissen, ich habe dich damit beworfen.«

»Das konnte ich schon verstehen.« Ich lasse den Kopf hängen. So ganz bin ich noch nicht bereit, mich von meiner Schuld zu verabschieden. »Und ich hatte unrecht. Unsere Freundschaft hätte mir so wichtig sein müssen, dass der Sex nicht dazwischenkommt. Ich hätte das niemals riskieren dürfen. Dafür hast du mir zu viel bedeutet.«

Sie nickt. »Ich bin so traurig, dass wir danach keine Freundinnen mehr sein konnten. Und es tut mir leid, dass ich all deine Versöhnungsversuche abgeblockt habe. Aber jetzt fände ich es schön, wenn wir uns wieder vertragen könnten – falls es dafür noch nicht zu spät ist?«

»O mein Gott, natürlich nicht!« Aus heiterem Himmel breche ich in Tränen aus. »Ich will mich auch mit dir vertragen. Dafür kann es nie zu spät sein!« Alex fängt ebenfalls an zu weinen, also gehe ich um den Tisch herum, um sie in die Arme zu nehmen. Es fühlt sich wundervoll vertraut an, und ich will so lange wie möglich hier sitzen bleiben und mit ihr zusammen heulen.

Schließlich löse ich mich aus ihren Armen, weil ich ihr etwas sagen möchte, was ich ihr schon seit sehr langer Zeit sagen möchte. »Alex« – wir schauen uns in die schimmernden Augen – »ich möchte, dass du weißt, dass ich damals Gefühle für dich hatte. Echte Gefühle. Ich habe vielleicht so getan, als wäre das nur Sex zwischen uns, aber ich weiß heute, das *war* echt mit uns. Als es zu Ende ging, habe ich dich vielleicht dazu gebracht zu denken, dass wir nichts füreinander empfanden, dass es nichts Besonderes zwischen uns war, aber das war es. Das war es wirklich.« Ich atme tief durch. »Die Grenzen zwischen der Freundschaft und Liebe sind für mich unscharf gewesen, und ich habe die Gefühle, die ich für dich empfand, auf die Freundschaft bezogen. Aber ich weiß jetzt, wie besonders das war, was wir hatten. Und es war richtig mies von mir, das damals zu leugnen.« Ich drücke ihre Hand. »Es tut mir aufrichtig leid.«

Sie nickt, und ich lege wieder meinen Arm um sie, als mein Handy vibriert. Es ist Lou.

Louise Hickman
Babe, wie läuft's? Sag Shelley, dass ich sie immer
noch lieb habe und sehr vermisse.
**Alex*
oder wie auch immer sie sich gerade nennt
17:45 h

Ach so. Was glaubst du, wann du wieder zu Hause
bist? Bibi hat keinen Bock mehr, auf das Klo

aufzupassen, sie sagt, du bist an der Reihe.
17:45 h

Ich trockne mir mit dem Ärmel das Gesicht ab. Alex macht dasselbe.

»Äh, Shelley – ich meine Alex … Hast du zufällig Lust, mit zu uns zu kommen? Dann kannst du Lou wiedersehen und Bibi kennenlernen. Wir haben eine Situation mit unserer Toilette, um die ich mich kümmern muss.«

»Gewissermaßen eine *Shituation?*« Sie grinst.

Ich schneide eine Grimasse. »Nicht direkt, aber jemand muss das Ding im Auge behalten, bis unser blöder Vermieter aufkreuzt.«

»Das wäre total schön.« Alex steht auf. »Ich muss mich sowieso noch bei Louise entschuldigen. Sie hat nichts falsch gemacht, und mit meinem Verhalten habe ich ihr genauso wehgetan wie dir.«

Wir stehen auf, und ich beobachte noch einige Sekunden lang die Enten. Eine Gruppe Weibchen kommt angeschwommen, woraufhin der Vergewaltiger widerstrebend von seinem Opfer heruntersteigt und davonschwimmt.

»Ich wette, es liegt daran, dass du ›Entenfeuer‹ gerufen hast«, meint Alex staunend. »Die anderen Weibchen wussten sofort, was Sache ist, und sind gekommen, um ihre Freundin zu retten.«

Ich nicke. »Wahrscheinlich legen sie jetzt eine Liste mit kriminellen Enten an, und er steht auch drauf.«

Wir geben uns ein High five für Girl Power ehe wir uns auf den Weg machen.

EX NR. 3: ALEX SHELLEY

Auch bekannt als: Freundschaft plus Teil zwei

Sky Lounge
Tanzfläche
1:34 h

»O mein Gott, ich glaube, ich bin noch nie so wach gewesen«, schreie ich über die Musik hinweg. Lou, der die verschwitzten Haare an der Stirn kleben, reckt den Daumen in die Höhe.

»DER BESTE ABEND EVER!«, schreit sie zurück und springt im Takt zur Musik auf und ab.

»ICH KANN NICHT GLAUBEN, DASS WIR VORHER NOCH NIE GEKOKST HABEN, DAS IST SO GEIL!« Ich male mit den Händen kleine Quadrate in die Luft, weil ich mit absoluter Gewissheit weiß, dass das supercool aussieht.

»JA, ODER? WIR SOLLTEN DAS ÖFTER MACHEN!« Sie grinst

wie eine Bekloppte. »LASS UNS DAS VON JETZT AN JEDEN TAG MACHEN!«

»NA JA.« Ich lasse mir den Vorschlag durch den Kopf gehen. »VIELLEICHT NICHT JEDEN TAG, DAS KÖNNTE ZUM PROBLEM WERDEN, ABER KLAR, WIR MÜSSEN DAS UNBEDINGT WIEDERHOLEN, DAS IST ECHT TOLL, MEIN ZAHNFLEISCH FÜHLT SICH KOMISCH AN.«

Louise nickt verständnisvoll. »MEINS AUCH. GLAUBST DU, DAS IST DIESES GRIMASSIEREN?«

Ich zucke tanzend mit den Schultern. Vielleicht male ich als Nächstes ein paar große Quadrate.

Mein Desinteresse in Sachen Grimassieren macht Lou nur noch unruhiger. »SOLLEN WIR SHELLEY FRAGEN? SIE HAT UNS DAS KOKS BESORGT, SIE WEISS BESTIMMT, OB WIR GRIMASSIEREN UND OB DAS NORMALES GRIMASSIEREN IST ODER OB WIR INS KRANKENHAUS MÜSSEN.«

Ich sehe mich um. »WO IST SHELLEY ÜBERHAUPT?« Der Schwulen- und Lesbenclub ist voller heißer, schwitzender tanzender Leiber.

»VIELLEICHT SOLLTEN WIR SO ODER SO INS KRANKENHAUS FAHREN?« Lou hat aufgehört zu tanzen. Auf einmal sieht sie blass aus. »WAS, WENN DAS KOKS VERUNREINIGT WAR UND WIR IN WAHRHEIT WASCHPULVER ODER RATTENGIFT GESCHNUPFT HABEN UND GLEICH ANFANGEN, AUS DEN AUGEN ZU BLUTEN?«

»ALS ICH SIE DAS LETZTE MAL GESEHEN HABE, HAT SIE MIT DEM DJ GEFLIRTET.« Ich ignoriere Lous wilde Spekulationen und schaue mich um.

»ICH RUFE EINEN KRANKENWAGEN«, teilt Lou mir mit, kurz bevor ich Shelley erspähe und mich in ihre Richtung bewege. Sie sitzt allein auf einer Bank und schlürft ihren Drink. Ich setze mich zu ihr.

»Lou will einen Krankenwagen rufen«, teile ich ihr beiläufig mit.

Shelley nickt. Sie kaut wie immer einen Kaugummi, selbst hier im Club. »Aus irgendeinem bestimmten Anlass?«

»Sie hat Panik wegen der Drogen, die du uns gegeben hast.«

»Ach, du meine Güte.« Sie verdreht die Augen. »Ich habe euch ein bisschen Zucker aus dem Teeschrank gegeben. Ich dachte mir, mit dem echten Zeug kommt ihr nicht klar, und wie man sieht, hatte ich ja wohl recht. Außerdem habt ihr euch nur ungefähr drei Krümel aufs Zahnfleisch gerieben. Selbst wenn es echtes Koks gewesen wäre, hätte es niemals ausgereicht, um irgendeine Wirkung zu spüren.«

»Oh.« Ich bin enttäuscht. »Aber ich fühle mich high!«

Sie sieht mich bedauernd an. »Äh, das könnte auch am Alk liegen? Wir trinken seit heute Mittag.«

»Und ein Großteil besagten Alks bestand aus Shots.« Ich nicke, als ich allmählich die Zusammenhänge begreife. »Dann sind Lou und ich also immer noch Loser, die noch nie Drogen ausprobiert haben?«

»Ja«, sagt Shelley, nimmt ihren Kaugummi aus dem Mund und wickelt ihn in ein Taschentuch.

»Mann!« Ich sacke auf der Bank in mich zusammen. »Ich bin so erbärmlich. Keine Drogen, kein Freund, eine Küche voller Kerle, die keinen Hehl daraus machen, dass aus mir ihrer Ansicht nach nie eine Küchenchefin wird. Und ich hatte seit Ewigkeiten keinen Sex mehr! Nicht zu fassen.« Ich drehe mich um und sehe sie an. »Weißt du, dass ich mein letztes Mal mit Carl hatte? Ich meine, es war echt heiß.« Ich mache eine Pause, um zu sehen, ob sie mir glaubt. »Ich habe die Erfahrung mit ihm definitiv total genossen –

definitiv. Aber das ist schon eine Ewigkeit her. Ich bin zweiundzwanzig. Müsste ich nicht jeden bumsen, der nicht bei drei auf den Bäumen ist, und lauter Sachen machen, die ich hinterher bereue?«

»Absolut«, pflichtet sie mir bei. »Ich befinde mich permanent im Reue-Modus, genauso sollte es sein.«

»Das Problem ist nur«, ich seufze abgrundtief, »dass ich nie Freizeit habe. Das hier ist mein erster freier Samstag seit … wie vielen Monaten? Tausenden. Ich arbeite von acht Uhr morgens bis um ein Uhr nachts. Wann genau soll ich da Leute finden, mit denen ich Sex haben kann?«

»Ach, Schwester.« Shelley sieht mich mitfühlend an, und ich lasse mich von ihr in die Arme nehmen. Sie ist so warm und riecht so gut.

»Ganz ehrlich, Shell, so langsam denke ich, dass ich vielleicht gar keine Köchin sein will. Ich schufte wie eine Wahnsinnige. Das frisst mein ganzes Leben auf. Ich sehe dich und Lou kaum noch – dabei wohne ich mit euch zusammen.« Über ihre Schulter hinweg erspähe ich Louise, die schmollend in einer Ecke sitzt, während sie von zwei verärgerten Rettungssanitätern zurechtgewiesen wird.

Shelley drückt mich fester. »Aber Süße, du hast so hart dafür gekämpft! Du kannst diese Sackgesichter von Kollegen doch nicht einfach gewinnen lassen.«

»Ja, ich weiß.« Ich schaue in ihre großen blauen Augen. Sie ist so schön, und ich liebe sie so sehr. »Ich liebe es zu kochen, aber die Arbeit nimmt inzwischen mein ganzes Leben ein. Und ich glaube nicht, dass ich es im nächsten Jahr bis zum Souschef schaffe.«

»Tja, dann musst du dir wohl überlegen, ob sich die Mühe lohnt«, sagt sie liebevoll. Ich betrachte ihren Mund, während sie redet. Sie hat wunderschöne gerade weiße Zähne, um die ich sie von Anfang an beneidet habe. Gott, ich liebe Shelley, sie ist so hübsch und sarkastisch und witzig. Ich wünschte, ich wäre wie sie.

»Ich glaube, ich muss einfach nur mal wieder flachgelegt werden«, flüstere ich. »Druck ablassen. Danach kann ich bestimmt wieder klar denken.«

Sie erwidert meinen Blick. Wir schauen einander an.

»Wenn du glaubst, dass das hilft«, sagt sie gedehnt. Ihre vollen Lippen bewegen sich, während sie spricht, und ihr Atem duftet wundervoll nach Minze.

»Ja, das glaube ich wirklich«, wispere ich, unfähig, den Blick von ihr abzuwenden. Wie kommt es, dass ich noch nie bemerkt habe, wie unglaublich sexy sie ist? Ich habe sie von Anfang an vergöttert, wollte ihr immer schon nahe sein, aber vor dem heutigen Abend hatte ich dabei nie etwas anderes als Freundschaft im Sinn. Jetzt wird mir bewusst, dass es, wenn man jemanden vergöttert – wenn man jemanden unfassbar lieb hat –, gar nicht so abwegig ist, diesen Jemand auch zu küssen. Dazwischen liegt nur ein kleiner Schritt. Im Grunde bin ich bereits da.

»Wollen wir nach Hause gehen?« Meine Stimme zittert. Sie nimmt meine Hand und verschränkt unsere Finger miteinander. Es fühlt sich unfassbar gut an, und auf einmal will ich unbedingt auch den Rest von ihr berühren.

Wir nehmen uns ein Uber. Normalerweise würden wir kein Geld für so etwas ausgeben, aber wir können es nicht abwarten. Und die Investition lohnt sich, denn in der Wohnung werde ich mit mehr Orgasmen in einer Nacht belohnt, als ich in allen Nächten meines bisherigen Sexlebens zusammengenommen hatte.

Hinterher brechen wir verschwitzt auf meinem Bett zusammen.

»Heilige Scheiße, Shelley, du kannst das so gut. Ich hatte ja keine Ahnung.«

Sie macht ein zufriedenes Gesicht, wird dann aber nachdenklich. »Esther, kannst du mich Alex nennen? Ich überlege schon eine ganze Weile, dass ich nicht mehr Shelley sein möchte. Das ist so kindisch. Mein pubertäres Ich wollte aus der Masse herausstechen und cool wirken. Aber jetzt will ich nicht mehr Shelley sein. Und vor allem will ich bei *dir* nicht Shelley sein. Nicht in Momenten wie diesem.«

»Okay.« Ich nicke verständnisvoll, doch dann stutze ich. »Momente – Plural?«

Sie wirkt verlegen. »Na ja, ich dachte, wenn du möchtest, könnten wir das hier vielleicht öfter machen – ganz unverbindlich. Du hast zu viel mit der Arbeit zu tun, um irgendwas Festes anzufangen, und ich habe viel Spaß beim Daten. Aber wir könnten uns gegenseitig hin und wieder ein paar Orgasmen bescheren. Zum Druckausgleich, wenn man so will. Denk drüber nach.«

»So was wie eine Freundschaft plus?« Ich setze mich im Bett auf.

»Genau.« Sie nickt glücklich.

»Aber wir wohnen zusammen, Shell … äh, Alex.« Ich wickle mir die Decke um die Schultern. »Würde das nicht alles ziemlich kompliziert machen?«

Sie dreht sich zu mir um und streicht mit einem Finger an meinem Kiefer entlang. Ein Schauer durchrieselt meinen gesamten Körper. »Dazu lassen wir es nicht kommen.«

Ich küsse sie noch einmal und glaube ihr jedes Wort. Weil ich ihr glauben will.

17

Als wir in der Wohnung ankommen, stehen Bibi und Louise draußen auf der Schwelle und unterhalten sich mit zwei Zeugen Jehovas.

»Ich habe neulich ein schwarzes Eichhörnchen gesehen«, sagt Louise fasziniert. »War das ein Vorzeichen der drohenden Apokalypse?«

»Äh.« Die beiden Männer sehen sich an. »Wir sind hier, um über die biblischen Weisungen zu sprechen, die Jesus und seine Jünger empfangen haben.«

»Also, ich habe das immer noch nicht so richtig kapiert«, meint Bibi. »Aber das ist auf jeden Fall sehr interessant, und ich respektiere eure Ansichten, Jungs.«

»Ich lese Ihnen gerne noch einmal Matthäus 24 Vers 14 vor, junge Frau«, sagt der Größere der beiden und beugt sich zu ihr.

»O MEIN VERDAMMTER GOTT, SHELLEY!«, schreit Louise, als sie uns sieht. Sie stürzt an den Zeugen Jehovas vorbei und wirft sich Alex in die Arme. »Du bist hiiiiiier! Und ich meinte Alex, sorry.«

Alex lacht und erwidert die Umarmung. »Ja, ich bin hier! Und es tut mir so unfassbar leid, Lou. Ich war eine blöde Kuh. Kannst du mir verzeihen?«

Louise schluchzt, das Gesicht in Alex' Jacke vergraben. »Aber natürlich!«, quietscht sie. »Das musst du doch nicht erst fragen!«

»Gott …« Alex schaut mich aus Lous Armen heraus an. »Ich dachte, das Entschuldigen würde schwieriger werden – oder wenigstens länger dauern. Wenn ich gewusst hätte, dass es so einfach ist, hätte ich es schon vor Jahren gemacht.«

»Das wünschte ich auch«, sage ich mit belegter Stimme.

Wir drängeln uns an den Jehova-Jungs vorbei, die gerade eine weitere Bibelstelle vorlesen, und gehen in die Wohnung. Bibi schmollt, aber ich weiß nicht, ob es mit den aufdringlichen Predigern zu tun hat, die einfach nicht verschwinden wollen, oder mit Alex' Ankunft.

Ich gehe in die Küche, um Tee zu kochen, während Louises und Alex' Langzeit-Umarmung sich aufs Sofa verlagert. Bibi drückt sich eifersüchtig im Türrahmen herum.

Als sie kurz losgelassen wird, lächelt Alex strahlend zu Bibi empor. »Sorry, ich habe dich noch gar nicht richtig begrüßt. Ich bin Alex. Und du musst Bibi sein?«

»Muss ich wohl«, gibt Bibi schroff zurück. »Dann bist du also zurückgekehrt, ja?«

Etwas verwirrt sucht Alex meinen Blick. »›Zurückgekehrt‹ klingt ein bisschen dramatisch, aber das trifft wohl auf die ganze Situation zu. Insofern: Ja, ich würde sagen, ich bin zurückgekehrt.« Ein unbeholfenes Schweigen tritt ein, ehe sie hinzufügt: »Äh, wenn das für dich okay ist?«

Bibi zuckt die Achseln, und ich werfe ihr einen wütenden Blick zu. Ich kann verstehen, dass sie sich von Alex bedroht fühlt, aber sie könnte wenigstens höflich sein.

»Also. Erzählt mir, was ich alles verpasst habe!« Alex wendet sich von Bibi ab, als ich ihr einen dampfenden Becher mit Tee reiche. Ich hoffe, sie trinkt ihn immer noch so wie früher. »Sieben

Jahre voller Dramen und Unsinn. Bringt mich auf den neuesten Stand. Packt Esther immer noch ihre Titten aus, wenn sie einen Apple Sour getrunken hat? Nimmt Louise immer noch ihr eigenes Besteck mit, wenn ihr Döner essen geht? Liegt die runtergefallene Mandarine immer noch unter dem Sofa?« Sie lacht, und wir lachen mit. Gleichzeitig bin ich entsetzt, weil wir uns in der ganzen Zeit kaum weiterentwickelt haben. Ich wohne immer noch in derselben Wohnung, bin immer noch Single und packe immer noch meine Titten aus.

Der Fairness halber muss aber gesagt werden, dass es wirklich schöne Titten sind und ich dieses Glück mit anderen Menschen teilen möchte.

»Ja, ja und ja«, sagt Louise. »Ich weiß, dass man im Dönerladen Holzgabeln bekommt, aber ich finde das unhygienisch. Was, wenn sie abends die benutzten Gabeln abwaschen und zurück in den Becher stellen? Oder wenn Splitter in mein Essen gelangen?«

»Das ist ein Argument!«, sagt Alex.

»Aber ich habe jetzt einen Freund!«, sagt Louise stolz. »Er heißt Sven.«

»Ein Freund, mit dem du ganz lausigen Sex hast«, brummelt Bibi. Lou macht ein betretenes Gesicht.

»Äh, würdest du uns ganz kurz entschuldigen?« Alex zuliebe setze ich ein Lächeln auf, ehe ich Bibi am Ellbogen nehme und sie aus dem Zimmer in Richtung Klo führe. Sobald die Tür hinter uns geschlossen ist, sehe ich sie mit strenger Miene an. »Pass auf, ich weiß, das ist eine komische Situation für dich, aber niemand will dich ersetzen!«, sage ich verärgert. »Es sei denn, du bleibst weiter so gehässig. Alex ist ein toller Mensch, kannst du für den Rest des Tages also bitte einfach nett sein und lächeln? Bitte?«

Sie blickt trotzig zu Boden.

»Bibi …«, sage ich leise und in warnendem Ton. »Ich habe dich lieb, du bedeutest mir unheimlich viel. Aber Alex eben auch. Ich kenne sie, seit ich elf bin. Ich habe vor Jahren Mist gebaut, und das hier ist so was wie meine zweite Chance. Bitte vermassle mir das nicht. *Bitte.*«

Besorgt blickt sie auf. »Kommt ihr wieder zusammen?«

»Was? Nein!« Ich schüttle den Kopf. »Ich meine eine zweite Chance auf eine Freundschaft. Ich würde das mit Alex nie, nie wieder aufs Spiel setzen. Es hat sieben Jahre gedauert, bis wir auch nur den Anlauf gemacht haben, das zu kitten, was der Sex zwischen uns kaputt gemacht hat. Sollte *irgendjemand* es wagen, mit Alex ins Bett zu gehen, dann lernt er mich kennen.« Lachend lege ich Bibi eine Hand auf die Schulter. »Hör zu, Beeb, Lou und ich freuen uns so, dass wir Alex wiederhaben. Das musst du verstehen. Sie wird dich nicht verdrängen! Wir haben hier doch keine Regel, dass für jeden, der kommt, ein anderer gehen muss. Im Gegenteil, es wäre total schön, wenn du auch Alex' Freundin werden könntest. Kannst du es wenigstens versuchen? Ich glaube, dann merkst du schnell, wie toll sie ist. Sie ist lustig und schlau und mutig. Mit ihr werden wir *noch* mehr Spaß haben, du wirst schon sehen.«

Sie seufzt theatralisch. »Na gut, meinetwegen.«

Gefolgt von einer verlegenen Bibi, kehre ich ins Wohnzimmer zurück und klatsche in die Hände.

»Also! Zurück in den Pub? Ihr habt eine krasse Entenvergewaltigung verpasst.«

Alex misst mich mit einem strengen Blick.

»Sorry.« Ich lege den Kopf schief. »Ein krasses Entenfeuer.«

EX NR. 3: ALEX SHELLEY

Auch bekannt als: Freundschaft plus Teil drei

Unsere Wohnung
Wohnzimmer
10:44 h

»Was machst du da?«

»Mir ist eine Mandarine runtergefallen.« Alex' Stimme klingt gedämpft, weil sie zur Hälfte unter dem Sofa steckt.

»Was?« Ich bin perplex.

Verärgert und mit hochrotem Kopf kriecht sie unter dem Sofa hervor. »Ich wollte gemütlich im Wohnzimmer sitzen und eine Mandarine essen wie ein ganz normaler Mensch, aber dann ist sie mir runtergefallen und unter die beschissene Couch gerollt, und jetzt komme ich nicht mehr dran. Aber ich kann sie ja auch nicht einfach da liegen lassen, sonst verschimmelt sie da unten.«

Sie macht eine Pause, ehe sie hoffnungsvoll zu mir aufblickt. »Oder?«

»Nein, auf keinen Fall«, sage ich streng. »Soll ich dir helfen? Ich habe ziemlich mickrige Arme.«

»Sie sind kurz, aber nicht dünn, und genau das bräuchten wir«, sagt Alex nachdenklich.

»Oh, besten Dank«, sage ich eingeschnappt. »Das klingt ja so, als wäre ich ein T-Rex. Pass auf, dass ich nicht mit meinen kleinen Stummelärmchen über dich herfalle.«

Sie schnaubt und streckt von ihrem Platz am Fußboden die Arme nach mir aus. »Ich liebe es, wenn du über mich herfällst, T-Rex. Lust auf ein schnelles Über-mich-Herfallen gleich hier und jetzt?«

Lou kommt ins Zimmer gehüpft. »Was macht ihr da?« Ohne auf eine Antwort zu warten, wirft sie sich bäuchlings auf den Teppich und späht unter das Sofa. »Sucht ihr nach Monstern?«

»Nach Mandarinenmonstern«, murmle ich, aber sie hört gar nicht richtig hin.

»Ich schaue abends immer unter meinem Bett nach«, erzählt sie, während sie weiterhin versucht, unters Sofa zu spähen. »Man weiß nie. Ich wünschte, ich würde einen netten Mann kennenlernen, der mich vor den Monstern unter meinem Bett beschützt.« Sie seufzt abgrundtief. »Es ist total doof, dass ihr ein Paar seid, sonst würde ich euch fragen, ob eure Freunde vielleicht jemanden kennen, mit dem sie mich verkuppeln könnten.«

Alex lacht, während ich sage: »Wir sind doch kein *Paar*, Lou! Wir sind Freundinnen mit gewissen Vorzügen.«

Alex' Gelächter verstummt, doch sie sagt nichts.

»Was auch immer.« Lou winkt ab. »Jedenfalls bumst ihr jetzt schon seit einem Jahr, und das killt meine Dating-Quote. Kennt ihr denn niemanden, mit dem ihr mich zusammenbringen könnt?!«

Ich denke nach. »Also, da ist dieser Typ, mit dem ich früher zusammengearbeitet habe. Paul …«

»Ooh, an den erinnere ich mich noch! Sexy Name!«, quietscht Lou.

»Wir waren letztens zusammen was trinken, und die Stimmung war ziemlich flirty. Da war schon immer so eine gewisse Spannung zwischen uns, aber irgendwie ist es nie zu mehr gekommen. Als wir uns kennengelernt haben, stand ich gerade auf Carl. Ich wette, Paul hat jede Menge heißer Freunde. Soll ich uns ein Doppeldate organisieren?«

»Jaaaaa!« Louise springt auf und reckt die Faust in die Luft. »Ja, bitte.« Sie rennt aus dem Zimmer und schreit, dass sie dringend zum Friseur muss. Ich lache, doch als ich mich wieder zu Alex umdrehe, sieht diese mich kalt an.

»Was ist?«

»Was zum Geier sollte das?«, fragt sie verärgert.

Auf einmal bekomme ich es mit der Angst zu tun. »Was meinst du? Tut mir leid, möchtest du lieber ein Dreierdate? Ich kann ja mal fragen, ob Paul auch irgendwelche attraktiven Frauen …«

»Was stimmt eigentlich nicht mit dir?« Sie steht auf. Die Mandarine ist vergessen. »Wir sind jetzt seit fast einem Jahr zusammen, und du hältst es für vollkommen normal, in meinem Beisein über irgendwelche Kerle zu sprechen, auf die du abfährst?«

»Aber … aber …« Mir fehlen die Worte. Wir haben doch schon öfter über Leute gesprochen, die wir interessant finden. Na ja, seit einer ganzen Weile nicht mehr … aber das zwischen uns war immer unverbindlich. So lautet die Vereinbarung. So haben wir es doch abgemacht. Freundschaft plus. »Es tut mir leid, Alex«, stammle ich. »Mir war nicht klar …« Was war mir nicht klar? Haben sich die Regeln geändert?

»Du hast wirklich keinen blassen Schimmer, oder?«, sagt sie leise. Ihr Zorn ist verraucht. »Du hast es überhaupt nicht gemerkt.«

»Was denn?«, frage ich hilflos und verängstigt.

Ein langes Schweigen tritt ein. »Ich bin in dich *verliebt*, du blöde Kuh«, sagt sie schließlich. »Ich dachte, das wäre offensichtlich. Und ich dachte, du wärst auf dem besten Weg, genauso zu empfinden.«

Ich merke, dass mir der Mund offen steht, habe aber nicht die Kraft, ihn zu schließen.

In mich verliebt? Nein, das ergibt überhaupt keinen Sinn. Warum sollte sie … aber wir sind doch *Freundinnen*, wir waren immer schon Freundinnen. Das haben wir doch so vereinbart. Es ging nie um Liebe, wie kann …

»Scheiße, Alex …« Ich verstumme, weil die Worte, die mir durch den Kopf gehen, nicht die richtigen sind.

Sie starrt mich an und wartet, bis sie es nicht länger aushält. »Dann liebst du mich also nicht?« Sie sagt das so traurig, so niedergeschlagen, dass ich fast in Tränen ausbreche. Aber es ist die Wahrheit: Ich liebe sie nicht. Jedenfalls nicht so.

Ich kann es nicht sagen. Ich weiß nicht, wie ich so etwas aussprechen soll.

Sie liest meine Gedanken. »Spuck's einfach aus, Esther«, sagt sie ungeduldig. »Na los. Wenn du mich nicht liebst, dann sag es einfach.«

»Aber ich hab dich doch lieb«, entgegne ich matt. »Du bist meine beste Freundin, Alex Shelley, ich habe dich *unglaublich* lieb.«

»Aber du liebst mich nicht, stimmt's?«, sagt sie mit schwacher Stimme.

Ich lasse den Kopf hängen. »Nein«, wispere ich.

Als sie anfängt zu weinen, nehme ich sie in den Arm. Sie schluchzt einige Minuten lang an meiner Schulter, während ich ihr wieder und wieder sage, wie leid es mir tut.

Irgendwann hört sie auf zu weinen und murmelt etwas. Es ist so undeutlich, dass ich es nicht verstehen kann, also gehe ich dichter mit dem Ohr an ihren Mund heran.

»Was?«, flüstere ich, und diesmal kann ich sie hören.

»Du hast mich benutzt.« Bei diesen Worten wird mir kalt. »Scheiße, du hast mich bloß benutzt. Dir ging es nie um mich, du verfickte Kuh.« Sie macht sich von mir los. Ihr sonnengebräuntes Gesicht ist wutverzerrt.

»Nein, Alex, das stimmt nicht.« Meine Stimme klingt schrill und flehentlich. »Ich dachte, wir wären uns einig. Es tut mir leid. Bitte, sag nicht, dass ich dich ausgenutzt habe, so war es doch gar nicht! Ich dachte, wir wollten einfach nur ein bisschen Spaß haben. Ich dachte, das wäre okay für dich.«

»Du hast mich glauben lassen, dass du mich liebst!«, sagt sie lauter und voller Zorn. »Du hast mich im Arm gehalten und meine Haare gestreichelt und mir gesagt, wie schön ich bin.«

Scham steigt in mir hoch, aber ich versuche es noch einmal. »Alex! Es war *deine* Idee – *du* hast es vorgeschlagen. Du kannst nicht einfach die Regeln ändern und dann wütend auf mich sein. Du hättest mit mir reden sollen. Du hättest mir sagen sollen, wie du empfindest – ich hatte keine Ahnung, dass du Gefühle für mich hast!«

Lügen.

Tief im Innern wusste ich, wie sie fühlt, und habe es ignoriert. Ich konnte spüren, wie sich in den letzten Monaten etwas bei ihr verändert hat, und ich habe es zugelassen und so getan, als wäre alles wie immer. Ich habe sie sehr wohl benutzt. Ich bin ein Dreckstück und habe den Hass, den sie über mir ausgießt, mehr als verdient.

»Du bist verlogen und egoistisch, und wir sind fertig miteinander«, schreit sie mit rotem Gesicht. »Wir sind keine Freunde mehr. Wir sind gar nichts mehr. Ich ziehe aus, und ich will, dass du dich nie wieder bei mir meldest. Du bist für mich gestorben!« Sie stürmt aus dem Raum, und ich höre, wie sie die Tür zu ihrem Zimmer zuschlägt. Ich stehe unter Schock.

Am nächsten Morgen ist sie weg. Einige Tage später kommt ihr Vater, um ihre Sachen abzuholen, und der Blick, den er mir zuwirft, ist so schrecklich und hasserfüllt, dass ich danach vier Stunden am Stück heule. Alex reagiert nicht auf meine Anrufe oder Nachrichten. Sie reagiert auch nicht auf Lous Anrufe oder Nachrichten. Sie blockiert mich auf Facebook und Twitter, und ein Brief, den ich zu ihrer Mutter nach Hause schicke, kommt ungeöffnet zurück.

Nach zwölf Jahren Freundschaft ist sie aus unserem Leben verschwunden. Einfach so.

18

»Gibt es einen Unterschied zwischen Key West und Kanye West?« Meine Assistentin Katie hält inne und schaut mich verwirrt an. »Oder ist das ein alter Künstlername von ihm? Hieß er mal Ye und dann Kanye, aber früher Key West?«

Diese Woche kommen Amerikaner für ein großes Event ins Norris Museum, und es scheint, als hätte das britische Schulsystem bei meinem jungen Schützling versagt.

»Äh, ja, es gibt einen Unterschied.« Ich will sie eigentlich nicht bloßstellen, aber ich kann es mir nicht verkneifen hinterherzuschieben: »Key West ist eine Insel in Florida, Liebes.«

Sie wird rot und verbirgt ihr Gesicht.

»Mach dir nichts draus. Erdkunde war auch nie meine Stärke. Die längste Zeit dachte ich, dass man Hollandaise in Holland spricht.«

»Warst du nicht mal Köchin?«, grinst sie. »Ich wette, das war ziemlich lustig, wenn die Gäste noch zusätzlich Sauce Hollandaise auf ihren Eggs Benedict wollten.«

Ich muss laut lachen. Es war ein langer Tag, an dem wir uns ausschließlich mit der Vorbereitung für das Event beschäftigt haben. Das Pärchen aus Florida will seinen 30. Hochzeitstag ausgerechnet im Norris feiern, weil sie dort ihr erstes Date hatten. Ich finde das unglaublich romantisch und gleichzeitig: WTF? Was für langweilige Menschen haben ihr erstes Date im Museum?

Ich fühle mich ein bisschen schlecht, dass Katie heute Abend Überstunden machen und den ganzen Papierkram erledigen muss, wofür ich sie mit in meine Wohnung schleppe.

Zum Glück ist Katie ziemlich brillant.

Ich betrachte sie für einen Moment, während sie auf ihrem Handy herumtippt. Sie gehört zu den coolen Leuten, die jeden Tag Eyeliner tragen können, ohne dass es a) so aussieht, als käme sie gerade von einem Rave und b) ihr Gesicht in einen asymmetrischen Möchtegern-Picasso verwandelt. Sie ist einfach fabelhaft, und ich kann mich glücklich schätzen, sie in meinem Team zu haben. Sie ist erst dreiundzwanzig, aber sie weiß ganz genau, wer sie ist. Sie – und alle ihrer Generation – scheint so viel mutiger zu sein, als ich es in ihrem Alter war. Das gibt mir Hoffnung für die Zukunft des Feminismus. Sie hat das gewisse Etwas, das ich an mir schmerzlich vermisse. Als wir uns dem Haus nähern, schließe ich für eine Mikrosekunde die Augen und versuche, ihr Selbstbewusstsein auf mich wirken zu lassen. Ich will, dass ihr Feminismus irgendwie in meine Poren sickert, damit ich stärker und mutiger sein kann …

Und das ist der Moment, in dem uns hinterhergerufen wird.

»Heeeey!«, macht uns ein Widerling aus einem Auto an, das langsamer wird und neben uns zum Stehen kommt.

Ich schaue zu Katie und frage mich, wie sehr ich mich mit dem Mann anlegen muss. Das ist meine Chance, meinen feministischen Kampfgeist zu beweisen. Aber ich habe auch wirklich keine Kraft mehr für eine Konfrontation. Katie runzelt die Stirn, als sie sich herunterbeugt und ins Auto schaut.

»Esther!«, ruft der Widerling, und mir wird klar, dass ich den verbeulten silbernen Alfa Romeo und seinen nicht widerlichen Fahrer kenne.

»Nick Wilde!«, rufe ich überrascht – und erleichtert. »Katie, ich kenne den Typen aus der Schule«, sage ich und sehe, wie sie sich entspannt. Ich füge lahm hinzu: »Seine Mutter war unsere Schauspiellehrerin.«

»Ach so«, sagt Katie ein wenig unsicher. »Ich, äh, hatte einen Schauspiellehrer.« Nick und ich schauen sie ausdruckslos an, und sie räuspert sich. »Schön, ähm, dich kennenzulernen!«

Von der coolen Feministin ist nichts mehr übrig. »Ich muss nur, ähm, meiner Mitbewohnerin eine SMS schreiben …« Sie weicht von uns zurück, sieht panisch aus, und ich frage mich kurz, ob sie unseren Kunden gegenüber genauso unbeholfen ist.

»Tut mir leid, dass ich dich von der Straße aus angeschrien habe«, entschuldigt sich Nick. »Das war eindeutig ein Überbleibsel aus meinen Spielplatztagen. Eigentlich bin ich mit meiner Mädchen-hinterherschrei-Phase schon lange durch.« Neben ihm auf dem Sitz wackelt Jackie enthusiastisch mit dem Schwanz, als sie mich entdeckt.

»Sei froh, dass ich keinen Apple Tango in der Hand hatte, den ich dir ins Gesicht werfen konnte. Was machst du eigentlich hier?«

Er lacht und lehnt sich lässig aus dem Fenster. »Ich wohne gleich um die Ecke.« Er deutet vage die Straße hinunter.

»Warum weiß ich das nicht?«

»Du hast nicht gefragt.«

Ich fühle mich schuldig. Wir hatten die ganze Autofahrt nach Milton Keynes zusammen, und ich war zu sehr damit beschäftigt, im Seitenspiegel Alistair auf dem Rücksitz anzuschmachten.

»Sorry«, murmle ich. Er winkt ab, als er aus Versehen den Motor abwürgt.

»Ich fahre lieber die Rostlaube nach Hause.« Er sieht zu mir, und ich bemerke, dass seine Brille verschmiert ist. Seine Augen sind trüb, wie eine Figur aus einem alten Film. »Bis demnächst?«, lächelt er, und ich winke kurz, als er losfährt.

Katie taucht schwer atmend an meiner Seite auf. »O mein Gott. Es tut mir leid, dass ich mich so peinlich verhalten habe. Bei heißen Männern versagt immer irgendetwas in mir. Habe ich ihm tatsächlich erzählt, ich hätte auch einen Schauspiellehrer?« Sie verzieht das Gesicht. »Esther, ich hätte ihn beinahe gefragt, was er über Kanye West denkt! Wer war das eigentlich? Ist er Single?«

Und noch eine Frage, die ich Nick Wilde nicht gestellt habe. Aber er wohnt hier in der Nähe, und ich habe ihn noch nicht auf Tinder gesehen, daher ist er sicher in einer Beziehung.

Warum ist Nick Wilde plötzlich wieder in meinem Leben? Das halbe Klassentreffen, der Roadtrip nach Milton Keynes, und jetzt begegne ich ihm einfach auf der Straße? Als würden mich gerade nicht genug Geister der Vergangenheit heimsuchen.

»Keine Ahnung«, sage ich zu Katie und lenke unsere Konversation wieder in sicherere Gewässer. »Was glaubst du, wie viele Helium-Ballons brauchen wir für die Party? Können es zu viele sein?«

19

»Sofia, dürfte ich mal bei dir aufs Klo gehen?«, frage ich höflich, und sie reicht mir eine Kerze, deren Flamme zittert.

»Aber sei vorsichtig«, warnt sie mich. »Auf dem Weg von hier bis zum Bad steht jede Menge Zeug herum.«

Ich nicke ernst und bahne mir im Stockdunkeln den Weg aus ihrem Wohnzimmer. Wir haben gerade Stromausfall. Im ganzen Haus ist es finster – sogar in der ganzen Straße! Es ist unerhört, und wir würden uns definitiv beschweren, wenn jemand wüsste, wer unser Stromanbieter ist. Wir hatten bereits eine ausufernde Diskussion darüber, wo wir unsere Rechnungen aufbewahren, ehe wir die Suche abgebrochen haben und rauf zu Sofia gegangen sind. Wir wussten, dass sie wenigstens Kerzen hat. Alle Erwachsenen haben Kerzen, und Sofia ist definitiv erwachsen.

Außerdem hat sie mehrere Kriege mitgemacht, oder? Deshalb besitzt sie die Zähigkeit und das nötige Wissen, um so eine Situation durchzustehen. Sie weiß, wie man die Bettlaken zerreißen muss, wenn jemand ein Kind kriegt, und wie man ohne Herd Essen kocht. Ich bin mir nicht sicher, welche Kriege das waren oder wann genau sie stattgefunden haben – schließlich habe ich nur ein Semester Geschichte studiert. Aber die Auswahl ist ja groß genug, stimmt's?

Im Dunkeln zu pinkeln ist genauso seltsam, wie man es sich

vorstellt. Als ich fertig bin, halte ich die Kerze dicht über die Klobrille, um sie auf danebengegangene Tropfen zu untersuchen, ehe ich spüle – herrlich, funktionierende Sanitäranlagen! Dann mache ich mich auf den Weg zurück ins Wohnzimmer.

Im Flur bleibe ich stehen, als ich Louise sehe.

Sie steht über ihr Telefon gebeugt und tippt emsig. Ihr hübsches Gesicht wird nur vom Display beleuchtet, und sie hat eine Miene, die ich noch nie bei ihr gesehen habe. Ihre ganze Körpersprache ist seltsam. Sie wirkt irgendwie geheimnisvoll und schuldbewusst. Warum steht sie überhaupt hier, wenn sie eine Nachricht schreiben will? Es ist ja nicht so, dass wir alle neugierig sind, was sie mit ihrem Handy treibt.

»Alles klar, Lou?«, flüstere ich im Dunkeln, und sie macht einen kleinen Luftsprung.

»Gott, Esther, hast du mich erschreckt!« Sie lässt das Handy so blitzschnell in ihrer Tasche verschwinden, dass ich ihre Hände nur verschwommen wahrnehme.

»Was machst du da?«, frage ich mit unschuldiger Stimme.

»Wie meinst du das?«, gibt sie wie ertappt zurück.

»Estherrrrr!«, ruft Sofia aus dem Wohnzimmer. »Beeil dich! Ich will das Neueste über deine Mission hören!«

Louise nutzt die Gelegenheit umzukehren, ohne meine Frage beantwortet zu haben, und ich folge ihr. Im Wohnzimmer lasse ich mich nachdenklich aufs Sofa plumpsen.

»Komm schon!«, ruft Sofia ungeduldig. »Erzähl mir, wie es mit deinen Stalkingversuchen und deinen schrecklichen Ex-Freunden aussieht!«

»So würde ich es nicht beschreiben …«, protestiere ich, doch sie redet unverdrossen weiter.

»Sag mir, wie es läuft. Hast du schon deine große Liebe gefunden? Haben noch weitere Männer die Polizei gerufen?«

»Niemand hat meinetwegen die Polizei gerufen!«, korrigiere ich sie unwirsch. »Und nur zu deiner Information: Am Ende ist alles gut ausgegangen. Ich habe mich mit Paul getroffen – das ist der Typ, den wir ausspionieren wollten. Und es war sehr, sehr schön mit ihm.«

»Dann ist er also der Richtige?«, ruft Sofia überglücklich.

»Vielleicht«, sage ich mit einem zuversichtlichen Lächeln.

»*Vielleicht*?« Sie verzieht das Gesicht. »Wie kann er *vielleicht* der Richtige sein?«

»Na ja, weil dieser andere Mann, Alistair, auch der Richtige sein könnte«, klärt Louise sie auf, hilfsbereit, wie sie ist.

»Oder vielleicht ist es auch Will, Idris, Carl oder Rich«, schnaubt Bibi irgendwo aus der Finsternis.

»Aber das einzig Richtige könnte auch meine erneuerte Freundschaft mit Alex sein«, füge ich in meinem weisesten Tonfall hinzu.

»Wovon REDET ihr?«, kreischt Sofia so laut, dass wir zusammenzucken. »Ihr faselt alle Unsinn!«

»Ich weiß«, räume ich demütig ein. »Entschuldige, Sofia. Ich bin völlig durcheinander.«

»Hey!« Bibis Tonfall ist regelrecht anklagend. »Du bist nicht durcheinander. Du bist sehr mutig, weil du dich deiner Vergangenheit stellst.«

Seit ich ihr letzte Woche im Bad eine Standpauke gehalten habe, bemüht sich Bibi, etwas netter zu sein. Ooh, vielleicht sollte ich den Leuten öfter Standpauken halten? Offenbar bin ich ziemlich gut darin.

»Aber mal im Ernst«, sage ich. »Wenn bei dieser Mission auch sonst nichts rauskommt, bin ich immerhin froh, dass ich mich mit Alex versöhnen konnte.« Ich halte inne. Auf einmal werde ich ganz emotional. »Sie war eine Freundin aus Kindheitstagen«, erkläre ich

Sofia. »Ich habe unsere Freundschaft kaputt gemacht, indem ich eine Zeit lang mit ihr geschlafen habe. Aber wir haben darüber gesprochen, und jetzt ist alles wieder gut. Wirklich. Vielleicht sogar besser denn je.«

Ich kann sie nicht besonders gut sehen, aber ich spüre, wie Sofia milder wird. »Das ist schön«, sagt sie.

»Das ist es wirklich.« Ich lächle. »Seitdem ist sie fast jeden Tag bei uns, und wir reden über alles, was in der Zwischenzeit so passiert ist. Es ist wie damals. Eigentlich hat sich fast nichts geändert.«

»Ich glaube, das ist die Bewährungsprobe einer wahren Freundschaft«, sagt Sofia mit dramatischem Flair. »Man hat einander lange nicht gesehen, und wenn man sich wiedertrifft, ist alles so wie früher.«

Ich nicke nachdrücklich, auch wenn sie mich nicht sehen kann.

Mein Handy klingelt. Es ist meine Assistentin Katie aus dem Norris Museum. Ich starre auf das Display und verspüre ein Gefühl der Angst in meinem Magen brodeln.

»Willst du nicht rangehen?«, fragt Louise freundlich, und ich schüttle den Kopf. Ich kann jetzt nicht mit Katie reden. Im Norris fanden in den letzten Wochen zwei große Events statt, die ich komplett geschwänzt habe. Meine arme Assistentin musste sich um alles alleine kümmern, und ich weiß, dass sie mit mir über eine anstehende Jubiläumsfeier reden will, für die wir noch nicht mal mit den Vorbereitungen begonnen haben. Wir müssen das Budget besprechen, das Catering, wie viel Servicepersonal wir brauchen, wie das Farbschema aussehen soll – all die kleinen Details, die es im Zusammenhang mit einer großen Veranstaltung eben zu organisieren gilt und die mir normalerweise auch großen Spaß machen. Aber mein Kopf ist voll mit anderen Dingen – mit Alistair und Paul und Alex, ganz zu schweigen von all den Ex-Freunden, die ich noch nicht wiedergetroffen habe.

»Ich kann mich momentan nicht auf die Arbeit konzentrieren«, sage ich zerknirscht. Katie kommt bestimmt noch eine Weile ohne mich klar.

Schweigen senkt sich über den Raum, bevor Bibi sich an unsere Gastgeberin wendet. »Wie läuft es denn mit deiner Mission, Sofia?« Wir alle beugen uns zu ihr. »Mit Ivan aus dem Souterrain, meine ich?«

»Ooh, vielleicht sollten wir ihn hierher einladen?«, schlage ich hoffnungsvoll vor. »Er kann Mitglied in unserem Stromausfall-Club werden. Das könnte doch ganz romantisch werden. Ihr beide im Dunkeln … Und wenn ihr anfangt zu knutschen, verziehen wir uns!«

»Ich glaube, das hat keinen Zweck«, sagt sie seufzend. »Ich habe neulich Abend versucht, ihn zum Tee einzuladen – ich bin so ein schamloses Flittchen –, und er hat abgelehnt! Sehr höflich, aber trotzdem.«

»Hmmm, äh …« Louise gibt ein leicht ersticktes Röcheln von sich, und ich spüre, wie sich alle zu ihr umdrehen.

»Was ist?«, fragt Bibi vorwurfsvoll.

»Hm?«, fragt Lou. Sie klingt schuldbewusst. »Ach, oh, nichts. Na ja … vielleicht nicht *nichts*!«

Sofia, die neben mir auf dem Sofa sitzt, lehnt sich zu ihr. »Louise, Liebes, was gibt's denn? Sag es einfach. Keine Sorge, ich habe schon alles gehört, mich kann nichts mehr schocken.«

»Ich will es nicht sagen!«, jammert sie, und wir warten geduldig. »Okay, na gut. Also, es tut mir wirklich leid, Sofia, aber ich bin mir ziemlich sicher, dass Ivan eine Freundin hat.«

»Was?«, japse ich.

»Ich habe mich neulich an der Haustür mit ihm unterhalten«, beginnt sie zögerlich. »Er ist jetzt endlich freundlich zu mir.« An mich gewandt, fügt sie im Flüsterton hinzu: »Ich habe noch mal

Kekse gebacken, und diesmal habe ich dafür gesorgt, dass er sie auch bekommt. Wie dem auch sei …«, fährt sie in normaler Lautstärke fort. »Bei der Verabschiedung meinte er, er müsse jetzt los, um sich um seine Perle zu kümmern.«

»Vielleicht meint er seine Katze«, sage ich lahm.

»Wäre doch möglich!«, pflichtet Bibi mir bei. »Es gibt eine Katze, die manchmal im Garten rumstreunt, ich habe sie selbst gesehen. So eine bräunliche?«

»Ja, die ist mir auch schon aufgefallen!«, stimme ich enthusiastisch zu. »Er hat ganz bestimmt seine Katze gemeint.«

Ein langes, bedrücktes Schweigen tritt ein, bis Sofia irgendwann seufzt. »Ihr seid alle furchtbar lieb, aber ich wüsste Bescheid, wenn es hier im Haus eine Katze gäbe. Ich bin so allergisch – sobald ich an seiner Wohnungstür vorbeigehe, würde ich anfangen zu niesen.«

»Oder vielleicht hat er eine echte Perle!«, meint Louise halbherzig. »Vielleicht hat er in seiner Schmuckkollektion eine sehr teure Perle, die er abends gerne poliert?«

»Das klingt irgendwie zweideutig«, murmelt Bibi, aber niemand lacht.

»Nun …« Sofia klatscht in die Hände. »Freundin hin oder her, er scheint nicht an mir interessiert zu sein. *C'est la vie.*«

Einmal mehr versinken wir in Schweigen.

»Wenigstens Esther ist dabei, sich zu verlieben!«, versucht Sofia, die Stimmung aufzuheitern. »In Paul, richtig? Oder in Alistair?« Sie kichert. »Es kann nie schaden, mehrere Optionen zu haben.«

»Mein Favorit ist Alistair«, kräht Louise aus der Ecke. Ihr Gesicht ist im Dämmerlicht kaum zu erkennen. »Er war Esthers erste Liebe, und ich will unbedingt, dass sie wieder zusammenkommen.«

Befangen senke ich den Blick. »Er hat eine Freundin, Lou«, rüge ich sie leise. »Außerdem habe ich ihm in den Schoß gekotzt, falls du dich noch daran erinnerst.«

Eine betroffene Stille tritt ein, in der Lou und Bibi das Erlebnis Revue passieren lassen. »Aber …« Ich atme tief ein. »Er hat mir heute Morgen endlich geschrieben und die Kotze mit keinem Wort erwähnt. Er will sich demnächst mit mir auf einen Kaffee treffen. Keine Ahnung. Ich glaube, er genießt es einfach, wieder mit mir befreundet zu sein. Vielleicht bin ich nur ein guter Ego-Kick für ihn. Die erste Liebe, die ihn vor all den Jahren sitzengelassen hat und jetzt wieder angekrochen kommt, weil sie eine zweite Chance mit ihm will, während er in eine andere verliebt ist.« Ich mache eine Pause. »Oder vielleicht will er wirklich nur mit mir befreundet sein.«

»Pfft.« Sofia winkt ab. »Du hast Freunde. Mehr brauchst du nicht.«

»Gutes Argument. Keine neuen Freundschaften mehr«, sagt Bibi spitz. Ganz ist sie also noch nicht über ihre Paranoia und Eifersucht bezüglich Alex hinweg.

Nach einer kurzen Pause fährt sie mit ihren Ausführungen fort. »Dann ist da noch Paul, aber der ist gerade wegen seiner blöden Fortbildung weg. Wer ist der Nächste, Esther? Wenn du dich an die chronologische Reihenfolge hältst, kommt nach Paul Idris dran, richtig?« Sie wirft einen Blick in Sofias Richtung. »Das war ihre Langzeitbeziehung. Sie waren drei Jahre lang ein Paar.«

»Uff.« Ich senke den Blick. »Ich glaube, für Idris bin ich noch nicht bereit.«

»Für wen denn dann?«, fragt Louise neugierig.

»Ich glaube«, sage ich langsam, »es wird Zeit für den Seitensprung.«

Sofia neigt verständnislos den Kopf zur Seite, also füge ich hinzu: »Will.«

EX NR. 6: WILL AKUFFO

Auch bekannt als: der Seitensprung
Teil eins

Das Internet
Twitter
21:40 h

Will Akuffo @losingthewill – 10. Juni

Ernst gemeinte Frage: Hat schon mal jemand – und ich meine irgendwann, seit die Menschheit Klamotten trägt – die Ersatzknöpfe verwendet, die immer auf der Rückseite des Etiketts angenäht sind?

Esther Adams @SweetFannyAdams – 10. Juni

Ich hab damit mal nach jemandem geworfen.

Will Akuffo @losingthewill – 10. Juni

Hat es was gebracht? Soll ich Bush mitteilen, dass wir endlich Massenvernichtungswaffen gefunden haben?

Esther Adams @SweetFannyAdans – 10. Juni

Was für ein unglaublich neuer Witz!

Will Akuffo @losingthewill – 10. Juni

Wasssssssupppppppp! Very niiiiice. Who you gonna call?

Esther Adams @SweetFannyAdams – 10. Juni

Ich nehme alles zurück. Deine Anspielungen sind topaktuell. Absolut vorbildlich.

20

Ich werde ihr eine runterhauen. Ernsthaft. Gleich haue ich ihr eine runter.

»Aber waaahaaaann komme ich endlich draaaahaaaan?«, jammert Bibi mit zur Decke gerichtetem Blick, woraufhin der gesamte Wartebereich sich nach ihr umdreht. Beziehungsweise ihr böse Blicke zuwirft.

»Bestimmt dauert es nicht mehr lange, Babe«, sagt Louise beruhigend. Sie hat die Geduld einer Heiligen.

Bibi hängt schlaff auf meinem Schoß und schaut mich flehentlich an. »Es tut so weeeeeeh, Estheeeeeeerrrrrr!«

»Das weiß ich, verdammt noch mal«, zische ich. Das sagt sie jetzt schon seit drei Stunden, während wir darauf warten, dass sich ein Arzt um sie kümmert.

Ich glaube, sie hat sich den kleinen Finger gebrochen. Was extrem frustrierend ist, denn soweit ich es online recherchieren konnte, können die Ärzte eine solche Verletzung nicht einmal behandeln. Sie werden ihren Finger bloß schienen und sie dann wieder nach Hause schicken. Aber sie wollte trotzdem in die Notaufnahme und hat während der ganzen Autofahrt wie am Spieß geschrien.

Nick war wieder so freundlich, den Chauffeur zu spielen.

Ich persönlich wäre bereit gewesen, Geld für ein Uber auszugeben, aber Louise hat darauf bestanden, Nick anzurufen – den einzigen Menschen in unserem Bekanntenkreis, der ein Auto besitzt. Netterweise erklärte er sich sofort dazu bereit, uns zu fahren. Als er bei uns ankam, war er noch zerzauster als sonst und trug ulkigerweise seinen Schlafanzug. Das ist auch der Grund, weshalb er es vorgezogen hat, draußen im Wagen zu warten, statt mit uns hier drinnen zu sitzen. Außerdem wollte er verständlicherweise nicht fünfundsechzig Pfund für einen Parkplatz blechen.

Die kaputte Toilette ist an allem schuld. Sie ist schon wieder übergelaufen, und während Louise mit unserem Vermieter, diesem Fürsten aller Pimmelköpfe, telefonierte, beschloss Bibi, die Sache in die eigene Hand zu nehmen und das Problem ein für allemal zu lösen.

Natürlich ist ihr dabei der schwere Klodeckel auf die Hand gefallen. Nach ausgiebigem Geschrei und Gezeter haben wir Sofia aus dem Bett geklingelt, um sie nach ihrer Einschätzung der Lage zu fragen. Sie gab Bibi das einzige Medikament, das sie im Haus hatte – ein starkes Erkältungsmittel für die Nacht –, und uns den Rat, zur Sicherheit lieber mit ihr in die Notaufnahme zu fahren. Erst mit einiger Verspätung wurde uns klar, dass Bibi im Auto heimlich die ganze Flasche des Erkältungssafts ausgetrunken hatte. Seitdem ist sie nur noch halb bei Bewusstsein und faselt zusammenhangloses Zeug.

»Es tut weeeeeeh, Louiseeeeee«, fängt sie schon wieder an. »Warum gehen wir nicht zum Arzt?«

»Wir *sind* beim Arzt, Süße.« Lou bringt sie sanft zum Schweigen. »Wir müssen nur ein bisschen warten, es dauert eine Weile.«

Die Frau am Empfang schaut missbilligend zu uns herüber, und Lou fügt hastig hinzu: »Wofür niemand was kann! Überhaupt nichts. Das liegt alles nur an den blöden Kürzungen!« Sie schnalzt laut mit der Zunge. »Die Ärzte und Schwestern und Sprechstundenhilfen leisten allesamt großartige Arbeit, und wir können stolz sein, in diesem Land zu leben, nicht wahr? Gut gemacht, staatliches Gesundheitssystem!«

Sie sieht sich Beifall heischend unter den anderen Wartenden um und wirkt enttäuscht, als die erhoffte Reaktion ausbleibt.

»Wonnredetse?« Bibi verzieht das Gesicht und schaut mich fragend an, aber ich habe auch keine Antwort für sie. »Wann komme ich endlich drahannnn?«

Ich schiebe sie sanft von meinem Schoß zurück auf ihren eigenen Stuhl. Sie kippt nach vorn und scheint das Bewusstsein zu verlieren.

»Gott sei Dank«, seufze ich. »Sie ist unerträglich, wenn es ihr schlecht geht.«

»Das sind wir doch alle«, meint Louise weise. »Tut mir leid, dass es dir den Abend verdorben hat. Was hattest du denn vor?«

»Ich war dabei, eine Nachricht an Will zu schreiben«, gestehe ich. »Ein Großteil unserer Beziehung bestand darin, dass wir online geflirtet und Scherze gemacht haben, deshalb musste sie besonders geistreich und witzig sein, verstehst du? Das, was ich am Ende abgeschickt habe, war allerdings definitiv weder geistreich noch witzig.«

»Ihr habt euch auf Facebook kennengelernt, richtig?« Louise betrachtet mich über Bibis reglosen Körper hinweg.

Ich schüttle den Kopf. »Twitter. Anfangs war es einfach nur ein lustiger Account, dem ich gefolgt bin, aber irgendwas hatte er an sich. Im Grunde wusste ich nichts über ihn, außer dass er sehr clever mit 140 Zeichen umgehen konnte. Und sein verschwommenes Profilfoto sah ganz attraktiv aus.« Ich seufze. »Es hat harmlos angefangen. Ich habe nur aus Spaß auf seine witzigen Tweets geantwortet, aber dann hat er mir eine DM geschrieben, und ab da haben wir ziemlich viel kommuniziert.«

»In solche Flirts kann man sich schnell verrennen«, sagt Louise mit leicht geistesabwesendem Blick.

Ich mustere sie forschend. Neuerdings hat sie auffällig viel zu tun. Sie ist kaum noch zu Hause, und wenn doch, dann verkriecht sie sich in ihrem Zimmer.

»MÄÄÄÄÄÄDELS?« Sofia, gefolgt von einem verschlafenen Nick, tänzelt durch den Wartebereich auf uns zu. Beide sitzen schon seit Stunden draußen im Wagen, und auf einmal habe ich ein schlechtes Gewissen, weil wir den armen Kerl in unser albernes Drama mit hineingezogen haben.

Er streicht sich gähnend über den zerzausten Bart. »Irgendwas Neues? War Bibi schon dran?«

Lou und ich schütteln den Kopf.

»Sofia? Nick?« Bibi blinzelt die beiden an, ehe sie erneut das Bewusstsein verliert. Mir kommt der Gedanke, dass dies die ideale Gelegenheit sein könnte, ihren wahren Namen herauszufinden. Aufgrund des Medikaments sind ihre Schutzmauern unten, bestimmt wird sie es mir sagen.

Aber es kommt mir gemein vor, jemanden in solch einem verletzlichen Zustand auszunutzen … Obwohl – eigentlich wäre mir das egal. Aber sie ist ja sowieso nicht bei Bewusstsein.

»*Merde*!«, ruft Sofia und stampft mit ihrem zierlichen Fuß auf. Nick und einige Patienten schmunzeln über ihre übertrieben französische Art. »Also schön!«, ruft sie. »Dann gehe ich eben zurück zum Auto. Ich habe ein bisschen auf Tinder geswiped. Dieses Krankenhaus ist voll mit Männern über siebzig. Ich bekomme Hunderte von Matches!« Sie schwebt von dannen, während Lou und ich versuchen, uns das Lachen zu verkneifen. Das bedeutet dann wohl, dass sie die Sache mit Ivan verdaut hat. Ein Glück.

»Will noch jemand einen Kaffee?«, fragt Nick, und ich springe auf. Meine Gelenke knacken nach Stunden des Stillsitzens.

»O Gott, ja bitte«, sage ich laut, und er scheint meinen Enthusiasmus amüsant zu finden.

Louise sieht nachdenklich auf Bibi in ihrem Schoß. »Ich bleibe besser bei Bibi. Bringst du mir einen Cappuccino mit?«

Er lächelt sie an und nickt, während er seinen Mantel über seinen marineblauen Schlafanzug zieht. Ich schaue kurz zwischen beiden hin und her. Hm.

An der Kaffeemaschine sagt Nick etwas atemlos: »Gott, es ist schon fast vier. Ich glaube, so lange war ich seit der Uni nicht mehr auf.« Er grinst schief. »Erinnerst du dich? Mir ist das ein bisschen peinlich – wir haben in Durham nur ein einziges Mal miteinander gesprochen, und es ist mir immer noch unangenehm, den Kurs abgebrochen zu haben.«

»Nicht wirklich«, meine ich nonchalant. »Wie geht's Jackie? Du hast sie gar nicht dabei.«

Er schüttelt seinen Kopf. »Ne, die schläft. Sie kann es gar nicht haben, wenn sie zu früh geweckt wird. Sie ist ein kleiner Morgenmuffel. Ihr wird gar nicht auffallen, dass ich weg bin.«

Ich drücke auf den Knöpfen des angegilbten Kaffeeautomaten herum und fülle einen Becher für Lou. »Mochten deine Eltern sie?«

»Sie vergöttern sie. Ich glaube, sie lieben meinen Hund mehr als mich.«

»Nachvollziehbar«, nicke ich und reiche ihm seinen Kaffee.

Er zeigt mir Hundefotos auf dem Weg zurück zu den anderen, während wir an unseren Heißgetränken nippen.

»Ich bin dann am Auto«, meint er, als wir wieder bei Lou und der immer noch ohnmächtigen Bibi sind. »Ruf mich an, wenn du irgendetwas brauchst. Ich mache ein Nickerchen auf der Rückbank, aber mein Handy ist auf laut.« Er zwinkert mir zu. »Der Stilton-Geruch hat sich fast verflüchtigt.«

Er ist fort, ehe mein Gesicht die Farbe von Roter Bete annehmen kann.

Louise blickt ihm nach, dann betrachtet sie mich mit unergründlicher Miene.

»Also«, meint sie geschmeidig. »Was sagtest du noch eben über Will? Dass es mit ein paar Flirtnachrichten angefangen hat?«

»Ja.« Ich nicke langsam. »Ich habe mir die ganze Zeit eingeredet, dass es keinen Grund gibt, mich schuldig zu fühlen. Der Typ war ein Fremder, und alles war vollkommen harmlos! Schließlich habe ich Idris ja nicht mit ihm betrogen! Aber tief im Innern wusste ich natürlich, dass es nicht in Ordnung ist.« Ich mache eine Pause, während ich mich an den Abend erinnere, an dem mir klar wurde, dass mein Geflirte mit Will außer Kontrolle geraten war. »Weißt du noch, als Idris gerade in mein Zimmer gezogen war?« Lou nickt. »Wir waren zu dem Zeitpunkt etwa zweieinhalb Jahre zusammen. Alles lief super, er war wundervoll, und du und Bibi fandet ihn beide richtig nett.«

»O ja, er war der beste Mitbewohner, den man sich wünschen kann.« Sie strahlt. »Er hat immer den Klodeckel runtergeklappt und sein Geschirr abgewaschen. Er war toll.«

»Besser als ich«, pflichte ich ihr bei, während mich eine Traurigkeit überkommt. »Wie dem auch sei, es gab jedenfalls einen Abend, kurz nachdem ich angefangen hatte, mit Will zu chatten, da habe ich gehört, wie Iddy von der Arbeit heimkam. Ich habe auf die Uhr gesehen und gemerkt, dass ich seit buchstäblich sechs Stunden ohne Pause mit diesem Fremden geschrieben – *geflirtet* – hatte! Ich weiß noch, wie schockiert ich über mich selbst war. Ich wusste, dass das meinem Freund gegenüber nicht fair war!« Ich halte kurz inne und schaue Bibi beim Atmen zu. »Und dann, sobald Idris eingeschlafen war, habe ich mich wieder eingeloggt und weitergemacht. Ich habe mich dafür gehasst, aber ich konnte einfach nicht damit aufhören.«

Eine Minute lang sagt Louise gar nichts. »Das kann man schon irgendwie verstehen«, meint sie schließlich.

»Nicht wirklich!«, widerspreche ich und sehe sie von der Seite an. »Das war total mies von mir! Ich habe mir vorgenommen, ihn danach zu blockieren. Ich habe mir das so oft vorgenommen, es im Endeffekt aber nie getan. Und im Grunde war das erst der Anfang von allem. Der Anfang meines abscheulichen Verhaltens.«

Louises Handy vibriert in ihrem Schoß, weil eine neue Nachricht eingegangen ist. Sie schaut kurz drauf, legt es aber ganz schnell wieder weg. Ich warte darauf, dass sie etwas sagt, doch sie hält den Kopf gesenkt und schweigt.

»Womit warst du denn beschäftigt, bevor Bibi uns den Abend verdorben hat?«, erkundige ich mich höflich.

»Ach, äh, nichts Besonderes«, sagt sie in einem sehr verdächtigen Tonfall. Abermals schaue ich sie an, doch sie hat den Blick abgewandt und schaut sich unter den Patienten um, die den Wartebereich bevölkern. »Ich habe mit Sven gezoomt.«

»Wie läuft es so mit euch?«, frage ich ehrlich interessiert.

»Super!«, antwortet sie hastig. »Sag mal, was wollen wir eigentlich in Bezug auf Bibi und Alex unternehmen, hm?«

Das Ablenkungsmanöver funktioniert.

Alex war in den Wochen seit unserer Aussprache oft bei uns, und das ist großartig. Wir sind wieder gute Freundinnen geworden. Das einzige Problem ist Bibi. Sie ist ihr gegenüber immer noch offen feindselig und gehemmt. So langsam wissen Lou und ich nicht mehr weiter.

»Keine Ahnung«, sage ich seufzend. »Ich habe mich wirklich bemüht, mit Bibi darüber zu reden, aber sie fühlt sich immer gleich angegriffen und wird sauer. Sie denkt, Alex will uns ihr wegnehmen. Das ist total kindisch. Wir sind ja keine Spielsachen, um die man sich zankt.« Auf einmal fängt Bibi an, sehr laut zu schnarchen. »Glaubst du, sie muss einfach nur mal wieder flachgelegt werden?«

»Kann sein.« Louise denkt nach. »Aber sie will ja unbedingt Single sein. Sie betont immer wieder, wie wunderbar sie das findet.«

»Vielleicht können wir sie heute Nacht mit einem heißen Arzt oder Pfleger verkuppeln.« Ich kichere. »Dann würden wir die Wartezeit wenigstens effektiv nutzen.«

»Oder wir sperren sie zusammen mit Alex in einen Raum!« Lou setzt sich eifrig auf, wodurch ihr Handy ein Stück in meine Richtung rutscht. Ehe sie es schnappen und in die Tasche stecken kann, sehe ich einen vertrauten Namen auf dem Display. Er ist verkehrt herum, und ich erhasche nur einen ganz kurzen Blick darauf, aber er sieht verdächtig nach »Nick« aus. Ich kenne nur einen Nick, aber der kann es unmöglich sein. Sicher ist es nicht der Nick, der draußen im Auto sitzt …

Bibi kommt mit einem Ruck zu sich. »ICH HAB DEN JOB NICHT GEKRIEGT«, lallt sie, nur um gleich darauf wieder einzuschlafen.

»Was?« Lou blinzelt, ehe sie fragend zu mir aufblickt.

»Ihr Bewerbungsgespräch letzte Woche«, sage ich traurig.

»Denkst du, es stimmt? Sie hat mir gar nicht gesagt, dass sie eine Absage bekommen hat.« Wieder summt das Handy in ihrer Tasche.

»Mir auch nicht.« Auf einmal tut mir Bibi sehr leid. Ich weiß, dass sie sich diesmal ernsthafte Hoffnungen gemacht hat. »Vielleicht stimmt es ja auch gar nicht. Sie hat eine ganze Menge von diesem Erkältungsmittel getrunken.« Ich halte inne. »Aber wenn doch, dann weiß ich langsam nicht mehr, was ich noch dazu sagen soll. Ihre Jobsuche scheint ja kein Ende zu nehmen. Das muss sie total fertigmachen.«

»Ein Grund mehr, dafür zu sorgen, dass sie es mal wieder besorgt kriegt.« Lou grinst, ehe sie sich mit nachdenklicher Miene zu mir umdreht. »Apropos – hast du eigentlich noch was von Paul gehört? Und wie läuft deine ›Freundschaft‹ mit Alistair?« Sie lacht verschmitzt und streichelt liebevoll Bibis Arm, während ich überlege, wie ich auf ihre Frage antworten soll.

»Paul ist noch weg, aber er schreibt regelmäßig«, sage ich. »Wenn er wieder da ist, wollen wir uns definitiv treffen. Ehrlich gesagt kann ich es gar nicht erwarten.«

»Und Alistair?«, fragt sie ungeduldig.

Alistairs wunderschönes Gesicht erscheint vor meinem geistigen Auge, und ich versuche, mich nicht für die Gefühle zu verdammen, die dies in mir auslöst. »Wir haben neulich während meiner Mittagspause einen Kaffee zusammen getrunken. Er hat mir von einem Typen erzählt, den er festgenommen hat, weil er einen Milchwagen geklaut und damit eine Spritztour durch Hackney gemacht hatte.«

Louise fällt die Kinnlade herunter. »Es gibt noch Milchwagen?« Doch sie fängt sich rasch wieder. »Habt ihr euch schon zu einem nächsten Treffen verabredet?«

Ja, das haben wir, und ich bekomme prompt Schuldgefühle, die durch die Erkenntnis, dass ich ihn wirklich unbedingt wiedersehen will, noch verstärkt werden. Es hat definitiv zwischen uns gefunkt, aber ich habe Angst davor, was passieren könnte, wenn ich mehr zulasse. Bestimmt würde ich mich richtig schäbig fühlen, weil ich weiß, dass zu Hause jemand auf ihn wartet.

Vielleicht hat Louise recht, und ich sollte die Mission abbrechen. Was, wenn ich mich damit zu sehr in das Leben anderer einmische? Und in die Gefühle seiner Freundin?

Zumal mein eigenes Leben auch immer mehr auseinanderzubröckeln scheint. Keiner meiner Ex-Freunde hat mir bisher seine ewige Liebe gestanden, meine Freundinnen verhalten sich seit Neuestem sehr merkwürdig, und im Museum läuft es auch nicht. Ich habe versucht, mich wieder auf meinen Job zu konzentrieren, aber meine Kollegen merken genau, dass ich nicht so mit Leib und Seele dabei bin wie vor der Mission. Ich delegiere immer mehr Aufgaben an meine Assistentin und ziehe damit zunehmend ihren Ärger auf mich.

Aber man kann kein Omelett machen, ohne Eier zu zerschlagen, richtig?

Was spielt es für eine Rolle, dass ich gar keine Omeletts mag?

»BIBI COLMER?« Vor uns taucht ein Pfleger auf.

»Das sind wir!« Ich setze mich auf und winke, während Lou sich bemüht, unsere schlafende Freundin wach zu rütteln. Bibi regt sich, will jedoch nicht aufstehen.

»Bitte, kommen Sie mit, Ms Colmer«, sagt der Pfleger und betrachtet missbilligend seine zerrupfte Patientin.

Nun halbwegs wach, sieht Bibi sich um.

»Wo ist Sofia?«, nuschelt sie schlaftrunken. »Und Nick?«

»Die warten im Auto auf uns.« Ich gebe mir Mühe, nicht allzu genervt zu klingen. »Komm schon, wir dürfen jetzt zum Arzt, so, wie du es wolltest.«

»Nein.« Endlich ist Bibi wieder ganz bei Sinnen. Sie beäugt den Pfleger, der sie mit hochgezogenen Augenbrauen ansieht. »Danke für Ihre Bemühungen, Mr medizinisches Fachpersonal, aber ich brauche keinen Arzt. Es tut nicht mehr weh.« Sie wackelt mit ihrem angeblich gebrochenen Finger. »Wir können nach Hause fahren.«

Ohne ein weiteres Wort schüttelt sie unsere helfenden Hände ab und taumelt dem Ausgang entgegen. Lou und ich bleiben zurück und müssen uns für sie entschuldigen. Typisch.

In meiner Tasche summt mein Handy zweimal hintereinander. Zwei Nachrichten auf einmal! Dopamin flutet meinen Körper.

Eine ist von Paul. Er kommt nächste Woche endlich zurück nach London und will sich mit mir treffen.

Und die andere? Die andere ist von Will.

EX NR 6: WILL AKUFFO

Auch bekannt als: der Seitensprung
Teil zwei

Die Wohnung
Mein Bett
18:10 h

Ich habe Idris nie wirklich wütend erlebt, deshalb erkenne ich seine Wut auch nicht sofort.

»Was hat das zu bedeuten?« Mit gerunzelter Stirn steht er vor unserem Bett.

»Was hat *was* zu bedeuten?«, seufze ich, müde nach einem langen Arbeitstag. Die Erschöpfung ist nicht annähernd so schlimm wie die nach einem Tag in der Küche, trotzdem lasse ich meine Tasche fallen und frage mich, ob die Bewerbungen darin nicht bis morgen früh warten können. Ich bin auf der Suche nach einem Assistenten. Meine Chefs haben endlich eingesehen, dass ich Unterstützung brauche. Ich hatte noch nie einen Assistenten und freue mich riesig! Ich kann es gar nicht erwarten, die Vorstellungsgespräche zu führen, damit ich richtig streng sein und den Bewerbern sinnlose Fragen darüber stellen kann, wo sie sich in fünf Jahren sehen – einfach nur, um meine Macht zu demonstrieren. Ich werde die allerbeste Chefin sein, die es je gegeben hat. Ich lasse mich aufs Bett fallen und strecke die Arme nach Idris aus. Ich brauche eine Umarmung. Doch er weicht vor mir zurück, und auf einmal bin ich diejenige, die die Stirn runzelt.

»Was ist denn los, Baby?« Beunruhigt setze ich mich auf.

Er zeigt auf den Laptop zwischen uns auf dem Bett, der mir bisher gar nicht aufgefallen ist. »Wer ist Will?« Er blickt mir forschend ins Gesicht.

Ich versuche, mir nichts anmerken zu lassen. Neutraler Gesichtsausdruck. Ich habe nichts falsch gemacht. Rein theoretisch jedenfalls.

»Will?« Ich ziehe eine Grimasse, so als müsste ich scharf nachdenken. »Welcher Will?«

»@losingthewill!«, sagt Idris ungehalten. »Der Typ, dem du auf Twitter folgst! Ihr schreibt euch schon seit Wochen und flirtet miteinander.«

»Was?« Ich spiegle seinen entrüsteten Tonfall. »Wovon redest du? Und wieso schnüffelst du überhaupt in meinem Computer rum, verdammt noch mal?«

»Der Laptop war offen, als ich reinkam.« Er wischt meinen Einwand mit einer Handbewegung beiseite. »Man konnte alle eure Nachrichten sehen.« Er fängt an, im Zimmer auf und ab zu gehen, und mir wird kalt. »Was zum Teufel läuft da zwischen dir und diesem Typen, Esther? Ihr schreibt euch ständig. Und bitte tu nicht so, als würdet ihr nicht miteinander flirten.« Er bleibt stehen und presst sich die Hand vor den Mund. »Schläfst du mit ihm?«, murmelt er.

Ich springe so hastig vom Bett, dass der Laptop auf der Matratze einen kleinen Hüpfer macht. »Gott, Idris, nein. Ich habe ihn nie getroffen!« Ich lege ihm eine Hand auf den Arm, doch er schüttelt die Berührung ab. Noch immer mag er mich nicht ansehen.

»Ich schwöre es dir.« Ich schlucke trocken. »Er ist nur ein Bekannter, ehrlich. Wir sind uns nie begegnet und haben nur ein bisschen Spaß zusammen. Wir sind Online-Freunde, die hin und wieder miteinander chatten. Es ist total harmlos, glaub mir!« Ich zupfe an seinem Ärmel und sehe, wie er tief und zitternd einatmet.

Als er endlich aufblickt, sind seine Augen ein wenig gerötet.

»Du schwörst also, dass zwischen euch nichts gelaufen ist?« Er schaut mir fest in die Augen, und ich nicke energisch.

»Ich schwöre es auf mein Leben. Wir sind nur Freunde. Wirklich. Ich darf doch männliche Freunde haben, oder?« Jetzt klinge ich abwehrend, und es funktioniert. Idris macht ein alarmiertes Gesicht.

»Natürlich darfst du das!« Er schluckt. »Ich … ich weiß nur nicht … Ich hatte das Gefühl, dass einige der Nachrichten eine gewisse Grenze überschreiten.« Mit besorgter Miene hält er inne. »Aber vielleicht habe ich auch überreagiert. Ich weiß, ich hätte nicht deine privaten Nachrichten lesen dürfen … Es tut mir leid, Est, ich …«

Mein Herz pocht. »Da war nicht mehr als das, was du auf Twitter gesehen hast.« Abgesehen von den SMS und den Fotos.

»Bitte, glaub mir, Baby.« Abermals berühre ich ihn sanft am Arm. »Ich würde dich nicht betrügen. Ich würde dich niemals hintergehen, wie kannst du so was Schreckliches denken? Ich schwöre dir, ich habe so was nicht getan und würde es auch niemals tun. Es ist rein platonisch, versprochen!«

Nach einem Moment nickt er, und ich nehme ihn in die Arme. Die nächsten Minuten reden wir nicht, sondern halten und riechen uns nur. Unsere Atemzüge gleichen sich einander an und werden langsamer, aber mein Herz schlägt noch immer so laut, dass es mir in den Ohren dröhnt.

Ich habe das Gefühl, an einer Klippe zu stehen. Ich will nicht springen, aber ich weiß, dass ich mich immer weiter in Richtung Rand vorwagen werde, bis mir keine andere Wahl mehr bleibt.

21

»Du willst also eine Tagespension für Hunde eröffnen?« Er lacht sich kaputt. »Auf einem Boot. Und du nennst sie dann …«

»*Noah's Bark*!«, beende ich entzückt den Satz. »Genau. Wir schippern durch die Gegend, holen jeden Morgen die Hunde ab und bringen sie abends wieder zurück. Natürlich müsste man in der Nähe des Flusses wohnen, wenn man unsere Dienstleistung in Anspruch nehmen will …«

»Natürlich.« Er nickt mit funkelnden Augen.

»Ist das nicht genial?«, frage ich begierig. »Willst du vielleicht in *Noah's Bark* investieren? Wir suchen noch Kapitalgeber, allerdings sind wir nicht bereit, unsere Gewinne zu teilen.«

»Wer ist denn wir?« Paul zieht lachend eine Augenbraue hoch, und das sieht so unfassbar sexy aus, dass ich einen Moment lang vergesse, was ich sagen wollte.

»Äh.« Ich schlucke. »Also, äh, na ja. Wir, das sind … ich und mein Vorstand.«

»Dein Vorstand?« Er wischt sich die Augen und trinkt noch einen Schluck von seinem Sherry.

»Ja.« Ich nicke. »Der ist zwar nicht im engeren Sinne real, aber damit klingt mein Unternehmen gleich viel professioneller.«

»O mein Gott, du bist wirklich zum Totlachen.« Er lehnt sich auf seinem Stuhl zurück und mustert mich. Er hat die Gabe, einen anzusehen, als gäbe es für ihn keinen anderen Menschen auf der Welt. Jedenfalls keinen, der so wichtig ist wie man selbst. »Wie kannst du so sexy sein, Esther Adams, und gleichzeitig so witzig und cool?«

Ich zucke die Achseln. »Ich hatte einen dicken Treuhandfonds, auf den ich mit einundzwanzig Zugriff erhalten habe. Das hat es mir ermöglicht, mich jeder auf dem freien Markt erhältlichen kosmetischen Operation zu unterziehen. Und noch einigen anderen, die nicht auf dem freien Markt erhältlich sind.«

»Auch nicht auf dem Wochenmarkt?«, fragt er todernst, und ich breche in Gelächter aus.

»Jetzt, wo du es sagst«, meine ich nachdenklich. »Wahrscheinlich haben sie dort Gallenblasen von Ziegen und eine Menge anderer Sachen, die so mancher Promi roh essen würde, wenn er dafür jüngere Haut bekäme. Gwyneth würde das Zeug sofort auf *Goop* verkaufen. Wir hätten in Milton Keynes die Augen danach offen halten sollen.«

Auch er muss lachen.

Irgendwie bin ich in Pauls Gegenwart immer witzig. Ich sprühe nur so vor Witz. Er macht mich zu einem witzigen Menschen. Und ich weiß, wie sexy das ist – sogar ich finde mich sexy.

»Gott, du bist so cool und sexy«, bescheinigt er mir noch einmal.

Die Chemie zwischen uns ist mit Händen zu greifen. Alles in meinem Körper reagiert auf seine Gegenwart. Eigentlich müsste ich eine Slipeinlage tragen, wenn ihr wisst, was ich meine.

Nachdem ich eine scheinbare Ewigkeit darauf gewartet habe, dass er von seiner Fortbildung zurückkommt, haben Paul und ich uns endlich ein zweites Mal getroffen. Wir haben unser Wiedersehen mit einer intensiven Kneipentour gefeiert, ehe wir uns vor etwa zwei Stunden in dieser Bar hier niedergelassen haben. Der

Abend ist ... absolut magisch. Anders kann man es nicht beschreiben. Es gibt keine unangenehmen Pausen, keinerlei Befangenheit, nur eine endlose, mit Albernheiten und Doppeldeutigkeiten gespickte Unterhaltung. Und jede Menge sehnsuchtsvolle Blicke. Die Funken, die zwischen uns sprühen, könnten das ganze Land mit Strom versorgen.

In gewisser Weise fühlt es sich seltsam an, hier zu sitzen und diesen Mann so sehr zu mögen, während ich gleichzeitig mit Alistair und Will schreibe. Ist das okay? Ist es Paul gegenüber womöglich unfair? Oder allen dreien gegenüber? Hintergehe ich sie? Die Trennlinie zwischen Richtig und Falsch verschwimmt von Tag zu Tag mehr.

Seitdem wir in der Notaufnahme waren, schreiben Will und ich uns fast pausenlos. Wir witzeln und flirten miteinander. Es ist genau wie damals – nur dass ich jetzt keinen Freund habe, der mich ablenkt. Das macht es einfacher und sogar noch intensiver. Gestern Abend habe ich @losingthewill auf Twitter gefunden. Er hat immer noch den alten Account, und sein Charme und Intellekt kamen mir so vertraut vor. Ich habe mich sofort wieder davon verführen lassen.

Er hat nichts von einer Frau in seinem Leben erwähnt, aber warum sollte er auch? Twitter ist nicht der Ort, an dem man Verlobungsfotos teilt. Twitter ist dazu da, Unbekannten den Spaß an Witzen zu verderben, indem man sie darauf hinweist, wie problematisch sie sind.

»Ach, Esther, du wirst mich auslachen.« Auf einmal ist Paul ganz schüchtern und bedeckt seine Augen mit der Hand. »Mir ist gerade aufgefallen, wie ähnlich du einem alten Filmstar namens Greta Garbo siehst. Ich meine natürlich, damals, als sie noch jung und glamourös aussah.«

Komisch. Ich könnte schwören, dass er mir das schon beim

letzten Mal gesagt hat. Ich erinnere mich deshalb, weil ich über Greta Garbo nichts wusste außer, dass sie sehr dünne Neunzigerjahre-Augenbrauen hatte. Er hat es auch in genau demselben Tonfall gesagt – gleichzeitig charmant und ein wenig scheu. Im Anschluss haben wir uns ausgiebig darüber unterhalten, deshalb wundere ich mich, dass er es vergessen zu haben scheint.

Aber im Grunde käuen wir ja alle andauernd dasselbe dumme Zeug wieder, stimmt's? Meine Beziehung zu Idris bestand zur Hälfte daraus, dass ich höflich nickte, während er mir zum x-ten Mal dieselbe Geschichte erzählte. Wahrscheinlich würde er etwas Ähnliches über mich sagen.

Paul nimmt meine Hand. Die Berührung jagt einen Schauer durch meinen Körper. Er streichelt mit dem Daumen meinen Handrücken, während er mich erneut so ansieht, als wäre ich der einzige Mensch, der jemals auf der Welt existiert hat. Das Blut rauscht in meinen Ohren. Ich bin so ungeheuer scharf auf ihn.

Will und ich haben keine so tiefe Verbindung zueinander. Das hier mit Paul, das ist echt. Und wenn ich die Mission – inklusive Will – aufgeben muss, um eine Chance auf eine Liebe mit Paul zu haben, dann bin ich bereit, diesen Preis zu zahlen. Scheiß drauf. Ich werde mutig sein. Ich werde es ihm sagen. Wir haben schon so viel Zeit vergeudet. So viele Jahre hätten uns gehören können. All die romantischen Dinner, die Kinobesuche, der Sex, den wir nicht hatten. Das träge Herumlümmeln im Bett, während wir einander necken und uns darüber streiten, wer aufstehen und Tee kochen muss. Wir haben durch schlechtes Timing schon so viel verpasst. Ich darf nicht zulassen, dass wir auch diese Gelegenheit ungenutzt verstreichen lassen.

»Paul.« Ich hole tief Luft. »Ich muss es jetzt einfach sagen. Ich glaube, wir wissen beide, dass da zwischen uns was ist. Wir verstehen uns so gut und haben so viel Spaß zusammen. Ich finde, wir sollten es miteinander versuchen, meinst du nicht auch? Wir gehen auf ein paar Dates, wir knutschen ein bisschen – lass uns schauen, ob etwas Echtes, Großes daraus werden kann. Was sagst du?«

Eine angespannte Stille tritt ein. Ich versuche, seine Miene zu deuten, und frage mich, ob er mich erst küssen oder erst etwas erwidern wird. Gott, ich hoffe, er küsst mich. Ich sehne mich schon so lange danach, von ihm geküsst zu werden.

Er öffnet den Mund, und ich lächle strahlend, bis seine Worte zu mir durchsickern.

»Es tut mir sehr leid, Esther, aber so empfinde ich nicht für dich. Ich bin nicht an etwas Romantischem mit dir interessiert.«

Was?

»Es tut mir aufrichtig leid, falls ich einen falschen Eindruck erweckt haben sollte«, sagt er stockend und blickt auf die Tischplatte. »Ich dachte, wir sind einfach nur gute Freunde.« Was, was, was? Nein, im Ernst: *Was?*

Die Demütigung ist kaum auszuhalten. Ich spüre, wie meine Wangen vor Scham brennen, als er fortfährt. »Klar, manchmal flirten wir ein bisschen miteinander, aber mir war nicht bewusst, dass du dachtest, es würde mehr dahinterstecken. So ist das mit uns nun mal, oder? Wir flirten beide gern, da ist doch nichts dabei.«

O mein Gott, o mein Gott, o mein Gott, das ist so unfassbar peinlich. Wie konnte ich …? Ich bin so dämlich. So naiv. Meine Kehle ist staubtrocken, und ich greife nach meinem Glas, um mich irgendwie abzulenken. Meine Hände zittern, während ich den sauren Wein hinunterstürze. Wie kann es sein, dass ich die Situation so falsch eingeschätzt habe? Habe ich mir etwas vorgemacht? Habe ich mir all diese Momente zwischen uns nur eingebildet? Habe ich etwas in seine Worte und Komplimente und seine ständigen Berührungen hineininterpretiert, was gar nicht da war?

In den Tiefen meines Bewusstseins formt sich ein Gedanke. Zunächst ist er noch vage und schemenhaft.

Paul beäugt mich nervös. »Ehrlich, ich hatte keine Ahnung, dass du so empfindest, Esther. Es tut mir leid. Aber ich möchte unsere Freundschaft nicht verlieren. Können wir das bitte einfach vergessen? Können wir so tun, als hätte es die letzten paar Minuten nie gegeben, und wieder Spaß zusammen haben? Du bedeutest mir so viel. Bitte.« Abermals nimmt er meine Hand und drückt sie. So etwas machen Freunde doch nicht, oder?

Und dann macht es Klick.

»Äh, Paul.« Ich schlucke noch einen Mundvoll sauren Wein hinunter und entziehe ihm meine Hand. »Hast du eigentlich viele weibliche Freunde?«

Er runzelt die Stirn. »Ich glaube schon, ja.«

»Und sind die größtenteils Single?«

Die Falten in seiner Stirn vertiefen sich. »Also … ja, die meisten.«

»Und …« Ich beuge mich vor. »Sind sie auch untereinander befreundet, oder triffst du sie immer einzeln?«

Er rutscht unbehaglich auf seinem Stuhl herum. »Äh, einzeln. Aber wieso spielt das eine Rolle? Was hat das mit uns zu tun?«

Ich nicke, als mich die Wahrheit mit voller Wucht trifft. Er ist ein Sammler. Er ist ein verfickter Sammler. Ich war so blind. Dabei war es die ganze Zeit direkt vor meiner Nase. Er ist einer dieser Männer … Umgibt sich gerne mit einem Harem von Frauen, die alle ein bisschen in ihn verliebt sind. Aber etwas Festes will er nicht, das wäre viel zu viel Arbeit. Er trifft sie immer allein, deshalb halten sie sich für etwas ganz Besonderes. Sie fühlen sich geliebt, und er genießt es, eine Freundin für einen Abend zu haben, ohne die Verpflichtungen oder die Schwiegereltern, die mit einer ernsthaften Beziehung einhergehen. Ohne dass er Geburtstagsgeschenke kaufen muss. Vielleicht gibt es sogar eine Frau in seinem Leben, aber die wird seine Freundinnen nie kennenlernen, und andersherum genauso wenig. Er wird sie lediglich als Waffe benutzen, falls eine der Frauen ihren Platz vergessen und mehr von ihm verlangen sollte. Daher auch mein Eindruck, dass er manchmal seine Sprüche wiederverwertet – weil es so *ist*. Wahrscheinlich hat er zu Hause einen Schrank voll mit Akten, damit er nicht den Überblick verliert.

Ich komme mir so dumm vor. Ich hätte es besser wissen müssen, schließlich habe ich schon so manchen Sammler in Aktion erlebt. Ich weiß noch, wie Lou vor vielen Jahren mal einem Vertreter dieser Spezies verfallen war. Wir brauchten Ewigkeiten, um sie aus seinen Fängen zu befreien. Aber mir war nicht bewusst, dass Paul auch einer von denen ist! Wahrscheinlich, weil es immer unverfängliche Gründe gab, etwas zusammen zu unternehmen – bis jetzt.

Er will nicht mit mir zusammen sein. Er will mit keiner der Frauen zusammen sein, mit denen er flirtet und die er sich warmhält. Er möchte einfach nur die *Option* haben. Er mag die Gewissheit, jederzeit Zugriff auf eine liebeskranke Frau zu haben, die an seinen Lippen hängt und ihm zu Füßen liegt. O mein Gott. Nicht zu fassen, dass ich eine von ihnen war. Jahrelang! Wie idiotisch kann man eigentlich sein?

»Bitte, können wir weiterhin Freunde sein, Esther?« Abermals macht er Anstalten, meine Hände zu nehmen, aber jetzt sprühen keine Funken mehr. Ich habe sein wahres Gesicht erkannt, und das hat mich befreit. Auf einmal ist er nicht mehr so wundervoll und attraktiv, sondern nur noch ein trauriger Mann, der Frauen braucht, damit sie sein Ego streicheln. Er hat mir so lange das Gefühl vermittelt, gewollt und begehrt zu werden, aber das war alles nur Show. Jetzt, da ich die Wahrheit kenne, haben seine breiten Schultern ihre Anziehungskraft verloren.

»Esther?« Er wirkt nervös. »Wirklich, ich finde dich großartig, und zwischen uns muss sich doch nichts ändern. Wir können doch immer noch zusammen Spaß haben und flirten, das kann doch so bleiben. Ich möchte dich wirklich nicht verlieren.«

»Natürlich nicht«, sage ich freundlich. »Bestimmt war ich eine deiner glühendsten Verehrerinnen. Eins der kostbarsten Stücke in deiner Sammlung.«

Er runzelt die Stirn. »Wie meinst du das?«

»Vergiss es«, sage ich gleichmütig. »Nun ja, halb so schlimm. Wenigstens für mich. Ich hoffe, deine anderen Exemplare finden auch irgendwann den Weg in die Freiheit.« Ich winke dem Kellner. »Wollen wir zahlen? Mir ist gerade eingefallen, dass ich dich das letzte Mal eingeladen habe – und die Male davor auch. Wie wäre es, wenn du heute die Rechnung übernimmst?« Seine Augen sind weit aufgerissen, und ich tätschle ihm die Schulter. »Bye, Paul, es war schön, dich wiederzusehen, und sei es auch nur, weil ich endlich begriffen habe, dass du doch nicht meine verpasste Chance warst. Aus uns wäre nie was geworden.« Ich stehe auf. Endlich fühle ich mich wieder stark und selbstbewusst. »Danke, dass ich so viel mit dir lachen durfte, obwohl ich ja die meisten Witze selbst gemacht habe.« Ich mache eine kurze Pause. »Aber hin und wieder hast du meinem Ego gutgetan, darüber kann ich immerhin froh sein.« Mit offenem Mund steht er da, während ich ihm zum Abschied mit den Fingern winke. »Mach's gut, Paul. Und schreib mir keine Nachrichten mehr.« Ich rausche zur Tür hinaus, gerade, als der Kellner die Rechnung auf den Tisch legt.

22

»Seltsamerweise bin ich richtig gut drauf!« Ich tauche die Vase in die Kloschüssel, warte, bis sie sich mit Wasser gefüllt hat, und leere sie dann in der Badewanne aus. Lou schaut mir interessiert zu.

»Ist das dein Ernst? Nach allem, was mit Paul war? All das Warten – nur um jetzt zu erkennen, dass er ein armseliges Würstchen ist, das andere ausnutzt?« Sie macht ein irritiertes Gesicht, während ich die Vase erneut mit Klowasser fülle.

Die Toilette zickt mal wieder, und Louise und ich streiten uns darüber, wer von uns beiden den Vermieter anrufen muss. Bibi ist die Einzige, auf die er hört, aber sie ist gerade nicht da.

»Ja.« Ich nicke, weil ich es ernst meine. »Wirklich! Ich bin traurig, dass es nicht geklappt hat, und ich weiß, die Zurückweisung sollte mir peinlich sein, aber aus irgendeinem Grund ist es nicht so.«

Sie blinzelt mich verdutzt an. Wir sind Menschen, denen normalerweise selbst die kleinsten Kleinigkeiten peinlich sind.

»Da war immer dieses riesengroße Fragezeichen – die Paul-Frage«, versuche ich, es ihr zu erklären. »Ich habe mir all die Jahre die Schuld daran gegeben, dass zwischen uns nichts gelaufen ist. Und selbst wenn ich jemanden kennenlernte, den ich wirklich mochte, habe ich mich im Hinterkopf immer gefragt, ob Paul nicht vielleicht besser zu mir passen würde. Verstehst du, was ich meine?

Einmal habe ich einem tollen Mann einen Korb gegeben, weil ich mir absolut sicher war, dass es mit Paul bald klappen würde. Jetzt weiß ich Bescheid!« Ich strahle Lou über die Kloschüssel hinweg an. »Und ich glaube, ich kann froh sein, dass dieser Kelch an mir vorübergegangen ist. Stell dir vor, Paul und ich hätten was miteinander angefangen! Bei all den anderen Frauen, die er um sich schart und die alle in ihn verknallt sind! Es wäre ein ständiger Machtkampf gewesen, weil er mir die ganze Zeit irgendwelche Lügenmärchen über seine angeblich ›guten Freundinnen‹ aufgetischt hätte. Er hätte so getan, als wäre ich nicht ganz richtig im Kopf, wenn ich mir Sorgen gemacht hätte, es könnte mehr dahinterstecken.«

»So, wie du es bei Idris und Will gemacht hast!«, entfährt es Lou. Gleich darauf macht sie ein betretenes Gesicht. »O Gott, Esther, es tut mir leid. Das war nicht so gemeint. Es tut mir wirklich leid. Natürlich hast du überhaupt nichts mit Paul gemeinsam. Er ist ein Manipulator, bei dir war es bloß eine Verkettung unglücklicher Umstände.«

Ich lasse den Kopf hängen. »Nein, du hast schon recht«, sage ich kleinlaut. »Ich habe mit Idris was ganz Ähnliches abgezogen, und ich fühle mich total mies deswegen.« Ich schweige einen Moment. »Ich weiß noch, wie er einige der Nachrichten entdeckt hat, die Will und ich uns geschrieben hatten. Er wollte wissen, was es damit auf sich hatte, und ich bin wütend geworden. Obwohl, nein – in Wahrheit habe ich nur so *getan*, als wäre ich wütend. Welcher Mensch verhält sich so? Ich habe ihm gesagt, dass er kein Recht hätte, meine Nachrichten zu lesen. Ich habe ihn beschuldigt, ein eifersüchtiges Kind zu sein, das in meinen privaten Angelegenheiten herumschnüffelt. Und dann habe ich ihm vorgeworfen, dass er nicht damit umgehen könne, dass ich mit einem anderen Mann befreundet sei.« Ich seufze. »Ich habe das alles nur gemacht, um Zeit zu schinden. Um meine eigenen Schuldgefühle zu verdrängen und das Gespräch in eine andere Richtung zu lenken. Aber in Wahrheit wusste ich, dass ich zu weit gegangen war. Ich wusste ganz genau, dass mein Verhalten falsch war. Aber ich wollte nicht aufhören, mit Will Nachrichten auszutauschen. Er hat meinem Ego geschmeichelt, und das war einfach so verlockend und aufregend. Ich habe Idris geliebt, aber mit einem Fremden zu flirten … das hat mir einen richtigen Kick gegeben.« Ich schlucke mühsam. »Irgendwann während der Auseinandersetzung hat er sich sogar bei mir entschuldigt, Lou. *Er* hat sich bei *mir* entschuldigt. Ich habe so getan, als wäre er verrückt. Ich kann es nicht leugnen, das war Gaslighting vom Feinsten, und ich schäme mich deswegen in Grund und Boden.«

Sie sagt nichts, sondern reibt mir lediglich tröstend den Arm.

»Manchmal habe ich Angst, dass ich ein schlechter Mensch bin«, wispere ich nach einer Weile.

»Das bist du nicht«, sagt sie leise. »Du hast ein paar unschöne Dinge getan – wer hat das nicht? Das macht dich nicht zu einem schlechten Menschen.« Sie atmet tief ein. »Glaubst du, es ist eine gute Idee, Idris zu kontaktieren? Ihr habt ganz schön viel zusammen durchgemacht. Ich meine …« Sie hält inne. »Vielleicht ist es an der Zeit, eine Pause von der Mission einzulegen?«

Ehe ich ihr antworten kann, summt mein Handy, und ich schnaube, als ich die Nachricht lese.

Will (Twitter)

> *Musstest du beim Arzt schon mal eine Urinprobe abgeben? Was meinst du, wie voll soll man den Becher machen? Weniger als halb voll wirkt irgendwie geizig, aber wenn man ihn ganz voll*

macht, denken sie bestimmt, man will angeben, oder?
16:21 h

Ich zeige Louise die Nachricht, und sie lächelt ein wenig angeekelt. »Na ja. Wenn du die Mission nicht abbrechen willst, was ist dann mit Will?«, fragt sie, ehe sie mir die Vase abnimmt und anfängt, Wasser zu schöpfen. Streng genommen ist sie noch nicht dran, aber ich habe meine Sache mehr schlecht als recht gemacht – der Boden ist voller Pfützen. »Willst du dich mit ihm treffen, oder wollt ihr euch bis ans Ende aller Tage Nachrichten schreiben?«

Ich gebe ein Geräusch von mir, das wie ein Stöhnen klingt, und hocke mich auf den Badewannenrand. Als Lou die Vase ausleert, treffen mich einige Spritzer.

»Ich habe Bedenken«, gestehe ich. »Letztes Mal lief es bei den Nachrichten so gut. Online war da diese Wahnsinnschemie zwischen uns, aber als es dann zu einem Treffen kam, war das bestenfalls mittelprächtig.«

»Du warst doch fünf oder sechs Monate mit ihm zusammen, oder nicht?«

»Ja, aber nur aus schlechtem Gewissen.«

»Aus schlechtem Gewissen?« Sie neigt neugierig den Kopf zur Seite.

»Du weißt schon – weil ich das Gefühl hatte, ihm was vorgespielt zu haben. Ich habe *allen* was vorgespielt. Ich habe so getan, als wäre er ein toller Mann und als hätte ich die richtige Entscheidung getroffen, als ich mich seinetwegen von Idris getrennt habe. Da konnte ich ja wohl kaum zwei Sekunden später mit ihm Schluss machen und mit eingekniffenem Schwanz zu Idris zurückkehren. Ich musste wenigstens eine Zeit lang so tun, als wäre ich in einer glücklichen Beziehung.«

Sie nickt verständnisvoll. »Wenn er im echten Leben so langweilig war, dann lohnt sich ein Treffen vielleicht nicht?«, meint sie.

Ich seufze. »Das ist ja gerade das Problem, Lou. Er war nicht wirklich *langweilig*. Er war einfach … okay. Alles war gut zwischen uns. Es gab keinen Grund, ihn nicht zu mögen. Aber es gab eben auch keinen Grund, ihn toll zu finden.«

»Das sind immer die Schlimmsten!«, verkündet sie, und ich nicke. Sie selbst hatte schon ähnliche Männer. Wir beide wissen, dass man sich aus solchen Beziehungen oft am schwersten befreien kann.

»Aber vielleicht hat er sich ja geändert? Ich habe mich in den letzten Jahren auch geändert. Das ist ja der Zweck der Übung, stimmt's? Ich will rausfinden, ob einer meiner Ex-Freunde etwas an sich hat, das ich seinerzeit nicht gesehen habe.« Schweigend strecke ich die Hand nach der Vase aus, und Lou lässt zu, dass ich sie ihr abnehme. »Nach der Sache mit Iddy war ich am Boden zerstört, aber ich musste so tun, als ginge es mir gut, weil die Trennung meine Schuld gewesen war. Es war meine Entscheidung, deshalb hatte ich das Gefühl, nicht um ihn trauern zu dürfen. Das ist das Schwierige, wenn sich zwei Beziehungen überschneiden. Auf einmal ist da jemand Neues, und man muss so tun, als wäre man komplett über den alten Partner hinweg. Vielleicht habe ich Will in den fünf Monaten, die wir zusammen waren, gar keine faire Chance gegeben.«

»Klingt nachvollziehbar.« Sie nickt und trocknet sich die Hände an einem Handtuch ab.

»Wie auch immer. Er hat vorgeschlagen, dass wir uns diese Woche mal auf FaceTime unterhalten.« In meinem Magen brodelt es vor lauter Nervosität. »Vielleicht treffe ich mich also doch noch mit ihm. Und wenn er total öde ist oder alte *Seinfeld*-Witze erzählt, weiß ich immerhin, woran ich bin, und kann ihn abhaken.«

»*Seinfeld?*« Lou legt die Stirn in Falten.

Ich winke ab. »Das macht er manchmal.«

Ein einvernehmliches Schweigen senkt sich über uns. Wir schöpfen Wasser aus dem Klo, und irgendwie genießen wir die gluckernden und schwappenden Geräusche, wann immer die Vase in der Badewanne ausgekippt wird. Der Vorgang hat etwas Befriedigendes an sich – etwas geradezu Kathartisches.

»Das mit der Vase war eine gute Idee«, sagt Lou beiläufig. »Viel besser als die Tasse.«

Meine Augen werden schmal. »Welche Tasse habt ihr denn benutzt?«

Einen Moment lang wirkt sie schuldbewusst. »Äh, also … keine von deinen.« Sie weicht meinen Blicken aus. »Es war eine von Sven, ich schwöre es.«

»Hmm.« Ich sehe sie scharf an, was dazu führt, dass ich die Wanne verfehle und mir den Großteil des Toilettenwassers über die Füße schütte.

EX NR. 6: WILL AKUFFO

Auch bekannt als: der Seitensprung
Teil drei

Wills Wohnung
Sein unbequemes Bett
00:47 h

»Das war toll!« Leicht außer Atem lächle ich Will an. »Wirklich toll!«

Er grinst mich von der anderen Seite des Betts aus an. »Ja, das war es. Du bist unglaublich! Ich bin so froh, dass du hier bist.« Er beugt sich zu mir und gibt mir einen Kuss auf die Wange. Er ist ganz lieb und zärtlich. Ein Ziehen geht durch mein Herz, allerdings nicht seinetwegen. Sondern wegen Idris.

Aber das wird vergehen, ich weiß es. Ich habe das Richtige getan. Mich von Idris zu trennen war die richtige Entscheidung. Wir hatten eine gute Zeit miteinander. Drei Jahre sind ganz schön lang, und ich bin erst siebenundzwanzig – zu jung, um mir über Hochzeit und Kinder und diesen ganzen Ewigkeitsquatsch Gedanken zu machen.

Außerdem lohnt sich der Trennungsschmerz, weil ich jetzt mit Will zusammen sein kann. Wir haben eine richtig tiefe Verbindung zueinander – etwas ganz Besonderes. Ich mag ihn definitiv gern. Sehr! Definitiv.

Er fährt mit dem Zeigefinger mein Schlüsselbein entlang und landet auf meiner Brustwarze.

»Boop!«, sagt er und schnippt mit den Fingern dagegen.

Ich zucke zusammen. »Bitte, lass das.« Ich schlucke und wünschte, ich könnte meine Blöße bedecken, aber ich will nicht prüde erscheinen.

»Sorry«, sagt er verlegen. »Meine Ex mochte das immer.«

Ich lächle, um die Gereiztheit in meiner Stimme zu kaschieren. »Sie sind bloß ein bisschen empfindlich.« Ich mache eine kurze Pause. »Wegen dem großartigen Sex, den wir gerade hatten.«

Als er zufrieden nickt, atme ich auf. Zum Glück hat er es mir abgenommen.

Wahrscheinlich muss ich es auch nicht lange vortäuschen! Am Anfang täuscht doch jede Frau ihren Orgasmus vor, oder nicht? Es dauert eben eine Weile, bis man sich an den Körper und die Eigenheiten des anderen gewöhnt hat. Und ans Brustwarzenschnippen. Ausgeschlossen, dass seine Ex das wirklich mochte.

Er wälzt sich herum und schaut mich an. Sein erschlaffter kleiner Penis liegt auf seinem Schenkel, und ich versuche, nicht hinzusehen.

Okay. Mit Will zusammen zu sein, ist … anders. Aber anders muss ja nicht unbedingt schlecht sein! Leben heißt Veränderung. Er ist eben nicht Idris. Er hat ein anderes Gesicht und einen anderen Körper und einen anderen Penis. Ich werde mich schon daran –

an ihn – gewöhnen. Irgendwann werde ich lernen, es zu lieben. *Ihn* zu lieben, meine ich.

Wir sind erst seit wenigen Wochen zusammen. Es ist noch nicht lange her, dass ich mit Idris Schluss gemacht und mich in Wills wartende Arme gestürzt habe. Und bislang ist alles total … schön! Er ist wirklich nett und sehr rücksichtsvoll. Alles ist gut. Sehr gut. Ausgezeichnet sogar!

Will schaltet den Fernseher ein. Es läuft eine Wiederholung von *Alle lieben Raymond*. O nein.

Ich kuschle mich an ihn und genieße seine Wärme. Er legt einen Arm um mich, und ich atme seinen Duft ein.

Seht ihr? Es hat sich definitiv auf jeden Fall absolut gelohnt.

23

»Denkst du, ich …«, keuch, keuch, keuch, » … sehe aus wie jemand, der dein Kind entführen würde?«

»Ich habe kein Kind«, sagt Bibi, die im Gegensatz zu mir kaum außer Atem ist.

»Danke fürs Erbsenzählen, Beelzebub.« Ich ringe nach Luft. »Okay. Also. Sehe ich aus wie …«, japs, japs, » … jemand, der ein Kind entführen würde?«

»Nein, definitiv nicht«, stößt Louise schnaufend hervor.

»WAS WILLST DU DAMIT SAGEN?«, brüllt Alex vom Ende der Reihe über den Lärm der Musik aus ihren Kopfhörern hinweg.

»Da bin ich aber froh.« Keuch, keuch, keuch. »Denn als wir vorhin ankamen …«, ich drücke einige Tasten und verlangsame das Tempo des Laufbands, damit ich richtig sprechen kann, » … da verließ eine Frau gerade mit ihrer kleinen Tochter das Fitnessstudio. Sie hat mich ganz vorwurfsvoll angeschaut, und dann hat sie ihr Kind an sich gezogen und mich die ganze Zeit misstrauisch beäugt – so, als würde ich ihre Tochter kidnappen wollen. Und das passiert mir nicht zum ersten Mal. Ständig bringen Eltern ihre Kinder vor mir in Sicherheit!«

»Ich habe die Frau gesehen!«, bestätigt auch Bibi. »Ihr Kind war nicht mal hübsch, warum sollte man es entführen wollen? Wahrscheinlich *wünscht* sie sich, dass jemand es entführt.«

»Wer bringt überhaupt sein Kind mit ins Fitnessstudio?« Louise verlangsamt ebenfalls ihr Tempo. Sie schwitzt genauso stark wie ich, was mich ein wenig beruhigt. Ich dachte, ich wäre die mit Abstand Unsportlichste von uns vieren.

»WAS IST DENN PASSIERT?«, ruft Alex, ohne die Kopfhörer abzunehmen.

»Aber eigentlich – ich meine …« Bibi joggt ungerührt weiter. Sie sieht zwar ein bisschen erhitzt aus, aber von Schweiß keine Spur. »Heutzutage weiß man ja gar nicht mehr, wie ein typischer Kidnapper aussieht. Und du hast so kleine Augen.« Sie betrachtet mich argwöhnisch von ihrem Laufband aus. Ich erwidere ihren Blick. Dann fällt mir ein, dass meine Augen noch kleiner aussehen, wenn ich sie zusammenkneife, und höre auf.

»Warum machen kleine Augen einen gleich zu einer Kriminellen?« Louise bewegt sich inzwischen nur noch im Schlendergang.

»WO IST EINER AM BELLEN?«, brüllt Alex, die sogar beim Sport Kaugummi kaut.

Bibi zuckt die Achseln. »Je kleiner die Augen, desto böser ist man, das weiß doch jeder. Genau wie jeder weiß, dass man umso unschuldiger ist, je größer die Augen sind. Schaut euch nur mal Lou an, sie hat große Augen und keine Ahnung. Und dann vergegenwärtigt euch, wie verschlagen Putin und Trump aussehen.«

»Stimmt, das wusste ich.« Lou nickt mit herzinfarktrotem Gesicht.

»Ich sehe also aus wie eine Kindermörderin, und ich habe verschlagene Augen wie ein völkermordender Irrer«, sage ich. »Gut zu wissen.« Ich betrachte mich in der Spiegelwand vor den Kardiogeräten. Es ist wahrlich kein schöner Anblick. Meine Gesichtsfarbe ist zwar nicht ganz so ungesund wie die von Lou, aber ich sehe trotzdem ziemlich schlimm aus. Oben am Kragen meines T-Shirts zeichnet sich ein breiter Ring aus Schweiß ab, und meine Haare kleben mir in dicken Strähnen im Gesicht.

»Niemand hat was von Kinder*mörderin* gesagt.« Bibi klingt genervt. »Du siehst lediglich so aus, als würdest du ein Kind *entführen* wollen. Wobei – wahrscheinlich würdest du einfach nur mit ihm in den Park gehen und ihm ein Eis kaufen. Spätestens, wenn es anfängt zu quengeln, würdest du dich langweilen und es zurückgeben.«

»Oh, danke für das Kompliment, Bibi!« Ich schenke ihr ein zuckersüßes Lächeln, während ich gleichzeitig mein Laufband ausschalte. Es gibt einen protestierenden Piepston von sich, und ich empfehle ihm im Stillen, sich ins Knie zu ficken. »Ich gehe jetzt ein bisschen rudern, kommt wer mit?«

»DU WILLST DICH JETZT PUDERN?«, ruft Alex mit verdutzter Miene.

Wir gehen einmal alle Jubeljahre ins Fitnessstudio, und auch nur dann, wenn wir einen gemeinsamen Termin finden, damit wir uns gegenseitig moralisch aufbauen können. Ohne den Gruppendruck würde ich vermutlich nie Sport machen. Heute haben wir sogar Sofia eingeladen, aber die hat wieder mal ein Tinder-Date. Seit dem Trip in die Notaufnahme scheint sie richtig Spaß daran gefunden zu haben. Sie geht öfter aus als ich. Aber ich freue mich für sie. Ich versuche wirklich, meinen Neid in den Griff zu kriegen.

»Ich komme mit!« Lou springt von ihrer Maschine, wobei sie um ein Haar stolpert und hinfällt, und stupst Alex in die Seite. »RUDERMASCHINE«, formt sie mit den Lippen und deutet in die entsprechende Richtung. Alex nimmt ihre Kopfhörer ab, wischt sich den Schweiß von der Stirn und schließt sich uns an.

»Was habe ich verpasst?«, fragt sie. »Haben wir uns über Esthers Mission unterhalten? Hast du dich schon mit Will getroffen?«

»Offensichtlich nicht«, sagt Bibi in gereiztem Ton und verdreht die Augen. Lou und ich wechseln einen Blick und nehmen die beiden mittleren Rudermaschinen, um einen Puffer zwischen ihnen zu bilden.

»Nein«, erwidere ich hastig. »Will und ich schreiben uns nach wie vor. Irgendwie habe ich das Gefühl, dass unsere Beziehung – keine Ahnung – unter einem schlechten Stern stand und das auch immer so bleiben wird. Ich weiß, das macht nicht viel Sinn, aber jedes Mal, wenn ich an ihn denke, habe ich ein furchtbar schlechtes Gewissen.« Ich halte inne. »Ich habe mich nie für jemanden gehalten, der seinen Partner betrügt. Nie, nie, nie im Leben. Aber als es dann passiert ist, kam es mir irgendwie unvermeidlich vor. Als hätte ich keinerlei Kontrolle darüber. Als könnte ich gar nicht anders.« Vor lauter Scham senke ich den Kopf. »Ich weiß, dass das nur eine Ausrede ist. Aber an dem Abend, als es passierte, habe ich mir das eingeredet.«

»Wie ist es denn eigentlich dazu gekommen?« Alex runzelt neugierig die Stirn.

Ich seufze. »Na ja, wir hatten uns seit Wochen geschrieben und immer heftiger miteinander geflirtet. Er hatte mich schon vor Ewigkeiten gefragt, ob wir uns nicht mal treffen wollen, und ich habe immer Nein gesagt. Dann war ich eines Abends mit meiner Assistentin Katie was trinken. An dem Tag war eine einwöchige Konferenz im Museum zu Ende gegangen, und das wollten wir feiern.« Ich mache eine Pause. »Ich war wild entschlossen, mich zu besaufen. Ich habe systematisch ein Glas Prosecco nach dem anderen gekippt. Inzwischen ist mir klar, dass ich für das, was ich vorhatte, einfach nur eine Entschuldigung brauchte.« Ich nehme mein Handtuch und betupfe damit meine schweißnasse Stirn. In Wahrheit will ich mir die Tränen wegwischen, die mir in die Augen gestiegen sind. Louise streckt die Hand aus und streichelt mir den Rücken. Als Belohnung bekommt sie eine Ladung Schweiß ab. »Wie dem auch sei«, fahre ich fort und versuche, meine Fassung wiederzuerlangen. »Ich habe mich betrunken. Ich habe mich in ein Uber gesetzt und bin zu Will gefahren. Er hat die Tür aufgemacht, ich habe ihn geküsst und bin sofort mit ihm ins Bett gesprungen. Ich habe mir die ganze Zeit eingeredet, dass es so kommen musste. Dass ich keine Kontrolle über die Situation hätte, sondern ein passives Opfer des Schicksals sei.« Ich verdrehe die Augen. »Aber das Schlimmste war, dass ich auch keine Kontrolle über die Schuldgefühle hatte, die hinterherkamen. Deshalb bin ich gleich nach Hause gefahren und habe es Idris gebeichtet.«

»Wenigstens warst du ehrlich zu ihm«, meint Bibi in einem zumindest annähernd tröstenden Tonfall.

Ich nicke langsam. »Deshalb wollte ich unbedingt, dass es mit Will klappt. Ich habe so getan, als liefe alles super, als hätten wir eine tolle Beziehung. Ansonsten hätte sich das Opfer ja nicht gelohnt. Er *musste* es wert sein.«

Wir versinken in Schweigen. Ich beuge mich vor und spiele an den Einstellungen meiner Rudermaschine, um den Blicken meiner Freundinnen auszuweichen. Ich habe Angst, dass sie anklagend sein könnten, oder noch schlimmer: mitleidvoll.

»So viel also zu deiner ernsthaften Beziehung. Hast du ihn schon kontaktiert?« Alex versucht, die bedrückende Stimmung zu vertreiben.

Ich schüttle den Kopf. »Ich habe mich noch nicht bei ihm gemeldet, aber der Fairness halber muss ich sagen, dass ich seine Nummer auch gar nicht habe. Ich habe sie nach der Trennung gelöscht.«

»Hast du sie nicht irgendwo aufgeschrieben?« Alex zieht kraftvoll am Seil ihrer Maschine.

»Wer schreibt sich denn Telefonnummern auf?«, sagt Bibi

schnippisch und drückt an ihren eigenen Einstellungen herum. Wir schenken ihr keine Beachtung.

»Er ist nicht auf Social Media unterwegs«, kläre ich die anderen auf. »Das war er auch nie. Und die einzige Mailadresse, die ich von ihm habe, ist eine alte von seiner Arbeit, aber da ist er nicht mehr, deshalb weiß ich nicht, was ich machen soll.«

Ich werfe einen Seitenblick auf Lou. Die rudert energisch und hält sich ansonsten auffällig zurück.

»Moment mal – hat Sven nicht seine Nummer oder E-Mail-Adresse?«, fragt Bibi und lehnt sich nach vorn, um Lou anzuschauen. Die wird automatisch langsamer, sagt jedoch nichts.

Also tue ich es. »Äh, ja. Sven müsste sie haben …« Das Ganze ist mir zutiefst unangenehm.

»Warum sollte er?« Alex blickt auf, während sie sich den Schuh zubindet.

»Er ist immer noch mit Idris befreundet«, sage ich vorsichtig. »Sie kennen sich schon lange – seit der Schulzeit. Damals, als wir noch zusammen waren, haben Idris und ich Sven und Louise miteinander verkuppelt.«

»Und?« Bibi schaut Louise erwartungsvoll an. Die sieht endlich auf.

»O Mann. Das ist mir total unangenehm, okay«, jammert sie. »Idris war so fertig, nachdem du mit ihm Schluss gemacht hattest. Sven sagt immer, er hätte Ewigkeiten gebraucht, um über dich hinwegzukommen. Ich fühle mich einfach nicht wohl dabei!«

Scham überkommt mich. »Das tut mir leid, Lou. Ich will dich wirklich nicht in eine Zwickmühle bringen.«

»Sven redet nicht mal mit mir über Idris, ehrlich!« Sie legt den Kopf schief. »Seit eurer Trennung haben wir ihn praktisch nie mehr erwähnt. Als du deine Mission begonnen hast, habe ich Sven gefragt, wie es Iddy so geht, und er hat klipp und klar gesagt, dass er sich da nicht einmischen wird und dass ich es besser auch nicht tun soll. Er hat irgendwas von einer Firewall gefaselt.«

»Selbstgerecht, das ist es«, entgegnet Bibi bissig.

»Was ist mit *Alistair*?« Lou will unbedingt das Thema wechseln. »Der ist doch auch noch im Rennen, oder?«

»Ich treffe mich bald wieder mit ihm – rein freundschaftlich.« Ich widerstehe dem Drang, die Augen zu verdrehen. »Aber hallo? Er hat eine Freundin, schon vergessen?«

»Abgesehen von Idris …« Bibi reißt hart am Kabel ihres Ruderergometers. Sie schwitzt immer noch nicht. » … sind dann nur noch deine Arbeitsaffäre Carl und Rich, das Arschloch, übrig, stimmt's?« Sie beugt sich nach vorn, um Lou einen vielsagenden Blick zuzuwerfen. »Wollen wir wirklich, dass sie mit Rich, dem Arschloch, weitermacht?«

»Also schön!« In einer dramatischen Geste wirft Louise den Griff ihres Rudergeräts hin. »Ich gebe dir Iddys Mailadresse, dann hat die liebe Seele Ruh'.«

»Jetzt gleich?« Meine Stimme schnappt fast über vor Panik, und ich höre so abrupt auf zu rudern, dass ich fast vom Sitz kippe.

»Warum nicht?«, sagt Bibi, die mein Handy von meinem verschwitzten Handtuch angelt. »Tu es, sonst kneifst du nur wieder. Außerdem können wir dann gemeinsam beraten, was du ihm schreiben sollst.«

»Äh, benutzen die Damen die Geräte auch?« Der Schatten eines riesenhaften, muskelbepackten Monsters fällt über uns. Wir drehen uns um und blicken zu ihm empor.

»Natürlich«, antwortet Bibi seelenruhig, ohne aufzustehen. Louise fängt halbherzig wieder an zu rudern, während Alex das Arnie-Double niederstarrt. Ich beuge mich über mein Handy. Wie immer bin ich die Mutigste.

Er grunzt, dann kehrt er zurück in den Freihantelbereich, aus dem er gekommen ist.

»Vielleicht sollten wir Platz machen?«, flüstert Lou, aber Alex schmettert die Idee ab.

»Auf gar keinen Fall! Wir haben genauso viel Eintritt bezahlt wie er, und er und seine Kumpels geben uns in der Hantelecke auch das Gefühl, nicht willkommen zu sein. Insofern kann er uns mal.«

Ich schiele zu Bibi. Ich weiß, sie ist derselben Meinung wie Alex, doch statt etwas zu sagen, fummelt sie lediglich schweigend an ihrer Maschine herum. Es wird mehr nötig sein, damit sie zugibt, dass sie Alex mag, aber irgendwann wird es passieren. Irgendwann.

Ich öffne meine Mails, und Lou liest mir die Adresse vor. Eigentlich hätte ich sie auch erraten können, weil sie so einfach ist.

Neue Nachricht

An: Idris.Abara@gmail.com
CC/BCC:
Von: Estherthechef98234@hotmail.co.um
Betreff: Entente cordiale

Hey Iddy,

Von meinem iPhone gesendet

»Wartet mal. Klingt ›Iddy‹ zu vertraut?« Ich schaue in die drei Gesichter meiner Freundinnen.

»Ja«, sagen diese im Chor.

»Oh.« Die Sache ist mir jetzt schon unangenehm, dabei habe ich erst zwei Worte geschrieben. Vielleicht hätte ich es doch lieber zu Hause machen sollen, ohne dass mir dabei so viele Leute über die Schulter schauen.

Neue Nachricht

An: Idris.Abara@gmail.com
CC/BCC:
Von: Estherthechef98234@hotmail.co.um
Betreff: Entente cordiale

Hey Idris,

ich hoffe, du hast nichts dagegen, dass ich dir einfach so schreibe. Es tut mir leid, falls es dir nicht recht ist, ich möchte auf keinen Fall negative Gefühle in dir wecken.

Von meinem iPhone gesendet

»Ich finde, das ist ein bisschen zu viel des Guten«, meint Alex. »Er soll ja nicht glauben, dass du ihn nach all den Jahren als seelisches Wrack betrachtest.«

»Sehe ich auch so.« Lou nickt, während Bibi eine Grimasse zieht.

»Okay.« Seufzend lösche ich die Nachricht. Das kann eine Weile dauern.

Neue Nachricht

An: Idris.Abara@gmail.com
CC/BCC:

Von: Estherthechef98234@hotmail.co.um
Betreff: Entente cordiale

Hey Idris,

ich hoffe, du hast nichts dagegen, dass ich dir einfach so schreibe. Ich weiß, es ist schon mehrere Jahre her, dass wir uns zuletzt gesehen haben, und ich würde es verstehen, wenn du lieber keinen Kontakt mit mir haben möchtest. Aber ich habe mich gefragt, wie es dir wohl geht und was du so machst. Ich fände es schön, wenn wir uns mal auf einen Kaffee treffen könnten. Ich würde dich sehr gerne wiedersehen.

Sag mir Bescheid, was du von der Idee hältst.

Alles Liebe Esther x

Von meinem iPhone gesendet

»Finde ich gut!«, verkündet Alex.

»Den Satz ›Ich würde dich sehr gerne wiedersehen‹ nimmst du besser raus«, sagt Bibi. »Ich finde, das klingt zu anbiedernd. Sonst denkt er noch, du willst wieder mit ihm zusammenkommen.«

»Aber was, wenn sie *wirklich* wieder mit ihm zusammenkommen will?«, wirft Louise besorgt ein.

»Na ja, das ist eine dieser Brücken, die man überquert, wenn es so weit ist.« Bibi macht eine abfällige Handbewegung.

»Ich würde ihn wirklich gerne wiedersehen und mit ihm reden«, sage ich ein wenig verträumt. »Es ist seltsam, wenn man nach einer langjährigen Beziehung mit seinem Partner Schluss macht. Erst teilt man jede noch so alltägliche Kleinigkeit miteinander – die Hämorrhoiden sind wieder da! Eine Katze hat mich schief von der Seite angesehen! –, und dann bricht das auf einmal alles weg. Wer weiß, vielleicht ist er inzwischen verheiratet.«

»Das wüsste Sven doch, oder?« Alex wirft Lou einen fragenden Blick zu. Diese verzieht das Gesicht.

»Keine Ahnung.« Sie drückt meinen Arm. »Ich hoffe es mal. Aber er beschützt seine Freunde gut, deshalb weiß ich es nicht genau.«

»Na ja, so sehr kann er sich nicht verändert haben«, sage ich, ehe ich fast trotzig auf *Senden* tippe. »Er war immer ein netter Mann, und ich war ein unreifes Kind, das ihn nicht verdient hatte. Damals war ich noch nicht bereit für das, was er mir bieten konnte. Aber vielleicht bin ich es jetzt.«

»Wirklich?« Bibi sieht mich von der Seite an, und ich nicke entschieden.

»Wirklich.«

EX NR 5: IDRIS ABARA

Auch bekannt als: die ernsthafte Beziehung
Teil eins

St. Alban Krematorium
Sechste Bankreihe der Kapelle
13:55 h

»Was ist mit dem hier?«, raune ich. Lou kneift die Augen zusammen und versucht, auf dem kleinen, unscharfen Foto ein Gesicht zu erkennen.

»Hat er nur das eine Foto? Man kann kaum was sehen.«

Ich nehme mein Handy zurück und wische.

»Ja, nur das eine.«

Sie schneidet eine Grimasse. »Nee, weg mit dem. Einem Bild kann man nicht vertrauen.«

»Sehe ich genauso.« Ich lehne das Profil ab. »Was ist mit dem hier? Er hat mehrere Fotos eingestellt und sieht relativ normal aus.«

»Ted Bundy sah auch normal aus«, sagt Bibi, die auf meiner anderen Seite sitzt, zu laut.

»PSSSSSSSTTT!«, macht jemand ein paar Reihen hinter uns.

Lou nimmt mein Handy, um einen eingehenderen Blick auf das Profil zu werfen. »Oh, ich glaube, mit dem hatte ich mal eine Verabredung.« Sie schaut sich die übrigen Bilder an und nickt. »Ja, definitiv. Er war komisch drauf. Hat Käseflips zum Date mitgebracht. Er hat dagesessen, die Flips geknuspert und nach Käse gerochen.« Sie beugt sich dichter über die Fotos. »Und es war keine kleine Tüte, sondern ein Multipack mit zwölf Portionstüten, und er hat mir keine davon angeboten.«

»Wie unhöflich!«, empört sich Bibi, ehe uns der Mann von hinten abermals zur Ruhe mahnt.

»Okay, dann also nicht.« Ich seufze. »Ooh, der hier – der klingt doch solide.« Ich zeige ihnen das Foto eines Mannes in einer Absolventenrobe.

»Glaub mir«, Bibi verdreht die Augen, »ein Uniabschluss bedeutet nicht, dass man solide ist.«

»Aber du bist doch auch solide!«, widerspreche ich. »Du hast einen coolen Marketing-Job, und bei dir läuft alles super. Du liebst deine Arbeit, oder nicht?«

»Ja, schon«, sagt sie verhalten. »Aber ich glaube, der Firma geht es nicht so gut. Sie drohen immer wieder mit Entlassungen, da fühlt man sich nicht besonders sicher.«

»Sie würden dich doch niemals entlassen!«, wispert Lou entrüstet. »Du bist ein Genie.«

»Keiner ist unersetzlich«, sagt Bibi unheilvoll und nimmt mein Telefon in die Hand. »Außerdem ist der Kerl bescheuert. In seinem Profil steht nur, dass er zwei Abschlüsse hat und gerade für einen dritten studiert. Wie öde ist das denn?«

»Wenn jemand zu schlau ist, kann das auch einschüchternd wirken«, gibt Lou zu bedenken.

Sehr richtig. Also bye-bye.

»Was ist mit dem?« Lou betrachtet das Display über meine Schulter hinweg. »Sieht sehr gut aus und klingt ganz nett. Außerdem hatte ich noch nie was mit ihm!« Im ersten Moment wirkt sie ein bisschen verärgert. »Moment mal! Warum ist der nicht auf meinem Tinder aufgetaucht?«

»Jaaaaa.« Ich studiere das Foto. »Den habe ich schon auf Hinge gesehen, auf Bumble, auf Match.com, auf eHarmony, auf Guardian Soulmates und jetzt auf Tinder. Er wirkt so weit okay, aber … Ich weiß auch nicht … vielleicht ein bisschen austauschbar? Zugegeben, er ist sehr attraktiv, aber ich weiß nicht, ob ich auf ihn stehe. Wisst ihr, was ich meine?«

»Biiiiiitte, seien Sie doch ruhig!«, zischt die Person hinter uns erneut. Lou und ich tauschen einen schuldbewussten Blick. Ich stecke mein Handy weg, und Bibi seufzt aggressiv.

Wir sind auf der Beerdigung meines Großonkels Merton, und ich weiß, wir benehmen uns unmöglich, aber es sind nur sechs Personen anwesend – einschließlich des Vikars. Vor uns sitzen meine Eltern, die sich die ganze Zeit mit Onkel Mertons Nachbarin über die Fernsehshow *Bake Off* unterhalten. Die einzigen anderen Trauergäste sind Pfleger aus seinem Heim. Ich habe meinen Großonkel nur ein einziges Mal getroffen, da war ich noch ein Teenager, und er hat mich die ganze Zeit »Bursche« genannt.

Wir schweigen mehrere Minuten lang und hören zu, wie der Vikar von Mertons Zeit in Wales spricht (wo er sich den Aussagen meiner Mutter zufolge die ganze Zeit über die Waliser aufgeregt hat, weil diese – wer hätte es gedacht? – es wagten, Walisisch zu sprechen).

Ups, jetzt hat der Vikar ihn aus Versehen Michael genannt. So heißt bestimmt seine nächste Leiche.

»Ich finde, du solltest dem Mann eine Chance geben.« Abermals beugt sich Louise zu mir, und diesmal wispert sie extra leise. »Man kann nie wissen. Und er sieht doch ganz anständig aus. Ich weiß, er entspricht nicht deinem üblichen Beuteschema, aber damit hattest du bisher ja auch nicht viel Glück.« Sie wirkt ein wenig verlegen. »Tut mir leid, dass ich das sage, ich meine nur – Gott, wir werden ja auch nicht jünger. Bald sind wir schon fünfundzwanzig. Wenn wir mit siebenundzwanzig verheiratet sein und mit dreißig Kinder haben wollen, dann müssen wir uns langsam mal entscheiden, stimmt's? Unsere Prioritäten haben sich verändert. Wir sollten nicht mehr auf Arschlöcher reinfallen.«

»PSSSSSSSTTTTTTTTT!«

Mit feuerrotem Gesicht setzt Lou sich wieder gerade hin. Ich schaue auf mein Handy und betrachte die Züge des Mannes. Er sieht erwachsen aus und ist sehr attraktiv. Und mehr noch: Er wirkt ungemein freundlich – soweit man das anhand eines Fotos beurteilen kann. Seine Profilangaben sind weder bierernst noch krampfhaft lustig. Auf all den anderen Apps habe ich ihn ohne großes Nachdenken aussortiert. Es geschah ganz automatisch.

Aber Lou hat recht. Es wird Zeit, erwachsen zu werden und Männern außerhalb meines üblichen Beuteschemas eine Chance zu geben. Ich brauche einen Freund, und Paul ist an der Position ganz offensichtlich nicht interessiert. Diese blöde Celeste. Ich kann nicht glauben, dass er sich eine Freundin angelacht hat, gerade als ich beschlossen hatte, dass ich ihn wollte. Total unhöflich.

Okay, Idris, du wirst nach rechts gewischt.

Es ist ein Match, und ich spüre ein kleines Kribbeln im Bauch. Die Aussicht auf etwas Neues und Aufregendes.

Danach lasse ich mein Handy verschwinden und wende meine

Aufmerksamkeit wieder dem Vikar zu, während dieser die zahlreichen Tugenden meines Großonkels aufzählt – der inzwischen offenbar Martin heißt.

24

Okay, also, es ist kein … Fiasko. Ich meine, von wundervoll kann keine Rede sein, aber es ist auch nicht im engeren Sinne grauenhaft.

Auf dem Bildschirm sieht Will kaum anders aus als der Mann, an den ich mich erinnere. Seine Gesichtszüge sind alle noch am gleichen Platz, er hat immer noch Arme und Beine. Das Funkeln in seinen Augen ist immer noch durchschnittlich intensiv.

Und unsere Gespräche sind immer noch … okay?

Nach ein bisschen Small Talk darüber, wie sehr sich die Welt doch verändert hat, seit wir damals Sex hatten, versuchen wir, einen Teil unserer alten Online-Magie wieder aufleben zu lassen.

»Was hältst du von dem Wort ›Mulch‹?«, fragt er mich gerade. »Das klingt doch komisch, oder? Fühlt sich einfach merkwürdig im Mund an.«

»Ich mag es.« Ich nicke. »Es hat was Befriedigendes. Die Wörter, die ich nicht leiden mag, sind komplizierte Wörter mit vielen Silben. Wie … keine Ahnung – ›notwendigerweise‹. Warum um alles in der Welt muss dieses Wort so lang sein? Not-wen-di-ger-wei-se.« Ich lasse mir jede einzelne unsinnige Silbe auf der Zunge zergehen. Meine Stimme trieft förmlich vor Verachtung.

»Ich habe gerade das Wort mit den meisten Silben gegoogelt«, sagt Will und wendet den Blick von der Kamera ab, während er tippt. Dann versucht er, das monströse Resultat auszusprechen. »Donaudampfschifffahrtselektrizitätenhauptbetriebswerkbauunternehmenbeamtengesellschaft.«

»Heftig«, pflichte ich ihm bei, und wir schweigen, während ich versuche, mir weitere Wörter einfallen zu lassen, die wir nicht leiden können.

Es ist keine schlechte Unterhaltung. In gewisser Weise ist sie sogar ziemlich interessant. Aber ich kann mir nicht helfen, ich muss die ganze Zeit daran denken, dass es mit jemandem wie Alistair oder sogar mit Paul, dem Sammler, mehr Spaß machen würde. Der hat wenigstens versucht, mich zum Lachen zu bringen. Von seinem irreführenden Geflirte einmal abgesehen, könnte ich mit Sammler Paul bestimmt richtig amüsante Unterhaltungen führen.

Keine Rückfälle, ermahne ich mich. Nur weil das hier nicht perfekt läuft, darf ich nicht immer nach dem erstbesten anderen Mann schielen, der mich zum Lachen gebracht oder mir ein Kompliment gemacht hat.

»Ich muss diese Woche ein Geschenk für eine sehr wählerische Tante besorgen«, sagt Will, um nach einem zu langen Schweigen das Thema zu wechseln. »Was meinst du, was soll ich ihr kaufen?«

Es kostet mich all meine Willenskraft, nicht in die Kamera zu gähnen. Ich hasse es, Geschenke für schwierige Menschen zu besorgen, geschweige denn mir Geschenkideen für andere Leute aus den Fingern zu saugen.

»Hm, ich weiß auch nicht. Ein Pony?«, schlage ich vor und ernte ein freundliches Lachen.

Seht ihr? Er ist wirklich nett. Daran besteht kein Zweifel. Er ist nett, anständig, *okay*.

Und genau das war mein Problem bei so vielen meiner bisherigen Dates. Was tut man, wenn der Typ … nett ist? Wenn er einigermaßen attraktiv aussieht, und man merkt, dass er ein anständiger Kerl ist, obwohl er einen dazu verleitet, in Begriffen wie »anständiger Kerl« zu denken? Ich hatte schon so viele Verabredungen, bei denen das der Fall war. Der Mann ist echt in Ordnung, und man ahnt, dass man eine gute Zeit mit ihm haben könnte, wenn man weiterhin mit ihm ausginge. Klar, ein Feuerwerk der Gefühle dürfte man nicht erwarten. Aber das käme vielleicht später. Oder vielleicht braucht man auch gar nicht unbedingt ein Feuerwerk? Feuerwerk ist teuer und gefährlich, und Hunde kriegen dabei Angst. In Wahrheit ist Feuerwerk überhaupt nichts Erstrebenswertes.

In Abhängigkeit von meiner jeweiligen Laune kann ich mir manchmal sogar eine Zukunft mit solchen Männern vorstellen. Wenn ich davor eine beschissene Beziehung hatte, erscheint mir nett und anständig allemal gut genug. Nachdem ich letztes Jahr mit Rich Schluss gemacht hatte, träumte ich zum Beispiel von einem Mann, der durchschnittlich aussah, pünktlich zu unseren Dates erschien und einfach nett zu mir war.

Will verzieht das Gesicht. »Ich habe ein Haar im Mund«, sagt er und gibt Schmatzgeräusche von sich. »Mann, ich hasse so was, nervt dich das auch so?«

»Ja.« Ich nicke langsam. »Das ist wirklich ätzend.« Wieder senkt sich Schweigen über uns, während Will versucht, das lästige Haar zu lokalisieren. Ich schaue ihm ein paar Sekunden lang dabei zu, wie er Grimassen schneidet, um es zu erwischen, dann wende ich höflich den Blick ab.

Aber ich sollte nicht unfair sein. Ich bin während unseres FaceTime-Chats ziemlich abgelenkt. Mir geht so viel im Kopf herum. Idris, der nicht auf meine E-Mail geantwortet hat. Alistairs Freundin. Die Tatsache, dass ich nur noch zwei Ex-Freunde übrig habe und es die beiden schlimmsten sind. Bibi, die in letzter Zeit so distanziert wirkt. Louise, die möglicherweise auf dem besten Weg ist, ihre Beziehung mit dem wundervollen Sven vor die Wand zu fahren. Die Tatsache, dass Katie auf der Arbeit einen richtigen Lauf hat und ich garantiert bald gefeuert werde. Dass Instagram vor romantischen Hochzeitsfotos und pummeligen süßen Babys nur so überquillt. Im Moment ist mir einfach alles zu viel.

»Wie denkst du darüber?« Will sieht mich erwartungsvoll an.

»Äh …« Scheiße, Scheiße. Er hat irgendwas gesagt, und ich habe nicht zugehört. Er macht ein sehr ernstes Gesicht. »Also … na ja … Wie denkst du denn darüber?«

Das funktioniert. Er redet weiter – ich glaube, es geht um seinen Boss und die Personalabteilung. Ich bin so froh, davongekommen zu sein, dass ich sofort wieder das Zuhören vergesse.

Auf einmal bin ich sehr müde. Der Chat hat mir wieder vor Augen geführt, wie mittelmäßig die paar Monate mit Will waren. Ich habe ein schlechtes Gewissen, aber es zu leugnen wäre sinnlos: Er war nur eine billige Ausrede, um Idris verlassen zu können. Ich war zu feige, um die Sache wie eine Erwachsene zu beenden, also habe ich Idris mit dem Erstbesten betrogen, der Interesse an mir zeigte. Und dann habe ich die Beziehung mit Will fünf elende Monate lang ausgehalten, nur um mir selbst und der Welt zu beweisen, dass ich die richtige Wahl getroffen hatte. Dann kamen der Lockdown und Corona, und ich hatte endlich eine Entschuldigung, Schluss zu machen.

Das kann ich unmöglich ein zweites Mal durchstehen. Ich empfinde nichts für Will, und wir haben keinerlei Gemeinsamkeiten. Außerdem bin ich mir relativ sicher, dass er während des Chats von Karteikarten abliest. Er senkt immer wieder den Blick und springt von einem Thema zum nächsten.

»Also, Esther.« Er räuspert sich, und die Veränderung in seinem Tonfall reicht aus, um mich hellhörig werden zu lassen. Mit ernster Miene sieht er mich an. »Das hat richtig Spaß gemacht. Ich rede total gern mit dir. Hättest du Lust, das bald zu wiederholen?« Er klingt unsicher. »Im echten Leben, meine ich.« Er lacht verlegen. »Ein richtiges Date?«

Ich hole tief Luft. Diesmal werde ich verantwortungsbewusst handeln. Diesmal werde ich nicht kneifen und mich mit jemandem verabreden, den ich eigentlich gar nicht mag, nur weil ich ein erbärmlicher Feigling bin. Ich werde offen und ehrlich sein und ihm die Wahrheit sagen. Ich werde Will sagen, dass er ein toller Mann ist und es schön war, ihn wiederzusehen, aber dass wir meiner Ansicht nach nicht zusammenpassen. Ich werde ihm alles Gute wünschen, und wir werden wie Erwachsene im Guten auseinandergehen.

»Will«, beginne ich feierlich. »Ich möchte, dass du weißt …« Ach du Scheiße, ist das schwer. »Ähhhh, dass, äh … die Verbindung zwischendurch immer wieder abbricht und ich dich nicht verstanden habe.« Ich erstarre, als wäre das Bild eingefroren, und warte ein paar Sekunden ab, ehe ich hektisch auf ›Verbindung beenden‹ drücke. Will verschwindet von meinem Bildschirm.

Ach, scheiß drauf. Dann kriegt er meine Abfuhr eben später schriftlich.

25

Es scheint Ewigkeiten her zu sein, seit wir zuletzt im Swab waren und Bibi bei der Arbeitsvermeidung zugesehen haben. In letzter Zeit ist so viel passiert – und damit gingen so viele aufwühlende Emotionen einher –, dass es eine echte Erleichterung ist, hier ein Stück Normalität zu finden, widerlichen Wein zu trinken und über belangloses Zeug zu quatschen.

»Könntest du die Gäste am Tresen bedienen, Bibi?«, fragt Franco sichtlich nervös. Sie erweist ihm nicht einmal die Höflichkeit, ihn anzusehen.

»Mach ich gleich.«

Er entfernt sich linkisch, obwohl er ganz genau weiß, dass sie keinen Finger rühren wird.

Lou gibt Bibi einen kleinen Schubs. »Warum bist du so gemein zu ihm, Barbarella?«

»Weil er es verdient hat.«

Ich rolle mit den Augen, und Lou lacht. »Hat er nicht! Du solltest wirklich ein bisschen netter zu ihm sein.«

»Nein«, entgegnet Bibi aggressiv. »Aber gut, meinetwegen, dann bediene ich eben ein paar Gäste.« Wütend schiebt sie ihr Weinglas von sich und steht auf.

In der Leere, die sie hinterlässt, starrt Lou mit verlorener Miene auf ihr Handy.

»Alles in Ordnung bei dir?«, flüstere ich und knuffe sie in die Seite. Sie schaut auf und sieht mich forschend an.

»Ich träume die ganze Zeit von deinem Großonkel Michael. Du weißt schon: der, der gestorben ist. Auf dessen Beerdigung wir vor all den Jahren waren, als du zum ersten Mal Idris auf Tinder entdeckt hast.«

»Martin«, erwidere ich reflexartig, ehe ich mich korrigiere. »Ich meine Merton. Großonkel Merton.«

»Merton.« Sie nickt. »Seit du wieder angefangen hast, von Idris zu reden, träume ich öfter von ihm.«

»Hm.« Ich habe keine Ahnung, was ich dazu sagen soll.

»Ja.« Sie nickt. Aus ihrem Tonfall spricht eine gewisse Erleichterung. »Ich glaube, das liegt daran, dass ich ein schlechtes Gewissen habe, weil wir uns auf seiner Beerdigung so respektlos benommen haben.«

»*Deswegen* hast du ein schlechtes Gewissen?«, frage ich langsam, damit sie begreift, wie lächerlich das ist. »Du hast Schuldgefühle wegen etwas, das vor fünf Jahren passiert ist? Wegen eines sechsundneunzigjährigen Mannes, den ich nicht kannte und du noch weniger?«

»Ja«, bekräftigt sie. »Ich weiß auch nicht, warum, aber so ist es.«

»Lou …«, sage ich langsam. »Gibt es etwas, worüber du mit mir reden möchtest?« Ich blicke ihr forschend ins Gesicht. »Möchtest du mir vielleicht irgendwas sagen? Ist das Thema ›Großonkel und Beerdigung‹ eigentlich nur ein Ablenkungsmanöver?«

Ein langes Schweigen tritt ein, bis Lou schließlich den Blick abwendet.

»Nein, ich habe wirklich ein schlechtes Gewissen wegen Großonkel Mervyn.«

»Merton.«

»Richtig.«

Bibi kommt zurück, und sie hat eine Flasche mitgebracht. Ich lächle dankbar zu ihr auf, ehe ich auf dem Handy meine Mails checke und laut seufze, um ihre Aufmerksamkeit zu erregen.

»Immer noch nichts?« Bibi bemüht sich, ein mitfühlendes Gesicht zu machen.

»Es ist jetzt schon eine Woche her«, seufze ich.

»Wahrscheinlich ist es für ihn nicht so einfach«, meint Lou sanft. »Er will gründlich über seine Antwort nachdenken und sie sorgfältig formulieren!«

»Aber was, wenn er gar nicht antwortet?« In meinem Magen brodelt es nervös. »Soll ich Idris einfach abhaken und mit Carl weitermachen?« Stöhnend lasse ich meine Arme auf die Tischplatte fallen. »Aber Iddy ist ein riesengroßer Teil meiner romantischen Historie! Und er war bereit, mir alles zu geben. Er wollte das volle Programm: Heirat, Kinder, ein großes Haus auf dem Land. Und er hatte einen guten Job, mit dem er mir all das hätte ermöglichen können! Er ist eine viel vernünftigere Option als all meine anderen Ex-Freunde zusammen! Er hatte sein Leben perfekt im Griff.«

»Das hat man gemerkt.« Lou nickt. »Er hatte immer so praktische Pullover an.«

Wieder seufze ich. »Es war dumm von mir, davor wegzulaufen.«

»Du warst eben noch jung!« Bibi klingt abwehrend. »Du warst noch nicht bereit für was Festes, und das ist völlig in Ordnung. Mach dir deswegen keine Vorwürfe. Single zu sein ist keine Krankheit, von der man geheilt werden muss.«

»Glaubst du denn, er wäre einem erneuten Beziehungsversuch gegenüber aufgeschlossen?« Lou macht große Augen.

Ich ziehe den Kopf ein, weil ich mich für das, was ich als Nächstes sagen werde, ein bisschen schäme. »Ehrlich gesagt«, murmle ich, »habe ich irgendwie immer gewusst, dass Idris im Notfall weiterhin eine Option wäre. Er war so verliebt in mich, deshalb musste ich nach der Trennung auch radikal sein. Ihr wisst schon – ich habe seine Nummer gelöscht und so weiter, weil ich wusste, dass er sofort zu mir zurückkommen würde, wenn ich ihn darum bäte. Das hat er immer wieder betont, nachdem ich mit ihm Schluss gemacht hatte – dass er da sei, falls ich meine Meinung noch ändere. Es war furchtbar.« Ich mache eine Pause. »Und jetzt, wo ich über ihn nachgedacht habe, möchte ich wirklich gerne mit ihm sprechen. Ich will ihn unbedingt wiedersehen!«

»Ich weißßßßßßß.« Lou legt ihren Kopf neben mir auf die Tischplatte. »Das ist so ähnlich, wie wenn man unbedingt eine Rolle in einem Stück haben will oder jemanden in einer Bar sieht, auf den man steht – man kann nicht aufhören, sich vorzustellen, wie es wäre.«

»Ja, oder wenn man zu einem Bewerbungsgespräch geht«, sagt Bibi seufzend, »und anfängt, sich auszumalen, wie man die Stelle tatsächlich bekommt. Wie man seinen Schreibtisch einrichtet, sich mit den Kollegen unterhält – alles, was dazugehört.« Sie schielt zu Franco. »Und wie man seinem derzeitigen Chef sagt, dass er einen am Arsch lecken kann.« Sie dreht sich wieder zu uns um. »Wenn man erst mal eine gewisse Grenze überschritten hat, ist es schwer, damit aufzuhören.«

»Dann hast du momentan keine neuen Jobs in Aussicht?« Ich schiebe mitfühlend die Unterlippe vor.

Sie lässt den Kopf in ihre Hände sinken. »Ich glaube, ich habe mich inzwischen bei jeder Marketing-Agentur in ganz London beworben. Es gibt ungefähr hundert Bewerber für jede Stelle, und die Personalvermittler sagen mir ständig, was für eine großartige Leistung es war, dass ich es überhaupt bis zu den Vorstellungsgesprächen geschafft habe. Aber am Ende bin ich dann doch nie die Richtige für den Job.«

Lou streichelt Bibis Arm.

»Ich werde nie was finden.« Bibi klingt so niedergeschlagen. Ich wünschte wirklich, ich könnte ihr helfen.

»Warum machst du nicht bei meiner Mission mit?«, schlage ich munter vor. »Dann hättest du etwas, worauf du dich fokussieren kannst. Du könntest deine romantische Vergangenheit aufarbeiten, und das hilft dir vielleicht, jemanden kennenzulernen. Das würde dir bestimmt guttun, und vor allem würde es dich von deiner verdammten Jobsuche ablenken. Warum nicht?«

Bibi setzt sich kerzengerade hin. »Weil ich im Moment nicht an einem Partner interessiert bin, Esther. Das habe ich dir doch schon tausendmal erklärt.«

Ich verdrehe die Augen. »Ja, ja, ich weiß. Aber ich wette, sobald du dich mit jemandem triffst, änderst du deine Meinung.«

Bibi fixiert mich. »Sei still.« Etwas in ihrer Miene lässt mein Lächeln gefrieren. »Ich habe es so satt, mir das ständig anhören zu müssen. Von meinen Eltern, meinen Verwandten, von irgendwelchen Bekannten, die ich ein einziges Mal getroffen habe … Das brauche ich nicht auch noch von meinen Freunden. Ihr – meine besten Freundinnen! – müsst mir glauben, wenn ich sage, dass ich mein Singledasein genieße.« Sie hält inne. »Und wenn ich meine Meinung irgendwann ändere, sollt ihr mich nicht dafür verurteilen. Weil das ganz allein meine Sache ist! Ich habe nicht grundsätzlich was gegen Beziehungen, und wenn ich einen tollen Mann kennenlerne, bin ich offen für alles. Ich habe einfach nur keine Lust auf Dating, und ich will definitiv nichts erzwingen. Im Gegensatz zu gewissen *anderen* Leuten.«

Ich zögere kurz, weil ich den Stachel ihrer letzten Bemerkung spüre. »Sorry«, sage ich schließlich. »Ich rede nicht mehr darüber. Du hast natürlich recht, das ist allein deine Sache.«

»Deine Träume sind nicht meine Träume, Esther«, sagt sie, ehe sie aufsteht und kurz angebunden hinzufügt: »Ich bediene ein paar Gäste. Es wird langsam voll.«

Sie geht, und ich sehe Lou hilflos an. Hatte ich unrecht? Ich weiß, Bibi sagt immer, dass sie als Single glücklich ist. Aber das kann doch nur gelogen sein, stimmt's?

Lou erwidert meinen Blick mit großer Ernsthaftigkeit. »Glaubst du, es besteht die Möglichkeit, dass Onkel Marvins Geist mich verfolgt?«

»Morton«, berichtige ich sie. Ich weiß, dass auch dieser Name falsch ist, aber das ist mir egal. Seufzend wende ich mich ab, um erneut auf mein Handy zu schauen. »Idris«, murmle ich, als ich wieder mal meine Inbox aktualisiere. »Wehe, du antwortest nicht bald. Dieser ganze Unsinn, der deinetwegen wieder hochkommt, muss sich schließlich lohnen …«

EX NR. 5: IDRIS ABARA

Auch bekannt als: die ernsthafte Beziehung
Teil zwei

Bella Italia im Zentrum Londons
Die Toiletten
20:52 h

»Und???« Meine Begeisterung kennt keine Grenzen. Ich habe noch nie in meinem ganzen Leben mehr in eine Sache investiert. Mit einem Scheitern könnte ich nicht umgehen. ICH WERDE ES NIEMALS AKZEPTIEREN.

Es ist immer dasselbe, wenn ich für zwei Freunde ein Blind Date arrangiere.

Louise zuckt die Achseln. »Na ja«, sagt sie schließlich, was mir ein entsetztes Keuchen entlockt.

»NA JA?«, wiederhole ich im Brustton der Entrüstung. »Aber … aber er ist nett! Und gut aussehend! Und er ist ein Freund von Iddy, wir könnten also immer auf Doppeldates gehen. Lou! Denk doch mal darüber nach!«

Das tut sie, und ihre Miene hellt sich ein wenig auf. »Das würde bestimmt Spaß machen«, räumt sie ein, doch gleich darauf lässt sie die Schultern hängen. »Ich weiß nicht. Ich glaube, ich bin einfach nicht mit dem Herzen bei der Sache.«

»Mann.« Ich sehe sie im Spiegel an und stöhne, während ich frischen Lippenstift auftrage. »Um Himmels willen, Lou, du liegst mir seit ungefähr zweieinhalb Jahren damit in den Ohren, dass ich dich mit einem von Idris' Freunden verkuppeln soll. Dann wird endlich einer frei, und du sagst ›Na ja‹. Jetzt bin ich aber wirklich sauer.«

»Nein, nicht sauer sein. Bitte.« Sie sieht regelrecht verzweifelt aus. »Es tut mir leid! Ich bin dir wirklich dankbar wegen Sven. Ich weiß auch nicht, woran es liegt. Ich sollte ihn eigentlich mögen. Er ist total nett, und er liebt unprätentiöse Pastagerichte, das ist immer ein Pluspunkt.«

»Das war mein oberstes Kriterium«, merke ich an.

»Eben!« Sie nickt. »Ich weiß doch selbst nicht genau, woran es liegt.« Seufzend strafft sie die Schultern. »Okay, vielleicht knutsche ich nach dem Abendessen mit ihm und schaue mal, ob es funkt. Einen Versuch wäre es wert, meinst du nicht?«

»Auf jeden Fall!«, rufe ich und überprüfe meine Zähne auf Reste von Spinatravioli. »Komm, lass uns abhauen.«

Draußen sehe ich, wie Idris zur gleichen Zeit von der Herrentoilette kommt.

»Ich komme gleich nach.« Ich scheuche Lou zurück zu unserem Ecktisch, wo Sven sitzt und fröhlich grinst.

»Geben wir ihnen einen Moment allein«, raune ich Idris zu.

»Gute Idee«, meint er zustimmend. »Dann haben wir Gelegenheit zum Küssen.« Er packt mich um die Taille, und ich leiste nur minimalen Widerstand.

»Nicht.« Ich lege eine Hand auf seine breite Brust, um ihn von mir wegzuschieben. »Ich habe gerade meinen Lippenstift aufgefrischt.«

»War es der letzte Rest?«, fragt er schelmisch und lacht.

»Nein, das nicht.«

»Dann kannst du ihn nachher doch noch mal auffrischen!« Ich kichere über seinen erhobenen Zeigefinger, ehe ich ihn an mich ziehe und wir in einem Kuss versinken. Er riecht vertraut und warm und nach Knoblauch.

»Aua, meine Aphthe.« Er zuckt zusammen und macht sich von mir los. »Entschuldige, ich habe vergessen, dass es zu sehr wehtut. Kannst du sie sehen? Ist sie sehr ekelhaft?« Er zieht die Oberlippe hoch, und ich trete näher, um sein Zahnfleisch zu inspizieren.

»Ja, sieht entzündet aus«, sage ich mitfühlend. »Du brauchst dringend mehr Schlaf und gesundes Essen. Soll ich dir später Salbe auftragen?«

»Ja, bitte.« Er strahlt. »Die Tomatensoße zur Pasta hat es verschlimmert.«

»Ich habe einen Pickel auf dem Rücken, den du für mich ausdrücken musst – wenn wir schon mal bei körperadministrativen Tätigkeiten sind«, sage ich, und er nickt zum Zeichen, dass er die Aufgabe auf seine To-do-Liste gesetzt hat.

»Ist eine Langzeitbeziehung nicht toll?« Er lacht und drückt mich an sich.

»Was glaubst du, wie läuft es mit den beiden?« Ich drehe mich zu Sven und Louise um, die sich angeregt unterhalten.

»Hmm.« Er schlingt von hinten die Arme um mich. »Ziemlich gut, schätze ich. Hat Louise was gesagt?«

»Äh, nein, eigentlich nicht«, weiche ich aus. »Und Sven?«

»Ich habe vergessen, ihn zu fragen«, sagt er kleinlaut. Typisch

Mann, solche wichtigen – lebenswichtigen! – Fragen aus den Augen zu verlieren.

»Herrje, was glaubst du denn, weshalb wir euch allein gelassen haben?« Ich drücke seinen Unterarm.

Er lacht leise, und ich spüre, wie sich sein Körper an meinem bewegt.

»Sorry, Baby, ich musste auch pinkeln.« Er berührt mein Gesicht und lächelt breit. »Aber es wäre schon cool, oder? Wenn das mit den beiden klappen würde? Ich kann mir gut vorstellen, wie wir in ferner Zukunft zu viert auf der Veranda sitzen, unseren Enkeln zuschauen, wie sie durch den Garten flitzen, und allen auf die Nerven gehen.«

Ich lächle, doch auf einmal ist mir seltsam kalt geworden.

»Wir könnten eine Doppelhochzeit feiern«, fährt er lachend fort, und ich ziehe ihn in meine Arme, damit er mein Gesicht nicht sieht. »Und Taufpaten für die Kinder der jeweils anderen werden.«

Jedes Wort ist wie ein Stich in meine Brust, und ich habe Mühe zu atmen. Das muss die Umarmung sein. Sie ist zu fest. Ich gehe ein wenig auf Abstand.

»Alles klar bei dir?« Er sieht mich so komisch an. »Du bist ein bisschen blass. Ist es wegen der Bemerkung mit den Kindern?« Er lacht, und ich versuche mitzulachen. »Darüber müssen wir jetzt ja noch nicht nachdenken. Noch lange nicht. Hauptsache, wir haben dieselben Ziele im Leben.«

»Die haben wir«, stoße ich hervor. Meine Stimme klingt merkwürdig gepresst.

Aber wir haben doch wirklich dieselben Ziele, oder nicht? Ich dachte immer, dass ich mit ungefähr siebenundzwanzig heiraten und Kinder bekommen würde, und ich bin nur noch wenige Monate von meinem siebenundzwanzigsten Geburtstag entfernt. Als ich mir mit siebzehn einen Plan für mein Leben machte, kam mir siebenundzwanzig sehr alt vor. Das Problem ist, dass ich mich immer noch wie siebzehn fühle. Ich bin noch nicht bereit für dieses ganze Erwachsenenzeug. Und es ist nicht das erste Mal, dass Idris – wenngleich ganz zwanglos – von unserer gemeinsamen Zukunft spricht.

Ich weiß, dass er heiraten will. Ich weiß, dass er sich Kinder wünscht. Und er ist zwei Jahre älter als ich, was bedeutet, dass er nächstes Jahr dreißig wird. Das ist ganz schön alt.

In meinen Achselhöhlen fühle ich Schweiß kribbeln, aber trotzdem friere ich.

Wo kommt das auf einmal her? Ich liebe Idris, ich liebe ihn aufrichtig. Wir hatten großartige zweieinhalb Jahre zusammen, und er ist alles, was ich mir nur wünschen kann! Was ist mein Problem?

Er küsst mich noch einmal, diesmal ganz sanft. »Wollen wir zurück an den Tisch gehen und mit unseren Kuppeleiversuchen weitermachen?« Er zwinkert mir zu, und ich kichere pflichtschuldig.

»Äh, ja, geh du schon mal vor.« Ich mache eine auffordernde Handbewegung. »Mir ist … gerade wieder eingefallen, dass ich ganz vergessen habe, pinkeln zu gehen, als ich auf der Toilette war! Ich habe die ganze Zeit mit Lou gequatscht. Wie blöd von mir!«

Ich flüchte mich zurück aufs Damenklo, ehe er Gelegenheit hat, noch etwas zu sagen, und schließe mich in einer Kabine ein. Dort hocke ich schwer atmend auf dem Boden, während sich alles um mich dreht.

Was stimmt nicht mit mir?

26

Oh, diese Demütigung!

Ich war gerade, nichts Böses ahnend, bei Zara shoppen, und auf einmal stand ich einer Schaufensterpuppe gegenüber, die exakt dasselbe Outfit trägt wie ich. Verfickt noch mal. Das ist unfassbar erniedrigend. Ich werde an die Firmenleitung schreiben und mich beschweren.

Noch schlimmer ist allerdings, dass ich nicht einfach gehen kann. Es ist mitten am Tag, und ich bin die einzige Kundin im Laden, was bedeutet, dass mir seit geschlagenen zehn Minuten eine Verkäuferin an den Hacken klebt und ständig fragt, ob sie mir behilflich sein kann. Ich war noch nie in einem Kriegsgebiet, aber ich kann mir nicht vorstellen, dass es schlimmer ist als das unangenehme Gefühl, von einer gelangweilten Verkäuferin verfolgt zu werden.

»Ich komme schon zurecht, danke!«, sage ich, weil sie mich schon wieder so ansieht, als würde ich ihre Hilfe wollen. »Haha!« Ich lache höflich und zeige erst auf meine Klamotten, dann auf die Schaufensterpuppe – wahrscheinlich versuche ich damit, meine Ablehnung ein bisschen wettzumachen. Doch die Verkäuferin scheine ich durch die Geste lediglich verwirrt zu haben. Vielleicht sieht das Outfit an einer kopflosen, lebensgroßen Barbiepuppe ganz anders aus als an mir.

»Hier bin ich!« Alistair ist außer Atem und zieht mich in seine schlaksigen Arme. »Tut mir leid, dass ich zu spät komme, die braune Linie fuhr mal wieder nicht. Technischer Schaden.«

»Kein Problem!« Ich warte, bis er wieder zu Atem gekommen ist, und betrachte ihn. Er sieht toll aus: Seine Augen strahlen, und er wirkt glücklich. Er hat sich wieder schick gemacht, heute trägt er eine elegante Hose und ein dunkelblaues Hemd. French Tuck. Im Geiste danke ich Tan France dafür, Männern in aller Welt diesen Look schmackhaft gemacht zu haben.

»Oh, hey, die Schaufensterpuppe sieht ja genauso aus wie du!« Alistair betrachtet die Puppe.

»Sei still«, brummle ich peinlich berührt. »Ich hatte das Outfit als Erste an. Dieses Miststück muss mich immer kopieren.«

»So eine blöde Kuh.« Er schüttelt grinsend den Kopf. »Aber du weißt ja, was man sagt: Nachahmung ist die aufrichtigste Form der Schmeichelei.«

»Das ist Blödsinn. Weißt du, was die aufrichtigste Form der Schmeichelei ist? *Schmeichelei.*«

»Okay.« Er lacht und zeigt dabei seine wunderschönen Zähne. »Darf ich dir dann sagen, dass du in den Sachen vieeeeel besser aussiehst als diese Puppe?«

»O mein Gott, du bist so lieb«, säusle ich und schiele meine Rivalin an. Es ist wirklich lieb von ihm – zumal es nicht stimmt. Die Plastikschlampe hat den Modellook inklusive Schwanenhals perfekt drauf.

Dank einer großen Hochzeitsfeier im Museum, die sich über das ganze Wochenende hingezogen hat, habe ich mitten in der Woche einen Tag freibekommen. Ich habe nichts Nennenswertes zur Planung beigetragen, sondern meine Assistentin Katie alles regeln lassen, während ich am Schreibtisch gesessen und die Namen meiner Ex-Freunde auf einen Block gekritzelt habe. Deshalb wollte ich wenigstens am großen Tag selbst an vorderster Front mit dabei sein. Es war anstrengend, denn es gab ungefähr eintausend Krisen, die in letzter Sekunde bewältigt werden mussten. Die Hälfte der Servicemitarbeiter tauchte nicht auf, sodass ich selbst als Kellnerin einsprang, während ich gleichzeitig die Musiker im großen Saal einweisen musste. Aber so ist das mit großen Events: Hinter den Kulissen darf ruhig alles drunter und drüber gehen, solange die Gäste nichts davon mitbekommen. Und als die Braut mich hinterher umarmte und sich bei mir bedankte, wurde ich für alle Mühen entlohnt. Das gibt einem ein unvergleichliches Gefühl. Ich hatte ganz vergessen, wie sehr ich meine Arbeit liebe, aber jetzt bin ich umso entschlossener, mich nicht länger hängen zu lassen.

Außerdem hat mich die Arbeit davon abgehalten, wieder ein ganzes Wochenende lang am Handy zu kleben und auf eine Mail von Idris zu warten. Ich war meinem Chef dankbar, dass er mir heute freigegeben hat, aber zu Hause herumzusitzen kam für mich nicht infrage. Ich hätte meine eigene Gesellschaft nicht ausgehalten.

Ich will ehrlich sein. Alistair ist eine Art Notnagel.

Normalerweise hätten meine Mitbewohnerinnen mich bei meinem Ablenkungs-Shoppingtrip begleiten sollen, aber obwohl sie heute nicht arbeiten müssen, haben sowohl Bibi als auch Louise mysteriöserweise keine Zeit. Das Benehmen der beiden wird immer seltsamer. Ich weiß nicht, was da los ist, und wenn ich sie frage, weichen sie mir aus. Als Nächstes habe ich es bei Alex versucht, aber die hatte auf der Arbeit zu tun, und Sofia ging nicht an die Tür. Wenn ich ehrlich sein soll, komme ich mir ein bisschen vernachlässigt vor.

Also habe ich Alistair eine Nachricht geschrieben, um zu fragen, ob er Lust auf einen Shoppingtrip hat. Und er hatte Lust.

Wir schlendern umher, nehmen einzelne Kleidungsstücke in

die Hand und werfen sie dann achtlos zurück ins Regal. Die gelangweilte Verkäuferin wirft uns giftige Blicke zu, aber wenigstens hat sie jetzt etwas zu tun.

Vielleicht sollte ich Idris noch eine zweite Mail schicken?

Nein, das wäre zu viel. Bibi würde mit mir schimpfen.

Ich muss akzeptieren, dass er womöglich nie antworten wird. Vielleicht will er nichts mehr mit mir zu tun haben. Und in dem Fall muss ich wie eine vernünftige Erwachsene damit umgehen. Es ist in Ordnung. Er hat jedes Recht dazu.

Nur, dass es *nicht* in Ordnung ist. Dieser Riesenwichser kann mich mal.

Ich schiele zu Alistair und verspüre einen Stich der Schuld, weil ich ihn missbrauche, um mich von einem anderen Mann abzulenken. Aber wir sind doch Freunde, nicht wahr?

Er bleibt stehen und nimmt das scheußlichste gelbe Hemd in die Hand, das ich je gesehen habe.

»Was meinst du?« Er hält es sich mit ernster Miene an, und ich nicke nachdrücklich.

»Dieses Hemd wird dein Leben verändern«, sage ich. »Das Gelb bringt deine Hepatitis wirklich gut zur Geltung.« Er schaut nach dem Preis. Auf dem Etikett klebt ein großer roter Rabattsticker.

»Es kostet nur acht Pfund.« Entzückt schaut er auf. »Ich nehme es!«

»Deine Freundin kann sich glücklich schätzen«, sage ich trocken und hoffe, dass ich dabei nicht rot werde.

Er erwidert nichts, sondern geht den Gang hinunter, das Gesicht mir abgewandt.

Scheiße, ich stehe definitiv auf ihn. Ich sollte nicht hier sein. Das ist einfach nicht richtig. Ich versuche eisern, jeden Rest von Schwärmerei und Flirtlust zu unterdrücken.

»Was ist mit dir?« Voller Zuneigung legt er mir einen Arm um die Schultern. »Was tut sich in deinem Liebesleben?«

Ich räuspere mich. Warum sollte ich ihm nicht von Idris erzählen? Oder von den anderen? Oder von meiner bescheuerten Mission? Es gibt keinen Grund, es nicht zu tun. Wir sind Freunde, richtig?

Freunde, Freunde, Freunde.

»Freundeeeeeee«, murmle ich halblaut.

»Hm?« Verwirrt zieht er seine buschigen Augenbrauen zusammen. Ich muss mich beherrschen, nicht sein Gesicht zu streicheln.

»Äh, ich habe, äh … ›Freunde‹ gesagt!«, quietsche ich, während wir uns zur Kasse begeben, damit Alistair sein scheußliches Hemd bezahlen kann. »Derzeit habe ich nur gute Freunde, kein Liebesleben!«

Er sieht mich verdutzt an. »Ach so.«

Mein Handy vibriert in meiner Tasche. Louise ruft endlich zurück.

»Alles o.k. bei dir?« Louise klingt außer Atem.

»Ja, mir geht's gut«, versichere ich ihr. »Ich habe dich nur vermisst und wollte dich mal wieder sehen. Wo warst du?«

»Oh.« Sie zögert, dann antwortet sie: »Nur … bei Sven. Und du?«

»Ich bin gerade auf der Oxford Street mit Alistair shoppen.« Ich lache, weil es schon ein bisschen absurd ist.

»Wow!« Sie hört sich schockiert an. »Ist Nick Wilde auch dabei?«

»Was?« Warum zur Hölle erwähnt sie Nick? »Warum sollte er hier sein, Lou? Er und Alistair sind nicht so dicke.«

»O.k.«

Ich beobachte Alistair, wie er für das grauenvolle Shirt bezahlt. Er strahlt die Verkäuferin an, als diese ihn für seinen kühnen Modegeschmack lobt. Ich verspüre den Drang, seine Hand zu nehmen und ganz fest zu drücken.

Wenn ich nicht wahnsinnig werden will, muss ich nach vorne schauen. Ich brauche eine Antwort von Idris, oder ich muss mich bei Carl oder Rich melden.

»Ich muss los«, sage ich zu Louise. »Sehen wir uns später in der Wohnung?«

»Äh, vielleicht? Ciao!«

Alistair kommt zu mir rüber, fröhlich seine Tasche schwingend. Seine positive Energie ist einfach ansteckend.

»Wollen wir was zu Mittag essen?«, schlägt Alistair vor. »Es ist schön, wieder Zeit mit dir zu verbringen, Esty. Wir haben so eine tolle Freundschaft.«

O Gott, ja, unsere verfickte *Freundschaft*. Ich halte das langsam nicht mehr aus!

Idris, falls du das hören kannst: *Bitte antworte mir*.

EX NR. 5: IDRIS ABARA

Auch bekannt als: die ernsthafte Beziehung
Teil drei

Meine Wohnung
Schlafzimmer
15:45 h

Sollte ich weinen? Vermutlich. Mir ist durchaus nach Weinen zumute, und wahrscheinlich fange ich in ein paar Minuten sowieso an. Insofern wären es nicht einmal Krokodilstränen.

Ich weine.

Wenn ich weine, kann er nicht ganz so böse auf mich sein. Er war immer ganz lieb und fürsorglich, wenn es mir schlecht ging, deshalb wird er jetzt bestimmt auch netter zu mir sein.

»Ach, Baby, was ist denn los?« Idris steht auf, durchquert das Zimmer und nimmt mich ganz fest in die Arme. Das macht es noch viel schlimmer. Verdammt, ich hätte doch nicht weinen sollen.

Nur dass ich jetzt, wo ich einmal angefangen habe, nicht mehr damit aufhören kann.

Ich weine und weine und versuche, die richtigen Worte zu finden, während Idris mit mir zum Bett geht, sich mit mir hinsetzt und mir die ganze Zeit übers Haar streichelt. »Ist schon gut, Baby, ist ja schon gut.«

Er irrt sich. Es ist nicht gut.

»Ich habe es verkackt, Iddy.« Endlich bringe ich es über die Lippen. »Ich habe was richtig Schlimmes gemacht, das wirst du mir nie verzeihen.« Er erstarrt neben mir. Sein Rücken wird ganz steif, doch er lässt mich nicht los.

»Was denn?«, fragt er nach einer Weile mit leiser Stimme. »Sag es einfach. Sprich es aus.«

Aber ich kann nicht. Die Worte wollen mir nicht über die Lippen kommen, außerdem sind die verfluchten Tränen im Weg.

Nach mehreren Minuten macht er sich behutsam von mir los, um mich ansehen zu können. Doch der Anblick seines Gesichts ist zu viel für mich. Ich werfe mich aufs Bett und fange hemmungslos an zu schluchzen. Diesmal kommt er nicht zu mir, um sich an mich zu kuscheln. Er wartet einfach ab.

Das Gesicht im Kissen vergraben, gelingt es mir endlich, es auszusprechen.

»Ich habe mit einem anderen Mann geschlafen.«

Idris reagiert nicht sofort, doch die Luft im Zimmer scheint sich zu verändern. Sie wird kälter, und auf einmal versiegen meine Tränen.

»Es tut mir so unendlich leid – du hast keine Ahnung, wie leid es mir tut, Iddy.« Ich setze mich auf. Doch er hat sich abgewandt. Er hockt vornübergebeugt am Fußende des Betts und blickt in seinen Schoß. »Kannst du mich bitte kurz ansehen?«, flehe ich, doch es ist, als würde er mich gar nicht hören.

»Mit wem?«, fragt er, nachdem eine ganze Weile verstrichen ist. Ich erkenne seine Stimme nicht wieder.

»Es ist doch egal, mit wem«, sage ich leise, obwohl ich weiß, dass es ganz und gar nicht egal ist.

»War es Will?«, fragt er in demselben Tonfall. »Hast du diesen Typen gefickt? Diesen Will?«

Ich kann nicht antworten. Oder besser: Ich bin zu feige dazu.

»Das ist dann wohl ein Ja«, sagt er mit harter Stimme, steht auf und geht zur Tür.

»Bitte, geh nicht«, flehe ich, und mir kommen erneut die Tränen.

Er hält inne und stützt sich mit beiden Händen an der geschlossenen Tür ab. Er scheint etwas in seinem Innern zu suchen. Wahrscheinlich Kraft.

»Wie konntest du nur?«, sagt er schließlich. Beim letzten Wort bricht seine Stimme fast unhörbar. Das löst einen weiteren Weinkrampf bei mir aus, und ich presse mir die Bettdecke vors Gesicht, um den Tränen Einhalt zu gebieten. Ich habe nicht das Recht zu weinen. Ganz im Gegensatz zu ihm.

»Ich weiß es auch nicht«, sage ich lahm, sobald ich wieder sprechen kann. »Es ist einfach so passiert. Ich war betrunken, und ich bin ein verdammtes Miststück. Ich weiß, dass du mich jetzt hassen wirst, und es tut mir so leid. Du hast keine Ahnung, wie leid es mir tut.«

Wieder Schweigen, ehe er sich umdreht und mich mit geröteten, feucht glänzenden Augen ansieht.

»Ich hasse dich nicht«, sagt er leise und traurig. »Ich könnte dich niemals hassen.«

Ich stehe auf, um ihn an mich zu ziehen, und wir halten einander sehr lange im Arm.

27

Von: Idris.Abara@gmail.com
An: Estherthechef98234@hotmail.co.uk
Betreff: Re: Entente cordiale

Liebe Esther,

zunächst mal: Entschuldige die förmliche Anrede, ich hatte das Gefühl, dass für diese Mail ein gewisses Maß an Konvention vonnöten ist. Aber auch: Hallo! Schön, von dir zu hören. Ich hoffe, es geht dir gut, und du bist glücklich in deinem Leben.

Ich habe lange über deine Bitte nach einem Treffen nachgedacht, und leider muss ich sie ablehnen. Es tut mir leid. Ich weiß nicht genau, wie viel Sven Louise über mein Leben erzählt hat. Wahrscheinlich nicht viel, denn er redet die ganze Zeit von einer »Firewall«. Aber für den Fall, dass er nichts gesagt hat: Ich bin verlobt. Sie heißt Amy und ist absolut hinreißend. Wir sind seit etwas mehr als einem Jahr zusammen, und sie macht mich sehr glücklich. Das Leben meint es gut mit mir.

Falls es dich interessiert: Ich habe mit ihr über deine E-Mail gesprochen, und sie hat mir zu einem Treffen mit dir geraten. Sie dachte, vielleicht wäre es schön, wenn wir über die alten Zeiten reden könnten. Aber letzten Endes hatte ich kein gutes Gefühl dabei, und ich bin mir auch nicht sicher, was das bezwecken sollte.

Damit will ich nicht sagen, dass du mir egal bist. Ich habe dich wirklich sehr geliebt. Unsere Beziehung war mir wichtig, ich bin sicher, das wusstest bzw. weißt du. Du wirst mir immer viel bedeuten. Ich bereue nichts von dem, was zwischen uns war, und ich hoffe, dir geht es genauso. Ich weiß, das mit uns ist ziemlich unschön zu Ende gegangen, aber inzwischen bin ich zu der Erkenntnis gelangt, dass selbst die traurigen Dinge passieren mussten. Ich weiß, es hat uns beiden wehgetan, aber mir geht es jetzt wieder gut. Ich hoffe, dir auch. Das meine ich wirklich ernst. Ich hoffe, du hast dein Glück gefunden, Esther. Du hast es verdient.

Mit besten Grüßen

Iddy x

PS: Nicht schlecht, die Betreffzeile. Ich sehe, das Semester Geschichte an der Uni war nicht ganz umsonst.

28

Mit besten Grüßen.

Mit besten Grüßen.

Mit besten VERFICKTEN Grüßen!

Das ist schon eine dreiste Verabschiedung, wenn sie von deinem Boss kommt – aber von dem Mann, den man drei Jahre seines Lebens geliebt hat?

Würg. Nicht zu fassen. Diese Reife. Diese vor Vernunft nur so triefende Mail. Wie kann er es wagen, so rational zu sein, so in sich ruhend? So glücklich und zufrieden? WIE KANN ER ES WAGEN?

Kotz. Und Amy, dieses blöde Miststück. So perfekt und süß und verständnisvoll, wenn ihr Verlobter eine Mail von seiner ehemaligen großen Liebe bekommt. Sie hat ihn dazu ermutigt, sich mit mir zu treffen! Was für ein Bullshit. Obwohl – wahrscheinlich war es wirklich so! Ich hätte auch so getan, als hätte ich kein Problem damit.

Ooh, ja, Baby, triff dich auf jeeeeden Fall mit deiner Ex! Damit habe ich überhaupt kein Probleeeeem! Ich bin nicht so wie diese anderen Frauen, die unsicher und bedürftig sind und sich von den Ex-Partnerinnen ihres Mannes bedroht fühlen. Ich bin total gechiiiiiillt! Warum küsst du sie nicht und hast Sex mit ihr, kein Theeeeeema.

Was für ein Haufen dampfender Affenscheiße.

Mit dem Computer in der Hand stapfe ich durch die Wohnung zu Bibis Zimmer.

»Kann ich reinkommen?«, rufe ich und hämmere gegen ihre Tür. »Ich habe hier was, das musst du dir unbedingt ansehen.«

»Moment«, höre ich nach einer Weile ihre verschlafene Stimme, ehe sie an die Tür kommt. »Was ist denn?« Sie klingt genervt.

Ups. Ich habe sie aufgeweckt. Ich bin extra um sechs aufgestanden, um früher zur Arbeit zu fahren, weil – seien wir ehrlich – ich bei meiner armen Assistentin Katie so einiges gutzumachen habe. Sie hat mir wochenlang den Rücken freigehalten.

Ich reiche ihr den Laptop mit der E-Mail. »Idris hat geantwortet«, verkünde ich wutentbrannt.

»Wow.« Sie reibt sich die Augen. »Er hat sich ja ganz schön Zeit gelassen.« Sie nimmt den Laptop und überfliegt die Mail. »Was für ein netter Typ«, sagt sie, ehe sie meine wütende Miene sieht. »Äh, ich meine, was für ein blöder Penner! ›Mit besten Grüßen‹ – wer verabschiedet sich denn so?«

»Genau das habe ich auch gedacht!«, beschwere ich mich dermaßen laut, dass eine übernächtigte Lou aus ihrem Zimmer auftaucht.

»Idris ist *glücklich*«, teile ich ihr mit.

»Er ist was?« Sie runzelt die Stirn und zieht den Bademantel fester um sich. Ich erhasche einen Blick auf ein kurzes seidenes Nachthemd darunter. Sven, der Glückspilz. Wenigstens hoffe ich, dass es Sven ist.

»Er ist GLÜCKLICH!«, brülle ich, nehme Bibi meinen Computer weg und halte ihn Lou unter die Nase.

Sie blinzelt eine Weile, dann späht sie mit zusammengekniffenen Augen auf den Monitor.

»Oh, was für eine süße Mail!« Lächelnd gibt sie mir den Laptop zurück. Allerdings verfliegt ihr Lächeln, als sie sieht, wie sich meine Nasenflügel blähen. »Ich meine … äh … was für ein …« Nervös sieht sie mich an. »Gemeiner Kerl?«

»Ja! Eben!« Meine Nasenflügel kommen wieder zur Ruhe. »Er vergreift sich ja wohl so was von im Ton! Er kann es gar nicht erwarten, mir unter die Nase zu reiben, wie toll sein Leben mit dieser bescheuerten Amy ist! Was für ein selbstgerechter Wichser. Ich wette, sie lassen gerade jetzt in diesem Moment Verlobungsfotos machen, und dann schickt er mir einen Link, damit ich aus nächster Nähe sehen kann, wie sie sich gegenseitig in die Luft werfen und gekünstelt lachen. Was für Arschlöcher.«

»Oje.« Louise verzieht das Gesicht. »Das war es dann also? Du schreibst ihm nicht mehr zurück? Und du versuchst auch nicht, ihn zu einem Treffen zu überreden?«

»Ich habe auch meinen Stolz!«, sage ich schnippisch. Lou wirkt nicht ganz überzeugt, deshalb füge ich hinzu: »Die Sache ist gegessen! Eigentlich wollte ich ihn ja auch gar nicht wiedersehen. Ich dachte bloß, *er* will *mich* vielleicht wiedersehen. Ich wollte ihm einen Gefallen tun. Ich war einfach nur nett zu ihm.«

»Äh, ja. Nett.« Lou nickt langsam.

»Also, ich gehe wieder ins Bett«, verkündet Bibi unwirsch, kehrt in ihr Zimmer zurück und schließt energisch die Tür.

»Ganz schön unhöflich«, murmle ich an Louise gewandt, die ebenfalls verblüfft ist. »Liegt das an mir, oder tut sie im Moment ein bisschen geheimnisvoll?«

Diese Vorstellung scheint Louise regelrecht in Panik zu versetzen. »Nein!«, sagt sie hastig. »Ich meine, nicht besonders. Vielleicht?« Mit leiser Stimme ergänzt sie: »Und wenn, dann ist das vollkommen in Ordnung! Man darf Geheimnisse haben! Vielleicht hat sie demnächst ein neues Bewerbungsgespräch, will uns aber noch nichts davon sagen. Sie hat so viele Enttäuschungen erlebt, bestimmt frustriert es sie, wenn sie uns von jeder Niederlage berichten muss. Außerdem …« Sie zögert. »Ich weiß nicht, manchmal will man selbst mit seinen besten Freundinnen nicht alles teilen, jedenfalls nicht, bis es in trockenen Tüchern ist, weißt du?«

Ich schaue sie forschend an. Sie blickt zu Boden und knotet den Gürtel ihres Bademantels neu. »Okay, ich gehe jetzt auch wieder ins Bett. Tut mir echt leid, dass Idris so ein … äh, Blödmann war?« Sie formuliert es als Frage, also nicke ich. »Aber wenigstens hast du jetzt eine Antwort, stimmt's?«

»Da hast du wohl recht«, räume ich widerstrebend ein. »Okay, ja, geh wieder ins Bett. Tut mir leid, dass ich dich um die Uhrzeit gestört habe.« Ich mache eine Handbewegung in Richtung ihres Zimmers, und die Panik kehrt in ihre Miene zurück.

»Du hast mich nicht gestört!«, sagt sie mit hoher Stimme. »Ich bin einfach nur müde und habe heute kein Vorsprechen!« Ein kurzes, angespanntes Schweigen folgt. Ich nicke und verkneife mir weiteres Nachfragen.

»Dann mache ich jetzt wohl mit Carl weiter«, sage ich zögerlich.

Sie nickt hastig. »Ja. Wahrscheinlich ist es gut, wenn du weitermachst.« Sie öffnet die Tür gerade so weit, dass sie durch den Spalt schlüpfen kann. »Bis später. Ich wünsche dir einen guten Tag auf der Arbeit!«

Sie schließt ihre Tür und sperrt sie ab. Allein und verloren bleibe ich zurück. Ich hätte wirklich mehr Zuspruch von meinen besten Freundinnen gebraucht. Meine ganze Welt hat sich so lange ausschließlich um Idris gedreht. Ich weiß, es war mein Fehler, dass unsere Beziehung in die Brüche ging, trotzdem war es auch für mich ein einschneidendes Erlebnis.

Der Abend unserer Trennung war einer der schlimmsten meines Lebens. Nach meinen anfänglichen Entschuldigungen und jeder Menge Tränen haben wir die ganze Nacht geredet. Es flossen mehr Tränen, wir hatten Sex, und er stellte viele schmerzhafte Fragen. Er wollte alles ganz genau wissen. Jedes widerliche, erbärmliche, schreckliche Detail.

Ich sehe immer noch sein engelsgleiches Gesicht vor mir, verquollen, nass von Tränen und mit geröteten Augen. Und dann, als es draußen langsam hell wurde, kam das Schlimmste: Er bot mir an, mir zu vergeben. Als ich von der Toilette kam, stand er im Türrahmen und sah mich mit dieser herzzerreißenden Miene an. Und dann sagte er: »Ich glaube, ich komme darüber hinweg. Ich möchte nicht, dass wir uns trennen.« Ich wollte mich bedanken und ihn an mich drücken und heiraten und Kinder mit ihm bekommen und für immer mit ihm zusammenbleiben. Ich wollte all die Dinge, von denen ich wusste, dass sie ihn glücklich machen würden.

Aber das konnte ich nicht. Dazu hatte ich unsere Beziehung zu sehr beschädigt. Was ich getan hatte, würde immer zwischen uns stehen. Und in Wahrheit wollte ich auch gar nicht, dass er mir verzieh. Ich wollte, dass er mich von sich stieß und mit mir Schluss machte. Ich wollte, dass er mich hasste. Deswegen hatte ich ihn überhaupt betrogen, das ist mir inzwischen klar geworden. Ich habe ihn betrogen, damit er sich von mir trennt.

Ich will, dass Bibi und Louise das begreifen. Ich will, dass sie mich trösten und dass ihre Lügen überzeugender klingen. Ich brauche enthusiastische Ratschläge bezüglich dessen, was ich Carl schreiben soll, um mich von der Zurückweisung durch Idris zu erholen.

Vielleicht sind sie gelangweilt von meiner Mission? Sie nimmt in letzter Zeit wirklich sehr viel Raum in meinem Leben ein. Ich habe praktisch an nichts anderes mehr gedacht. Ich opfere zu viel auf dem Altar dieser beknackten Idee.

Aber ich muss weitermachen. Es hat so stark begonnen, und jetzt habe ich das Gefühl, als würden mich meine letzten Ex-

Freunde alle zurückweisen. Vielleicht ist dieser Teil meines Liebeslebens noch zu neu, um ihn auferstehen zu lassen. Zu frisch. Voller Blödmänner wie Idris mit seinen »besten Grüßen«.

Seufz.

Natürlich weiß mein besseres – mein rationaleres – Ich, dass es eine sehr, sehr nette Mail war. Weitaus großmütiger, als ich es verdient habe. Und irgendwo tief im Innern freue ich mich darüber, dass Idris sein Glück gefunden hat. Diese Amy ist bestimmt viel anständiger, als ich es jemals war. Jetzt hat er alles, was er sich gewünscht hat, nicht wahr? Eine nette Frau, die er heiraten kann. All das hat er verdient und noch viel mehr. Er ist ein wunderbarer Mensch, der immer gut zu mir war. Und mein Verhalten ihm gegenüber war unentschuldbar. Seine E-Mail ist in Wahrheit erstaunlich nett, wenn man bedenkt, dass die Empfängerin ihn vor Jahren betrogen hat und jetzt ohne Grund versucht, sich wieder in sein Leben zu drängen. Hätte ich wirklich wieder mit ihm zusammenkommen wollen? Seien wir ehrlich: wahrscheinlich nicht. Ich sollte dankbar sein, dass er mir eine so freundliche Abfuhr erteilt hat.

Ooh, ich weiß! Ich werde Alex schreiben. Sie kannte Idris nicht. Wenn ich ihr sage, dass er ein Arschloch war, wird sie mir glauben, und dann können wir gemeinsam über ihn herziehen. *Mit besten Grüßen*. Was für ein blöder Mistkerl.

29

Bin ich seit Stunden wach – oder habe ich nur geträumt, dass ich seit Stunden wach bin? Es ist eine Art dunkle, verschwommene Geisterstunde, weshalb ich es einfach nicht genau sagen kann.

Ich ziehe mir die dicke Bettdecke bis unters Kinn. Ich würde ja die Lampe auf meinem Nachttisch einschalten, aber es ist viel zu kalt da draußen. Außerdem ist heute eine besonders unheimliche Nacht, und wenn auch nur ein einziger Zentimeter meiner Haut unter der Decke hervorschaut, wird mich bestimmt ein Monster holen kommen.

Ich kann nicht schlafen. Und wenn ich doch schlafe, dann immer nur für wenige Minuten, in denen ich angsterfüllte, stressige Albträume habe, wie ich einen gesichtslosen Mann verfolge und irgendwas über Hochzeiten und Babys rufe. In einem Moment ist es Alistair, der vor mir zu fliehen versucht, im nächsten ist es Paul. Dann ist es der verschwommene Avatar von Wills Twitter-Account oder Arschloch Rich, der mich angrinst, während er in meinem Beisein anderen Frauen schreibt. In einem besonders schweißtreibenden Moment taucht sogar Carl auf.

Ich kann nicht länger hier liegen und grübeln. Ich halte das nicht aus.

Ich beschließe, mutig zu sein. Ich werde die Lampe einschalten.

Falls die Monster mich schnappen, hatte ich immerhin ein gutes Leben. Ich habe gelebt und wurde geliebt.

Ich strecke die Hand nach dem Schalter aus, und Licht flutet den Raum. Es brennt mir in den Augen. Blinzelnd versuche ich, mich an die plötzliche Helligkeit zu gewöhnen, während ich in jede Ecke des Zimmers spähe, um mich davon zu überzeugen, dass alles seine Ordnung hat.

Die Luft ist rein. Puh.

Ich werfe einen Blick auf mein Handy. Scheiße. Vier Uhr zweiundfünfzig. Das ist so ziemlich die schlimmste Zeit, um wach zu liegen. Nur noch wenige Stunden, bis ich rausmuss, aber gleichzeitig viel zu früh, um jetzt schon aufzustehen. Stattdessen sieht es ganz danach aus, als würde ich mich noch eine ganze Weile im Bett wälzen und grübeln, bis es Zeit wird, mich wie ein Zombie zur Arbeit zu schleppen.

Diese Sieben-Männer-Mission geht nicht spurlos an mir vorbei. Ich habe nur noch zwei Ex-Freunde übrig – Carl und Rich. Mit beiden sind viele seltsame und komplizierte Emotionen verbunden. Von den fünf, die ich bereits kontaktiert habe, will ich gar nicht reden.

Ach, scheiß drauf. Ich habe es satt, im Bett zu liegen – der Mensch kann nur ein bestimmtes Maß an Selbstreflexion ertragen. Ich werde jetzt aufstehen und ruhelos durch die Wohnung tigern, und wenn jemand mich für einen Einbrecher hält und die Polizei ruft, umso besser. Wenn ich im Knast sitze, kann ich nicht als Zombie auf der Arbeit erscheinen, richtig? Eine ausgezeichnete Entschuldigung, den Tag blauzumachen.

Ach ja, warme Milch soll doch gegen Schlaflosigkeit helfen. Sobald ich mehr als einen Teelöffel Milch zu mir nehme, kriege ich zwar Durchfall, aber das macht nichts, denn wenn ich meine inneren Organe ausscheiße, liege ich wenigstens nicht im Bett, starre ins Leere und denke an die vielen grauenhaften Leute, mit denen ich geschlafen habe.

Noch immer in meine Decke gewickelt wie in einen Kokon, setze ich mich im Bett auf. Die nächste Frage lautet: Kann ich irgendwie an meinen großen, flauschigen Morgenmantel gelangen – der momentan an der Tür hängt –, ohne dafür die Wärme verlassen zu müssen? Das kriege ich schon irgendwie hin. Immerhin habe ich die Schule mit einer Zwei in Mathe abgeschlossen.

Ich springe aus dem Bett und renne zur Tür. In den wenigen Sekunden, ehe ich den Bademantel erreiche, dringt mir die Kälte bis in die Knochen.

Dieser Bademantel ist das wärmste und schönste Kleidungsstück, das ich jemals besessen habe. Ich sehe mich in meinem schummrig beleuchteten Zimmer um. Ist eigentlich alles, was ich besitze, mit Erinnerungen an einen Mann verbunden? Wie erbärmlich. Und auf deprimierende Art typisch für mich.

Gähnend schlurfe ich in den Flur. Vielleicht gönne ich mir einen ausgiebigen, gemütlichen Geisterstunden-Schiss. Wenn man mit anderen Leuten zusammenlebt und es nur ein Badezimmer gibt, kann man seine Sitzungen nie wirklich genießen. Man rechnet jederzeit damit, dass jemand an die Tür klopft, oder man macht sich Sorgen wegen des Gestanks. Einmal ist Lou nach mir ins Bad gegangen, und ich habe sie etwas über Makrelen murmeln hören – eine Mahlzeit, die ich drei Tage zuvor gegessen hatte.

Draußen vor der Badezimmertür entfährt mir ein kleiner Schrei, als sich aus dem Nichts eine menschliche Gestalt vor mir materialisiert.

»Mein Gott!«, keuche ich und versuche, die Angst wegzulachen, die durch meinen Körper fährt. »Sorry, ich wusste nicht, dass außer mir noch jemand wach ist.« Meine Augen haben Mühe, sich nach dem Licht meiner Nachttischlampe wieder an die Dunkelheit zu gewöhnen, aber ich erkenne Bibis gelben Bademantel. Er hat eine Kapuze mit Bärenohren. Wenn mein eigener Morgenmantel nicht so toll wäre, wäre ich sehr neidisch darauf.

Bibi antwortet nicht sofort, und die Angst kehrt in meinen Magen zurück. Nicht, weil ich wirklich glaube, dass jemand als Bibi verkleidet bei uns eingebrochen ist, um das Klo zu benutzen. Die Gründe sind eher diffus. Es ist, als würde gleich etwa Bedeutsames passieren. All meine inneren Alarmglocken schrillen los, und die Haare in meinem Nacken stellen sich auf.

»Beeb?«, flüstere ich vorsichtig. Ich weiche einen Schritt zurück und taste nach dem Lichtschalter. Gelber Lampenschein erhellt den Flur, und wir beide müssen heftig blinzeln.

Es ist Alex.

»Oh!« Ich lache erleichtert, aber dieses seltsame Gefühl ist immer noch in meinem Hinterkopf und nagt an mir. »Was machst du denn hier? Feierst du mit Lou eine Übernachtungsparty, ohne mir Bescheid zu sagen? Wie kannst du nur! Ich bringe doch immer die Milky Ways mit!«

»Hm.« Sie blickt zu Boden, und ich frage mich, ob sie womöglich schlafwandelt.

Hinter mir geht eine Tür auf, und eine Stimme wispert: »Alex?«

Es ist Bibi. Auf Zehenspitzen kommt sie in den Flur, ehe sie abrupt und geräuschvoll stehen bleibt, als sie meiner ansichtig wird.

Im ersten Moment sieht sie regelrecht schuldbewusst aus, doch schon wenig später weicht die Schuld einer Art Selbstgefälligkeit. Sie wirkt beinahe schicksalsergeben. Ich schaue zwischen ihr und Alex hin und her. Sie haben beide den gleichen Gesichtsausdruck.

Meine erste Reaktion ist ein Lachen, weil das Ganze so absurd ist. Es sieht ja glatt so aus, als hätte ich Bibi und Alex bei einem One-Night-Stand ertappt! Aber das kann natürlich nicht sein.

Ha. Ha. Ha.

Bibi würde niemals Sex mit Alex haben. Und Alex würde auch niemals Sex mit Bibi haben. Das würden sie mir nicht antun. Bibi würde doch nicht mit meiner Ex schlafen, und meine Ex würde nicht mit meiner besten Freundin ins Bett gehen!

Wir haben uns gerade erst von den katastrophalen Auswirkungen unserer Affäre erholt, und überhaupt wäre das die schlimmste Idee, die man sich nur vorstellen kann. Es würde alles kaputt machen! Sie wissen doch, dass ich ihnen so etwas niemals verzeihen würde! Und überhaupt – sie können sich nicht ausstehen!

Ha. Ha. Ha. Wie lächerlich und komisch, dass es wirklich, wirklich, *wirklich* danach aussieht, als hätten die beiden hinter meinem Rücken Sex miteinander gehabt.

Ich durchforste mein Gehirn nach Alternativen. Was wäre eine andere plausible Erklärung? Denn sie hatten definitiv, definitiv, DEFINITIV keinen Sex miteinander.

»Äh, Esther …« Alex ergreift als Erste das Wort. Sie klingt so, als würde sie mit einer Fünfjährigen sprechen, die sich das Knie aufgeschlagen hat. »Hör mal, also …« Sie verstummt, und abermals muss ich gegen den Drang ankämpfen, in Lachen auszubrechen.

Erklärt es mir doch einfach!, will ich schreien, während ich erwartungsvoll von einer zur anderen schaue. *Nennt mir einfach einen guten Grund für das hier.* Ist die Toilette wieder kaputtgegangen, und Alex' Pyjama ist nass geworden? Und Louises Ersatzpyjamas auch? Hat sie sich aus Versehen Bibis Bären-Bademantel angezogen, weil sie dachte, es wäre Lous oder meiner, und jetzt will Bibi ihn wiederhaben? Oder vielleicht sind Alex und Bibi beide Schlafwandlerinnen und wissen genauso wenig wie ich, was hier vor sich geht?

Warum sagen sie nichts? Ich schlucke mühsam, und Bibi weicht meinen Blicken aus. Bibi weicht sonst nie meinen Blicken aus. Sie ist immer offen, immer ehrlich – manchmal geradezu brutal in ihrer Ehrlichkeit.

In dem Moment fällt der Groschen, und meine Brust krampft sich zusammen, sodass ich keinen Sauerstoff mehr bekomme.

Ich stürze zu Lous Zimmer und reiße ihre Tür auf. Ich muss mich mit eigenen Augen davon überzeugen, dass Alex nicht bei ihr war. Ich klammere mich noch immer an die Überzeugung, dass ich Lou, umgeben von halb aufgegessenen Süßigkeiten, auf dem Bett vorfinden werde, während im Fernsehen noch *30 über Nacht* läuft.

Aber nein. Louise ist allein und schläft. Keine Schokoreste, gar nichts.

Verschlafen öffnet sie die Augen. »Wassss?«, nuschelt sie, also sage ich es ihr.

»Bibi und Alex haben gevögelt.« Meine Stimme ist ganz ruhig, während Louise immer heftiger blinzelt und meine Worte zu begreifen versucht. Die Hand noch an der Türklinke, drehe ich mich zu Alex und Bibi um. Die beiden stehen ganz still da, dreißig Zentimeter voneinander entfernt, und wirken verschämt. »Oder …« Ich mache eine höfliche Pause, als würde ich Small Talk mit Fremden im Fahrstuhl halten. »Entschuldigung, ich sollte keine voreiligen Schlüsse ziehen. Vögelt ihr immer noch? Oder *habt* ihr nur gevögelt? Geht das schon länger?« Ich warte geduldig. Sie sehen mich immer noch nicht an, aber die Antwort ist eindeutig.

»Also vögelt ihr immer noch!«, verkünde ich. Jetzt ist meine Stimme nicht mehr leise und beherrscht. »Hörst du das, Louise? Meine Ex und meine beste Freundin vögeln miteinander. Das heute ist offensichtlich nicht das erste Mal. Wahrscheinlich hintergehen sie uns schon seit Ewigkeiten!« Flüchtig denke ich an Sofia über und an Ivan unter uns. Aber ich bin zu wütend, um mich zu mäßigen. Stattdessen werde ich noch lauter. »Sie tun die ganze Zeit so, als könnten sie sich nicht ausstehen, und währenddessen machen sie so was.« Ich schaue Alex ins Gesicht. Es ist bleich und ausdruckslos. »Scheiße, ich KENNE dich nicht mal.« Ich merke, dass meine Hände zittern, und habe Mühe zu verstehen, weshalb die beiden überhaupt keine Reaktion zeigen.

Das kann doch nicht wahr sein. Ich habe wegen einer Dummheit so viele Jahre mit meiner besten Freundin aus Kindheitstagen verloren, und jetzt kommt Bibi daher und macht genau dasselbe. Ohne ein Wort. Ohne einen Scheißdreck auf meine Gefühle zu geben.

»Wie konntet ihr nur?«, versuche ich es erneut. Meine Stimme bebt. »Wollt ihr mir ernsthaft erzählen, dass das wahr ist? Dass ihr mich belügt und alles aufs Spiel setzt?« Ich fange an zu schreien. »ALLES? IST DAS EUER ERNST?«

Alex versucht, mich zu beruhigen. Sie macht einen Schritt auf mich zu und streckt begütigend die Hand aus.

»Esther«, sagt sie langsam, als wüsste ich meinen eigenen Namen nicht. »Bitte sei nicht so. Es tut mir leid, dass wir dir nichts gesagt haben. Ich …«

»Nimm die Finger weg von mir.« Mit abwehrend erhobenen Händen weiche ich vor ihr zurück. Ich bin unfassbar wütend auf Alex, aber Bibi ist diejenige, deren Verhalten ich nicht fassen kann. »Und du hast nichts zu sagen?« Ich richte meinen ganzen Zorn auf sie, und sie schüttelt den Kopf. »Nicht mal, dass es dir leidtut oder dass du einen Fehler gemacht hast und es nie wieder vorkommen wird?« Ich schreie schon wieder, aber sie bleibt unbewegt. »Bibi! Du fickst meine Ex, du zerstörst meine Freundschaft, du zerstörst *unsere* Freundschaft, und es juckt dich überhaupt nicht!« Ich will ihr – ihnen beiden – sagen, dass sie aus der Wohnung verschwinden sollen. Aber leider ist es ja auch Bibis Wohnung.

Also schön, dann verschwinde ich eben!

Doch ich kann nirgendwohin. Ich habe keinen Freund, Partner

oder Ehemann, der mich aus dieser schrecklichen, schrecklichen Situation befreien könnte.

»Ich kann das einfach nicht fassen.« Die Worte speie ich in Bibis Richtung, ehe ich auf dem Absatz kehrtmache. Ich stapfe durch den Flur davon, knalle meine Zimmertür hinter mir zu und schließe ab, ehe ich auf dem Bett zusammenbreche. Sofort kommen mir die Tränen. Sie laufen mir über das Gesicht und versickern im Kopfkissen, und es fühlt sich an, als würden sie nie wieder versiegen können.

So viel zum Thema »Schlaf«.

30

Ich habe mir so erfolgreich eingeredet, dass niemand an meiner Tür klopfen wird, dass mir prompt ein Missgeschick unterläuft, als es dann doch passiert.

»Ja?«, rufe ich mit Singsangstimme. Mist. Wie dämlich kann man sein? Seit dem Streit sind erst zwölf Stunden vergangen, eigentlich wollte ich noch richtig stinkig klingen. »Was ist?«, füge ich schroff hinzu.

»Kann ich reinkommen?« Es ist Bibi. Natürlich ist es Bibi. Der Klang ihrer rauen Stimme sendet einen Schauer durch meinen Körper. Ich verbinde so viele wichtige, großartige Momente damit. Und sie hat jeden einzelnen davon mutwillig zerstört.

»Nein. Hau ab!«, rufe ich – wohl wissend, dass ich es als Munition gegen sie nutzen werde, falls sie wirklich abhaut.

»Lass mich rein.« Sie klingt weder genervt noch sauer, was sehr ärgerlich ist. Ich will mich mit ihr streiten.

»Wieso?« Ich weiß, ich bin kindisch, aber das ist mir egal.

»Ich will mit dir reden«, sagt sie in demselben geduldigen Tonfall. Ich seufze. Sie lässt einen Moment verstreichen, ehe sie hinzufügt: »Ich rühre mich nicht vom Fleck, du lässt mich also besser rein.«

Noch einmal seufze ich, ehe ich durchs Zimmer stapfe und den Schlüssel im Schloss herumdrehe.

»Was willst du?« Ich reiße die Tür auf und funkle sie an.

Sie sieht so aus, als hätte sie nicht viel geschlafen. Aber das liegt wahrscheinlich an den nächtlichen Bumsorgien mit meiner Ex, nicht an ihren Schuldgefühlen. Eine Zeit lang sagt sie gar nichts, sondern betrachtet mich lediglich von oben bis unten. Das macht mich nur noch wütender. Ich weiß nicht, ob ich so aussehen will wie immer, um ihr nicht die Genugtuung zu geben zu sehen, wie sehr sie mir wehgetan hat, oder ob ich zum Gotterbarmen aussehen will, damit sie sich schuldig fühlt. Falls sie zu so etwas überhaupt fähig ist.

»Du bist nicht zur Arbeit gegangen«, stellt sie kühl fest. Was für ein dämlicher Satz. Ich verdrehe die Augen.

»Ich habe mich krankgemeldet«, sage ich ungehalten und habe kurz ein schlechtes Gewissen, als ich an meine überarbeitete Assistentin denke. Noch ein Tag voller Projekte, die sie ganz alleine stemmen muss. »Ich habe rausgefunden, dass meine zwei besten Freundinnen mich angelogen haben, danach konnte ich irgendwie nicht mehr gut schlafen.«

Ich warte darauf, dass Bibi etwas sagt, doch das tut sie nicht. »Und?«, fauche ich. »Was willst du von mir? Willst du mir erzählen, dass Alex deine große Liebe ist und ihr euch unsterblich ineinander verliebt habt und einfach nicht anders konntet, als mich zu hintergehen? Dass du deine Seelenverwandte gefunden hast und ich deswegen nicht wichtig war und dass es völlig okay ist, mich für …« Ich mache eine Pause. »Wie lange lügt ihr mich schon an? Wie lange geht das schon, Bibi?«

Sie wägt ihre Antwort sorgsam ab. »Einen Monat. Vielleicht auch fünf Wochen.«

»Fünf Wochen?« Ich bin wie vor den Kopf gestoßen. Ich hatte mit zwei Wochen gerechnet – allerhöchstens. Fünf Wochen sind viel zu lange. Das sind viel zu viele Lügen. Ich habe die beiden in den letzten fünf Wochen unzählige Male gesehen. Bibi begegne ich jeden Tag, Alex mehrmals die Woche. Wie viele Lügen macht das insgesamt? Selbst wenn man die Sache großzügig auslegen und lediglich von Lügen durch Unterlassen reden will. Was bei mir nicht der Fall ist.

Die Brust wird mir eng. Ich werde *nicht* vor dieser hinterhältigen, verlogenen Kuh weinen.

O mein Gott, hat Alex mich und meine Freundschaft etwa nur ausgenutzt, um mit Bibi zusammenzukommen? Wie viel der letzten zwei Monate mit ihr war eine Lüge?

»Ich weiß, dass wir dich verletzt haben«, sagt sie langsam, und das *wir* schmerzt mehr als alles andere. Die beiden sind jetzt ein Team, ein Paar. Sie stecken buchstäblich unter einer Decke. Sie haben sich gegenseitig getröstet und darüber gesprochen, wie unmöglich ich reagiert habe. Sie sind übereingekommen, dass das, was sie getan haben, halb so schlimm ist und ich mich wie eine Wahnsinnige benommen habe. Sie haben stundenlang gekuschelt und sich darüber unterhalten, wie sie mit der Situation weiter verfahren wollen. Sie waren nicht allein. Sie haben sich füreinander und gegen mich entschieden.

Und währenddessen habe ich mutterseelenallein dagesessen, mir die Augen ausgeweint und wusste weder ein noch aus.

»Das war also der Grund für diesen ganzen Bullshit, dass du angeblich als Single soooo glücklich bist?«, zische ich, weil ich ihr wehtun will. »Das war ja ganz offensichtlich gelogen! Du hast so getan, als wäre ich eine verzweifelte Versagerin, die alles tun würde, um einen Mann kennenzulernen. Du hast auf mich herabgeschaut und so getan, als wäre ich total jämmerlich, dabei warst du die ganze Zeit selbst hinter jemandem her! Du hast was mit der erstbesten Frau angefangen, die dir über den Weg gelaufen ist!«

»Das war kein Bullshit!« Ihre Augen blitzen. »Fang bloß nicht damit an! Ich war sehr glücklich, mein Singledasein war toll.« Sie seufzt. »Ich habe nie damit gerechnet, jemanden wie Alex kennenzulernen. Ganz ehrlich, sie hat mich vom ersten Moment an umgehauen.«

Ich schüttle den Kopf. Alles leere Worte. »Und der Lustgewinn war dir wichtiger als die Tatsache, dass du mich belügst?«

Sie senkt den Blick, und ein Teil meines Zorns weicht der Traurigkeit.

Nicht weinen. Nicht jetzt, nicht schon wieder. Sie soll nicht sehen, wie ich zusammenklappe.

»Du weißt, was du getan hast«, sage ich leise. »Du hast dich entschieden, mit jemandem zu schlafen, der nicht nur meine Ex ist, sondern auch ein Mensch, mit dem ich seit *Jahren* keinen Kontakt hatte! Wegen genau so einer Situation habe ich sie damals verloren, und du hast einfach beschlossen, genau denselben Fehler zu machen. Irgendwann wirst du die Affäre mit ihr beenden, und dann verliere ich sie noch mal. Oder dich. Oder wahrscheinlich euch beide.«

Sie sieht am Boden zerstört aus, sagt jedoch nichts.

Das entfacht meinen Zorn aufs Neue. »Du hast nicht mal die Absicht, dich zu entschuldigen, oder?« Ich spüre, wie mir wider Willen die Tränen kommen. »Ich will dich nicht mehr sehen, okay, Bibi? Verpiss dich einfach. Ich will nicht mehr mit dir reden. Nie mehr. Ehrlich gesagt, fände ich es gut, wenn du dir vorübergehend eine andere Bleibe suchen würdest, während ich mich nach einem neuen Zimmer umsehe.« Ich gehe zur Tür und halte sie auf. »Bestimmt hat Alex nichts dagegen, wenn du eine Weile bei ihr wohnst. Dann müsst ihr nicht rumschleichen und lügen. Ihr Armen, es muss so anstrengend gewesen sein, uns die ganze Zeit was vorzumachen.« Meine Stimme trieft vor Sarkasmus.

Bibi sieht so aus, als wolle sie etwas sagen, doch stattdessen nickt sie bloß und geht. Ich schlage die Tür hinter ihr zu. Das ruft Ivan aus dem Erdgeschoss auf den Plan, und ich bin dankbar für sein lautes Klopfen, denn der Weinkrampf, der mich gleich darauf übermannt, ist laut und peinlich.

Eine halbe Stunde vergeht, ehe ich aufhöre zu schluchzen. Dann greife ich instinktiv nach meinem Telefon. Ich brauche eine Ablenkung. Egal, welche. Und ich werde eine finden.

Ich öffne Google und tippe »Chefkoch Carl Hurst« in die Suchmaske.

EX NR. 2: CARL HURST

Auch bekannt als: die Arbeitsaffäre
Teil eins

A'Diva Restaurant
Parkplatz
10:35 h

»Lou«, zische ich ins Telefon. »Du musst mir helfen. Ich habe schon alles versucht.«

Jemand kommt vorbei und beäugt mich neugierig, weil ich so dicht an meinem Auto stehe.

»Hey.« Ich nicke möglichst lässig. Der Passant erwidert den Gruß unbeholfen und beschleunigt seine Schritte.

»Was ist los?«, fragt Lou am anderen Ende. Sie klingt beunruhigt.

»Wo bist du? Kannst du nach West London kommen? Jetzt sofort? Wie schnell kannst du hier sein?«

Die Verwunderung ist ihr deutlich anzuhören. »Was? Wovon

sprichst du?« Sie klingt müde. Verdammte Schauspieler, verschlafen den halben Tag.

Na super, jetzt habe ich mich auch noch in meinen Vater verwandelt.

»Pass auf, ich habe mir für das Vorstellungsgespräch heute Mums Auto geliehen.«

»Warum?«, unterbricht sie mich.

»Ich dachte, dann sehe ich professioneller aus!«, entgegne ich ungeduldig. »Wie eine bessere Kandidatin für den Job, verstehst du? Erwachsener.«

»Ach du Scheiße.« Jetzt dämmert es ihr. »Du hattest heute Morgen deinen zweiten Termin in diesem schicken neuen Restaurant A'Diva, richtig? Wie ist es denn gelaufen?«

»Gar nicht«, fauche ich und inspiziere zum wiederholten Mal mein Problem. »Ich stecke fest, und ich bin spät dran.« Weil sie keine Antwort gibt, rede ich hektisch weiter. »Ich habe mir einen Bleistiftrock gekauft, weil das Model in der Werbeanzeige damit so kompetent und cool aussah und ich Carl Hurst beeindrucken wollte.« Ich halte inne. Ich weiß, dass Lou nicht zugehört hat, als ich ihr von Carl Hurst erzählt habe. »Der Küchenchef?«, sage ich in ihr Schweigen hinein und bemühe mich, mir meine Gereiztheit nicht anmerken zu lassen. »Er ist in der Welt der Kulinarik ein großer Name, Louise. Seit ich mit dem Kochen angefangen habe, wünsche ich mir, für ihn zu kochen. Das sollte meine große Chance werden! Ich wollte sexy und kompetent aussehen, aber dieser beschissene Rock ist wie ein Korsett an den Beinen. Ich dachte, das Schwierigste wäre es, ins Auto einzusteigen, aber das Aussteigen war viel schlimmer. Als müsste man rückwärts einen Hindernisparcours durchlaufen.« Ich stöhne. »Ich bin aus dem Auto gestolpert, dabei ist mir der Schlüssel aus der Hand gerutscht und quer über den Parkplatz geflogen, und dann ist die Tür zugefallen und hat meinen Rock eingeklemmt.« Meine Stimme klettert eine Oktave in die Höhe. »Ich stecke fest, Lou, verdammt noch mal! Ich bin in der Autotür eingeklemmt! Ich habe versucht, meinen Rock rauszuziehen, aber er sitzt bombenfest. Ich glaube, der Reißverschluss ist drinnen, das heißt, ich kann mich nur befreien, wenn ich den Rock hinten komplett aufreiße. Und ich komme hinten nicht mal dran, weil er so eng sitzt, und den Schlüssel kann ich auch nicht erreichen. Ich hänge fest. Und mein Termin hat vor fünf Minuten angefangen!«

Am anderen Ende gibt Lou ein Geräusch von sich, das so klingt, als müsste sie sich mit aller Gewalt ein Lachen verkneifen – nur dass sie dann eine richtig blöde Kuh wäre, insofern habe ich mich bestimmt verhört.

»Lou?«, sage ich in wachsender Verzweiflung. »Kannst du mir helfen? Kannst du kommen?«

Nach weiteren undefinierbaren Geräuschen am anderen Ende antwortet sie endlich. »Kannst du nicht einfach einen Passanten bitten, den Schlüssel aufzuheben?«, sagt sie mit erstickter Stimme.

»Das ist mir unangenehm!«, jammere ich. »Und in der letzten Viertelstunde ist nur eine einzige Person vorbeigekommen. Das ist alles so peinlich!« Ich schlage die Hände vors Gesicht, dann greife ich zum wiederholten Mal nach hinten und zerre an meinem Rock. Warum mache ich nicht öfter Yoga? Wenn ich Yoga machen würde, könnte ich mich bestimmt weiter umdrehen. »Das war meine große Chance, Lou!«, jammere ich noch einmal durch meine Finger. »Endlich ein richtiger Job als Köchin! Endlich nicht mehr Pasta kochen für Leute, die im Bella Italia um die Ecke keinen Tisch mehr gekriegt haben. Ich hatte die Chance, in einem richtigen Restaurant zu arbeiten. Den Kochtest letzte Woche habe ich mit Bravour bestanden – sie fanden mich toll! Der Termin jetzt war eine reine Formalität, um Carl Hurst kennenzulernen.« Ich seufze. »Ich hätte für Carl Hurst arbeiten können, Louise! Und jetzt habe ich alles vermasselt.« Hinter meinen Fingern kneife ich ganz fest die Augen zu.

»Esther Adams?« Eine Stimme unterbricht mein Klagelied, und ich erstarre.

Scheiße.

Langsam, ganz langsam, öffne ich die Augen und nehme die Hände vom Gesicht. Am Telefon will Lou wissen, ob alles in Ordnung ist und was gerade passiert. Ich ignoriere sie, lege hastig auf und stecke das Handy in meine Handtasche. O mein Gott.

»Mr Hurst«, sage ich mit einer Stimme, die ich gar nicht als meine eigene wiedererkenne, während ich den Mann betrachte, den ich im Internet auf Tausenden Bildern studiert habe. Der bekannte Koch zwinkert mir jede Woche von den Seiten meiner liebsten Foodmagazine entgegen. Mein Idol, der Mann, der angeblich seine eigene Show auf ITV2 bekommen soll. Der Mann, den ich vor sieben Minuten zum Vorstellungsgespräch hätte treffen sollen.

Wenn ich nicht im Auto feststecken würde.

Und o mein Gott, er ist der heißeste Kerl, den ich je gesehen habe.

»Hatten wir …« Er verstummt und lächelt großmütig. »Hatten wir vereinbart, uns hier auf dem Parkplatz zu treffen? Einer meiner Mitarbeiter meinte, die Bewerberin, auf die ich warte, würde draußen an ihrem Wagen stehen. Da dachte ich mir, ich schaue mal nach.« Ein Lächeln umspielt seine Lippen. »Wollten Sie den Termin hier draußen abhalten?«

Soll ich es ihm sagen oder nicht?

»Äh«, weiche ich aus. Ich versuche, locker zu wirken, auch wenn ich im Auto festhänge. »Na ja, ich dachte einfach …« Mein Blick springt hektisch umher. »Das Wetter ist so schön, da dachte ich, wir könnten uns vielleicht hier unterhalten?« In dem Moment fängt es an zu regnen. »Warum nicht, oder?« Ich hüstele, als kalte, nasse Tropfen mich im Gesicht treffen. »Äh, schließlich sind wir, äh, Köche ja den ganzen Tag drinnen, stimmt's? Da sollte man dieses wunderbare Wetter doch ausnutzen.« Irgendwo einige Meilen entfernt grollt der Donner.

Carl Hurst betrachtet mich ernst, und ich schlucke, während mir der Schweiß auf die Stirn tritt. Zum Glück fängt es in diesem Moment so heftig an zu schütten, dass es ihm höchstwahrscheinlich gar nicht auffällt.

Er ist unfassbar – wirklich unfassbar – sexy. Vielleicht fünfzehn Jahre älter als ich, aber die markanten Falten um Augen und Mund lassen ihn nur noch attraktiver erscheinen. Er ist so begabt, und er weiß so viel. Keine Ahnung, ob ich von ihm lernen oder ihn vögeln will.

Idealerweise beides.

»Okay, Esther Adams«, sagt er schließlich. Seine Mundwinkel bewegen sich nach oben, und seine Augen tanzen. »Mein Souschef meinte, Sie können kochen, und wir brauchen wirklich dringend jemanden.« Er macht eine Pause, in der er mich von oben bis unten taxiert. Inzwischen regnet es in Strömen. »Irgendwie habe ich ein gutes Gefühl, was Sie betrifft.«

Mein Inneres glüht vor Glück und Verlangen, als er hinzufügt: »Also. Sie haben den Job.«

»O mein Gott, danke!«, rufe ich. Mein eingeklemmter Rock und der Regen, der mir über das Gesicht läuft, sind mir inzwischen völlig egal. »Ich verspreche, Sie werden das nicht bereuen, Mr Hurst, das schwöre ich Ihnen. Ich werde richtig hart arbeiten, Sie werden sehen. Ich würde alles für Sie tun.«

Wieder grinst er, und ich schlucke einen dicken Kloß der Sehnsucht herunter.

»Bitte, nennen Sie mich Carl, Esther«, sagt er mit tiefer Stimme. »Ach, und soll ich Ihnen den Autoschlüssel holen, damit Sie Ihren Rock aus der Tür befreien können?«

31

Google »Carl Hurst Küchenchef«

Alle Bilder Shopping News Videos mehr
Ungefähr 3 270 000 Ergebnisse (0,56 Sekunden)

Ergebnisse für »Carl Hurst Küchenchef«

Dailyindipendent.co.uk
Berühmter Koch verliert Chefposten im A'Diva

TV-Koch Carl Hurst hat seinen Posten als Küchenchef im Promirestaurant A'Diva im Westen Londons aufgegeben, wie unser exklusiver Bericht enthüllt. Zwar gab es bislang keine offizielle Verlautbarung in Bezug auf die Gründe, die zu dieser Entscheidung führten, allerdings behaupten Insider … Mehr lesen …
Vor zwei Monaten

Mit klopfendem Herzen klicke ich auf den obersten Link und betrachte das dazugehörige Bild. Carl ist alt geworden. Es ist acht Jahre her, dass ich ihn zuletzt gesehen habe, er muss inzwischen also etwa fünfundvierzig sein. Er sieht eher aus wie fünfundfünfzig. Vielleicht hat das harte Leben in der Küche all sein körpereigenes Collagen aufgebraucht.

Ich lese den gesamten Artikel und muss zwischendurch mehrmals innehalten, weil ich das Atmen vergesse. Die Story hält sich mit Einzelheiten zurück, aber »Quellen« berichten, dass Carl »gekündigt hat, bevor er rausgeworfen wurde«. Der Artikel enthält auch mehrere Anekdoten über sein schikanöses Verhalten in der Küche. Ein namentlich nicht genannter ehemaliger Protegé schildert, wie er von Hurst über den Arbeitstresen geworfen wurde, ein anderer spricht über seine legendären Tobsuchtsanfälle, bei denen er seine Angestellten auf das Übelste beleidigte.

Es ist vernichtend und gleichzeitig … verwirrend? Es müssen doch alle über Carl Hurst Bescheid gewusst haben? Das war im A'Diva acht Jahre lang seine Masche und im Restaurant davor noch länger. Wenn man ein ekelhafter und schwieriger Mensch ist, beweist man damit doch nur seine eigene Genialität, oder nicht? Jedenfalls, wenn man ein Mann ist. Nachdem er einmal einem Souschef den Arm gebrochen hatte, sicherte ihm der daraufhin entstehende Hype eine wöchentliche Kolumne in einem Promimagazin und einen Sendeplatz im Vormittagsfernsehen. Außerdem … seine Mitarbeiter tätlich angreifen? Sie beschimpfen und anschreien? Auf diese Art und Weise ist Gordon Ramsay zum Multimillionär geworden.

Da steckt mehr dahinter. Ich spüre es.

Ich wälze mich in meinem Bett herum, klicke mich zurück zu den Suchergebnissen und lese den nächsten Link. Ich will unbedingt mehr erfahren.

32

Es hat etwas seltsam Befriedigendes an sich, so widerlich zu sein.

Und wenn ich »widerlich« sage, dann hat das nichts mit falscher Bescheidenheit zu tun. Vielmehr meine ich damit, dass es inzwischen Sonntag ist, und ich seit Donnerstagmorgen nicht mehr geduscht habe. Dann kam … Na ja, ihr wisst schon, dann kam der Verrat meiner besten Freundinnen dazwischen. Wie dem auch sei, die Waschaktion vom Donnerstag war nicht dazu gedacht, über einen längeren Zeitraum vorzuhalten, während ich mit einem schweren emotionalen Notfall klarkommen muss.

Aber wie gesagt, irgendwie ist es auch cool. Es bietet eine gewisse Vertrautheit und Geborgenheit, sich in seinem eigenen Gestank zu suhlen. Die Grenzen von Gesundheit und Hygiene auszuloten. Mein Äußeres meinem Inneren anzugleichen. Der ranzige Siff fühlt sich richtig an.

Ich hebe kurz meine Bettdecke hoch, um nach der Fernbedienung zu greifen, und eine Woge des Miefs schwappt mir entgegen. Ich schneide eine Grimasse. Auf einmal erinnere ich mich an all die anderen Phasen in meinem Leben, während deren ich in einem ganz ähnlichen Zustand vor mich hin vegetiert habe: ungewaschen und gleichgültig. All die elenden Tage und Wochen, die ich wegen der Liebe gelitten habe. Nach jeder Trennung von jeder einzelnen der sieben Personen meines Baumdiagramms habe ich dasselbe gemacht: Ich habe in meinem eigenen Dreck gelegen, zähe Reiswaffeln gegessen, die ich noch ganz hinten in der Nachttischschublade gefunden hatte, und mein trauriges Leben ignoriert. Ist es das wirklich wert? Ist *Liebe* das wirklich wert?

Seltsamerweise fühlt sich diese Situation mit Bibi noch schlimmer an als eine Trennung.

Ich versuche, mir vorzustellen, wie sich die Welt ohne mich weiterdreht. Bei geschlossenen Vorhängen fällt das schwer. Es erscheint mir angemessener, dass da draußen alles aus Solidarität zu mir zum Stillstand gekommen ist. Wahrscheinlich hat der Premierminister verfügt, dass die Beschissenheit meines Lebens ein globales Innehalten rechtfertigt. Die britische Öffentlichkeit ist nach Hause gegangen, hat sich unter der Bettdecke verkrochen und trauert stellvertretend für mich und meine desaströse Lage. Eine ganze Nation fläzt sich ungeduscht im Bett, drückt Anrufe weg und ignoriert Mails. Ein ganzes Land liegt faul herum und fokussiert seine ganze Sympathie auf mich und mein bekacktes Dasein.

Na ja, so ganz habe ich die Welt doch nicht ausgesperrt.

Ich habe wie eine Besessene im Internet nach Carl gesucht und muss ständig an ihn denken. Ich will wissen, was im A'Diva vorgefallen ist. Unbedingt.

Vielleicht hatte er wie ich einfach genug von den brutalen Arbeitszeiten und miserablen Bedingungen? Vielleicht gab es Streit mit dem Besitzer Hugo? Vielleicht hatte er keine Lust mehr auf Schlafmangel und Küchengeruch.

Ich muss ihn sehen, mit ihm sprechen. Ich brauche Antworten. Aber ich kann ihm nicht einfach eine Nachricht schreiben, oder? Ich kann ihn nicht anrufen und sagen: »Hey, Carl, was geht ab? Wie war es so in den letzten acht Jahren? Ich habe gehört, sie haben dich rausgeschmissen.«

Während unserer siebenmonatigen Beziehung war ich einmal – nur ein einziges Mal – bei ihm zu Hause. Ich habe keine Ahnung, ob er immer noch unter derselben Adresse wohnt, aber ich könnte hinfahren. Ich könnte es in Erfahrung bringen. Wie würde er reagieren, wenn er mich nach all der Zeit wiedersähe? Wie würde er sich fühlen? Was, wenn er mich nicht mal wiedererkennt?

Ich bin nicht mutig genug, das allein durchzuziehen. Ich brauche Verstärkung. Ich brauche Bibi, Louise und Alex. Ich habe das Gefühl, ganz einsam zu sein.

Ich war immer ziemlich gut darin, negative Emotionen zu verdrängen. Wenn im Leben etwas Schlimmes passiert, muss man seine Energie einfach ganz schnell in etwas anderes stecken – oder in jemand anderes. Dann muss man über das Schlechte nicht mehr nachdenken. So simpel ist das.

Nur dass diesmal immer wieder kleine Bruchstücke durch mein Netz der Leugnung schlüpfen.

Immer wieder sehe ich Bibi und Alex vor mir, wie sie bei Alex zu Hause im Bett kuscheln. Wie sie zusammen hinter meinem Rücken lachen. In ihren Lügen schwelgen. Sich küssen und Sex haben, ohne einen Gedanken daran zu verschwenden, was sie mir damit antun. In meinen dunkelsten Momenten – obwohl ich weiß, dass sie das niemals tun würden – stelle ich mir vor, wie sie über meine Geheimnisse tuscheln, meine Bewegungen vergleichen, über meinen nackten Körper diskutieren. Ich schlage die Decke zurück, ignoriere den Geruch und betrachte mich. In dem schlabbrigen Schlafanzug, dessen Hose und Oberteil nicht zusammenpassen, sieht mein Körper grotesk und formlos aus. Ich fühle mich hässlich und ungeliebt. In diesem Augenblick bin ich ein Monster. Ein Monster, über das Bibi und Alex in ihrem Liebesnest spotten.

Eine gigantische Woge von Reiswaffel-Übelkeit überkommt mich, und ich taste nach einer der fünfzig leeren Kaffeetassen neben meinem Bett. Ich muss würgen, aber es kommt nichts. Ich hänge über der Tasse, studiere die braune Pfütze am Boden und lausche auf Geräusche. Ich kann Lou hören, die in der Küche werkelt, aber sie ist allein. Soweit ich weiß, wohnt Bibi seit unserem Streit nicht mehr hier. Louise hat ein paarmal bei mir angeklopft, und ich habe sie einmal gesehen, als ich aufs Klo musste, aber ich wollte nicht mit ihr reden. Nicht über das, was vorgefallen ist. Nicht über meinen Verlust.

Aber wisst ihr was? Vielleicht waren Bibi und ich in Wahrheit gar nicht so eng befreundet.

Ich meine, eigentlich ist sie nicht mal besonders nett! Sie kann richtig kalt und gemein sein. Sie ist unhöflich – zum Beispiel zu ihrem Boss Franco! Der ist ein total anständiger Kerl, der keiner Fliege was zuleide tun kann. Und sie behandelt ihn wie den letzten Dreck. Keine Ahnung, weshalb ich vorher noch nie darüber nachgedacht habe. Sie ist ein Miststück! Ich brauche diese toxische Negativität und Gehässigkeit in meinem Leben nicht. Und dass sie eine illoyale Lügnerin ist, wissen wir ja inzwischen auch. Bei genauerem Nachdenken war sie immer schon geheimniskrämerisch und ausweichend. Ich weiß, wir machen ständig Witze darüber, dass wir ihren richtigen Namen nicht kennen – aber warum hat sie ihn uns nie verraten? Lou und ich teilen alles mit ihr, aber sie will … Macht über uns ausüben, indem sie uns über ihr Leben im Unklaren lässt. Das ist so was von lächerlich. Ich bin fertig mit ihr, und zwar endgültig. Selbst wenn wir es irgendwie schaffen sollten, diesen ganzen Scheiß mit Alex hinter uns zu lassen, glaube ich nicht, dass wir jemals wieder enge Freundinnen sein können. Sie ist die Unordnung in meinem Leben, und ich bin Marie Kondo.

Ich brauche weder Bibi noch Alex. Ich brauche keine von beiden. Und ich weiß, was ich wegen Carl unternehmen werde.

Ich werde ins A'Diva fahren.

EX NR. 2: CARL HURST

Auch bekannt als: die Arbeitsaffäre Teil zwei

A'Diva Restaurant
Lager
01:12 h

»Uns fehlt eine ganze Lieferung Zwiebeln!«, rufe ich, während mein Kopf im Schrank steckt. Niemand reagiert. Ich wette, die Arschlöcher haben alle schon Feierabend gemacht, während ich wieder mal die Vorräte inventarisieren muss.

Ich mache eine kleine Pause, hocke mich auf ein Regal voller Kartoffeln und schließe die Augen. Ich bin total fertig. Völlig ausgepumpt. Ich bin seit acht Uhr morgens hier, und in sieben Stunden muss ich wiederkommen, und dann geht alles von vorne los. Noch nie in meinem Leben habe ich so hart geschuftet.

Aber es lohnt sich. Ich lerne unheimlich viel. Die Vielfalt der

Produkte, die Freude, hochexklusive Gerichte kochen zu dürfen – dafür lohnt sich die ganze Plackerei.

Und ich will nicht lügen: *Seinetwegen* lohnt sie sich auch.

Den ganzen Abend habe ich schon seine Blicke auf mir gefühlt. Er hat mich von der anderen Seite der Küche aus beobachtet, während ich von Teller zu Teller gegangen bin. Ich weiß, dass er es auch spürt. Ich weiß es wegen des kleinen geheimen Lächelns, das wir manchmal austauschen, und wegen der Momente intensiven Blickkontakts. Die Spannung ist beinahe unerträglich. Seit Wochen wird es immer schlimmer, und ich weiß, dass es nicht mehr lange so weitergehen kann.

Natürlich ist es eine schreckliche Idee, das ist mir klar. Ich sollte definitiv die Finger von ihm lassen. Sex mit dem Boss? Mit meinem Helden? Das ist eine ganz, ganz dumme Idee, und ich werde es definitiv nicht tun.

Nicht einmal, wenn er darum bettelt.

Okay, wenn er bettelt, dann vielleicht doch.

Vielleicht werde auch ich diejenige sein, die bettelt?

Alle meine Freunde raten mir, es nicht zu tun. Shelley meint, man wird mich feuern. Lou hat Angst, dass ich am Ende bloß verletzt werde. Aber inzwischen ist es schon so weit gekommen, dass ich für eine Nacht mit Carl beides in Kauf nehmen würde.

Ich lasse den Kopf in die Hände sinken und gebe mich weiter meinem Tagtraum hin. Ich stelle mir vor, wie wir uns küssen, uns berühren, wie wir ficken. Wie Carl mich herumdreht und nach vorn beugt, als wäre ich eine Puppe. Wie er in mich eindringt und wir beide in einem Wirbelsturm aus Schmutz und Schweiß und Körperflüssigkeiten zum Orgasmus kommen.

»Hallo.« Ich zucke zusammen und öffne die Augen, als ich Carls Stimme höre. Blöderweise fühle ich mich schuldig, als hätte ich ihn ohne seine Einwilligung für meine Fantasien benutzt. Sieht er mir an, woran ich gerade gedacht habe? Nein, natürlich nicht, das ist lächerlich. Aber die Art, wie er mich betrachtet … Ich könnte schwören, dass er es weiß. Ich lache nervös und betrachte seine Silhouette im schwach beleuchteten Türdurchgang.

»Sie schleichen sich immer an, wenn ich die Augen zuhabe«, sage ich, froh um das Halbdunkel, das meine geröteten Wangen verbirgt.

Er lächelt. »Na ja, du hast aber auch oft die Augen zu.« O Gott, ich weiß wirklich nicht, ob ich der Spannung zwischen uns noch länger widerstehen kann. Ich habe das Gefühl, gleich sterben zu müssen.

Ich schlucke mühsam und wende den Blick ab. »Sind die anderen schon weg?«, frage ich im rauen Flüsterton, und er macht einen Schritt auf mich zu.

»Ja.« Seine Stimme ist tief, es schwingt etwas Undefinierbares darin mit. »Du und ich sind die Letzten. Nur wir beide, kleine Esther Adams. Ganz allein im Dunkeln in einem Lagerraum.«

Ich kann nicht widerstehen und schaue zu ihm auf. Zehn lange Sekunden starren wir einander an. Die Energie zwischen uns knistert in der Stille.

Es ist zu viel. Wenn ich ihn jetzt nicht küsse, explodiere ich. Ich kann ihm nicht länger widerstehen.

Ich mache einen Schritt nach vorn, packe ihn an seiner Kochjacke und ziehe ihn an mich. Seine Lippen senken sich auf meine. Wir küssen uns wild und gierig, unsere Hände sind überall. Kleider fliegen in alle Richtungen, und vage höre ich das Geräusch der Kartoffeln, die neben mir vom Regal rollen. Geschickt zieht er mir das Höschen herunter, packt mich unter dem Hintern und hebt mich hoch. Ich schlinge die Beine um seine Körpermitte und spüre, wie er sich gegen mich drängt.

»Gott, du bist so unglaublich sexy«, knurrt er leise und voller

Verlangen. »Wie kann man sich von diesen Augen nicht verführen lassen? Du hast mich von der anderen Seite der Küche aus verführt, du geile Schlampe.«

Schlampe? Okay, nein … nein, das ist schon in Ordnung. Das ist … das ist sexy. Ich will seine Schlampe sein.

»Du bist ein geiler …« Mir fällt das männliche Äquivalent einer Schlampe nicht ein. Stecher? Wichser? Ich bin mir nicht sicher, ob es vertretbar wäre, meinem Boss so etwas zu sagen. Ich versuche es mit: »Äh, du bist ein geiler … Koch.« Zum Glück keucht er so heftig, dass er mich gar nicht hört.

Als er in mir kommt – was vollkommen in Ordnung ist, weil ich mir aus der 24-h-Apotheke bei uns um die Ecke die Pille danach holen kann –, nennt er mich eine Hure, und das löst etwas in mir aus. Ich war noch nie so geil und habe mich noch nie so benutzt gefühlt. Und ich weiß mit jeder Faser meines Körpers, dass ich mehr will.

33

»Bist du im Bad?« Louises leise Stimme wird von der Tür gedämpft. »Darf ich reinkommen?«

Ich betrachte mich und schiebe mir vorsichtshalber den Badeschaum über Nippel und Schambehaarung.

»Okay!«, rufe ich lustlos. Ich habe beschlossen, mich endlich mal richtig zu waschen, weil ich morgen an meinem alten Arbeitsplatz vorbeischauen will. Eigentlich habe ich jetzt keine Lust auf ein Krisengespräch.

»Ich wollte nur fragen, wie es dir geht.« Im Schlafanzug und mit besorgter Miene kommt sie herein. Das macht alles nur noch schlimmer: Ich fühle mich bevormundet und unverstanden. »Geht es dir gut, Esther-Bär?«

Ich schlucke. »Klar doch«, sage ich obenhin und schiebe mehr Schaumblasen im Wasser herum. »Und dir?«

Sie hockt sich auf den Wannenrand und reibt sich verschlafen die Augen.

»Lou«, sage ich sanfter. »Wir müssen das nicht jetzt machen. Geh ins Bett, du bist ja offensichtlich sehr müde.«

»Nein, nein.« Sie gähnt. »Schon gut. Sprich mit mir. Kommst du klar?«

»Ja«, sage ich mechanisch. »Morgen gehe ich, äh, Carl besuchen. Weißt du noch – meine Arbeitsaffäre? Ich fahre ins A'Diva, in das

Restaurant, wo wir zusammen gearbeitet haben. Als er mein Küchenchef und ich nur eine kleine Auszubildende war!« Den Rest lasse ich unerwähnt: dass er dort nicht mehr arbeitet. Dass er unter mysteriösen Umständen gegangen ist. »Oh, und Alistair schreibt immer noch viel, insofern scheint er ja nicht sooo verliebt in seine Freundin zu sein.« Ich lächle breit. Weil sie immer noch ein skeptisches Gesicht macht, schiebe ich hastig hinterher: »Alles ist super. Endlich habe ich Optionen. Ich hatte seit Jahren keine Optionen mehr!« Ich klimpere mit den Wimpern, und Lou ringt sich ein Lächeln ab.

»Das ist doch gut«, sagt sie netterweise. »Ich schätze … Ich meine … ja, toll, wirklich gut.« Sie macht eine Pause. Ich warte. Wir beide warten schweigend.

Ich knicke als Erste ein.

»Hast du was von ihr gehört?« Es hat keinen Sinn, so zu tun, als wüsste sie nicht, wen ich meine. Trotzdem lässt sie sich mit der Antwort Zeit und räuspert sich zunächst.

»Ein bisschen.« Sie nickt hölzern. »Nicht oft, um ehrlich zu sein. Ich schätze, sie will nicht, dass du glaubst, ich würde mich auf ihre Seite schlagen.«

Ich hebe den Kopf, damit ich ihr ins Gesicht sehen kann. »Schlägst du dich denn auf eine Seite?«

»Natürlich nicht!« Sie macht ein entsetztes Gesicht.

Scheiße. Ich hatte wirklich gehofft, dass sie sich auf eine Seite schlägt – und zwar auf meine. Logisch.

»Sie ist, äh …« Wieder räuspert sich Lou. »Sie hat ein Jobangebot bekommen!«

»Aha.« Ich weiß nicht recht, wie ich darauf reagieren soll. Bibi ist schon seit Ewigkeiten auf Stellensuche, und ausgerechnet das eine Mal, wenn ich nicht da bin, um sie zu unterstützen, klappt es für sie. Sie darf mich hintergehen, sie stiehlt meine älteste Freundin … sie darf sogar eine Liebesbeziehung haben – etwas, wonach ich mich seit Monaten sehne und weshalb ich sogar eine verfickte *Mission* ins Leben gerufen habe. Und jetzt hat sie zu allem Überfluss auch noch einen brandneuen, aufregenden Job. Die gute alte Bibi landet immer auf den Füßen.

»Na ja«, sage ich widerstrebend. »Schön für sie. Was für ein Glück.«

Louise wirkt unbehaglich, und wir versinken erneut in Schweigen. Ich wünschte, sie würde gehen. Ich wünschte, sie würde mich einfach in Frieden lassen. Ich weiß, sie will bloß nett sein, aber das hier ist nicht die Art von Nettigkeit, die ich gerade brauche. Ich brauche eine unkomplizierte Nettigkeit. Jemanden, der mir sagt, dass ich zu einer Million Prozent recht habe. Der sich vorbehaltlos auf meine Seite stellt und mir sagt, was für ein blödes Miststück Bibi ist. Ich brauche eine Freundin, mit der ich über sie lästern und ihren Charakter auseinandernehmen kann. Der gegenüber ich Bibis Kälte und Unhöflichkeit erwähnen kann, die mir bislang nie viel ausgemacht haben.

Ich nehme einen Waschlappen und lege ihn mir aufs Gesicht. Einerseits hoffe ich, dass Lou den Wink versteht und verschwindet, andererseits will ich potenziellen Tränen Einhalt gebieten.

Lou ignoriert mein Signal.

»Ach so, übrigens«, wechselt sie fröhlich das Thema. »Ich glaube immer noch, dass Großonkel Merlins Geist mich verfolgt. Beim Vorsprechen eben bin ich auf der Bühne hingefallen, und ich schwöre, es lag daran, dass seine Geisterhände mich geschubst haben!«

Ich habe jetzt wirklich nicht die Kraft für Louises abstruse Schuldgefühle – oder was auch immer das ist.

»O Mann«, murmle ich unter meinem Waschlappen. Irgendwer muss ihn nass und zusammengeknüllt irgendwo liegen gelassen haben, er riecht ganz muffig. Trotzdem kann ich ihn nicht wegnehmen, sonst denkt Lou am Ende noch, dass ich mit ihr über diesen Blödsinn reden will. Aber ich muss höflich bleiben. »Du glaubst also, du hast die Rolle nicht bekommen?«

Ich spüre, wie sie den Kopf schüttelt. Wieder tritt Stille ein.

»Ich wünschte, du würdest mit Bibi reden«, sagt sie schließlich leise. Der Satz hängt eine Minute lang in der Luft, und mir ist, als würde mein Badewasser kälter werden. Unter dem Waschlappen fühle ich alle möglichen Emotionen, aber ich sage nichts.

Nach einigen Minuten steht sie auf und verlässt leise das Bad. Sanft schließt sie die Tür hinter sich.

Ich kneife die Augen zu und tauche unter. Der Waschlappen schwimmt davon, und unter Wasser kann ich nichts mehr hören. Alles ist schwarz und still.

Seht ihr? So einfach ist es, die Welt auszusperren.

EX NR. 2: CARL HURST

Auch bekannt als: die Arbeitsaffäre
Teil drei

A'Diva Restaurant
Küchentresen
23:12 h

»Ich warte schon den ganzen Abend darauf, mit dir allein zu sein«, knurrt er mir ins Ohr, und mein Inneres zieht sich zusammen. Aber es ist kein gutes Gefühl. Er packt mich um die Hüften und dreht mich zu sich herum, als wäre ich leicht wie eine Feder. Anfangs habe ich mich noch gewollt und sexy gefühlt, aber inzwischen fühle ich mich … anders.

»Vielleicht sollten wir lieber nicht …«, beginne ich und denke an die Frau, die ich heute draußen Arm in Arm mit ihm gesehen habe. Aber er küsst bereits meinen Hals, und es kommt mir unhöflich vor, ihm jetzt zu sagen, dass er aufhören soll.

In Wahrheit habe ich heute den ganzen Tag versucht, ihm aus

dem Weg zu gehen. In letzter Zeit ist es irgendwie komisch zwischen uns. Ich fühle mich zunehmend … nicht direkt benutzt, aber … doch, eigentlich fühle ich mich benutzt. Es wird auch immer schwieriger, das Gerede der anderen auszublenden – und die Art, wie sie mich ansehen: voller Misstrauen und Mitleid. Es wird immer schwerer zu ignorieren, dass es in Carls Leben ganz offensichtlich noch andere Frauen gibt. Ich habe die Kollegen tuscheln hören, dass er zu Hause eine Freundin hat. Das erklärt vielleicht, warum ich ihn bisher nur einmal besuchen durfte. Aber ich kann ihn schlecht danach fragen, oder? Und so oder so: Den Mann zu ignorieren, mit dem man schläft, ist nicht leicht, wenn dieser Mann zufällig der eigene Boss ist.

Heute war viel los im Restaurant, und ich hatte gehofft, gleich nach Küchenschluss verschwinden zu können, aber Carl hat mir im Beisein aller befohlen, noch zu bleiben und ihm bei der Reinigung der Kühlschränke zu helfen. Ich habe die Blicke gesehen, die meine Kollegen sich gegenseitig zugeworfen haben, als einer nach dem anderen nach Hause ging. Selbst mein guter Freund Paul konnte mich nicht ansehen, als er sich verabschiedete.

»Auf die Knie«, befiehlt Carl mir und ist bereits dabei, seinen Gürtel zu öffnen. Es war heute voller als sonst, und wir haben zehn Stunden ohne Pause in einer stickigen Küche gestanden. Er wird nicht gut schmecken.

Sein Schwanz findet den Weg in meinen Mund, und ich lasse zu, dass er in mich hineinstößt. Ich versuche zu schlucken, um mehr Spucke zu produzieren, damit es sich nicht ganz so unangenehm anfühlt, aber ich bin so scheißmüde und durstig. Ich habe nicht genug Speichel, um meine trockene Kehle zu befeuchten, geschweige denn für seinen verschwitzten Penis.

Das ist sexy, rufe ich mir ins Gedächtnis. Ich bin sexy. Ich bin eine starke, selbstbestimmte Frau, die selbstbestimmte Entscheidungen trifft.

Er packt mich am Hinterkopf und stößt heftiger in meinen Mund. Ich muss würgen und habe das Gefühl zu ersticken.

Ich bin eine starke, selbstbestimmte Frau, die ganz selbstbestimmt die Entscheidung trifft, sich zu erniedrigen. Das hier mit sich machen zu lassen. Er ächzt, und seine Stöße werden noch härter. Als ich erneut zu würgen beginne, stöhnt er laut, so, als würden ihn die widerlichen Geräusche, die ich von mir gebe, nur noch mehr erregen.

Die Knie tun mir weh. Ich habe immer noch Schrammen vom letzten Mal, die noch nicht verheilt sind. Der Boden aus Designerfliesen wurde nicht dafür gemacht, um darauf herumzurutschen.

Ich will nicht mehr. Ich will wirklich nicht. Er schmeckt ekelhaft. Mein Mund ist voll mit meinem eigenen sauren Speichel, und ich will einfach nur noch ins Bett und zwölf Stunden lang schlafen. Ich bin hundemüde – von der Arbeit und von ihm. Ich will aufhören. Mit allem.

Aber ich sage immer wieder Ja, warum also sollte er jetzt auf ein Nein von mir hören?

»WAS ZUM HENKER IST HIER LOS?«, kommt plötzlich eine wütende Stimme aus dem Nichts. Carl lässt meinen Kopf los, und ich falle nach vorn. Ich kauere am Boden und habe Angst, den Kopf zu heben und zu sehen, wer hier ist.

»STEHEN SIE AUF!« Jetzt erkenne ich die Stimme. »STEHEN SIE SOFORT AUF.« Er schreit mich an. Er schreit uns beide an. Ich schlucke und versuche, die Kraft zu finden, trotz der unfassbar erniedrigenden Situation aufzustehen.

Wir wurden erwischt. Von der einen Person, der Carl nicht den Mund verbieten kann. Es sind schon vorher Leute reingekommen, während wir Sex hatten – Küchenhilfen, Kellner, sogar einmal ein Gast. Aber Carl weiß, wie er die anderen zum Schweigen bringt.

Die Gefahr – das Risiko – hat uns sogar erregt.

Ich brauche lange, bevor ich mich rühren kann, und als ich endlich den Kopf hebe, hat Carl bereits wieder seine Hose an und steht neben Hugo, auf den er mit leiser Stimme einredet. Ich verstehe einzelne Wortfetzen, obwohl die beiden bereits im Begriff sind, die Küche zu verlassen.

»Verführt … förmlich darum gebettelt … Sie wissen doch, wie diese jungen Dinger sind …«

Wie gelähmt stehe ich da, und blankes Entsetzen überkommt mich. Von jemandem erwischt zu werden, den ich so sehr schätze, hätte ich mir in meinen kühnsten Albträumen nicht ausmalen können. Aber es ist alles meine Schuld. Ich habe damit angefangen. Ich wollte es so.

Ich spüre, wie sich mir der Magen umdreht, als wollte er aus meinem Körper fliehen und nie mehr wiederkommen.

Stattdessen stehe ich auf, wische mir die Knie sauber und verlasse das Restaurant so schnell wie möglich durch den Hinterausgang. Als ich gehe und die Tür hinter mir zuziehe, weiß ich, dass ich nicht zurückkommen werde.

Später in der Nacht bekomme ich eine kurze, brüske Textnachricht von Carl, in der er mir mitteilt, dass es das Beste sei, wenn ich mir einen neuen Job suchen würde. Kurz darauf geht eine Überweisung ein, bei der ich mich schmutziger fühle als bei allen anderen Dingen, die in den letzten sieben Monaten passiert sind. Weder Carl noch Hugo noch einen der anderen Kollegen sehe ich danach je wieder – bis auf einen.

Aber Carls Worte zu Hugo wirken noch lange in mir nach. Weil ich ihn wirklich verführt habe. Ich habe wirklich darum gebettelt.

Hat er das nicht oft zu mir gesagt, wenn wir Sex hatten? Und hat es mir nicht gefallen?

Ich bin widerlich, und all das ist allein meine Schuld.

34

Ich kann Louise schon kreischen hören, als ich den Schlüssel ins Schloss stecke.

»DIESE BESCHISSENE TOILETTE!«, wütet sie, und ich warte einen Moment, um mich zu sammeln. Ich blicke auf meine zitternden Hände, befehle mir, mich zu beruhigen, und atme mehrmals tief die kalte Luft ein. Die vergangenen Stunden kann ich auch noch später verarbeiten.

Ich schlucke mühsam. Dann setze ich ein etwas verkrampftes Lächeln auf und betrete die Wohnung.

Keuchend und mit hochrotem Kopf taucht Lou im Flur auf. »Hilfe!«, sagt sie schlicht und fuchtelt mit einer Klobürste in der Luft herum. »Kannst du die Vase holen?«

Ich nicke und trete sofort in Aktion.

Im Bad verfallen wir sogleich in unsere neue Routine, die darin besteht, das überlaufende Wasser in die Wanne zu schöpfen und auf unseren Vermieter zu schimpfen.

»Oh!«, ruft Louise nach einigen Minuten. »Wolltest du dich heute nicht mit deiner Arbeitsaffäre treffen? Wie ist es gelaufen?«

Ich beobachte, wie das Wasser im Badewannenabfluss verschwindet. Eigentlich wollte ich nichts sagen. Ich wollte die neueste Erniedrigung für mich behalten. Aber Louise hat zu dem

Thema schon so viel von mir gesehen und gehört, vor allem in den letzten Monaten. Es ist alles ein einziges Chaos.

»Ich habe beschlossen, mich nicht mit Carl zu treffen«, sage ich und räuspere mich. »Jedenfalls nicht von Angesicht zu Angesicht.« Ich halte inne und blicke in ihre lieben, neugierigen, kugelrunden Augen. »In Wahrheit war ich heute gar nicht bei ihm. Ich war im A'Diva.«

»Und er war nicht da?«, fragt sie, Wasser schöpfend. »Arbeitet er nicht mehr dort?«

Ich schüttle den Kopf. »Nein. Sie haben ihn rausgeworfen. Beziehungsweise, er hat gekündigt – aber nur, damit er nicht entlassen wird. Was er mit mir gemacht hat …« Wieder schlucke ich. »Dasselbe hat er mit ganz vielen anderen jungen Frauen abgezogen. Eine Affäre nach der anderen. Und dabei war er die ganze Zeit verheiratet.«

»O mein Gott«, haucht sie sichtlich schockiert. »Das ist ja furchtbar. Woher weißt du das?«

»Ich habe mit einer Mitarbeiterin gesprochen. Sie leitet den Service. Ich habe ihr gesagt, dass ich früher für Carl gearbeitet habe. Wir haben uns hingesetzt, einen Kaffee zusammen getrunken, und sie hat mir erzählt, dass er es jahrelang auf junge weibliche Küchenkräfte abgesehen hatte – alles Frauen, die zu ihm aufgeschaut haben und von ihm abhängig waren. Er ist lange damit durchgekommen, aber seit MeToo haben sich die Dinge geändert. Irgendwann konnte er sich nicht mehr rausreden, indem er den Frauen die Schuld gab. Außerdem hat sich der ehemalige Besitzer Hugo zur Ruhe gesetzt, und seine Tochter hat den Laden übernommen. Sie ist um einiges erfahrener und aufmerksamer, was solche Dinge angeht.« Ich grinse. »Angeblich hat sie vor ein paar Monaten die komplette Belegschaft zusammengerufen und alles, was Carl sich hat zuschulden kommen lassen, bis ins letzte abartige Detail vor ihnen ausgebreitet – jedenfalls, soweit sie darüber Bescheid wusste.« Ich blicke auf meine Füße. »Dann hat sie ihm angeboten, seine Kündigung einzureichen. Es muss großartig gewesen sein.«

»Wow.« Louise ist völlig entgeistert. »Ich wette, er war stinksauer.«

»Ja. Sie meinte, er hätte innerlich gebrodelt vor Wut. Er sah so aus, als wäre er kurz davor, seine Chefin zu schlagen. Einige der Beiköche sind dazwischengegangen und haben ihn nach draußen gebracht. Offenbar waren sie heilfroh, ihn endlich loszuwerden! Alle hatten die Nase voll von ihm.« Mir fällt eine weitere Einzelheit ein. »Oh, und anscheinend hat jemand es seiner Frau erzählt, und die lässt sich jetzt von ihm scheiden!«

Louise beißt sich auf die Lippe. »Glaubst du, die Frau, mit der du dich unterhalten hast – die aus dem Service –, war auch eine von Carls Eroberungen?«

Ich nehme Lou die Vase ab, damit ich etwas zu tun habe. »Ich habe sie nicht gefragt, aber ich glaube schon. Sie hatte diesen Blick, den ich wiedererkannt habe. Aber ich kann es nicht mit Sicherheit sagen.«

Wir schweigen einen Moment lang, dann fragt Lou: »Wie geht es dir?«

Ich zucke die Achseln und lasse die Schultern hängen.

»Besser? Schlechter? Ich habe nicht die geringste Ahnung«, gestehe ich. »Ich wollte nie zugeben, wie schrecklich die Beziehung mit ihm war. Wie machtlos ich mich gefühlt habe. Ich wollte wirklich glauben, dass ich mir das selbst ausgesucht habe. Dass ich erwachsen war und meine eigenen Entscheidungen treffen konnte. Aber in anderer Hinsicht hilft es zu wissen, dass mein unterschwelliges Gefühl mich nicht getrogen hat. Er ist ein absolutes Scheusal. Es ist gut, dass ich das endlich erkannt habe. Ich glaube, mit einundzwanzig war ich einfach noch sehr naiv.« Ich schüttle den Kopf über mein früheres Ich. »Ich fand ihn damals wirklich cool und sexy. Ich dachte, so sind Erwachsene eben. Ich dachte, wenn ich mitmache, bin ich automatisch auch erwachsener, dabei hat er in Wahrheit ein junges Mädchen manipuliert und ausgenutzt. Und nicht irgendein junges Mädchen, sondern eine Mitarbeiterin, die ihm unterstellt war! So was ist einfach verwerflich.« Ich halte kurz inne. »Aber ich glaube, genau das ist der Grund, weshalb ältere Männer junge Frauen daten, oder? Weil wir oft nicht wissen, welches Verhalten in Ordnung ist und welches nicht. Wir wissen nicht, wo die Grenzen sind. Wir wehren uns nicht wirklich und widersprechen nicht oft genug. Ich dachte, Carl wüsste alles besser als ich, weil er älter war. Und er war mein Held! Deshalb habe ich nie Nein gesagt.« Ich gebe ihr die Vase zurück und knete meine Hände. »Ich glaube, Männer wie Carl können mit Frauen auf Augenhöhe gar nicht umgehen. Frauen, die sich ihr mieses Verhalten nicht gefallen lassen.« Ich schlucke beim Gedanken daran, was ich von ihm alles ertragen habe. »Wie auch immer, die Demütigung gehört in solchen Fällen irgendwie dazu, oder? Ich muss meine Fehler reflektieren. Ich muss mir überlegen, ob ich irgendwas hätte anders machen können oder ob ich was aus der Erfahrung gelernt habe.« Ich recke das Kinn vor. »Zumindest habe ich gelernt, dass ich nie wieder etwas mit einem Sexmonster anfangen will.«

»Na, das ist doch immerhin eine wertvolle Lektion.« Louise lacht. Die Toilette gibt plötzlich ein zorniges Gurgeln von sich, das uns beide zusammenzucken lässt.

»Igitt. Ich wünschte, Bibi wäre hier«, sage ich verärgert. Lou wird hellhörig und macht ein hoffnungsvolles Gesicht.

Ich verdrehe die Augen. »Nur weil sie dann auch mal Wasser schöpfen könnte! Es ist nicht fair, uns mit dem Klo im Stich zu lassen. Eigentlich müsste sie den Vermieter anrufen und ihm was von

Mieterrechten erzählen. Letztes Mal habe ich das übernommen, und es hat rein gar nichts gebracht.«

»Ich weiß.« Lou lässt den Kopf hängen. »Ich habe es auch versucht, bevor du gekommen bist, aber ich kann einfach nicht streng genug sein, wenn ich mit ihm rede. Diesmal hat er aber geschworen, er würde einen richtigen Klempner schicken! Er hat es auf sein Grab geschworen!«

»Ich weiß nicht – kann man auf sein eigenes Grab schwören?« Ich denke nach. »Wenn man noch nicht tot ist, *hat* man doch gar kein Grab.«

»Oh.« Sie wirkt betreten. »Na ja, jedenfalls tut es mir leid, dass ich in solchen Dingen nichts tauge.« Sie macht eine Pause. »Nur Bibi kann ihm wirklich die Meinung geigen. Weißt du noch, wie sie ihn als behämmerte Pisskuh bezeichnet hat? Erinnerst du dich?«

Ja, ich erinnere mich, bin aber nicht bereit, daran zu denken. Es war zu schön. Wir standen zu dritt um Bibis Handy herum, während sie unseren Vermieter zur Sau machte.

Louise betrachtet mich schweigend.

»Was ist?«, frage ich gereizt.

»Das weißt du genau«, gibt sie leise zurück.

»Bibi will doch sowieso nicht mit mir reden!« Ich mache eine wegwerfende Handbewegung. »Seit sie bei Alex wohnt, habe ich nichts mehr von ihr gehört. Und warum sollte sie mich noch sehen wollen? Sie hat ja jetzt alles, was sie sich gewünscht hat, oder? Eine Freundin, den perfekten Job ...«

»Den hat sie doch noch gar nicht sicher«, fällt Lou mir ins Wort. »Es ist eine größere Firma, als sie gewohnt ist, und sie weiß nicht, ob ...«

»Ach«, unterbreche ich sie gehässig. »Am Ende stellt sich garantiert raus, dass es der perfekte Job für sie ist!« Ich erkenne meine eigene Stimme kaum wieder. »Bibi muss sich nicht mal anstrengen, ihr fällt alles in den Schoß. So ist es doch, oder? Und die neue Stelle ist bestimmt der absolute Traumjob! Bibi, der Glückspilz!« Das bin nicht ich. Ich weiß doch, wie schwer Bibi darum gekämpft hat, einen Job zu finden. Ich hasse den Menschen, der in meinen Worten zum Ausdruck kommt, aber ich bin immer noch zu wütend, um Vernunft anzunehmen.

Lou ist verwirrt. »Aber du liebst deinen Job doch auch, oder nicht? Das dachte ich jedenfalls immer?«

Großartig. Wieder überfällt mich ein neuer Schwung schlechtes Gewissen. Als hätte ich nicht schon genug davon.

Ja, ich liebe meinen verfickten Job. Herzlichen Dank, dass du mich daran erinnerst! Und in letzter Zeit tue ich alles, um meine Karriere zu torpedieren – und manch anderes noch dazu. Mir steigt die Schamesröte ins Gesicht, als ich daran denke, wie sträflich ich die Arbeit in den letzten Monaten vernachlässigt habe. Meine Assistentin Katie muss sich um alles kümmern, während ich meine Pflichten ignoriere.

Ich öffne den Mund, werde jedoch von der Türklingel gerettet.

Natürlich ist es der unfähige Schwiegersohn unseres Vermieters. Lou bringt ihn ins Bad und drückt ihm die Vase in die Hand, dann ziehen wir uns ins Wohnzimmer zurück und unterhalten uns flüsternd auf dem Sofa.

»Ich hasse es, hier zu sitzen, während andere Leute niedere Tätigkeiten für uns erledigen«, klagt sie. »Das ist, als hätte man Dienstboten oder so was. Wollen wir in den Swab gehen?«

Völlig entgeistert sehe ich sie an. »In Bibis Kneipe? Wie stellst du dir das vor? Vielleicht sind Bibi und Alex da!«

»Oh.« Sie lacht leise. »Nein, definitiv nicht. Bibi muss diese Woche nicht arbeiten, und sie gehen ohnehin nie in den Swab – Bibi meint, wenn sie Franco nur sieht, stirbt ihr Sexualtrieb tausend Tode.«

»Wann hat sie das …« Ich runzle die Stirn, als es mir dämmert. »Moment mal … Lou, wusstest du etwa Bescheid? *Wusstest* du das mit den beiden? Wusstest du, dass Alex und Bibi miteinander schlafen?«

Sie wird kreidebleich, als ihr klar wird, was ihr da gerade herausgerutscht ist. Und was es bedeutet.

Beschämt blickt sie auf die Kissen zwischen uns. »Ja«, antwortet sie schlicht. Und auf einmal geht es nicht mehr nur um Bibis Verrat. Es geht nicht einmal um Lous Verrat. Es geht darum, dass ich ausgeschlossen wurde. Meine drei besten Freundinnen hatten zusammen ein Geheimnis. Ohne mich.

»Aber hör zu, es war keine Verschwörung oder dergleichen«, fährt Lou hastig fort. »Mir ist bloß aufgefallen, dass irgendwas im Busch ist. Es war doch offensichtlich – diese seltsame Spannung zwischen den beiden! Die Unbeholfenheit, die Zickereien. Und meine Güte, ständig diese schmachtenden Blicke!«

»Ich dachte, sie könnten sich nicht leiden!«, rufe ich. »Außerdem habe ich nie irgendwelche schmachtenden Blicke gesehen.«

Lou zögert einen Moment mit ihrer Antwort. »Na ja«, meint sie schließlich. »Du warst in den letzten Monaten ja auch sehr mit deiner Sieben-Männer-Mission beschäftigt.«

In ihrem Ton schwingt Kritik mit, die ich beim besten Willen nicht nachvollziehen kann.

»Aber die Mission ist doch unser gemeinsames Ding«, verteidige ich mich. »Ich dachte, ihr hängt da genauso mit drin wie ich. Ihr wusstet doch, wie wichtig sie mir ist.«

Sie nickt. »Natürlich! Und wir unterstützen dich ja auch. Wir haben viel darüber gesprochen. Nur …« Abermals zögert sie. »Manchmal kam es mir so vor, als würdest du über nichts anderes mehr reden. Bibi und ich haben eben auch unsere eigenen Themen.«

»Jetzt tu bloß nicht so, als hätte ich mich gar nicht mehr für euer Leben interessiert!« Ich durchforste mein Gedächtnis, aber tatsächlich wollen mir keine konkreten Situationen einfallen. Trotzdem, ich habe definitiv mit ihnen über ihr Leben geredet. Ich bin ja keine egoistische Kuh, die nur um sich selbst kreist. Ich weiß ganz genau, dass ich sie nach ihrem Leben gefragt habe.

»Nein, nein.« Lou schüttelt den Kopf. »Tut mir leid, das wollte ich damit gar nicht sagen. Du bist eine gute Freundin, wirklich. Aber Bibi und ich haben im vergangenen Jahr auch so einiges durchgemacht. Wir versuchen seit Ewigkeiten, beruflich Fuß zu fassen, während deine Karriere wie am Schnürchen läuft. Wir waren bei unzähligen Bewerbungsgesprächen und Castings, und nie ist was dabei rumgekommen. Und du hast dich total nett und verständnisvoll verhalten! Aber irgendwann wird es eben langweilig, das immer und immer wieder zu sagen. Genau wie es langweilig wird, sich immer wieder dasselbe anhören zu müssen. Glaub mir, für uns ist es *auch* langweilig. Aber das bedeutet nicht, dass es keinen Einfluss auf unser Leben hat. Alles dreht sich darum, ob ich ein Casting kriege oder Bibi ein Bewerbungsgespräch ergattert. Und ob wir nach all der harten Arbeit und emotionalen Achterbahnfahrt die Rolle beziehungsweise den Job auch tatsächlich bekommen. Das ist auf Dauer furchtbar ermüdend – immer wieder dieselbe Leier.« Sie macht ein gequältes Gesicht. »Ich glaube, das hat uns in den letzten Wochen zusammengeschweißt. Wir teilen diesen Schmerz.«

»Aha, und ich konnte diese besondere Bindung natürlich nicht verstehen«, sage ich brüsk und spüre ein schmerzhaftes Krampfen im Magen. »Du weißt, dass ich Bibi nicht entlassen habe. Und ich habe dir auch nicht gesagt, dass du Schauspielerin werden sollst, Louise.«

Einen Moment lang sieht sie traurig aus, doch sie nickt. »Ich weiß, Esther. Ich versuche es dir nur zu erklären.« Sie hält inne, ehe sie leise hinzufügt: »Du hast dein Leben einfach so gut im Griff. Wir hatten das Gefühl, den Anschluss zu verlieren.«

»Ich habe nicht alles im Griff!«, explodiere ich, bevor mir der Schwiegersohn im Bad einfällt und ich die Stimme senke. »Lou, das ist doch total lachhaft. Mein Liebesleben ist eine einzige Katastrophe! Deshalb mache ich das Ganze doch!«

»Aber du hast ein Zuhause, du hast Freunde und einen Beruf, den du liebst.« Ihre Stimme klingt flehentlich, und sie blickt in ihren Schoß. »Du hast ein geregeltes Einkommen, und das gibt dir eine Menge Freiheit. Du hast keine Ahnung von dieser erdrückenden Furcht, die Bibi und ich jeden Monat verspüren, weil wir uns fragen, ob wir uns die Gasrechnung *und* was zu essen leisten können. Du hast deine wichtigsten Schäflein schon ins Trockene gebracht. Und ich verstehe, dass du einen Mann kennenlernen möchtest!«, fügt sie hastig hinzu. »Aber das ist nicht wirklich dringend, oder? Du bist erst neunundzwanzig! Schon bald werden die Menschen hundertfünfzig Jahre leben, und willst du wirklich für die nächsten hundertzwanzig Jahre mit demselben Mann zusammen sein? Eine Beziehung ist nicht das Wichtigste im Leben, oder?«

Ich blicke ihr forschend ins Gesicht. Meint sie das ernst? *Natürlich* ist es das Wichtigste! Oder nicht? Das dachte ich wenigstens immer.

Ein unbehagliches Schweigen entsteht zwischen uns. Ich bin wütend – stinkwütend, um genau zu sein –, aber ich darf mich nicht auch noch mit Lou zerstreiten. Das könnte nämlich den Anschein erwecken, *ich* sei diejenige mit dem Problem.

»Also«, sage ich nach einer Minute. »Du, Alex und Bibi teilt alles miteinander, weil ich einen guten Job habe. Du wusstest die ganze Zeit über sie Bescheid und hältst sie für ein tolles Paar, und du siehst keinerlei Probleme, wenn sie sich irgendwann mal trennen.«

Ich weiß, mein Ton ist aggressiv und sarkastisch, aber ich kann mir nicht helfen. Warum kann sie die Sache nicht auch mal aus meiner Perspektive betrachten?

Lou atmet tief ein. »Na ja«, sagt sie vorsichtig. »Ich finde wirklich, dass sie ein tolles Paar abgeben.« Sie hält inne. »Und *falls* sie sich trennen, wird es sicher furchtbar und kompliziert und traurig. Es könnte die Situation zwischen uns tatsächlich extrem unangenehm machen, und ich will Alex genauso wenig wieder verlieren wie du. Aber in der Liebe geht es darum, große Risiken einzugehen. Und wenn Bibi und Alex jemanden gefunden haben, der sie glücklich macht, dann sollten wir ihnen das gönnen.« Das ist eine sehr flammende Rede für Lous Verhältnisse. »Und wenn ich ganz ehrlich zu dir sein soll, Esther …« O nein, Ehrlichkeit kann ich im Moment nicht brauchen. »Ich finde, du warst deutlich dümmer, als du vor all den Jahren die Sache mit Alex angefangen hast. Tut mir leid, dass ich dir das so sagen muss. Aber ich denke, deshalb reagierst du jetzt auch so heftig – weil du weißt, dass du damals einen Riesenfehler gemacht hast, und dir irgendwie von Anfang an klar war, dass es keine gute Idee war. Aber du hast die Alarmglocken in deinem Kopf ignoriert. Es war zum Teil auch deine Schuld, dass wir Alex damals verloren haben, und ich glaube, deshalb fühlst du dich jetzt für die beiden und für ihre Entscheidungen verantwortlich. Und du bist wütend, weil du keinerlei Kontrolle darüber hast, was sie tun oder was vielleicht passieren könnte.« Sie seufzt schwer. »Aber Süße, Alex und Bibi sind viel älter als wir damals. Sie können die Sache besser einschätzen. Und vor allem …« Sie hält einen Moment inne. »Die beiden haben sich ineinander verliebt. Sie *lieben* sich – nach so kurzer Zeit! Deshalb haben sie weitergemacht, obwohl sie wussten, dass es dir wehtun könnte. Und das ist kein Fehler. Was auch immer jetzt zwischen ihnen geschieht – oder zwischen uns vieren –, kann kein Fehler sein.«

Ich schlucke mühsam und kämpfe gegen die Tränen. Ich will ihr widersprechen. Ich will ihr sagen, dass sie unrecht hat. Aber das wäre nicht wahr.

»Esther …«, beginnt sie abermals, nun in verändertem Ton. »Hass mich bitte nicht dafür, dass ich das sage, aber vielleicht wird es Zeit, die Mission abzubrechen? Sie hat dir emotional schon so viel abgefordert. Du musstest all diese Enttäuschungen verkraften, mit Alistair und Paul und Idris. Und dann hast du dich deiner Vergangenheit mit dem widerlichen Carl gestellt! Das muss doch schrecklich gewesen sein. Es war eine interessante Reise, aber du musst nicht weitermachen, wenn du nicht willst. Wir wissen beide, dass Rich ein lupenreines Arschloch ist. Das Wiedersehen mit ihm würde dir sicher sehr zusetzen. Vor allem, während du gerade all diese Probleme mit Bibi und Alex hast.«

Ich lasse mir ihre Worte durch den Kopf gehen. Ich denke daran, was für eine Erleichterung es wäre, ihr zuzustimmen. Die Sache zu beenden und mich endlich wieder um mein Leben zu kümmern. Mich wieder in die Arbeit zu stürzen, statt meine Karriere zu sabotieren. Zuzugeben, dass ich in Bezug auf Bibi unrecht hatte, und zu ihr zu fahren, um sie in die Arme zu schließen. Mich bei allen zu entschuldigen, weil ich in den letzten Monaten so eine selbstsüchtige Kuh war – weil ich alle gezwungen habe, mich bei dieser Achterbahnfahrt zu begleiten. Es wäre unglaublich befreiend, das alles endlich hinter mir zu lassen.

Aber das kann ich nicht. Ich muss es zu Ende bringen. Ich bin zu weit gekommen und habe den anderen zu viel zugemutet, um jetzt alles hinzuschmeißen.

Was ist, wenn Lou recht hat? Wenn eine Beziehung nicht alles automatisch besser machen wird? Was, wenn ein Partner an meiner Seite es nicht wert ist, darüber Freunde und die Karriere zu verlieren?

Ich schüttle bedauernd den Kopf.

»Ich bringe das zu Ende, Lou«, sage ich schlicht. »Ich schreibe Rich noch heute Abend.«

Alarmiert sieht sie mich an. »Meinst du das ernst?« Ihre Stimme klingt schrill. »Bitte, sag mir, dass du das nicht ernst meinst. Ich hätte nie damit gerechnet, dass du Rich, das Arschloch, wiedersehen willst. Was, wenn du dich wieder von seinem Bullshit einlullen lässt?« Sie wirkt regelrecht panisch. »Warum … äh … warum machst du nicht Pläne mit Alistair und schaust, wie du dich fühlst, sobald du in Bezug auf ihn zu einer endgültigen Entscheidung gelangt bist?«

Ich schüttle den Kopf. »Nein, ich will nicht mehr warten. Diese Mission hat mein komplettes Leben übernommen, und du hast recht, was den emotionalen Preis betrifft. Ich muss das abschließen können. Ich hätte von Anfang an mehrgleisig fahren sollen, es dauert alles viel zu lange.«

Lou läuft purpurrot an, ehe ihr der Kragen platzt. »Das ist ein Riesenfehler! Siehst du das nicht? Das Arschloch hat Macht über dich, und wenn du ihn wiedersiehst, wirst du ihm wieder verfallen! Weißt du nicht schon genug über eure Beziehung, um ihn auslassen zu können? Das mit euch ist erst vor acht Monaten zu Ende gegangen! Kannst du dir nicht vorstellen, wie selbstzufrieden er sein wird, wenn du wieder angekrochen kommst?«

»Ich komme nicht *wieder angekrochen*!« Ich setze mich aufrechter hin. »Und du kapierst ganz offenbar nicht, dass ich es tun muss, Lou.«

»Aber *warum*?« Ihre Stimme klingt gepresst und verzweifelt.

»Du würdest es nicht verstehen«, sage ich noch einmal, ehe ich mein Handy raushole. Es juckt mich in den Fingern.

»Also …« Sie steht auf. »Ich kann nicht hier sitzen und dabei zusehen.« Sie klingt etwas zittrig. »Dann lasse ich dich mal allein.«

Langsam geht sie zur Tür, als würde sie darauf warten, dass ich sie zurückrufe.

»Bis später«, sage ich brüsk, und sie sieht mich noch ein letztes Mal traurig an, ehe sie verschwindet. Ich höre, wie ihre Zimmertür zuknallt, kurz bevor der Schwiegersohn den Kopf zur Tür hereinsteckt.

»Ich glaube, jetzt ist die Toilette vollends im Arsch«, klagt er.

»Da ist sie nicht die Einzige«, murmele ich, während ich entschlossen eine Nachricht an Rich tippe.

EX NR. 7: RICH LOWE

Auch bekannt als: das Arschloch
Teil eins

Strawberry Moons
An der Bar
23:50 h

Ich spüre seine Blicke auf mir, bevor ich ihn sehe. Sie fühlen sich an wie heiße Laserstrahlen in meinem Nacken.

Vielleicht ist das auch bloß der Tequila. Nach sieben Shots, zwei Flaschen Wein und vier Stunden intensiven Tanzens gibt es vermutlich keine Körperstelle von mir, die nicht erhitzt ist.

Ich wische mir das verschwitzte Gesicht am Ärmel ab, drehe mich suchend um und schaue in die tollsten Augen, die ich jemals gesehen habe. Sie fixieren mich von der anderen Seite des Raums aus.

Der Mann, zu dem die Augen gehören, lehnt an einem Pfeiler und mustert mich, während ich für eine weitere Runde zahle. Es ist Stunden her, dass ich mir zuletzt Gedanken darüber gemacht habe, wie ich aussehe – Stunden, in denen ich jede Menge Alkohol getrunken und grundlos »Juhuuu!« gebrüllt habe. Die Trunkenheit hat verdeckt, wie lächerlich wir in den Augen der anderen Feiernden vermutlich ausgesehen haben. Doch jetzt wird mir in einem grauenvollen Moment der Selbsterkenntnis klar, dass mein Zustand absolut widerlich sein muss. Meine Klamotten sitzen schief, die Schminke ist verlaufen, und auf einmal bemerke ich, dass sich die Bräunungscreme auf meinen Armen in den Armbeugen, unter den Achselhöhlen und an den Fingernägeln gesammelt hat.

Vorsichtig balanciere ich die soeben erstandenen Drinks vor mir her, während ich mich erneut nach dem Mann umschaue. Er taxiert mich mit beinahe analytischem Blick. Im ersten Moment frage ich mich, ob er womöglich Arzt ist und etwas Besorgniserregendes an mir entdeckt hat. Das erscheint mir um Längen wahrscheinlicher, als dass ein dermaßen heißer Typ auf mich steht. Selbst wenn ich mich im Optimalzustand befinde, fällt es mir schwer zu glauben, dass mich jemand attraktiv finden könnte.

Ich gerate ins Stolpern und kippe jemandem den oberen Zentimeter Cocktail aus Bibis Glas über den Rücken. Ein großer, stämmiger Mann dreht sich wutentbrannt zu mir um.

»Sorry«, lalle ich, woraufhin er mich als blöde Schlampe beschimpft.

»Pass auf, was du sagst«, warnt ihn eine strenge Stimme hinter mir. »Sprich gefälligst nicht so mit Frauen.«

»Immer diese verdammten Retter in der Not«, murmle ich, ehe ich mich umdrehe. »Vielen Dank, aber ich brauche deinen wohlmeinenden Sexismus nicht. Ich bin durchaus selbst in der L …« Ich verstumme jäh, als mir klar wird, dass es der Kerl mit den sexy Augen ist. »Oh. Du bist es.«

»Ich habe dich beobachtet«, sagt er und kommt mir ganz nahe.

Aus der Nähe ist man geradezu geblendet von seinem attraktiven Äußeren. Ich kann fast nicht mehr atmen. Aber auch das könnte am Tequila liegen.

»Ich weiß«, sage ich mit einem Selbstvertrauen, von dem ich keine Ahnung habe, woher ich es nehme. »Ich weiß nur nicht, wieso.« Sein Blick verursacht mir ein gewisses Unbehagen. Dasselbe gilt für meinen BH, der komplett verrutscht ist, sodass jetzt ein Körbchen tapfer versucht, beide Brüste zu stützen.

»Hier, kannst du das mal kurz halten?« Ich reiche ihm die Drinks, die ich für Bibi und Lou besorgt habe, und frage mich flüchtig, ob sie mich gerade sehen. Ich hoffe es. Jemand muss bezeugen, wie ich mich mit diesem Sexgott unterhalte. Das Ereignis muss für die Nachwelt festgehalten werden, weil es höchstwahrscheinlich nie wieder passieren wird.

Er beäugt die Drinks, während ich an meinem BH zupfe.

»Kann ich einen probieren?«, fragt er und trinkt einen großen Schluck von Bibis Mojito.

Jetzt hoffe ich, dass sie nicht zusieht. Sonst wird sie stinkwütend sein.

»Hmm, der ist richtig gut. Den behalte ich.« Er wartet nicht auf meine Erlaubnis, aber ich habe sowieso die Fähigkeit verloren, mich mit Worten auszudrücken. »Ich bin übrigens Rich. Wie heißt du, Schnecke?«

»Wer ist das Arschloch?« Auf einmal taucht Bibi neben mir auf. Sie taxiert Rich mit betrunkenem, aber definitiv geringschätzigem Blick.

»Ich bin Rich.« Er grinst. Der Spitzname scheint ihm zu gefallen.

»Und ich bin sauer«, gibt sie kalt zurück. »Weil du meinen Cocktail trinkst.«

»Er schmeckt hervorragend«, sagt er ungerührt.

»Was ist hier los?« Auch Louise hat sich zu uns gesellt, beunruhigt, dass sie etwas Wichtiges verpassen könnte. Selbst nach dem Brunchbüfett mit Gratis-Alkohol, das nahtlos in ein abendliches Saufgelage übergegangen ist, sieht sie immer noch wunderschön aus.

»Sie hat einen Freund«, teile ich Rich mit und zeige auf Louise. Er sieht mich belustigt an.

»Und hast du auch einen Freund?« Er beugt sich zu mir und sieht mich lüstern an. Das löst etwas in mir aus.

»Esther ist definitiv Single!«, ruft Lou eifrig. »Schon seit Jahren. Eigentlich schon immer! Du solltest mal mit ihr ausgehen!«

»Danke, Lou«, murmle ich.

»Ich glaube, ich sollte dich nach Hause bringen«, sagt er, während er mich immer noch intensiv ansieht.

OMG, ich bin hin und weg.

»Gott, Esther, du lässt dich doch nicht von einem dermaßen blöden Spruch rumkriegen, oder?« Wenn ich mich von Richs Gesicht losreißen könnte, würde ich garantiert sehen, wie Bibi die Augen verdreht.

Natürlich lasse ich mich von dem Spruch rumkriegen. Er hätte mir auch sagen können, dass ich seinen Penis mit Hämorrhoidensalbe eincremen soll, damit er Analsex an mir vollziehen kann, und ich hätte Ja gesagt, denn, o mein Gott, er sieht so unglaublich scharf aus.

Wie schaffen es normale Erwachsene eigentlich, Dinge bleiben zu lassen, von denen sie wissen, dass sie ihnen nicht guttun? Ich bin achtundzwanzig, eigentlich müsste ich das doch längst raushaben.

Okay, es ist vollkommen offensichtlich, dass dieser Mann ein Idiot ist – sogar ein Arschloch, wie Bibi es so schön formuliert hat. Und ich hatte schon zu oft mit Arschlöchern zu tun. Viel zu oft.

Ich habe Tausende Kerle wie ihn auf Tinder, Bumble und Hinge erlebt und überall sonst, wo man Männern erlaubt, ungehemmt ihrer Arschlochhaftigkeit zu frönen. Ich habe mir geschworen, mich nicht mehr mit solchen Typen abzugeben. Ich bin durch mit Arschlöchern. Bibi hat vollkommen recht. Vielleicht werde ich ausnahmsweise mal vernünftig sein und Nein sagen. Ich weiß, dass das die einzig richtige Entscheidung wäre. Ich werde mich nicht zu etwas verleiten lassen, bei dem ich am Ende nur wieder als die Gelackmeierte dastehe. Stattdessen werde ich mich wie eine erwachsene, vernünftige Frau verhalten, die bei einem Mann nach einem guten Charakter und nicht nach einem Sixpack Ausschau hält.

»Also?« Rich, das Arschloch, lächelt mich siegesgewiss an. »Darf ich dich nach Hause bringen?«

Diesmal nicht. Diesmal werde ich keine dieser dämlichen Frauen sein, die sich von einem Fremden abschleppen lassen, nur weil er sexy aussieht. Ich werde mich nicht vom Charme eines Arschlochs einwickeln lassen.

Ich treffe eine Entscheidung. Entschlossen nehme ich ihm Bibis Drink aus der Hand und sehe ihn an. »Rich«, sage ich mit energischer Stimme und vorgerecktem Kinn. »Warte kurz, bis ich den hier ausgetrunken habe, dann können wir uns ein Uber nehmen und zu dir fahren.«

35

Lou steht am Waschbecken und schrubbt sich mit hoch konzentrierter Miene die Hände. Sie hebt den Kopf. »Bäh. Blöde Lilien.« Sie wackelt mit den Fingern. »Ich sehe aus, als hätte ich Curry gegessen – ohne Besteck.« Als ich den Kopf zur Seite neige, fallen mir die orangefarbenen Ränder um ihre Nägel auf.

»Lou, halb so schlimm. Wenn du wirklich ohne Besteck Curry gegessen hast, brauchst du nicht so zu tun, als wären irgendwelche Blumen daran schuld.«

Sie deutet auf den Tisch, und meine Augen werden kugelrund, als ich das riesige Bouquet rosafarbener Lilien sehe, die etwas ungeschickt um ein paar Zweige Grünzeug herum in unserer Klovase arrangiert wurden.

»Wow«, hauche ich und trete näher, um an ihnen zu riechen. Wir haben nie Pflanzen in der Wohnung. Für Lebewesen jedweder Art ist der Zutritt strengstens verboten, weil wir sie früher oder später nur umbringen würden. Idris hat uns mal einen Kaktus geschenkt, weil er meinte, bei dessen Pflege könne man wirklich nichts verkehrt machen, aber er wurde innerhalb einer Woche gelb.

»Die sind wunderschön.« Ich drehe mich zu Lou um, die sich immer noch die Hände schrubbt. »Von Sven?«

Ich sehe, wie sie sich versteift.

»Äh, nein«, sagt sie rasch. »Die sind von meiner Agentin.«

Sie lügt.

Ich gehe zum Waschbecken, damit ich ihr ins Gesicht schauen kann. »Von deiner Agentin? Warum sollte deine Agentin dir Blumen schicken? Hast du einen Job an Land gezogen?«

Sie schüttelt den Kopf. »Nein, bloß, äh … Das macht sie jedes Jahr, damit ich weiß, dass ich bei ihr in guten Händen bin.«

»Wahrscheinlich wüsstest du das auch, wenn sie ausnahmsweise mal ans Telefon gehen würde, wenn du anrufst.«

Ihr Lachen klingt gekünstelt.

Seit ich ihr neulich eröffnet habe, dass ich Rich schreiben will, ist die Atmosphäre bei uns zu Hause extrem angespannt. Ich weiß, sie ärgert sich über mich, aber ehrlich gesagt, ärgere ich mich auch über sie! Wir sind seit annähernd zwanzig Jahren beste Freundinnen, und ihre Weigerung, in der Bibi-Affäre für mich Partei zu ergreifen, ist absolut lächerlich. Ganz zu schweigen davon, dass sie die ganze Zeit wusste, was die beiden hinter meinem Rücken getrieben haben, und mir kein Sterbenswörtchen gesagt hat.

Aber das ist nicht das Hauptproblem.

Das Hauptproblem ist ihr Geheimnis. Sie macht das jetzt schon seit Ewigkeiten. Sie hat eine wundervolle romantische Beziehung mit einem tollen Partner, der sie auf Händen trägt – etwas, wonach ich mich schon lange sehne –, und ist auf dem besten Weg, alles zu zerstören. Ich wollte es mir nicht eingestehen – und ich hoffe immer noch, dass ich falschliege –, aber ich finde keine andere Erklärung. Ich sehe wieder zu den Blumen.

Ich habe ihr *gesagt*, wie schlimm es war fremdzugehen! Ich habe ihr gesagt, dass man es ewig mit sich rumschleppt und es das Gewissenloseste war, was ich Idris angetan habe. Wie kann sie nur?

Sie will das Geschirrtuch nehmen, und da fällt ihr endlich mein Outfit auf. »Du siehst gut aus!«, meint sie erstaunt. Ich habe mein hübschestes Kleid angezogen, aber ihre Verwunderung hat vermutlich eher damit zu tun, dass ich seit dem Bibi-Alex-Gate fast ununterbrochen im Schlafanzug herumgelaufen bin.

»Ich treffe mich mit Rich«, sage ich herausfordernd. Ich will sie zu einer Reaktion provozieren.

Sie kehrt dem Waschbecken den Rücken zu. Sie wirkt angespannt. »Okay«, sagt sie lediglich, was mich nur noch wütender macht.

»Genau«, sage ich gepresst. »Bestimmt hat er sich geändert. Er hat sich richtig gefreut, von mir zu hören.«

Sie schluckt den Köder nicht. »Aha«, gibt sie neutral zurück.

In Wahrheit klang Richs Antwort auf meine vage Textnachricht nicht unbedingt begeistert. Sie war positiv, aber recht neutral gehalten. Er meinte, er freue sich, von mir zu hören, und wir könnten gerne was trinken gehen. Mehr hat er nicht durchblicken lassen. Und je näher die Stunde unseres Wiedersehens rückt, desto stärker wird das dumpfe schleichende Gefühl, dass Lou recht haben könnte. Ich sollte meine Zeit nicht mit ihm verschwenden. Ehrlich gesagt weiß ich selbst nicht genau, warum ich es tue. Ich weiß, dass ich das, was zwischen uns war, auf gar keinen Fall wiederholen will. Ich weiß, dass er ein Arschloch ist und einen schrecklichen Partner abgeben würde – abgegeben *hat*. Ich sollte einen großen Bogen um ihn machen.

Also: Warum treffe ich mich mit ihm? Warum sage ich nicht ab? Habe ich etwa Spaß an Selbstgeißelung?

Ich glaube, das ist es nicht.

Ich glaube, es geht mir darum, ihn mit seinem Verhalten von damals zu konfrontieren. Ja, vielleicht ist das der Grund. Ich muss ihm endlich sagen, wie sehr er mir wehgetan hat. Ich muss ihm von

Angesicht zu Angesicht erklären, wie widerlich er zu mir war. Ich muss ihm ganz offiziell in sein attraktives Ohr flüstern, dass er ein bösartiger Narzisst ist – so habe ich ihn oft genannt, wenn ich mit den Hobbypsychologinnen Bibi und Louise zusammen getrunken habe. Sicher, während wir zusammen waren, habe ich ihm oft Vorwürfe gemacht, aber immer nur im Zorn, aus einer Position der Verzweiflung und ungesunden Liebe heraus. Wenn ich ihm jetzt alles aus einer gewissen Distanz und ohne störende Gefühle darlegen kann, dringe ich vielleicht eher zu ihm durch?

Wäre das nicht großartig? Ihm ins Gesicht zu sagen, dass er ein Arsch ist, und tatsächlich von ihm gehört zu werden? Vielleicht entschuldigt er sich sogar bei mir! Das wäre eine unfassbare Genugtuung! Die Mädels wären so stolz auf mich. Louise würde zugeben, dass sie unrecht hatte, als sie mich angefleht hat, mich nicht mit ihm zu treffen. Sie würde sich freuen, dass ich ihren Rat ignoriert habe! Sie würde mir sagen, wie toll ich bin, weil ich endlich einen Schlussstrich gezogen habe. Sie würde Bibi eröffnen, dass sie eine selbstsüchtige Schlampe ist. Dann würde sie das, was sie hinter Svens Rücken treibt, beenden und mir sagen, dass ich von Anfang mit allem richtiglag.

Louise rührt sich nicht.

»Na dann – bye.« Ich gehe, bevor sie sieht, dass ich den Tränen nahe bin.

EX NR. 7: RICH LOWE

Auch bekannt als: das Arschloch
Teil zwei

Die Wohnung
Draußen vor der Tür, in ein Handy schreiend
20:50 h

»Rich!« Ich hasse den Klang meiner Stimme, wenn ich so jammere wie jetzt gerade. »Scheiße, ruf mich einfach zurück, okay? Sag wenigstens Bescheid, damit ich weiß, dass du nicht tot bist.« Stinkwütend lege ich auf, nur um gleich darauf erneut auf seinen Namen zu tippen.

Mailbox. Schon wieder.

»Hör zu, du Wichser, du kommst zwei Stunden zu spät zu unserem Date. Was ist los? Ich mache das nicht mehr mit, hast du verstanden? Ich habe es langsam satt. Ich habe was Besseres verdient als so eine Scheiße.« Wieder lege ich auf, aber es ist noch immer nicht genug. Ich habe ihm noch so viel zu sagen. Die Wut in meinem Innern geht einfach nicht weg. Wieder und wieder kocht sie über. Sie ergießt sich auf die Straße wie dieser magische Brei aus dem Märchen, der nie aufhört, weiter hervorzuquellen.

Wieder die Mailbox.

»Rich, so kannst du nicht mit mir umspringen.« Jetzt klinge ich resigniert, und das ist noch schlimmer, als zu jammern. Wer bin ich überhaupt? »Du kannst nicht ständig behaupten, dass du mich magst und mich liebst und mich sehen willst, und dann ziehst du so eine Nummer ab. Ich halte dieses ewige Hin und Her nicht mehr aus! Verdammt noch mal, wir sind fast dreißig, nicht mehr einundzwanzig.« Ich hole zitternd Luft. »Du behandelst mich wie den letzten Dreck. Du kommst zu spät zu unseren Dates, du antwortest stundenlang nicht auf meine Nachrichten – obwohl ich die blauen Häkchen sehen kann. Und ich weiß genau, dass du dich mit anderen Frauen triffst! Warum tust du mir das an?«

Und warum lasse ich mich so behandeln? Diese Frage stelle ich nicht. Stattdessen lege ich auf und lasse mich auf die Stufen sinken. Die Kälte des Steins dringt durch meine dicke schwarze Strumpfhose. Ich kuschle mich in meine Jacke und komme mir albern vor, weil ich ein dünnes Kleid angezogen habe. Ich habe mich so auf den Abend gefreut. Rich hat mir versprochen, mit mir in ein schönes Restaurant zu gehen. Und ich habe mir extra den Abend freigenommen, weil er eine große Sache daraus gemacht hat. Es sollte eine Wiedergutmachung für das letzte Mal sein, als er mich ohne Erklärung versetzt hat.

Ich klammere mich an meine Wut. Wenn sie verschwindet, fange ich an zu weinen, das weiß ich genau. Und ich darf nicht weinen. Ich hasse es zu weinen. Ich habe in den sieben Monaten mit Rich schon viel zu oft geweint. Ich weiß, es kann so nicht weitergehen. Ich weiß, unsere Beziehung ist toxisch und macht mich nur kaputt, aber ich schaffe es einfach nicht, einen Schlussstrich zu ziehen. Wieso trenne ich mich nicht von ihm? Was stimmt nicht mit mir? Ich weiß, es ist dumm, aber ich kehre immer wieder zu ihm zurück.

Konzentrier dich auf die Wut.

Warum lasse ich mich immer wieder davon überzeugen, dass sich die Dinge ändern werden? Warum glaube ich ihm immer wieder, wenn er sagt, dass er mich liebt? Das Problem ist, dass er so verdammt charmant sein kann, wenn wir zusammen sind. Er ist wunderschön und sexy und kann sehr, sehr überzeugend sein.

Ich hätte am Telefon nicht so herumschreien dürfen. Vielleicht ist ihm diesmal wirklich etwas zugestoßen. Was, wenn er irgendwo am Straßenrand liegt, weil er von einem Bus angefahren wurde, und wenn die Polizei sein Handy findet, hört sie, wie ich schimpfe und zetere und dieses arme Unfallopfer als Arschloch bezeichne?

Ein letztes Mal werde ich es noch versuchen. Ich muss ihm sagen, dass es mir leidtut.

Jemand nimmt mir das Telefon aus der Hand und setzt sich neben mich.

»Hallo, meine Liebe.« Es ist die ältere Nachbarin von oben. Sophie heißt sie, glaube ich. Sie kommt aus Frankreich oder irgendeinem anderen interessanten Land vom Kontinent.

»Oh.« Ich bin zu verdattert, um eine vernünftige Antwort zu geben. Ich weiß nicht, ob ich wütend sein soll, weil sie mir das Telefon weggenommen hat – vor allem, als ich sehe, wie sie es in ihre Manteltasche steckt. »Äh, kann ich …«, setze ich an, doch sie gebietet mir sanft zu schweigen.

»Ich weiß nicht, ob wir einander schon vorgestellt wurden?« Sie lächelt freundlich. »Ich lebe über Ihrer lauten Wohnung. Ich bin Sofia.« Sie streckt mir ihre knorrige Hand hin, und ich schüttle sie verlegen. Sie fühlt sich ganz weich an, offenbar hat sie nie harte körperliche Arbeit verrichtet.

»Ich bin Esther«, sage ich. Meine Kehle ist trocken, weil ich zu viel in mein Handy gekreischt und geschluchzt habe. »Tut mir leid, dass wir uns nicht vorgestellt haben, als Sie eingezogen sind. Haben Sie sich schon eingelebt?«

Sie nickt fröhlich. »Ihre Freundin Louise hat bei mir geklopft«, klärt sie mich auf. »Sie hat mir gesagt, wie Sie heißen, und mir Ihre Lebensgeschichte erzählt. Sie hat mir auch Kekse vorbeigebracht. Ich habe sie gegessen, aber sie waren nicht besonders lecker.«

»Hört sich ganz nach Lou an.« Ich ziehe die Nase hoch.

Eine Zeit lang sitzen wir da und schweigen. Ich zittere in der Kälte.

»Frieren Sie?«, erkundigt sie sich freundlich, und ich nicke.

»Ein bisschen.« Ich betrachte die ältere Dame neben mir. »Äh, könnte ich vielleicht mein Telefon wiederhaben? Bitte?«

Sie überhört meine Frage, lehnt sich zurück und stützt sich auf die Hände.

»Ich habe eine Regel: Für Menschen, die mich frieren lassen, ist meine Zeit zu schade.« Sie blickt in den Abendhimmel hinauf. Er ist zu bewölkt, als dass man viele Sterne sehen könnte, trotzdem lege auch ich den Kopf in den Nacken. Ich will sehen, was sie sieht. »Man kann im Dezember mit nichts als einem Schlüpfer draußen sein«, sie lächelt kokett, »und glauben Sie mir, Esther, das habe ich selbst schon gemacht. Wenn man jemanden bei sich hat, der gut zu einem ist und den man sehr mag, ist einem trotzdem nicht kalt.«

Ich starre zu Boden.

Halt an deiner Wut fest, ermahne ich mich streng. *Keine Tränen.*

Mit ihrer weichen Stimme fährt sie fort, und jetzt höre ich ihren französischen Akzent etwas stärker heraus.

»Dieser Mann, den Sie am Telefon angeschrien haben – der ist *très froid.*« Sie nimmt meine Hand. Ihre Finger sind warm. »Er hat Sie hier draußen in der Kälte sitzen lassen. Er ist schuld daran, dass Sie frieren. Sie könnten in Ihrem dicksten Pullover vor einem Feuer sitzen, und Sie würden sich mit diesem Mann trotzdem *froid* fühlen.«

Mir ist wirklich schrecklich kalt. Seit Monaten schon.

»Sind Ihre Freundinnen drinnen?«, fragt sie nach einer Weile. »Das sind gute Mädchen, bei denen können Sie sich aufwärmen. Halten Sie sie nur gut fest, Esther, dann werden Sie nie frieren.«

Sie steht auf, ohne meine Hand loszulassen, und gemeinsam gehen wir ins Haus.

Zwei Tage lang gibt Sofia mir mein Handy nicht zurück. Als sie es dann endlich tut, sind keine verpassten Anrufe oder Nachrichten von Rich darauf.

36

Als Rich die Bar betritt, erkenne ich ihn kaum wieder. Er ist noch immer derselbe gefährlich attraktive Mann wie vor einem Jahr, aber zugleich wirkt er grundlegend verändert. Seine ganze Art ist anders. Da ist etwas in seinen Augen, das früher nicht da war, und er wirkt irgendwie geschrumpft.

War ich das? Habe ich diese Veränderung bei ihm bewirkt? Bestimmt nicht.

Er erspäht mich und kommt mit einem unsicheren Lächeln auf mich zu.

»Hey.« Sogar seine Stimmt klingt anders.

»Hallo.« Ich schlucke. Ein Teil meines gerechten Zorns ist verpufft. Wer ist dieser Mann?

Er lässt sich mir gegenüber auf einen Stuhl sinken. Seine Bewegungen sind langsam, als hätte er gerade erst eine Grippe überstanden, und wir betrachten einander einen Moment lang schweigend. Dann hole ich tief Luft. Selbst wenn er krank war, darf ich sagen, was ich mir vorgenommen habe. Das ändert nichts an seinem miesen Verhalten mir gegenüber.

Doch wir schweigen weiterhin. Ich scheine die Sprache verloren zu haben. Womit wollte ich noch gleich anfangen?

Ich räuspere mich und versuche, einen Einstieg zu finden. Doch in dem Moment beugt er sich über den Tisch.

»Ehe du was sagst, Esther«, beginnt er stockend und auf zutiefst Rich-untypische Art, »möchte ich mich dafür bedanken, dass du dich bei mir gemeldet hast. Es gibt so viel, was ich dir sagen muss. Das hat mich seit unserer Trennung sehr belastet.«

Es hat *ihn* belastet?

Erneut holt er zitternd Luft. »Ich schulde dir eine Erklärung.« Mit gequältem Gesichtsausdruck beugt er sich über den Tisch. »Und ich will dich um Verzeihung bitten. Ich schäme mich so unfassbar dafür, wie ich mit dir umgegangen bin.«

Mein Mund öffnet und schließt sich, ohne dass ein Laut herauskommt. Moment mal – was?

»Ich habe mich so mies gefühlt nach allem, was zwischen uns passiert ist und wie ich dich behandelt habe. Ich habe mich dir gegenüber unfair und absolut schrecklich verhalten.«

»Äh.« Ich habe mit diesen Worten gerechnet – allerdings nicht aus seinem Mund, sondern aus meinem. »Ja ... das ist wohl wahr.«

»Es hatte nichts mit dir zu tun.« Er schwankt ein wenig, und erst jetzt fallen mir die dunklen Ringe unter seinen Augen auf. »Wirklich nicht. Ich war ... ich habe einiges durchgemacht.« Er lehnt sich zurück, als wolle er sich von seinen eigenen Worten distanzieren. »Ich habe schon lange mit meiner psychischen Gesundheit zu kämpfen, und die Phase, in der wir zusammen waren, war eine meiner schlimmsten. Hin und wieder konnte ich mich einen Abend lang zusammenreißen, wenn wir verabredet waren, aber meistens war ich ein absolutes Wrack. Und ich habe es nicht geschafft, offen mit dir darüber zu reden.«

Mit einer solchen Beichte habe ich überhaupt nicht gerechnet. Während unserer gemeinsamen Zeit habe ich von alldem nichts geahnt. Weil ich nicht weiß, was ich sagen soll, schweige ich. Aber seine Art und Weise lässt keinen Zweifel daran, dass er es ernst meint.

»Ich habe ein paarmal versucht, nach der Trennung Kontakt zu dir aufzunehmen, um mich zu entschuldigen und dir alles zu erklären, aber …«

»Ich hatte dich blockiert«, sage ich schlicht.

»Genau.« Er nickt.

»Das tut mir leid. Ich hatte keine Ahnung«, sage ich schließlich, woraufhin er energisch den Kopf schüttelt.

»Nein, bitte entschuldige dich nicht.« Er greift über den Tisch, wagt es jedoch nicht, meine Hand zu berühren.

»Du hast nicht den geringsten Grund, dich bei mir zu entschuldigen. Ich weiß, wenn ich mit dir geredet hätte, statt dich zu bestrafen und zu quälen, wärst du verständnisvoll damit umgegangen. Du hättest versucht, mir zu helfen. Aber zu dem Zeitpunkt konnte ich keine Hilfe annehmen.« Er schüttelt den Kopf. »Nachdem du Schluss gemacht hattest, bin ich noch tiefer abgestürzt, und das hat mich endlich wachgerüttelt. Ich konnte nicht mehr anders, als mich mit meinen Problemen auseinanderzusetzen.«

Ich wollte, dass er sein Verhalten reflektiert – aber dabei ging es mir um kleine Dinge: dass er netter zu Frauen sein und keine Textnachrichten ignorieren soll. So was wie das hier hätte ich ihm niemals gewünscht.

Er hustet matt. »Ich bin jetzt seit mehreren Monaten in Therapie, und bei einigen meiner Themen tut sich langsam was.« Er sieht sich im Pub um. »Ich habe da jemanden, sie ist wirklich super. Eine Therapeutin. Ich weiß, dass sie mir helfen kann. Und mein Arzt und ich arbeiten daran, ein Medikament zu finden, das bei mir gut anschlägt. Es wird ein langer Prozess, aber ich bin bereit dafür.«

Ich nicke. Die ganze Zeit dachte ich, sein unmögliches Verhalten hätte mit mir zu tun, dabei ging es dabei allein um ihn. Vieles verstehe ich jetzt besser: warum er immer wieder abtauchte. Warum es Tage oder sogar Wochen der Funkstille gab, in denen er mir die kalte Schulter zeigte, nur um hinterher ganz handzahm und voller Entschuldigungen zurückzukommen. Seine Weigerung, sich mir wirklich zu öffnen. All diese Dinge ergeben endlich einen Sinn. Ich verstehe sie – soweit mir das möglich ist.

»Es tut mir nur so leid, dass du unter meiner psychischen Krise leiden musstest.« Er blickt auf seine Hände. »Es ist nicht so einfach zuzugeben, dass man Depressionen hat, schon gar nicht als Mann. Keiner meiner Freunde hat jemals über solche Dinge geredet. Ich komme mir vor wie ein Freak.« Er hält inne. »Das Dumme ist, als ich mich ihnen dann endlich anvertraut hatte, stellte sich raus, dass einige von ihnen mit ganz ähnlichen Problemen zu kämpfen haben. Und wir haben alles stillschweigend in uns reingefressen.«

»Ich wünschte, du hättest es mir gesagt«, murmle ich, obwohl ich weiß, dass das nicht hilfreich ist.

»Es tut mir leid«, beteuert er noch einmal, ehe er mir forschend in die Augen blickt. »Ich freue mich, dass du endlich bereit bist, mit mir zu sprechen, damit ich dir alles erklären kann. Ich weiß, du glaubst, du hättest mir nichts bedeutet, aber das stimmt nicht. Ich möchte, dass du das weißt. An all den Abenden …«

»Du meinst die Abende, an denen ich dachte, du würdest andere Frauen sehen? An denen du dein Handy ausgeschaltet hattest und nicht rangegangen bist …« Ich höre den vorwurfsvollen Unterton in meiner Stimme.

»Ich saß in Wahrheit zu Hause in meinem Zimmer in einem sehr tiefen dunklen Loch. Jetzt kann ich dir das sagen.« Er macht eine Pause. »Ich weiß nicht, ob es das besser oder schlimmer macht. Aber es tut mir aufrichtig leid.«

»Lass gut sein.« Ich schüttle den Kopf. »Du musst dich nicht weiter entschuldigen. Mir tut es bloß leid, dass ich nichts davon wusste.«

»Also, wenn ich aufhöre, mich zu entschuldigen, solltest du das auch tun.« Wir besiegeln unseren merkwürdigen Waffenstillstand mit einem kleinen, zaghaften Lächeln.

In mir brodeln so viele unterschiedliche Emotionen. Mein Herz schmerzt vor Mitgefühl mit diesem Mann, den ich nie wirklich kannte. Ich habe ihn geliebt, kannte aber nur die Oberfläche, den Teil von ihm, den er mich sehen ließ. Den Rest wollte er mir nicht zeigen, und das tut weh, auch wenn ich es nachvollziehen kann. Es ist beängstigend – viel beängstigender als Liebe –, anderen Menschen zu offenbaren, wie kaputt man wirklich ist.

Er sitzt jetzt aufrechter, als hätte er eine schwere Last abgeworfen. »Es ist so schön, dich zu sehen, Esther. Wirklich.«

»Geht mir genauso.« Ich lächle und betrachte den neuen Rich. Einen Rich, der mutig genug war, sich Hilfe zu suchen. Einen Rich, der angefangen hat, sich mit seinen Problemen auseinanderzusetzen, damit es ihm irgendwann besser geht.

Ehrlich gesagt macht ihn das nur noch attraktiver. Und jetzt weiß ich ja, dass sein Verhalten nicht an mir lag – dass ich überhaupt nie mit dem wahren Rich zusammen war. Vielleicht gibt es … Nein, daran sollte ich nicht einmal denken. Aber … was wäre, wenn … Ich spüre, wie ein kleiner Streifen Licht durch die Backsteinmauer aus Hass fällt, die ich errichtet habe. Und mit dem Licht stellt sich so etwas wie Hoffnung ein. Was, wenn der ganze Mist mich an diesen Punkt geführt hat? Wenn die letzten grauenhaften Monate der Weg waren, den ich gehen musste, um den neuen Rich zu finden, der kein Arschloch mehr ist? Was, wenn ich erst all die anderen Männer abarbeiten musste, um mit meinem Ex Nummer sieben wiedervereint zu werden? Dem finalen Ex, bei dem ich mir am wenigsten Hoffnung gemacht hatte? Was, wenn es vorherbestimmt war? Wenn ich ihm jetzt helfen kann, wo ich es vor einem Jahr noch nicht konnte?

Ich blicke in seine großen, umwerfend attraktiven Augen und spüre, wie ich darin versinke.

Er streckt den Arm über den Tisch. Diesmal nimmt er wirklich meine Hand – und ich schmelze dahin. Alles wie immer.

EX NR. 7: RICH LOWE

Auch bekannt als: das Arschloch
Teil drei

Zu Hause
Weinend über ein iPad gebeugt
1:12 h

Alle Männer sind gleich. Grausam, gemein und bösartig. Ihnen ist einfach alles scheißegal. Sie haben keine Gefühle. Sie sind nichts als eine kalte, harte Schale mit einem Penis. Ich hasse Männer so sehr. Es juckt mich nicht, ob das unfair ist, #NotAllMen blablabla. DOCH! *ALLE* MÄNNER SIND SO! Ich hasse jeden Einzelnen von ihnen. Männer interessieren sich einen Dreck dafür, wie sie sich anderen Menschen gegenüber verhalten. Sie sind alle gleich.

Heulend scrolle ich weiter. Für jeden Schluchzer eine Scrollbewegung.

»Schhhh, Süße, alles wird gut.« Lou krault mir den Rücken,

und Bibi drückt mich in die Kuhle zwischen ihrem Kopf und ihrer Schulter.

»Du tust das Richtige«, sagt sie mit leiser Stimme.

Ich bin dabei, alle Bilder von Rich und mir zu löschen, und bei jedem blöden verschwommenen Selfie einer gemeinsamen trunkenen Nacht muss ich heftiger weinen. Jede Faser von mir will ihm eine Nachricht schreiben. Ich will ihn ANBETTELN, zu mir zu kommen. Ich will, dass er mich anfleht, ihn nicht zu verlassen. Er soll mir sagen, dass unsere Liebe es wert ist, bewahrt zu werden. Ich will, dass er mir sagt, dass nicht jeder unsere Beziehung versteht – dass nicht jeder *uns* versteht. Aber dass es sich trotzdem lohnt, dafür zu kämpfen.

Der einzige Grund, weshalb ich es nicht tue, sind Bibi und Lou. Sie sind momentan meine einzige Stütze – sowohl im übertragenen Sinne als auch buchstäblich –, und ich kann sie nicht ein weiteres Mal enttäuschen. Nicht schon wieder. Wir haben das schon zu oft durchgemacht. Jedes Mal beteuere ich, dass ich diesmal endgültig mit ihm fertig bin, und dann lasse ich mich doch wieder auf ihn ein. Aber damit ist jetzt Schluss. Er hat mich einmal zu oft schlecht behandelt.

Ich tue das Richtige. Das einzig Richtige. Er macht mich kaputt, und ich halte das nicht länger aus. Und doch. Und doch. Und doch.

Es ergibt absolut keinen Sinn: Ich weine seinetwegen, und trotzdem will ich nur von ihm getröstet werden. Warum ist Liebe so unlogisch?! Die Evolution hätte diesen Fehler doch längst ausmerzen müssen. Diese dämliche, verfluchte *Hoffnung*, an die wir uns im Namen der Liebe klammern.

Ich hole tief Luft und scrolle weiter durch die Fotos. Irgendwo in meinem Innern finde ich die Kraft dazu, weil ich weiß, dass ich es nicht länger ertrage, mit ihm zusammen zu sein. Die Lügen, die

Grausamkeit. Die Gefühlskälte und Gedankenlosigkeit und all die abgesagten Verabredungen. Die Nachrichten, auf die nie eine Antwort kommt. Ich bin am Ende meiner Geduld angelangt. Ich bin schon über das Ende meiner Geduld hinaus. Ich bin durch meine Geduld hindurchgegangen, und auf der anderen Seite wartet der pure Hass. Er ist das Einzige, was mich noch zusammenhält, während ich scrolle, schluchze und Fotos lösche.

»Solltest du ihn nicht auch auf Social Media blockieren?«, fragt Louise zaghaft. Sie ist vorsichtig, weil sie weiß, dass ich das schon einmal gemacht habe: Ich habe sie dazu gebracht, über ihn herzuziehen, nur um dann zu ihm zurückzukehren.

Bibi hingegen hält nicht viel von dezenten Andeutungen.

»Natürlich blockieren wir ihn!«, sagt sie aufgebracht. »Nur so können wir ihn vollständig aus unserem Leben verbannen.« Sie hält inne. »Und aus deinem Kopf, Esther.«

»Ja.« Ich ziehe geräuschvoll die Nase hoch, und eine der beiden reicht mir ein Taschentuch. Ich wische mir erst den Rotz weg, dann trockne ich mir die Wangen. Für die Augen benutze ich meinen Ärmel.

»Schwarze Tränen sind ganz schön verstörend, oder?«, stellt Lou fest, während sie mein Gesicht betrachtet. »Das sieht aus, als würde man Teer weinen. Ich muss dann immer an *Akte X* denken.«

»Herzlichen Dank«, murmle ich.

Sie drückt meine Hand. »Tut mir leid – natürlich nicht bei dir. *Du* siehst mit dem Gesicht voller Mascara fantastisch aus. Es steht dir richtig gut.«

Ich rufe Richs Facebook-Profil auf. Wir sind nicht mal Freunde. Er hat meine Freundschaftsanfrage nie angenommen, obwohl wir seit fast einem Jahr zusammen sind. Das hat mich nicht davon abgehalten, obsessiv und praktisch täglich sein Profil zu stalken. Die meisten seiner Bilder sind öffentlich zugänglich. Ich habe stundenlang an meinem Schreibtisch gesessen, mich durch seine Alben geklickt und mich gefragt, wer diese Frau wohl ist oder wann jene Party stattgefunden hat. Wenn man sich in einer toxischen Beziehung befindet, ist Social Media wie ein Troll, der einen dazu verleitet, sich permanent selbst zu foltern.

»Gut gemacht.« Bibi nickt energisch, als ich auf den »Blockieren«-Button klicke.

Schweigen senkt sich über uns, während ich Richs strahlendes Gesicht auf meinem Computerbildschirm anstarre. Man würde niemals ahnen, dass er so ein Wichser ist. Ein kaltschnäuziges Monster, das kein Mitleid, keine Schuldgefühle und definitiv keine Freundlichkeit kennt. Niemals.

WÜRG. Männer sind alle gleich. Und ich werde mich nie wieder auf ein Arschloch – mit anderen Worten: auf einen MANN – einlassen.

37

Als ich seine Hand halte, spüre ich eine Woge der Zuneigung für diesen fragilen, gebrochenen Mann in mir hochsteigen. Er hat so viel durchgemacht. Wäre er vor einem Jahr damit zu mir gekommen, hätte ich ihn verstanden. Ich hätte alles getan, um ihm zu helfen. Niemand ist vor psychischen Problemen gefeit, und ich hätte Verständnis für ihn gehabt.

Nach einem Moment entzieht Rich sich der Berührung.

»Natürlich bin ich nicht hergekommen, um dich zurückzugewinnen!« Er lacht ein bisschen zu laut, und mein Herz krampft sich zusammen. »Ich bin absolut *nicht* in dem richtigen Zustand, um eine Beziehung anzufangen – oder weiterzuführen. Selbst wenn da noch was zwischen uns wäre … was nicht der Fall ist, oder?« Er wartet meine Antwort nicht erst ab. »Es wäre einfach kein guter Zeitpunkt. Ich habe Liebe und sexuelle Befriedigung lange als Ablenkung benutzt. Als Bewältigungsmechanismus. Bis es irgendwann nicht mehr funktioniert hat.« Er macht eine Pause. »Meine Therapeutin sagt, es wird noch seeeehr lange dauern, bis ich mich auf eine gesunde, liebevolle Beziehung einlassen kann.« Er sieht regelrecht fröhlich aus, als er dies sagt. »Wahrscheinlich Jahre!« Er grinst, ehe er mir scherzhaft den Handrücken tätschelt. »Bevor ich zu anderen Menschen gut sein kann, muss ich erst mal lernen, gut zu mir selbst zu sein. Wenn das so weitergeht, bleibe ich wahrscheinlich bis an mein Lebensende Single!« Er lacht.

Oh. Ja. Das ist natürlich nicht ganz von der Hand zu weisen.

Aber mal ernsthaft: verdammte Scheiße. So viel zu meiner Schicksalstheorie.

Er lehnt sich auf seinem Stuhl zurück. »Wie dem auch sei. Esther, ich hoffe, dass du weißt, dass du wahrhaftig jemand Besseren verdienst als einen Mann, der sich wie ein Arschloch verhält.«

Ich nicke langsam. »Ich versuche es.«

Er lächelt. »Genug von mir und meinen Problemen. Erzähl was von dir, Esther. Es ist schön, dich so gesund und glücklich zu sehen.«

Gesund und glücklich! Was für ein Blödsinn. Ich war in meinem ganzen Leben noch nie ungesünder und unglücklicher.

»Ja!« Ich schlucke den Kloß hinunter, der sich in meinem Hals gebildet hat. »Äh, ja, bei mir ist alles … so weit gut.«

Er betrachtet mich einen Moment lang eindringlich. Als er das Wort ergreift, klingt seine Stimme sehr sanft, so, wie ich es vom alten Rich gar nicht kenne. »Esther, geht es dir wirklich gut? Was hat dich dazu bewogen, dich nach all den Monaten bei mir zu melden?«

Ich starre auf die Tischplatte und habe keine Ahnung, was ich ihm sagen soll. Doch er drängt mich nicht. Er spürt, dass ich von selbst reden werde, wenn er mir den nötigen Raum dazu gibt.

»Ich weiß nicht«, sage ich schließlich, und meine Stimme zittert ein wenig. »In letzter Zeit ist alles ein bisschen komisch.« Ich halte inne. »Nein, nicht komisch. Beschissen.« Ich schaue ihm in die Augen, und er nickt ganz leicht, um mich zum Fortfahren zu ermutigen. »Ich hatte einen …« Ich muss tief durchatmen. »Einen ziemlich schlimmen Streit mit meinen zwei besten Freundinnen. Und jetzt weiß ich nicht, was ich machen soll.«

Er nimmt sich eine Sekunde Zeit, ehe er antwortet. »Das tut mir sehr leid.« Er klingt aufrichtig. »Ich weiß, wie viel deine Freundinnen dir bedeuten. Geht es um Lou und Bibi?«

Ich schüttle den Kopf vor Staunen, dass er sich an meine Mitbewohnerinnen erinnert. Er wirkte immer so desinteressiert, was mich und mein Leben anging. Aber jetzt weiß ich ja, warum.

»Hauptsächlich Bibi, ja. Und eine andere Freundin namens Alex«, füge ich hastig hinzu. »Du hast sie nie kennengelernt, aber wir waren auf der Schule beste Freundinnen.«

Er nickt geduldig, und auf einmal verspüre ich den starken Drang, ihm alles zu erzählen. Nicht, weil er Rich ist. Nicht einmal, weil er jemand ist, den ich früher geliebt habe, sondern einfach nur, weil ich es nicht länger für mich behalten kann. Ich *muss* mit jemandem reden. Mit jemandem, der mit diesem ganzen bescheuerten Mist nichts zu tun hat. Ich brauche eine frische Sicht auf die Dinge und ein wenig Güte von einem Fremden. Und Rich ist ja im Wesentlichen ein Fremder. Jedenfalls habe ich den Rich von heute noch nie zuvor getroffen.

Hm. Vermutlich ist das der Grund, weshalb alle so von Psychotherapie schwärmen?

Also schütte ich ihm mein Herz aus. Ich erzähle ihm, wie gut alles bei mir lief – auf der Arbeit, mit meinen Freunden, in meinem Leben –, aber dass trotzdem etwas fehlte. Ich erzähle ihm von meiner Sieben-Ex-Partner-Mission und dass er der Letzte auf meiner Liste ist. Ich erzähle, wie schön und furchtbar, schlimm und aufregend das Ganze war – wie erschütternd und kathartisch. Welche Erkenntnisse ich gewonnen habe. Dass ich oft über mein früheres Selbst nachgedacht, mir vieles vergeben, mir aber auch die eine oder andere geistige Backpfeife verpasst habe. Dass ich oft auch über mich selbst lachen musste. Und ich erzähle ihm von Bibis und Alex' grausamem Verrat, von dem ich nicht weiß, wie ich jemals darüber hinwegkommen soll, selbst wenn ich die beiden so schmerzlich vermisse, dass ich am liebsten den ganzen Tag heulen würde.

Und es hilft.

Rich ist so ungeheuer nett. Er ist zugewandt und verurteilt mich kein einziges Mal. Er stellt mir Fragen, die mich aber nicht unter Druck setzen, sondern mir helfen, das Ganze klarer zu sehen. Er sagt mir nicht, was ich tun oder denken soll.

»Die große Frage ist also jetzt …« Als ich fertig bin, lächelt er breit wie eine Katze. »War die Mission erfolgreich? Offenbar hast du viel über dich gelernt, aber was ist mit der Liebe? War einer deiner Ex-Freunde besser, als du erwartet hast? Gibt es Hoffnung auf einen Seelenverwandten?«

Ich hole tief Luft. Über diese Frage habe ich in der vergangenen Woche besonders häufig nachgedacht. Ich habe im Bett gelegen, an die Decke gestarrt, meine Freundinnen vernachlässigt, die Welt ignoriert und versucht, etwas mit Paul oder Will zu erzwingen. In meiner Verzweiflung habe ich heute Abend sogar versucht, etwas für Rich zu empfinden, obwohl ich deutlich sehen kann, dass er noch lange nicht bereit ist für eine feste Beziehung. Dabei war da die ganze Zeit dieser eine Mensch im Hintergrund.

»Vielleicht.« Ich lächle geheimnisvoll.

»Na.« Er lacht zufrieden. »Ich hoffe, du findest die Liebe – wenn es das ist, was du dir wünschst.« Er steht auf und nimmt mich ganz fest in die Arme. Nachdem er mich losgelassen hat, sieht er mich noch lange an. Sein Blick hat etwas Tröstliches. »Du hast es verdient, glücklich zu sein«, sagt er. »Du bist ein guter Mensch, Esther, glaub niemals etwas anderes. Niemand ist perfekt, und manchmal benehmen wir uns wie Arschlöcher.« Er räuspert sich, um zu signalisieren, dass das auch auf ihn zutrifft. »Aber das muss nicht heißen, dass wir Arschlöcher *sind*. Es ist leicht, sich selbst aus den

Augen zu verlieren und seine Probleme auf andere abzuwälzen. Jeder macht seinen eigenen Mist durch und hat mit derselben Dunkelheit zu kämpfen. Wir versuchen alle nur, in einer harten Welt so gut wie möglich durchzukommen.«

Ich nicke, und er umarmt mich erneut – diesmal zum Abschied. »Denk dran, wir alle machen Fehler«, flüstert er mir ins Ohr. »Deine Freundinnen, du … wir alle. Das gehört zum Menschsein dazu, es muss nicht das Ende bedeuten. Es steckt immer mehr hinter der Geschichte.«

Er gibt mir einen federleichten Kuss auf die Wange und lächelt, ehe er sich zum Gehen wendet.

Ich sehe ihm nach. In mir brodeln alle möglichen Gefühle und auch eine gewisse Wehmut für unsere an Höhen und Tiefen weiß Gott nicht arme gemeinsame Zeit. Hmmm. Er ist ein Mann, der jemanden eines Tages sehr glücklich machen wird. Und ich bin froh, dass ich nun weiß, dass ich diese Person nicht sein werde. Wir haben so viel durchgemacht, und ich bin dankbar, dass es Rich besser geht, aber er hat recht. Ich verdiene es, nicht auf jemanden zu warten, der sich einst wie ein Arschloch verhalten hat. Ich möchte eines Tages einen Partner haben, aber ich bin lieber allein und habe gute Freunde, als dass ich mit jemanden zusammen bin, der mein Glück schmälert.

Aus einer Laune heraus zücke ich mein Handy und melde mich bei jemanden, der die ganze Zeit nett zu mir gewesen ist, von Anfang bis Ende. Auch wenn ich nicht immer besonders nett gewesen bin.

Alistair Morris (Schule)

Ich bin froh, dass wir Freunde geworden sind. Xx
22:22 h

38

»Da ist jemand für dich.« Als ich aufblicke, sehe ich Katie mit verdatterter Miene in der Tür stehen.

»Für mich?«, frage ich geistesabwesend, aber gleichzeitig überschlagen sich meine Gedanken. Ich warte seit Wochen auf einen Anruf von Neima aus der Personalabteilung, die mit mir über mein ständiges Fehlen in letzter Zeit und meine beschissene Arbeitsmoral sprechen will. Sie ist ein Mensch, der es auch tatsächlich genau so formulieren würde.

Aber – ich werfe einen Blick auf die Uhr an der Wand – es ist zehn nach fünf an einem Freitagnachmittag. Bestimmt würden sie nicht bis kurz vor dem Wochenende warten, um mich zu feuern, oder?

Ach du Scheiße. Natürlich würden sie das tun. Dann würde sich keiner wundern, wenn ich mit all meinem Zeug verschwinde, und es gäbe weniger Fragen, wenn ich am Montag nicht mehr wiederkomme. Diese verdammte Neima. Gerissenes Miststück. Sie ist einfach zu gut in ihrem Job.

Katie verlagert ihr Gewicht von einem Fuß auf den anderen. »Ja …« Sie verzieht das Gesicht. »Irgendein Mann. Er wirkt ein bisschen aufgeregt. Und er ist ganz verschwitzt. Du erwartest doch niemanden, oder? Im Terminkalender steht nichts.«

Natürlich steht nichts im Terminkalender! Es ist Freitagnachmittag. Selbst wenn ich derzeit nicht in einer Phase wäre, in der mir meine Arbeit am Allerwertesten vorbeigeht, würde ich keine Termine auf diese Uhrzeit legen. Nur ein Monster wäre zu so etwas fähig.

Ich schüttle den Kopf.

»Soll ich den Sicherheitsdienst rufen?« Katie wippt nervös auf der Stelle.

»Das ist vielleicht ein bisschen übertrieben«, sage ich freundlich, ABER VIELLEICHT HAT SIE RECHT. VIELLEICHT SOLLTEN WIR DIE POLIZEI VERSTÄNDIGEN, VERDAMMT NOCH MAL. »Ich schaue erst mal nach, wer es ist. Dann können wir immer noch entscheiden, ob wir die Behörden einschalten, okay?« Ich lache ein bisschen, um ihr die Angst zu nehmen, ABER O MEIN GOTT ICH HABE DIE NOTRUFNUMMER SCHON EINGETIPPT, WAS WENN ES EIN VERRÜCKTER IST?

Es ist Alistair.

Ich stutze, als ich ihn im Empfangsbereich stehen sehe, wo er ein nichtssagendes Bild an der Wand betrachtet. Er wirkt vollkommen deplatziert hier, er passt einfach nicht in diese Welt. Er berührt den Rahmen, und das Bild fällt von der Wand. Es gelingt ihm, es aufzufangen, und er kämpft einen Moment lang damit, ehe er es hastig und mit schuldbewusster Miene wieder aufhängt. Der tollpatschige Alistair.

»Hallo«, sage ich so neutral wie möglich. Er dreht sich zu mir um. Ein breites Grinsen bringt sein gesamtes Gesicht zum Strahlen, und ich kann seinen schiefen Zahn sehen.

»Esther!«, sagt er. Ich spüre, wie Katie sich nervös hinter mir herumdrückt.

»Schon gut«, zische ich ihr zu. »Er ist ein alter Freund, ich kenne ihn. Du kannst zurück an deinen Platz gehen. Wir brauchen keinen Sicherheitsdienst.« Außerdem bin ich mir nicht sicher, welchen Sicherheitsdienst sie anzurufen gedacht hat. Den fünfundneunzigjährigen Barnaby vom Empfang im Erdgeschoss?

Sie wirkt ein bisschen enttäuscht, dass Alistair kein Verrückter ist, tut jedoch wie geheißen, auch wenn sie beim Gehen einige nervöse Blicke zurückwirft.

»Was machst du hier?«, frage ich verwundert, während Alistair mich in die Arme nimmt. »Ich meine, es ist toll, dich zu sehen, aber …«

Er löst sich von mir, doch sein Gesicht ist meinem immer noch sehr nahe. Ahh, dieser Alistair-Geruch. Gott, der macht mich wirklich schwach.

»Ich muss mit dir reden«, sagt er eindringlich, und jetzt stelle ich fest, dass er wirklich ein bisschen verschwitzt aussieht. Und er wirkt aufgewühlt.

»Was ist denn?« Allmählich mache ich mir Sorgen. Ist etwas passiert?

»Können wir …« Er lässt mich vollständig los und geht vor mir auf und ab. »Können wir vielleicht, also, ich weiß nicht … irgendwohin gehen? Zum Reden? Ich muss wirklich dringend was mit dir besprechen.«

»Äh.« Ich habe absolut keine Ahnung, was ich davon halten soll. »Eigentlich habe ich erst um sechs Feierabend …« Ich mache eine hilflose Geste, und er nimmt meine Hände.

»Bitte«, sagt er und blickt so tief in meine Seele, dass ich ihm nichts auf der Welt abschlagen könnte.

»Okay!«, wispere ich, ehe ich mich umsehe, um zu prüfen, ob jemand in der Nähe ist. »Geh, geh, geh!«, sage ich hastig. »Wir treffen uns in zwei Minuten vor dem Gebäude.« Er eilt zu den Fahrstühlen, und ich zögere kurz. Soll ich wirklich ohne ein Wort verschwinden? Wird er sagen, wovon ich glaube, dass er es sagen wird? Wenn ja, ist es das Risiko dann nicht wert?

Scheiß drauf. Ich stürze in mein Büro, schnappe mir meine Tasche und den Mantel, dann renne ich zur Tür hinaus, ehe Katie Gelegenheit hat, mich aufzuhalten. Ich verspüre einen Stich im Innern, doch ich ignoriere ihn und richte meine Gedanken stattdessen auf Alistair, der unten auf mich wartet.

Er lehnt draußen an der Wand und schenkt mir wieder sein Schiefzahn-Lächeln. Mein Herz klopft. Er sieht so verdammt gut aus. Ich stelle ihn mir auf dem Schulhof vor, wie seine Haare im Wind wehten, während er mit Nick und den anderen Fußball spielte.

Er war wirklich ein guter Fußballspieler.

»Esther.« Als er auf mich zutritt, sagt er meinen Namen, und ich bin mir ganz sicher, dass er mich küssen wird.

Aber: Freundin!

Ich weiche einen Schritt zurück, und er blickt zu Boden.

»Wollen wir einen Spaziergang machen?«, frage ich und schaue mich um, ob mir vielleicht jemand von der Arbeit hinterhergekommen ist. »Wenn man mich hier sieht, könnte ich Ärger kriegen.«

Er nickt, und wir machen uns ohne konkretes Ziel auf den Weg.

»Also«, beginnt er atemlos. »Ich muss es dir einfach sagen. Ich komme mir so dämlich vor, weil ich dich die ganze Zeit angelogen habe, aber ich war so überwältigt und nervös, als wir uns wiedergesehen haben und … Ich weiß auch nicht.« Er seufzt, und ich runzle die Stirn. »Okay. Ich sage es jetzt einfach. Und ich kann verstehen, wenn du mich danach nie wiedersehen willst.« Er holt tief Luft. »Ich habe keine Freundin. Meine letzte Beziehung ist vor über einem Jahr zu Ende gegangen. Ich habe sie erfunden, weil ich Angst vor meinen Gefühlen hatte. Ich hatte Angst davor, mich wieder auf dich einzulassen. Ich hatte Angst vor den Emotionen, die unser Wiedersehen in mir ausgelöst hat, Angst, weil mir klar geworden ist, dass sich für mich im Grunde genommen nichts geändert hat.« Er sieht mich scheu von der Seite an. »Und vielleicht wollte ich dich auch ein bisschen eifersüchtig machen. Keine Ahnung.«

Ich blicke nicht auf, sondern gehe weiter. Mein Herz rast.

Ich habe keine Ahnung, was ich empfinden soll. Er hat gelogen. Noch jemand, der nicht ehrlich zu mir war. Aber seine Lüge erscheint mir nicht wie ein Verrat, sondern irgendwie … schmeichelhaft? Liebenswert? Ich prüfe meine Gedanken. Ich bin froh über sein Geständnis. Ich bin erleichtert, dass er keine Freundin hat. Zwischen uns ist zwar nichts vorgefallen, aber ich hatte gewissermaßen eine emotionale Affäre mit ihm, und das hat mich belastet. Ihn so oft zu sehen, im Wissen, was ich für ihn empfinde, war ein zutiefst unangenehmes Gefühl.

Als er fortfährt, spüre ich seine Nervosität. »Aber dann haben wir uns wieder getroffen und wieder … und meine Lüge kam mir immer alberner vor. Es war einfach nur noch peinlich. Was für ein Trottel macht so was? Ehrlich, ich kam mir vor wie der letzte Arsch! Ich wollte es dir schon so oft sagen, aber ich konnte mich nicht dazu durchringen.«

Ich schlucke mühsam. »Und warum sagst du es mir jetzt?« Ich bemühe mich um einen möglichst ruhigen Tonfall.

Er zögert, bringt mich schließlich mit einer Handbewegung zum Stehen und dreht mich zu sich herum. »Ist das nicht offensichtlich?«, sagt er.

Meine Herzfrequenz nähert sich der Überschallgeschwindigkeit.

Eine Weile lang sagen wir gar nichts, sondern sehen einander einfach nur an, ehe Alistair beiläufig fragt: »Sollen wir runter an die Southbank gehen?« Lächelnd nimmt er meine Hand und setzt sich wieder in Bewegung. »Es wird langsam dunkel, und so ein Spaziergang am Fluss wäre doch romantisch, findest du nicht?«

»Und wie«, sage ich, und mein ganzer Körper wird von Wärme durchflutet, als er seine Finger mit meinen verschränkt.

39

Bist du der Richtige, Alistair?

Bist du es? Bist du derjenige, bei dem ich endlich ganz ich selbst sein kann?

Stell dir vor, du wärst dieser Mensch! Stell dir vor, du wärst jemand, bei dem ich mich einfach fallen lassen kann. Jemand, in dessen Gegenwart ich mir nicht ständig Gedanken darüber machen muss, ob ich alles unter Kontrolle habe. Stell dir vor, wie es wäre, wenn ich dir all die Seiten von mir zeigen könnte, die ich so sehr verabscheue; wenn du der eine Mensch auf der Welt wärst, der mich nicht kritisiert. Stell dir vor, ich müsste mich nicht dafür entschuldigen, wenn die Teile meiner Persönlichkeit, die ich nicht leiden mag, versehentlich zum Vorschein gekommen sind. Stell dir vor, du würdest mich einfach in die Arme nehmen, wenn ich mal wieder grundlos Angst bekomme. Du würdest mir über den Kopf streicheln, wenn ich einen Kater habe, statt mich zu verurteilen; du würdest mir morgens ungefragt einen Tee mit drei Stück Zucker bringen und die Handtücher immer genau so hinhängen, wie ich es bevorzuge. Stell dir vor, du wärst jemand, vor dem ich meinen Schwabbelbauch und meine Hängebrüste entblößen könnte, und du würdest mich nur noch mehr begehren. Stell dir vor, du würdest so tun, als bekämst du es nicht mit, wenn ich im Schlaf furze. Stell dir vor, du würdest mir kommentarlos eine neue Tafel Schokolade kaufen, nachdem ich all unsere Süßigkeiten-Vorräte in der Woche vor meiner Periode zum Frühstück gegessen habe. Stell dir vor, du wärst dieser Mensch.

Bist du derjenige, mit dem ich über alles reden kann, was mich traurig macht? Kann ich in deiner Gegenwart über all die Dinge weinen, die passiert sind, ohne mich dafür schämen zu müssen? Kann ich mich zusammen mit dir besaufen, ungehemmt dummes Zeug reden und Monologe über dieses eine Mädchen auf unserer Schule halten, das ich nie leiden konnte und das jetzt eine eigene Tortenmanufaktur via Facebook betreibt, die blöderweise richtig gut zu laufen scheint – ohne danach um zwei Uhr morgens mit klopfendem Herzen aus dem Schlaf zu schrecken, weil ich Panik habe, dich mit meinem wahren Selbst überfordert oder angewidert zu haben? Bist du dieser Mensch?

Ich blicke in seine wunderschönen großen Augen. Ich betrachte seine langen, dunklen Wimpern – die viel schöner sind als meine – und frage mich im Stillen: Bist du der Eine?

Er nimmt meine Hand, presst seine Lippen auf die pochende Vene an der Innenseite meines Handgelenks, und endlich – nach Sekunden, die sich wie ein ganzes Leben anfühlen – beugt er sich zu mir, um mich auf den Mund zu küssen.

Scheiße. Ich glaube, du könntest es sein.

Als Alistair sich zu mir beugt und hinter uns der Fluss dunkel schimmert, denke ich daran, wie es sich anfühlen wird, endlich seine Lippen zu berühren. Endlich den Gefühlen freien Lauf zu lassen, die ich monatelang unterdrückt habe. *Jahrelang*. Alles geschieht wie in Zeitlupe. Seine Augen brennen sich in meine. Ich kann nicht fassen, dass es wirklich passiert. Er ist so unfassbar sexy. Ich will es schon so lange, dass ich kaum glauben kann, dass es jetzt endlich so weit ist. Kein Suchen mehr, keine Dating-Apps, keine ermüdenden Chats mit Fremden, keine endlosen, enttäuschenden Dates.

Nur ich und meine erste große Liebe Alistair Morris. Alistair Morris aus der Fußballmannschaft, der für immer mir gehören wird. Nur mir. Mein Erster und mein Letzter.

Als unsere Lippen sich endlich berühren, erscheint ein Bild von unserer Hochzeit vor meinem inneren Auge. Ich strahlend in einem weißen Kleid, während ihm die Tränen kommen, als er mich durch die Kirche auf sich zuschreiten sieht. Ich sehe, wie wir uns freuen, als der Schwangerschaftstest positiv ausfällt. Ich sehe uns, wie wir uns darüber zanken, wer am Abend die Kinder ins Bett bringen muss. Ich sehe, wie wir alt werden und einander mit unseren Falten aufziehen. Ich sehe, wie wir immer noch Händchen halten, so wie jetzt, während wir in unserem kleinen Garten sitzen und zuschauen, wie unsere Enkelkinder und Hunde die Tauben jagen. Ich sehe, wie wir uns zueinander beugen und uns küssen, genau wie jetzt, und …

Oh.

O nein.

Was ist denn hier los? Was soll das? Er sticht mit seiner Zunge in meinen Mund, während seine Lippen auf meinen herumpicken. Das fühlt sich nicht an wie ein Kuss, sondern wie ein übereifriger Zahnarzt auf der Suche nach Karies. Jetzt scheint er auch noch an meiner Unterlippe zu kauen. Ehrlich gesagt, tut das verdammt weh. Oh, jetzt fängt er wieder an zu picken. Er küsst wie ein Specht. Was soll … o Mann, das ist gar nicht gut.

Ausgelöst durch seine Spechtküsse, fällt mir der schreckliche Teenie-Sex wieder ein, den wir damals hatten. Er war gut im Fußball, aber von Sex hatte er keine Ahnung. Damals war das für mich auch okay. Aber heute? Heute nicht mehr. Wenn der Kuss irgendein Maßstab ist, dann hat er sich in den letzten zehn bis zwölf Jahren in Sachen Erotik nicht sonderlich weiterentwickelt.

»Äh …« Ich mache mich von ihm los. Er trifft mich noch ein

letztes Mal mit seinem Mund, kurz bevor ich seinem Wirkungsradius entkomme. »Ich meine, hmmmmmm!«, verbessere ich mich hastig. »Das war sooooo gut! Aber, äh, vielleicht könnten wir das, äh … ein bisschen zärtlicher angehen?«, frage ich zaghaft. Er hat wenigstens ein bisschen Unterricht verdient. Vielleicht wird ja doch noch alles gut. So viel bin ich unseren Enkelkindern schuldig.

Er nickt eifrig. »Gott, es tut so gut, dich endlich küssen zu können!«, sagt er und überbrückt abermals die Distanz zwischen uns. Diesmal pickt er nicht, sondern drückt seine Lippen auf meine und leckt mit einer Energie an meiner Zunge herum, wie man sie sonst nur von Hunden und ihren Arschlöchern kennt.

Er hebt die Hand und drückt meine rechte Brust wie eine Hupe – anders kann man es wirklich nicht beschreiben. Mit schmerzverzerrter Miene mache ich mich erneut von ihm los und sehe ihn an. In meinem Innern tobt die Panik.

Das ist eine absolute Katastrophe.

Denn es geht nicht nur um schlechte Küsse und ungeschickte Berührungen. Daran könnte man vielleicht noch arbeiten, sofern er bereit ist zu lernen … Aber hier passt *gar nichts*. Zwischen uns gibt es nicht das kleinste bisschen Chemie. Kein Feuer lodert in mir. Wenn überhaupt, versucht meine staubtrockene Vagina, sich noch tiefer in meinen Körper zu verkriechen. Ich spüre förmlich, wie sie röchelnd nach einem Tropfen Flüssigkeit sucht, um ihren brennenden Durst zu stillen.

Himmel. Wie konnte das passieren? Habe ich Sehnsucht nach der Vergangenheit mit sexueller Anziehung verwechselt? Ich betrachte ihn. Er sieht mich aus halb geschlossenen Augen und mit geweiteten Pupillen an.

O nein. Ich stehe überhaupt nicht auf ihn.

Ich meine – ja, er ist attraktiv, und ich verspüre eine unheimliche Zuneigung zu ihm und unseren gemeinsamen Erinnerungen. Aber das ist alles.

O mein Gott, o mein Gott, o mein Gott. Bin ich mir ganz sicher?

Wieder betrachte ich ihn und flehe meinen Körper an, er möge doch irgendwo einen Funken entzünden. Wenigstens einen kleinen.

Nichts.

O nein. SCHEISSE, was für eine Verschwendung. Er ist nicht der Richtige für mich. Nicht einmal ansatzweise.

Und ich habe ihm die ganze Zeit etwas vorgemacht! Dass wir uns an einem Fluss im Sonnenuntergang küssen, ist der schlagende Beweis dafür. Es sieht aus wie ein gottverdammtes Filmset! Er wird glauben, dass ich schwer verliebt bin. Meinetwegen hat er sich sogar von seiner imaginären Freundin getrennt. Was soll ich nur tun?

»Wollen wir weitergehen?« Ich schlucke eine Ladung seiner Spucke hinunter und wende mich in Richtung Fußweg. Touristen kommen an uns vorbei und lächeln uns freundlich zu, nicht ahnend, dass all meine romantischen Ideen soeben in tausend Stücke zersprungen sind.

Abermals nimmt er meine Hand und seufzt glücklich. Es fühlt sich ganz gut an. Seine Hände sind warm, und es ist ziemlich kalt hier draußen. Aber mehr spüre ich nicht.

Während wir in scheinbar zufriedenem Schweigen weitergehen, wird mir bewusst, dass die Bilder, die mir vor unserem Kuss durch den Kopf gegangen sind, vollkommen beliebig waren. Es ging dabei gar nicht wirklich um Alistair. Es waren allgemeine romantische Ideale, die sich die meisten Menschen für ihr Leben erträumen. Es ist völlig okay, sie zu haben, aber ich darf Alistair nicht benutzen, um sie zu erreichen. Nicht, wenn er nicht der Richtige für mich ist.

Mit dem Finger meiner freien Hand taste ich in meinem Mund. Ich habe etwas zwischen den Zähnen. Es scheint ein Stückchen Orange zu sein. Was? Habe ich …? Nein, ich habe heute keine Orange gegessen. Es muss also von Alistair kommen. Nur mit größter Mühe kann ich meinen Brechreiz unterdrücken.

»Ich bin so glücklich«, sagt Alistair selig und schwingt beim Gehen unsere Hände hin und her.

O Gott, ich fühle mich schrecklich.

Louise hatte recht, ich hätte es lassen sollen. Ich hätte meine Mission – mein Experiment – abbrechen sollen, bevor es außer Kontrolle geraten ist. Aber ich war so sehr auf den Nutzen des Projekts fixiert, dass ich nicht darüber nachgedacht habe, was ich anderen Menschen damit antue. Ich habe Bibi verletzt, ich habe Alex verletzt, ich habe Lou verletzt, ich habe Katie verletzt. Und jetzt werde ich auch Alistair verletzen.

Aber es geht nicht anders.

»Alistair …« Ich hole tief Luft und bleibe stehen. Ein letztes Mal betrachte ich die Aussicht hinter ihm. Es ist so schön hier am Wasser. Mit der richtigen Person wäre es absolut magisch. Aber er ist nicht die richtige Person für mich, das weiß ich jetzt mit absoluter Gewissheit. Keiner meiner sieben Ex-Partner ist der Richtige. Deshalb sind sie ja auch meine Ex-Partner! Wenn überhaupt, fühle ich mich noch einsamer als vorher. Ich habe einen hohen Preis für diese dämliche Mission bezahlt.

»Ja?« Er sieht mich mit seinem hinreißenden schiefen Lächeln an und macht sich für einen weiteren schauderhaften Kuss bereit.

Also sage ich ihm die Wahrheit.

Ich muss mit ansehen, wie sein Gesicht ganz langsam in sich zusammenfällt, während ich die Worte ausspreche, doch gleichzeitig spüre ich, wie ich immer stärker und stärker werde.

Noch habe ich Zeit, alles zum Guten zu wenden. Ich kann es schaffen.

40

Ich habe beschlossen, zu Fuß nach Hause zu gehen.

Die Theorie dahinter war, dass mir dies ausreichend Zeit geben würde, alles zu reflektieren. Einen Sinn in den Geschehnissen der letzten Monate zu finden. Über meine sieben Ex-Partner nachzudenken und darüber, wie viel oder wenig sie mir bedeutet haben. Mir zu überlegen, was ich tun muss, damit ich nächsten Montag nicht gefeuert werde. Und ein für allemal zu entscheiden, was ich in Bezug auf Bibi und Alex unternehmen will.

Aber irgendwie fand ich die Idee auch dramatisch und cool. Ein bisschen so wie im Film, wenn man zwei Stunden lang einsam durch die abendliche Dunkelheit streift.

Die Wahrheit hat leider so gar nichts Filmisches an sich – es sei denn, man stellt sich eine deprimierende Sitcom vor. Es ist arschkalt, und nach kaum zehn Minuten trete ich in eine Pfütze, was bedeutet, dass ich die restliche Strecke mit einem nassen rechten Fuß zurücklegen muss. Kurz darauf beginnt mein linker Fuß wehzutun. Statt also über mein romantisches Dilemma nachzudenken, ärgere ich mich hauptsächlich darüber, wie unsportlich ich bin und dass ich wirklich öfter ins Fitnessstudio gehen sollte.

Irgendwann komme ich an einer U-Bahn-Station vorbei. *Nein,* sage ich mir. *Du hast dich dazu entschieden zu laufen, also läufst du.* Dann mache ich mir die nächste halbe Stunde lang Vorwürfe, weil ich so stur bin und an meinem Entschluss festhalte, obwohl niemand da ist, der mich kritisieren könnte, falls ich es mir anders überlege.

Ich meine – nur weil man sich für eine Sache entscheidet, heißt das ja nicht, dass man sich bis in alle Ewigkeit daran halten muss! Man kann etwas ausprobieren, und wenn es nicht funktioniert – oder gleich zu Anfang die Socke nass wird –, dann darf man sich auch umentscheiden. Es ist immer gut, Neues auszuprobieren und seine Grenzen zu testen, aber wenn diese Grenzen unüberwindbar erscheinen, und man merkt, dass man unglücklich ist, hört man besser auf!

Ich bin noch etwa zehn Minuten von zu Hause entfernt, als ich unsere wunderschöne versiffte Stammkneipe erspähe.

Gott. Ich könnte jetzt wirklich einen Drink vertragen. Ich muss die Enttäuschung des Abends herunterspülen und mich nach meinem alles andere als filmreifen Spaziergang ein bisschen aufwärmen.

Aber ich kann nicht in den Swab gehen, oder? Vielleicht arbeitet Bibi heute Abend. Ich fühle mich für ein Treffen mit ihr noch nicht ausreichend gewappnet.

Oder?

Was, wenn doch?

Seufz. Warum bin ich eigentlich immer noch sauer auf sie? Wenn ich wirklich so große Angst davor habe, dass ihre noch frische Beziehung mit Alex unsere Freundschaft zerstört, warum setze ich dann alles daran, sie selbst zu zerstören? Wäre es nicht besser, an unserer Freundschaft festzuhalten und die Dinge so zu nehmen, wie sie kommen? Entweder, ich streiche die beiden aus meinem Leben, weil die Möglichkeit besteht, dass sie irgendwann nichts mehr von mir wissen wollen, oder ich bleibe mit ihnen befreundet und hoffe auf das Beste. Und wenn meine Eifersucht mir dabei im Weg steht, muss ich mich langsam wirklich mal zusammenreißen.

Ich glaube, in Wahrheit ist es nur mein Ego. Der Gedanke, dass meine Ex und meine beste Freundin zusammen sind, kratzt daran. Die Vorstellung, dass sie einander wichtiger sind, als ich es ihnen bin. Das ist eine bittere Pille.

Wisst ihr, was ich jetzt viel lieber schlucken würde? Einen Drink.

Mein Bedürfnis nach Alkohol ist stärker als mein fragiles Selbstbewusstsein. Ich betrete den Swab.

In meinem Magen grummelt es nervös, aber die warme, leicht nach Plastik riechende Luft, die aus den Heizöfen strömt, lindert augenblicklich meine Leiden. Es ist relativ voll, stelle ich erstaunt fest. Obwohl – ich werfe einen Blick auf meine Uhr. Es ist Freitagabend, und normalerweise sind wir eher außerhalb der Stoßzeiten hier. Man sollte uns wirklich einen Rabatt gewähren.

Hektisch lasse ich den Blick durch den Raum schweifen. Nirgendwo eine Spur von Bibi. Vielleicht ist sie hinten oder – Gott bewahre – bedient tatsächlich Gäste?! Zaghaft erklimme ich einen Hocker am Tresen und warte darauf, dass ich an die Reihe komme, während mein Rücken sich über den blöden Spaziergang beschwert, zu dem ich ihn gezwungen habe.

Eine Frau, die einige Hocker entfernt sitzt, beugt sich zu mir und kippt dabei fast um, was sie allerdings nicht weiter zu bekümmern scheint.

»Hey.« Ihre Stimme klingt ein bisschen schleppend. »Willst du einen Shot? Ich hab gerade ein paar Shots bestellt, willst du einen?« Sie winkt dem Barkeeper. »Noch einen Apple Sour!«

Ich mag es, wenn Betrunkene darauf bestehen, mir Drinks zu spendieren. Wenn ich die Wahl hätte, würde ich wahrscheinlich ablehnen, aber wenn jemand darauf *besteht*, bleibt mir ja gar nichts anderes übrig. Dann muss ich trinken.

Der Barkeeper stellt ein kleines Glas mit grüner Flüssigkeit vor mich hin, und ich verziehe das Gesicht. Ich weiß nicht genau, ob ich heute Abend eine Apple Sour vertrage. Trotzdem prosten wir uns zu, und ich bedanke mich bei der Frau, ehe ich den Shot auf ex trinke und mir danach ein großes Glas Wein bestelle.

»Kein guter Abend?«, fragt sie.

Ich lache kurz und trocken auf. »Nein, gar nicht gut.«

»Erzähl mir davon.« Sie dreht sich auf ihrem Hocker zu mir herum, wobei sie ein weiteres Mal fast abstürzt. »Ich muss hören, dass es jemand anderem auch beschissen geht. Mir wurde nämlich heute gekündigt. Das ist jetzt schon das dritte Mal.«

Erschrocken schnappe ich nach Luft. »O Gott, das ist ja furchtbar. Das tut mir leid. Meine Freundin hat letztes Jahr auch ihren Job verloren, und es war …« Ich breche ab, weil ich mir verlogen vorkomme, Bibi als meine Freundin zu bezeichnen. »Na ja, wie auch immer. Jedenfalls tut es mir leid.«

»Ist ja nicht deine Schuld.« Sie zuckt die Achseln und winkt dem Barkeeper, damit dieser ihr einen weiteren grünen Shot einschenkt. »Es liegt an meinen eigenen schlechten Entscheidungen. Ich arbeite in einem untergehenden Gewerbe. Jedes Mal, wenn ich eine neue Stelle antrete, macht der Laden ein halbes Jahr später dicht.«

Ich nicke verständnisvoll. »Die Welt verändert sich unaufhaltsam.« Ich wollte etwas Weises sagen, klinge aber eher herablassend. »Ich bin übrigens Esther«, schiebe ich deshalb rasch hinterher.

»Demi.« Sie reicht mir ihre schlaffe Hand. »Schön, dich kennenzulernen, Esther. Also. Erzähl mir, warum du heute einen schlechten Tag hattest.«

»Na ja …« Ich atme tief durch. Irgendwie freue ich mich über die Aufmerksamkeit. »Ich war in letzter Zeit auf einer ziemlich blöden Mission unterwegs.« Ich seufze. »Ich habe alle meine Ex-Freunde kontaktiert, um festzustellen, ob mir vielleicht ein wirklich großartiger Mensch durch die Lappen gegangen ist.«

»Wow. Ex-Freunde.« Sie lacht und kippelt mit ihrem Hocker hin und her. Es ist ein bisschen schwierig, dieser Fremden meine Lebensgeschichte zu erzählen, wenn ich permanent Angst haben muss, sie könnte sich den Kopf einschlagen.

»Wem sagst du das?« Ich nicke. »Es war die reinste Achterbahnfahrt. Na ja, hauptsächlich eine Aneinanderreihung naiver Fehlentscheidungen und peinlicher Abfuhren.« Ich halte inne. »Heute Abend dachte ich ernsthaft, meine erste große Liebe könnte der Eine für mich sein.« Ich senke den Blick. »Ist er aber nicht. Er ist ein netter Kerl – gut aussehend und wunderbar und nett und alles. Aber da ist einfach keine Chemie zwischen uns. Es war, als hätte ich meinen eigenen Handrücken geküsst.«

»Gib ihm meine Nummer. Mir macht es nichts aus, Hände zu küssen.« Sie sackt ein wenig nach vorn.

»Und jetzt weiß ich nicht, was ich machen soll.« Ich ignoriere ihren Kommentar. »Ich habe all meine Hoffnung in dieses Projekt gesetzt, und letzten Endes ist keiner meiner Ex-Freunde ein Partner fürs Leben.«

»Keiner?« Sie blinzelt, und ich nicke.

»Ernsthaft! Dabei fing alles so gut an. Ich habe eine alte Freundin wiedergefunden, das war wundervoll, und ich konnte sogar einige Dämonen aus meiner Vergangenheit beerdigen. Aber dann ging alles irgendwie den Bach runter. Ich habe besagte Freundin wieder verloren und eine andere noch dazu.«

Demi blinzelt mehrmals. »O nein!« Sie gießt sich ihren Apple

Sour hinter die Binde. »Das ist das Problem mit Ex-Freunden. Die machen nichts als Ärger.«

Ich schnaube. »Das kannst du laut sagen!« Ich gebe dem Barkeeper ein Zeichen, damit er mir noch ein Glas Wein bringt. »Ich bin in Panik geraten, weil ich Angst hatte, ich würde nie einen Mann finden. Ich habe diesen Artikel gelesen, in dem stand, dass man im Leben nur sieben Partner hat, und einer von ihnen muss dein Seelenverwandter sein.«

Demi schwankt gefährlich auf ihrem Hocker. »Moment mal.« Mit etwas klareren Augen sieht sie mich an. »Doch nicht etwa in der *Cosmour*? Dieser alte Artikel?«

»Äh, doch, genau der.« Ich runzle die Stirn. »Hast du den auch gelesen?«

Sie lacht herzhaft und wirft dabei den Kopf in den Nacken. Ihre Haare sind so lang, dass sie bis über die Sitzfläche reichen. »Das kann man wohl sagen.« Sie lacht erneut. »Ich habe ihn sogar geschrieben! ›Die sieben Beziehungen, die jede Frau hat, bevor sie den Richtigen findet‹, stimmt's? Ich habe vor ein paar Monaten hier im Pub gesessen und bin meine Artikelsammlung durchgegangen, dabei habe ich auch die alte *Cosmour*-Ausgabe rausgeholt. Ich glaube, ich habe sie irgendwo liegen lassen.«

»O mein GOTT!«, rufe ich, und Franco blickt besorgt zu uns herüber. Ich hebe beschwichtigend die Hand, ehe ich mich wieder Demi zuwende. »Du bist Demi Doris?«

»Höchstpersönlich!« Sie kichert.

»Na, dann muss ich *dir* einen Drink ausgeben!«, verkünde ich entzückt. »Wahrscheinlich war es deine Ausgabe, die ich gefunden habe. Der Artikel hat mein Leben verändert.«

Sie zieht die Augenbrauen zusammen. »Aber offenbar nicht zum Besseren.« Sie macht eine Pause. »Sorry.«

Ich neige den Kopf zur Seite. »Ach, ich weiß nicht so recht.« Ich betrachte einen Moment lang das Holz des Bartresens. »Ich glaube, er hat mir mehr Gutes als Schlechtes gebracht. Wissen ist besser als Nichtwissen, oder? Und jetzt habe ich das Gefühl, wirklich nach vorne schauen zu können, weil ich weiß, dass es für mich in der Liebe künftig nur noch um Selbstliebe gehen wird. Mit dem Thema ›Beziehungen‹ bin ich durch.«

Sie schnaubt. »Wieso?«

»Keiner von ihnen ist der Richtige«, sage ich langsam. »Und mehr kriege ich nicht. Das haben Studien ergeben, so stand es im Artikel, weißt du nicht mehr?«

Diesmal fällt sie wirklich von ihrem Hocker, als sie sich zu mir beugen will. Sie landet in meinem Schoß und kann nicht aufhören zu lachen. »O mein Gott, mach dich doch nicht lächerlich, Esther! Habe ich nicht gerade gesagt, dass *ich* den Artikel geschrieben habe? Ich! Ahnungslos und Dauersingle! Das war bloß eins der vielen Feature-Projekte zwischen zwei Kündigungen. Diese blöden Zeitschriften sind im Aussterben begriffen. Das Ganze war völlig sinnfrei, es sollte nur ein witziger Füllartikel sein, verstehst du? Etwas, was zwischen all den Taliban-Reportagen und Storys über Frauenhandel für gute Laune sorgt.«

»Wovon redest du? Der Artikel hat genau auf mich gepasst!« Ich bin empört.

»Ach ja?« Sie sieht mich an, während sie versucht, zurück auf ihren Hocker zu klettern. »Oder hast du vielleicht einfach nur das gesehen, was du sehen wolltest?«

Aufgebracht schüttle ich den Kopf. »Nein, nein, ich hatte sie doch alle – die erste Liebe, die Arbeitsaffäre, die Freundschaft plus, die verpasste Chance, die ernsthafte Beziehung, den Seitensprung, das Arschloch …« Wie mühelos ich sie aus dem Gedächtnis aufzählen kann. Seit ich den Artikel gelesen habe, spuken sie mir andauernd im Kopf herum.

»Das ist wie bei Wahrsagern oder Horoskopen.« Sie winkt ab. »Die Leute interpretieren das hinein, was auf sie zutrifft. Mal im Ernst – wenn man jemals ein Teenager war, hatte man auch eine erste große Liebe! Selbst wenn sie nicht erwidert wurde oder es – keine Ahnung … einer der Jonas Brothers war.« Ich rümpfe die Nase, doch sie redet unbeirrt weiter. »Wir alle waren irgendwann zum ersten Mal verliebt, oder nicht? Und die anderen Beziehungstypen sind doch irgendwie offensichtlich.« Sie hält inne und verschüttet einen Teil ihres Getränks auf dem Tresen. »Ich wette, man hätte deine Ex-Freunde auch ganz anders beschreiben können, und du hättest sie trotzdem wiedererkannt.« Sie überlegt kurz. »Wenn ich zum Beispiel eine Kategorie wie ›die schmutzige Trennung‹ gehabt hätte …« Sofort kommt mir Idris in den Sinn. »Oder ›der geheime Freund‹.« Ich muss an Carl denken. »Oder ›die Achterbahnfahrt‹.« Das wäre dann wohl Rich. »Oder … keine Ahnung, ›der Mann, der fast gut genug war‹!« Will. »Jede Beziehung kann auf unzählige verschiedene Arten beschrieben werden.« Zurück auf ihrem Hocker angekommen, wirkt sie ein wenig nüchterner, als sie fortfährt. »Wir sind Menschen, deshalb sind wir ein bisschen von allem. Jede Beziehung hat gute und schlechte Seiten. Ich musste einen Artikel mit einer strikten Zeilenvorgabe schreiben – die Redakteure saßen mir echt im Nacken, da kann man sich nicht immer um die Nuancen kümmern. Aber das wahre Leben ist *voller* Nuancen, Esther. Ich garantiere dir, wenn du es willst, wirst du dich eines Tages wieder verlieben. Vielleicht findest du einen Seelenverwandten, vielleicht findest du auch einfach nur einen anständigen Kerl, mit dem du eine Familie gründen kannst. Vielleicht findest du auch neue Freunde oder einen Job, für den du brennst, und eine Beziehung ist dann gar nicht mehr so wichtig.«

An der Stelle unterbreche ich sie. »Ich habe einen Job und Freunde!« Ich sage es etwas zu laut, was Franco dazu veranlasst, erneut in unsere Richtung zu blicken. »Ich liebe meine Arbeit, und ich liebe meine Freunde!«

Sie sieht mich ernst an. »Wieso war diese Mission dann so wichtig für dich?«

Ich weiß nicht, was ich sagen soll.

Ich habe absolut keine Antwort auf diese Frage.

Warum ist es mir so wichtig, eine Beziehung zu haben? Mein Leben war schön und erfüllt und lustig! Ich, Lou und Bibi haben jedes Wochenende hier im Pub gesessen, gequatscht und gelacht. Ich und meine Assistentin Katie haben unter der Woche unseren Job im Norris Museum gerockt. Ich war wirklich glücklich. Das Einzige, was mich runterzog – und was in mir den Gedanken geweckt hat, ich müsse unbedingt einen festen Partner finden –, war das Dating. Im Grunde waren diese ständigen Verabredungen mit Männern das Einzige, was mir das Leben sauer gemacht hat.

Vielleicht ist also Dating das Problem. Dass ich der mythischen Idee einer ewigen Liebe hinterhergejagt bin, die mich *vielleicht* glücklich machen wird. Nicht mein Leben an sich. Mein Leben an sich ist toll. Oder zumindest war es toll, bis ich es vor die Wand gefahren habe.

Auf einmal fällt es mir wie Schuppen von den Augen. Ich habe alles kaputt gemacht. Ich habe Lou vernachlässigt. Ich habe Bibi und Alex gesagt, dass ich nichts mehr mit ihnen zu tun haben will. Ich habe mich seit Monaten nicht mehr um meine Arbeit gekümmert. Wenn sie mich nicht ohnehin feuern wollten, werden sie spätestens jetzt darüber nachdenken, weil ich heute ohne ein Wort verschwunden bin. Und wer könnte ihnen einen Vorwurf daraus machen?

»Ich muss los, Liebes. War nett mit dir.« Sie torkelt zum Ausgang, und ich bleibe einen Moment sitzen und lasse alles sacken.

Mir laufen bereits die Tränen über die Wangen. Es wird nicht alles gut.

Ich steuere die Behindertentoilette neben der Küche an. Ich habe sie erst einmal benutzt, vor einigen Jahren, und bin heilfroh, dass sie nicht besetzt ist. Mit freundlichen, angetrunkenen Frauen, die mir Taschentücher und Lippenstift anbieten, könnte ich jetzt nicht umgehen. Ich knalle die Tür hinter mir zu und drehe mich um. Im nächsten Moment mache ich vor Schreck einen Satz in die Luft, als ich feststelle, dass die Toilette doch besetzt ist. Und zwar von Franco.

»O mein Gott, Franco, das tut mir so leid!«, quieke ich und strecke blindlings die Hand nach der Türklinke aus, während meine Tränen weiterfließen.

»Hey, hey.« Er wedelt mit den Händen, sodass Tropfen in alle Richtungen spritzen. »Kein Problem! Esther! Ich habe mir nur die Hände gewaschen!« Er zeigt mir seine Hände, und ich beruhige mich ein wenig. »Alles klar?« Er mustert mich besorgt. »Du weinst ja. Was ist passiert?«

Er legt mir eine Hand auf den Arm, und ich atme tief und zitternd ein.

»Es ist nichts!«, versuche ich zu sagen, aber meine Stimme ist wenig mehr als ein Quietschen.

»Setz dich kurz hin«, weist er mich in freundlichem, aber strengem Tonfall an. »Hier, ich nehme den Wickeltisch.« Er lässt sich darauf nieder und bedeutet mir, auf dem Klo Platz zu nehmen.

Ich tue wie geheißen. Ich bin zu schwach und zu durcheinander, um Widerstand zu leisten.

»Magst du darüber reden?«, fragt er nach einer Weile.

Ich zögere. »Eigentlich nicht.« Ich habe das Reden satt. Erst Rich und dann Demi von meiner Mission zu erzählen, hat mir in gewisser Weise geholfen. Ich weiß jetzt, was ich als Nächstes tun muss, aber im Moment ist mir alles zu viel. »Es geht schon. Ich wollte bloß einen Moment allein sein.«

»Soll ich dich mal in die Arme nehmen?« Sein Lächeln sieht ein bisschen lüstern aus.

»Äh, nein, danke«, sage ich, und auf einmal frage ich mich, warum er überhaupt noch hier ist. Ich bin eine weinende Frau auf einer Toilette, und es ist doch offensichtlich, dass ich meine Ruhe haben möchte. Wir sind nicht miteinander befreundet, und ich habe ihm gesagt, dass ich nicht reden will. Es besteht für ihn keinerlei Verpflichtung zu bleiben. Im Gegenteil: Es ist seltsam, dass er noch hier ist.

»Komm her, ich drücke dich ein bisschen.« Er steht auf und streckt die Arme nach mir aus, doch ich weiche beunruhigt vor ihm zurück. »Danach geht es dir besser, versprochen.« Er packt mich und zieht mich in seine Arme. Ich will mich losmachen, aber er ist zu stark. Was geht hier vor?

»Lass mich los, Franco. Ich meine es ernst«, flüstere ich peinlich berührt. Warum schreie ich nicht? Warum ist es mir peinlich, einem Mann, der mich ohne mein Einverständnis anfasst, seine Grenzen aufzuzeigen?

Seine Hände wandern bis zu meinem Hintern, und in meinem Innern wird ein Schalter umgelegt. Ich hebe den Fuß und trete ihm so hart ich kann auf den Spann. Dann ramme ich ihm das Knie in die Eier. Er jault auf und lässt mich los. Ich stürze zur Tür.

Sekunden später bin ich frei und renne zum Ausgang. Ich bleibe erst stehen, als ich schwer atmend draußen ankomme.

Scheiße. Bibi hatte recht, was Franco angeht. Bestimmt ist das der Grund, weshalb sie ihn so sehr hasst! Deshalb sagt sie ihm andauernd, er soll sich verpissen, und versucht, ihn von uns fernzuhalten. Weil er ein perverses, ekelhaftes Schwein ist.

Ich muss unbedingt mit ihr reden.

41

Als ich wütend zur Tür hereinkomme und den Flur entlangstapfe, mache ich so viel Lärm, dass es Louise aus ihrem Zimmer lockt.

»Äh, alles in Ordnung bei dir?« Sie zieht die Tür hinter sich zu. Sehr subtil. Das hat sie früher nie gemacht.

»Entschuldige«, stammle ich. »Ich musste mit Alistair Schluss machen und dann gegen Franco kämpfen.«

Erst macht sie ein langes Gesicht, dann tritt Verwirrung in ihre Züge. »Was? Entschuldige, was? Warte mal …« Sie versucht, sich einen Reim auf das Gesagte zu machen. »Du … wann warst du denn mit Alistair zusammen? Warum … sagst du, du musstest mit ihm *Schluss* machen? Und was war das mit Franco? Meinst du Bibis Franco? Warst du im Pub? Was ist …?«

»Lange Geschichte.« Ich marschiere an ihr vorbei in die Küche. »Willst du was zu trinken? Ich könnte ein Glas vertragen. Oder auch fünfundfünfzig. Will dein geheimer Schlafzimmerfreund auch was?«

Ich drehe mich nicht um, aber sie klingt schuldbewusst, als sie antwortet. »Was meinst du mit meinem *geheimen Schlafzimmerfreund*? Das ist bloß Sven!«

»Klar doch.« Ich verdrehe die Augen. Meine Hände tasten bereits im Kühlschrank nach dem Wein. Hmm, ich bin mir ziemlich sicher, dass wir die Flasche schon vor zwei Monaten geöffnet haben. Aber das macht nichts, oder? Wein ist doch wie Käse, der wird mit der Zeit besser. Manchmal muss man einfach nur den Schimmel abkratzen.

Ich schnappe mir ein großes Glas, gieße mir einen ordentlichen Schluck ein und trinke, wobei ich den öligen Film auf der Oberfläche ignoriere. Louise gesellt sich zu mir, und ich schenke auch ihr ein Glas ein. Sie betrachtet es stirnrunzelnd, sagt jedoch nichts, sondern folgt mir zum Sofa, auf dem ich erschöpft zusammenbreche.

»Sprich mit mir«, fordert sie mich auf, nachdem sie etwas von dem widerlichen Gesöff probiert hat. »Was ist passiert? Du hast dich mit Alistair getroffen?«

»Ja.« Ich nicke, ehe ich erneut einen tiefen Schluck nehme. »Er hat sich seine Freundin nur ausgedacht und wollte in Wahrheit mit mir zusammen sein. Aber wenn man Alistair küsst, fühlt es sich an, als wäre man in einem Bergwerk, und jemand mit einer Spitzhacke würde dein Gesicht attackieren.«

Sie keucht. Dann keucht sie noch einmal. »Moment.« Sie hebt einen Finger. »Doch, ich erinnere mich. Als ihr damals zusammen wart, war er auch schon ein miserabler Küsser, stimmt's?« Sie zieht die Augenbrauen zusammen. »Aber er ist doch seitdem sicherlich besser geworden. In der Schule konnten wir alle nicht richtig küssen.«

Ich seufze. »Er kann nichts dafür.« Ich stelle mein Glas auf den Couchtisch und lasse mich in die Sofapolster sinken. »Daran bin ich schuld. Oder niemand, keine Ahnung. Aber die Chemie stimmt überhaupt nicht zwischen uns. Es war schrecklich. Ich bin todtraurig, und es tut mir so leid, dass ich ihm wehtun musste.«

Auch Lou lehnt sich zurück und klemmt meinen Arm ein, als sie sich an mich schmiegt. Ich ziehe ihn heraus und lege ihn ihr um die Schultern.

»Na ja«, sagt sie gedehnt. »Ich weiß, ich war immer im Team Alistair, aber ehrlich gesagt, hat mir die Vorstellung, ihr könntet wieder zusammenkommen, auch ein bisschen Kopfzerbrechen bereitet.«

»Wirklich?«

»Ja!« Sie nickt an meiner Schulter. »Ich hatte den Eindruck, dass er sich kaum verändert hat. Er ist immer noch mit vielen Leuten aus der Schule befreundet, organisiert Klassentreffen und so weiter. Er ist besessen von seiner ersten Freundin. Er benutzt immer noch Lynx Africa wie mit fünfzehn. Und hast du mit ihm mal über seine Wohnung gesprochen? Seine Eltern zahlen ihm die Miete!« Sie macht ein Gesicht, als könne sie es nicht fassen. »Er ist nicht wirklich reifer geworden, oder? Bei eurem ersten Wiedersehen hat er einen Trotzanfall gekriegt – er ist einfach gegangen, weil du etwas gesagt hattest, was überhaupt nicht schlimm war!«

»Damals hast du aber was anderes behauptet!« Ich setze mich ein wenig aufrechter hin. »Ich dachte, ich hätte mich danebenbenommen, und deswegen hätte er mich stehen lassen.«

Sie zuckt die Achseln. »Na ja, du *hast* dich schon auch ein bisschen danebenbenommen. Aber Erwachsene können nicht darauf reagieren, indem sie beleidigt abrauschen. Das war blöd. Und wie kindisch, sich eine Freundin auszudenken, um – ja, wozu eigentlich? Um dich eifersüchtig zu machen?« Sie ringt die Hände und spritzt dabei ein bisschen Wein auf mich. »Ganz im Ernst – das ist total uncool! Wie soll eine Beziehung mit ihm funktionieren, wenn er lügt oder anfängt zu schmollen, sobald er nicht seinen Willen bekommt?«

Ich lasse mir das durch den Kopf gehen. Ganz unrecht hat sie damit nicht.

»Vielleicht ist da was dran«, sage ich langsam. Meine Schuldgefühle und das Bedauern wegen Alistair lassen ein wenig nach.

»Bei einer langfristigen Beziehung«, fährt sie bestimmt fort, »muss man vorbehaltlos offen und ehrlich zueinander sein.«

Hm.

Ich schiebe sie sanft von meiner Schulter und drehe mich zu ihr um. Ich kann dieses Spiel nicht länger mitspielen. Ich will, dass sie mit mir redet. Ich will, dass sie mir die Wahrheit sagt, wie auch immer die aussieht – und was auch immer das für ihren armen Freund bedeutet, den ich wirklich gernhabe.

»So wie du mit Sven?«, frage ich leise und so freundlich wie möglich. Sie soll nicht den Eindruck bekommen, dass ich sie kritisiere.

Sie blickt in ihr Glas. »Okay, ja, gut. Ich war nicht immer ehrlich zu ihm, aber wir arbeiten daran. Ich bessere mich.«

»Ja?«, sage ich ungläubig. »Du meinst, abgesehen davon, dass du …« Ich werde es sagen. Ich werde es aussprechen. » … ihn betrügst?«

Louise sieht auf. Ihre Miene ist unergründlich.

»Was?«

»Ach, komm schon, Lou.« Ich seufze. »Wer ist wirklich gerade in deinem Schlafzimmer? Wem schreibst du seit Monaten heimlich? Du betrügst Sven, stimmt's? Das ist doch ziemlich offensichtlich. Rede mit mir, ich verurteile dich auch nicht.«

Etwas huscht über ihre Züge, und im ersten Moment denke ich, dass sie gleich anfangen wird zu weinen. Sie lässt den Kopf in die Hände sinken, und ihr Körper bebt. Aber nein, sie … *lacht*. Sie lacht und lacht und lacht, bis sie regelrecht hysterisch wird.

Völlig perplex sehe ich ihr zu.

Ich meine … wahrscheinlich ist es für sie eine Erleichterung, endlich damit konfrontiert zu werden. Ich wette, ihr ist ein Stein vom Herzen gefallen. Sie muss förmlich darauf gebrannt haben, sich jemandem anzuvertrauen. Es endlich zu gestehen.

»Ich betrüge Sven doch nicht!«, stößt sie atemlos hervor. »Er ist gerade in meinem Zimmer, du kannst gerne nachschauen!« Sie beruhigt sich ein bisschen. »Obwohl – tu es lieber nicht, in seinem Kostüm wäre ihm das sicher sehr peinlich.«

»Kostüm?!« Allmählich komme ich nicht mehr mit.

»Ja!« Sie nickt eifrig. »Wir machen neuerdings ziemlich viele Rollenspiele. Wir verkleiden uns und verwandeln uns in verschiedene Charaktere. Es ist ein bisschen albern, aber unserem Sexleben hat es ungemein geholfen. Ich fühle mich ihm näher denn je. Es geht uns richtig, richtig gut.«

»Aber was ist mit all deinen Schuldgefühlen?«, rufe ich.

Sie sieht mich verständnislos an.

»Du weißt schon! Wegen Großonkel Merton. Es war doch offensichtlich, dass du wegen irgendwas ein schlechtes Gewissen hattest. Ich dachte, es hätte damit zu tun, dass du Sven betrügst – dass du deswegen so von der Rolle warst.«

»Nein!« Sie schüttelt ernst den Kopf. »Das war wirklich wegen deinem Großonkel Merton. Wir haben uns auf seiner Beerdigung unmöglich benommen.«

»Ernsthaft?« Ich bin nach wie vor skeptisch.

»Ehrlich!« Sie nickt mit Nachdruck. »Und nur fürs Protokoll: Ich bin fest davon überzeugt, dass er mich als Geist heimsucht. Ich fühle mich von ihm verfolgt, und zwar nicht im übertragenen Sinne, sondern wirklich und wahrhaftig.«

Ich schüttle den Kopf und versuche, das alles zu begreifen. »Was hat sich bei euch geändert?«, frage ich. »Ihr habt seit Jahren schlechten Sex. Woher auf einmal dieser Sinneswandel?«

Einen Moment lang sieht sie wehmütig aus. »Du hast da mal was gesagt – als das mit deiner Mission losging.« Plötzlich schüchtern, wendet sie den Blick ab. »Du hattest dich gerade mit Alistair getroffen, und ich habe dich gefragt, ob du wirklich daran glaubst, dass man mit jemandem, den man schon einmal geliebt hat, eine neue, andere Beziehung führen kann. Du hast die Frage bejaht, und das hat mich ins Grübeln gebracht. Ich dachte, dass es mit mir und Sven vielleicht auch besser laufen könnte.« Sie lacht. »Du hast es siebenmal versucht, warum konnte ich es da nicht wenigstens einmal versuchen? Ich wollte eine Beziehung mit Sven, zu der auch die Art von körperlicher Intimität gehört, die mir die ganze Zeit gefehlt hat. Und wie sich herausstellt, geht das tatsächlich! Es war ganz einfach. Er ist ein wunderbarer Mensch, Esther, und war sofort bereit, es mit mir zusammen zu versuchen.« Verträumt dreht Lou sich wieder zu mir um. »Wir haben immer noch unsere Schwierigkeiten – nichts ist perfekt! –, aber ich kann mich glücklich schätzen, ihn zu haben, und ich bin wirklich dankbar für ihn. Wir haben viel Spaß dabei, neue Sachen auszuprobieren und uns gegenseitig unsere volle Aufmerksamkeit zu schenken. Wie sich herausgestellt hat …«, sie wirkt selbst überrascht, als sie es sagt, » … bin ich total verrückt nach ihm und seinem Penis.«

»Wow!«, hauche ich.

Sie lässt den Kopf hängen. »Tut mir leid, dass ich dir das nicht schon früher gesagt habe. Und es tut mir auch leid, dass ich die ganze Zeit so ausweichend war. Aber ich kam mir irgendwie albern vor. Es war mir peinlich, anderen das mit diesem Verkleidungskram erklären zu müssen.«

»O mein Gott, das ist doch wundervoll!«, juble ich und drücke Louise ganz fest an mich. »Ich freue mich tierisch für dich. Los, geh und sag ihm, er soll sich was anziehen. Ich will ihn wirklich nicht in seinem sexy Kostüm sehen! Und dann betrinken wir uns zusammen.« Wieder lacht sie, und wir liegen einander eine geschlagene Minute lang in den Armen.

»Tut mir leid wegen Alistair«, flüstert sie in mein Haar. »Und das mit den anderen tut mir auch leid.«

»Ist schon okay«, sage ich und meine es auch wirklich so.

Sie läuft los, um Sven zu holen, und in dem Moment summt mein Handy.

Scheiße.

Es ist meine Assistentin Katie. Ihr Name auf dem Display ruft schreckliche Schuldgefühle in mir wach. Am liebsten würde ich den Anruf ignorieren. Weiterhin so tun, als wäre nichts. Als hätte ich mich in letzter Zeit nicht wie eine stinkfaule Egoistin verhalten.

Aber ich muss endlich erwachsen werden und Verantwortung für mein Handeln übernehmen. Wenn ich gefeuert werde, hat Katie es nicht verdient, mein Schicksal zu teilen. Ich darf sie nicht mit ins Verderben reißen. Sie ist großartig, und ich habe sie schmählich im Stich gelassen.

»Hallo«, sage ich ernst. Es kommt nicht sofort eine Antwort. »Hallo?«, sage ich noch einmal, und diesmal stößt Katie einen abgrundtiefen Seufzer der Erleichterung aus.

»Oh, Gott sei Dank, dass es dir gut geht!«, ruft sie. Ihre Stimme zittert ein wenig. »Ich habe mir solche Sorgen gemacht. Ich habe dir ungefähr fünf Nachrichten geschrieben, um zu fragen, was heute Nachmittag los war. Ich wollte schon die Polizei rufen, ich dachte, dieser verschwitzte Irre hätte dich vielleicht entführt.«

»Es tut mir wirklich leid, Katie«, sage ich zerknirscht. »Ich hatte … was zu erledigen und musste ganz schnell weg. Es tut mir leid, ich weiß, ich habe dich in letzter Zeit ständig hängen lassen.« Während ich dies sage, wird mir bewusst, wie sehr mir die Arbeit in den letzten Monaten gefehlt hat. Ich liebe meinen Job im Norris. Ich liebe es, Events zu organisieren! Und vor all dem hier waren Katie und ich ein unschlagbares Team. Mit meinem Tunnelblick und dieser lächerlichen Mission habe ich alles kaputt gemacht. »Ich schwöre dir, ich reiße mich ab jetzt zusammen«, sage ich. »Von Montag an ist alles wieder so wie früher.« Ich zögere. »Es sei denn, die Personalabteilung hat bereits entschieden, mir zu kündigen. Ehrlich gesagt, könnte ich es ihnen nicht verübeln. Es tut mir wirklich furchtbar leid.«

»Dir kündigen?«, fragt Katie entgeistert. »Warum um alles in der Welt sollten sie dir kündigen? Sie lieben dich, ich liebe dich – alle lieben dich!«

Ich zucke zusammen. Sie ist einfach zu nett. »Katie, das ist sehr großzügig von dir, aber ich weiß, dass ich in letzter Zeit keine Leistung gebracht habe. Ich bin nicht ins Büro gekommen, ich habe Veranstaltungen sausen lassen und all meine Arbeit auf dich abgewälzt. Und dann bin ich heute Nachmittag einfach ohne ein Wort gegangen.«

Sie schweigt einige Sekunden lang. »Na ja, also … Wenn man an einem Freitag eine halbe Stunde früher Schluss macht, dann ist das wohl kaum das Ende der Welt. Vor allem, wenn wir nicht mal eine Veranstaltung im Kalender haben. Das machen ganz viele im Team, ist dir das noch nie aufgefallen?«

Oh.

Na ja, wahrscheinlich hat sie recht. Bei genauerem Nachdenken waren Katie und ich wahrscheinlich die Einzigen, die zum Zeitpunkt meines überstürzten Abgangs überhaupt noch im Büro waren. Wir und der fünfundneunzigjährige Barnaby unten im Erdgeschoss. Selbst Danielle am Empfang war schon nach Hause gegangen, deshalb war ja auch Katie diejenige, die mir gesagt hat, dass Alistair da ist. Wahrscheinlich hatte sie deshalb solche Angst vor ihm. Weil wir praktisch allein waren.

»Und was den Rest betrifft …« Sie klingt ein bisschen geknickt. »Ich dachte, du überträgst mehr Verantwortung auf mich, weil du es mir zutraust. Ich habe mich so gefreut! Du bist eine tolle Chefin, und deine Arbeit ist großartig, aber manchmal vergisst du zu delegieren. Ich dachte, du würdest mir endlich genug vertrauen, um mich einige Dinge allein machen zu lassen.«

»O Katie!«, falle ich ihr ins Wort. Ich fühle mich schrecklich. »Natürlich vertraue ich dir. Ich habe vollstes Vertrauen in dich. Und du hast jede Aufgabe, die ich dir übertragen habe, absolut fantastisch bewältigt.« Gott, war ich davor wirklich so ein Kontrollfreak? »Ich verspreche dir, weiterhin an dich zu delegieren. Ich mache blau, damit du mehr zu tun hast.« Ich halte inne. »Aber was ist mit all den freien Tagen und dem Urlaub, den ich genommen habe?«

Wieder lacht sie. »Esther, ich glaube, du hast vergessen, dass du nicht mehr in der Küche arbeitest. Du *darfst* freie Tage haben, weißt du? Niemand hat damit ein Problem. Das einzig Negative, das manche über dich sagen, ist, dass alle anderen neben dir faul wirken, weil du nie deine Urlaubstage aufbrauchst. Du arbeitest immer viel zu viel und viel zu lange.« Sie macht eine Pause. »Ganz ehrlich, ich war so froh, als du endlich angefangen hast, deinem Leben außerhalb der Arbeit wieder mehr Priorität einzuräumen.«

Ihre Worte sickern zu mir durch. »Du meinst, du hast mich nicht bei Neima aus der Personalabteilung angeschwärzt? Oder bei den Chefs?«, frage ich leise.

»Dich angeschwärzt?« Sie klingt entsetzt. »Esther, so was würde ich niemals tun! Selbst wenn ich der Meinung wäre, dass du ständig blaumachst. Was nicht der Fall ist! Du bist die beste Chefin, die ich je hatte. Meine bisherigen Jobs waren immer ungeheuer stressig, und man wurde ständig angebrüllt. Du bist so geduldig mit mir. Du hast mir nie Vorwürfe gemacht, wenn ich mal einen Fehler gemacht habe. Es scheint dir wirklich wichtig zu sein, unseren Gästen das bestmögliche Erlebnis zu bieten. Und du erklärst immer alles so gut. Ich habe das Gefühl, dass ich von dir schon eine ganze Menge gelernt habe. Ich meine es ernst, Esther. Du bist eine tolle Chefin.«

Ich schlucke den Kloß hinunter, der sich in meinem Hals gebildet hat.

Ich habe es mir also nicht mit meinen Chefs verdorben. Gott sei Dank. Keine Ahnung, was ich sonst gemacht hätte.

»Danke, Katie«, sage ich leise. »Ich werde mir alles, was du gesagt hast, zu Herzen nehmen.« Ich lächle. »Und jetzt hör auf, deine Chefin vollzuschleimen, und genieß das Wochenende. Es ist spät, falls dir das noch nicht aufgefallen sein sollte.«

Wir verabschieden uns voneinander, und ich nehme mir vor, am Montag mit meinem Vorgesetzten über Katies Beförderung zu sprechen. Sie hat sie mehr als verdient. Ich gehe in die Küche und suche eine uralte Flasche Whiskey, von der ich weiß, dass sie irgendwo in einem der Schränke stehen muss. Ich mag keinen Whiskey, aber der Wein ist alle, und was anderes haben wir nicht im Haus, und mir ist nach Feiern zumute.

Außerdem muss ich mir für das, was ich vorhabe, Mut antrinken.

Trotz allem, was ich gerade zu Katie gesagt habe, ist es mir egal, wie spät es ist. Ich werde gleich zu Bibi fahren.

42

Mit Louise im Schlepptau reiße ich die Haustür auf. Ich bin auf einer ganz neuen Mission unterwegs.

Diesmal geht es nicht um irgendwelche Ex-Freunde, aber es ist trotzdem eine Mission in Sachen Liebe. Und zwar geht es um eine viel bessere Liebe als die romantische. Es geht um meine Freundinnen.

Lou steht atemlos hinter mir. Sie hält zu wenig Abstand, aber wir sind beide zu aufgeregt, um das Tempo zu drosseln. Das ist auch der Grund, weshalb wir kurz darauf über ein knutschendes Pärchen stolpern, das auf den Eingangsstufen steht. Durch die Wucht des Aufpralls fallen wir alle zu Boden.

»Entschuldigung!«, rufen Louise und ich im Chor, als wir uns aufrappeln. »Tut mir leid«, schiebe ich noch hinterher. »Wir waren in Eile. Geht es Ihnen gut?«

Wir strecken die Hände aus, um den beiden aufzuhelfen, die einander immer noch in den Armen liegen. Erst jetzt stellen wir fest, dass es sich um Ivan und Sofia handelt.

Louise keucht. »Sie haben sich geküsst!«, ruft sie, was ich recht nützlich finde, da ich die Situation zuvor noch nicht ganz erfasst hatte.

»Endlich!«, quietsche ich. »Ihr habt euch ja ganz schön Zeit gelassen.«

»Das kann man wohl sagen!«, verkündet Sofia überglücklich. »Aber das Warten hat sich wirklich gelohnt, er küsst fantastisch.«

»Glückspilz«, brummle ich. Meine Lippen sind immer noch ein bisschen wund von Alistairs Spechtangriff.

»Das ist unser drittes Date.« Ivan grinst spitzbübisch. »Ich hoffe, dass sie mich heute Abend ranlässt.«

Sofia stößt ihm den Ellbogen in die Seite. »Du hast schon Glück, dass du mit mir ausgehen darfst, junger Mann.«

»Das stimmt«, sagt er strahlend und zieht sie an sich.

»Aber … aber …« Lou weiß gar nicht, was sie sagen soll. »Wer ist denn dann die Perle?«

»Die Perle?« Ivan macht ein verdutztes Gesicht, doch Sofia fängt an zu lachen. Sie flüstert ihm etwas ins Ohr, und seine Miene hellt sich auf. »Ach so. So nenne ich meine falschen Zähne.« Er zeigt uns seine großen Veneers. »Ich muss mich gut um meine Perlen kümmern.«

Louise gibt ein merkwürdiges Geräusch von sich und errötet. »Oh«, stammelt sie. »Na, dann ist ja alles in bester Ordnung.«

»Aber – aber wie ist es dazu gekommen?« Wider Willen werde ich ganz emotional. Es ist einfach alles zu viel. Und zu schön.

»Wir waren ein Match auf Tinder!«, verkündet Sofia begeistert.

»Stimmt«, bekräftigt Ivan mit großem Ernst. »Ich musste meine Entfernungspräferenzen auf die kleinstmögliche Distanz einstellen, um sie zu finden!«

»Aber wenn Sie so erpicht darauf waren, sie kennenzulernen, warum haben Sie dann Nein gesagt, als Sofia Sie zum Tee einladen wollte?«

Louise kann es immer noch nicht begreifen.

Er schnaubt. »Ach, ich komme doch nicht diese verfluchte Treppe hoch! Ich bin zweiundsiebzig, wissen Sie das denn nicht?«

»Ich bin *sieben*undsiebzig«, sagt Sofia neckisch, und er schenkt ihr ein Lächeln, ehe er sie voller Bewunderung ansieht. »Und du hättest mich ja auch bei dir zum Tee einladen können.«

Er macht ein erschrockenes Gesicht. »Das erschien mir viel zu forsch! Ich wollte mich dir nicht aufdrängen. Ich weiß nicht – der bloße Gedanke, dich in meine Junggesellenwohnung zu bitten … Was hätten die Leute dann über dich und deinen guten Ruf gesagt?«

»Ich weiß, Sie sind über siebzig, Ivan«, sage ich freundlich. »Aber wir leben nicht mehr im Jahr 1953.«

Er nickt bedächtig. »Vielleicht habe ich zu viel *Downton Abbey* geschaut«, räumt er nachdenklich ein.

»Na, dann sollte sie Sie wirklich nicht ranlassen, ehe Sie sich verlobt haben«, ermahnt Louise ihn, und das frischgebackene Paar blickt einander scheu an. Ivan holt tief Luft, dann dreht er sich zu Sofia um und geht vor ihr auf die Knie.

»O MEIN GOTT, ER TUT ES WIRKLICH!«, kreischt Louise, gerade als Ivan und Sofia in Gelächter ausbrechen. Sie hilft ihm wieder auf die Beine.

»Nur ein Scherz, Liebes«, sagt Ivan. »Ihr jungen Leute habt wirklich nichts als Flausen im Kopf, was die Liebe angeht.«

Schuldig im Sinne der Anklage.

»Oh.« Louise macht ein enttäuschtes Gesicht. »Aber ein Happy End ist doch was Schönes!«

Sofia tätschelt sie zum Trost. »Vielleicht machen wir das auch eines Tages, aber wir haben es nicht eilig«, sagt sie freundlich. »Wir haben jede Menge Zeit. Ich bin ja erst siebenundsiebzig!«

Nach diesen Worten fahren sie mit dem Küssen fort, und wir stehlen uns davon. Ich habe Mühe, meine Tränen zurückzuhalten, und Lou murmelt, dass sie Liebesplätzchen für die zwei backen will.

Ich gebe mir einen Ruck – keine Tränen. Noch nicht. Ich habe so das Gefühl, dass ich schon bald sehr viel weinen werde, und ich will nicht austrocknen.

43

Als ich vor Alex' Tür stehe, wird mir auf einmal ganz heiß. Zu heiß. Ich muss aus dieser Jacke raus.

»Was machst du da?«, zischt Louise. »Klingle endlich!«

»Ich versuche, mir die Jacke auszuziehen!« Ich winke genervt ab. »Mir ist zu heiß! Ich kann Alex und Bibi noch nicht gegenübertreten, ich muss mich erst mal ein bisschen runterkühlen. Wie soll ich mich ordentlich entschuldigen, wenn mir ZU HEISS IST?«

Der Reißverschluss bleibt auf halbem Weg stecken. Ich reiße heftig daran, doch er bewegt sich kein Stück.

»Soll ich dir helfen?«, bietet Lou an.

»Natürlich nicht!«, fauche ich. »Das ist ein REISSVERSCHLUSS, Lou. Ich kenne mich mit Reißverschlüssen aus. Ich habe schon öfter Reißverschlüsse benutzt. Er klemmt einfach nur, das ist alles.«

»Vielleicht hat sich der Stoff darin verhakt?«, sagt sie, und ich wirble zu ihr herum.

»*Natürlich* hat sich der Stoff darin verhakt. Natürlich, Louise«, fahre ich sie an. »Im Laufe der Menschheitsgeschichte haben Reißverschlüsse immer aus diesem Grund geklemmt. Ich bin mit dieser Situation vertraut. Ich weiß, dass höchstwahrscheinlich ein Stück Stoff im Reißverschluss festhängt. ICH BIN MIR DESSEN BEWUSST, LOUISE.«

Sie zuckt mit den Schultern. »Ich will nur helfen.«

»ICH WEISS, DASS DU NUR HELFEN WILLST!«, brülle ich sie an. Mir ist zu heiß, als dass ich in normaler Lautstärke sprechen könnte. »ABER DIESE ART HILFE IST IN WAHRHEIT SO ZIEMLICH DAS GEGENTEIL VON HILFREICH! WIR ALLE WISSEN, DASS REISSVERSCHLÜSSE MANCHMAL KLEMMEN! WIR ALLE WISSEN, WIE REISSVERSCHLÜSSE FUNKTIONIEREN, UND WIR ALLE WISSEN, DASS SIE DURCH EINGEKLEMMTEN STOFF SEHR LEICHT KAPUTTGEHEN KÖNNEN. GANZ EHRLICH: ES IST SCHON KOMISCH, DASS WIR DROHNEN UND ATOMWAFFEN ERFUNDEN HABEN, ABER UNS FÄLLT NICHT EIN, WIE MAN BESSERE REISSVERSCHLÜSSE KONSTRUIEREN KÖNNTE, DIE NICHT SO LEICHT KAPUTTGEHEN …«

»Äh, Leute?« Eine verschlafen aussehende Alex taucht in der Tür auf. »Warum steht ihr vor meiner Wohnung und streitet euch über Reißverschlüsse?«

»WEIL MIR HEISS IST, ALEX!« Ich verstumme abrupt, als mir klar wird, dass ich mich eigentlich bei ihr entschuldigen wollte. Und stattdessen brülle ich sie an.

»Man hat ja immerhin den Klettverschluss erfunden«, murmelt Louise hinter mir.

»Tut mir leid.« Ich senke die Stimme und lasse das mit der Jacke sein. »Entschuldige, dass ich dich aufgeweckt habe, und …« Im nächsten Augenblick breche ich – auf den Stufen vor ihrer Tür und in meiner zu heißen Jacke – in Tränen aus. »Es tut mir alles so furchtbar leid, Shelley.«

Sie kommt nach draußen, nimmt mich in die Arme und zieht mich an sich.

»Ich war so ein Arsch«, schluchze ich an ihrer Schulter, die Augen fest zugekniffen. Auf einmal spüre ich, wie sich noch ein zweites Paar Arme um mich schlingt. Ich muss nicht erst die Augen öffnen, um zu wissen, zu wem es gehört. Ich kann Bibis Parfüm riechen.

»Es tut mir so leid, Bibi«, schluchze ich. Umfangen von lauter Armen und Körpern, ist mir heißer denn je, aber das ist mir vollkommen egal.

»Mir tut es auch leid«, sagt sie voller Gefühl, was ich von Bibi gar nicht kenne. »Ich fühle mich schrecklich. Ich wollte es dir sofort sagen, aber die Worte wollten mir einfach nicht über die Lippen kommen.«

»*Du* fühlst dich schrecklich?«, schluchze ich. »*Ich* fühle mich schrecklich! Es ist alles meine Schuld. Du hast nichts falsch gemacht. Ich habe die ganze Zeit nur an mich gedacht, obwohl es gar nichts mit mir zu tun hatte.« Ich löse mich ein wenig aus der Umarmung, damit ich die beiden anschauen kann. Wir sind alle verheult und rotgesichtig. »Es hätte mir um euch gehen müssen! Ich hätte auf euch hören und mich für euch freuen sollen. Ich finde es entsetzlich, dass ihr das Gefühl hattet, ihr müsstet euch vor mir verstecken! Aber auch das ist meine Schuld, weil ihr genau wusstet, wie ich darauf reagieren würde! Ich habe euch gar keine Möglichkeit gegeben, es mir zu sagen – und keinen Grund, mir euer Geheimnis anzuvertrauen. Ich schäme mich so.«

»Wir hätten es dir trotzdem nicht verheimlichen sollen!«, schluchzt Alex. »Wir waren einfach nur so erschrocken, als es passiert ist. Es war völlig unerwartet und …«, ein Anflug von Scham huscht über ihr Gesicht, » … zugleich überwältigend. Wir wollten einfach sichergehen, dass es echt ist, bevor wir es an die große Glocke hängen und für Wirbel sorgen.« Sie sieht Bibi mit einem Ausdruck an, den ich bei ihr während unserer gemeinsamen Zeit noch nie gesehen habe. »Es *ist* doch echt, oder, Beeb? Und …« Ihr alter Aussie-Akzent tritt zutage, als sie grinsend hinzufügt: »Irgendwie kann ich es immer noch nicht ganz fassen.«

Bibi nickt und lächelt ein verklärtes Lächeln. Sie versucht, mich anzusehen, kann den Blick aber kaum von Alex losreißen. »Es ist absolut echt und auch ein bisschen unwirklich.« Sie strahlt, ehe sie sich endlich wieder mir zuwendet. »Wir lieben uns, Esther. Sonst hätten wir dir das niemals angetan.«

»Ihr habt mir gar nichts angetan.« Ich schniefe geräuschvoll. »Ich hätte das nicht alles auf mich beziehen dürfen. Es geht hier um euch beide. Und ich freue mich für euch.«

»SCHNAUZE DA UNTEN!«, schreit jemand aus dem Fenster eines Nachbarhauses. »ES IST ZWEI UHR MORGENS, VERFICKT NOCH MAL!«

Wir kichern, und dann fangen wir wieder an zu heulen, als Louise uns alle in die Arme nimmt.

»Ich bin so froh, dass wir wieder Freunde sind«, murmelt sie und drückt uns heftig. »Ich wünschte, ihr könntet damit aufhören, euch zu zerstreiten.«

»SCHEISSE, ICH RUFE GLEICH DIE POLIZEI!«, brüllt der Nachbar.

»Wahrscheinlich sollten wir besser reingehen …«, meldet sich Alex mit besorgter Miene aus dem Zentrum unserer Vierfach-Umarmung.

»Ja, kommt alle rein!« Bibi klingt überglücklich, als sie sich von uns losmacht, und zum ersten Mal fällt mir auf, dass sie nichts als einen Pyjama trägt. »Ich will unbedingt hören, was ich verpasst habe. Ihr müsst mir alles erzählen! Was ist der Status bei deiner Mission?«

Sie wartet nicht auf meine Antwort, sondern scheucht uns ins Haus. Louise und ich haben nur eine halbe Sekunde Zeit, um einen raschen Blick zu tauschen. Ich habe so viel zu erzählen, dass ich gar nicht weiß, wo ich anfangen soll.

44

»Wisst ihr was?« Ich mache es mir auf Alex' großem Ecksofa gemütlich und sehe Bibi mit weit aufgerissenen Augen an. »Louise *hat* Sven gar nicht betrogen!«

Sichtlich fasziniert, setzt Bibi sich kerzengerade auf. »Nein?« Sie dreht sich zu Lou um, die ein entrüstetes Gesicht macht. »Dabei war ich mir ganz sicher!«

»Nein.« Ich schüttle entzückt den Kopf. »Sie hat einfach nur tollen Sex mit ihrem Freund!«

»Mit Sven?«, fragt Alex neugierig. »Ich dachte, er bringt es nicht im Bett?«

»So war es auch«, sagt Lou abwehrend. »Aber jetzt ist es anders.«

»Krass!«, jubelt Bibi halb entsetzt, halb hingerissen.

Lou schnaubt. »Seht ihr? Genau das ist der Grund, weshalb ich nicht mit euch darüber gesprochen habe – weil ich genau wusste, dass ihr euch dann über mich lustig macht. Es ist nicht einfach, etwas Neues auszuprobieren, okay? Ich finde, ich bin sehr mutig.«

Bibi und ich lachen, wiedervereint in unserem gutmütigen Spott über Louise. »Das bist du auch«, sage ich ernst. »Und ich freue mich riesig für euch beide. Das ist toll. Du und Sven, ihr habt alles Glück der Welt verdient. Er ist ein guter Kerl.«

Das stimmt sie milde, und auf einmal hat sie ganz verträumte Augen. »Er ist einmalig.«

»Sven ist toll.« Bibi schenkt ihr ein warmherziges Lächeln. »Und wir freuen uns wirklich für dich.«

Alex legt zärtlich eine Hand auf die ihrer Freundin, und ich verdrehe die Augen.

»Mann«, stöhne ich nur halb im Scherz. »Muss ich jetzt damit klarkommen, dass ihr die ganze Zeit rumkuschelt?« Bibi und Alex grinsen sich an. »Ich dachte, in den letzten Monaten ging es darum, dass *ich* einen Partner fürs Leben finde. Deshalb habe ich mich auf diese dämliche Sieben-Männer-Mission begeben.«

»Dann hast du damit abgeschlossen?« Bibi sieht ein bisschen traurig aus. »Sie ist zu Ende? Keiner deiner Ex-Freunde war der Richtige?«

»Nein.« Ich seufze. »Vermutlich sind all meine Beziehungen aus gutem Grund in die Brüche gegangen.« Ich mache eine Pause. »Wer hätte gedacht, dass die junge Esther tatsächlich über so etwas wie Verstand verfügte? Und erstaunlicherweise geht es mir ziemlich gut! Ich habe eine neue Sichtweise gewonnen. Ich habe einen Job, den ich liebe …« Ich denke an meine Unterhaltung mit Katie. »Und den ich wie durch ein Wunder noch nicht verloren habe. Ich habe ein paar echt tolle Freundinnen, mit denen ich es mir noch nicht völlig verdorben habe.« Ich grinse die drei an. »Und ob ihr es glaubt oder nicht: Trotz allem, was passiert ist, habe ich nach wie vor die Hoffnung, dass ich irgendwann jemanden finde, der mich heiratet. Keine Ahnung, warum ich es so eilig hatte. Ich habe noch jede Menge Zeit! Meine ganzen Dreißiger!«

»Und dann geht das mit den Scheidungen los, und eine ganze Flut netter Männer wird wieder auf den Markt geschwemmt«, fügt Bibi hinzu. »Du wirst dich gar nicht mehr an die sieben Ex-Freunde erinnern.«

»Theoretisch waren es sowieso nur sechs Ex-Freunde«, fällt mir ein. »Paul zählt offensichtlich nicht als Ex, er war nie die verpasste Chance, er war ein Idiot.«

»Aber was ist mit deiner anderen verpassten Chance?«, fragt Lou. »Er zählt als siebter Ex.«

»Welcher siebte Ex?« Alex beugt sich interessiert nach vorn.

»Na, ihr *anderer* Ex!« Lou sieht uns erwartungsvoll an. »Ihr wisst schon ...« Sie verdreht die Augen. »Nick!«

Alle starren mich an.

»Ich weiß, er stand nicht auf der Liste, aber ich dachte, das lag daran, dass er aus der Reihe fiel. Auf deine anderen Ex-Freunde traf der Artikel haargenau zu. Ich dachte, du hättest ihn absichtlich weggelassen, weil du wolltest, dass deine Mission – keine Ahnung ... zum Narrativ passt. Und er stach irgendwie heraus.«

»O mein Gott, es gibt noch einen geheimen achten Ex?«, keucht Alex. »Nick wer?«

»Nein, nein.« Ich lache nervös. »Er war nicht – er ist doch kein ... Ex von mir.«

Louise schnaubt. »Natürlich ist er das! Ich würde sogar sagen, er war der Einzige, den du wirklich leiden mochtest.«

»Moment mal.« Alex rückt näher. »Doch nicht Nick aus der Schule? Nick Wilde?«

»Nein!«, sage ich, diesmal energischer. »Wir sind nie wirklich miteinander ausgegangen. Lou redet Unsinn. Wir waren nicht auf einem einzigen Date! Er *ist* nicht mein Ex. Sei still, Lou!«

Sie strafft die Schultern und senkt die Stimme. »Sag du mir nicht, wann ich still sein soll, Esther.« Sie redet leise, aber bestimmt. Diese geheime Sex-Transformation mit Sven hat eindeutig ihr Selbstvertrauen gestärkt. »Du weißt genau, dass ich recht habe.«

Sie wendet sich an Bibi und Alex, die mit offenen Mündern dasitzen und – wie ich feststelle – aufgeregt Händchen halten.

»Sie hatten mal was an der Uni und sind sich vor ein paar Jahren wiederbegegnet.« Sie wirft mir einen raschen Blick zu. »Nur weil es kurz war, muss es ja nicht weniger ernst gewesen sein.«

Scheiße. Ich hätte ihr nie davon erzählen dürfen. Warum habe ich ihr davon erzählt? Ich wusste, dass ich ihr nicht vertrauen kann. Ich meine, äh … jedenfalls nicht länger als die rund zehn Jahre, die sie die Sache für sich behalten hat.

»Komm schon.« Bibis Augen sind so groß wie Untertassen. »Raus damit! Was ist an der Uni passiert?«

Ich hole tief Luft. Ach, was soll's?

GEHEIMER EX NR. 8: NICK WILDE

Auch bekannt als: der Ex, der keiner war Teil eins

Durham University
Studentenkneipe
2:31 h

»Weißt du eigentlich, dass ich auf der Schule die ganze Zeit in dich verknallt war?« Nick liegt neben mir auf einer Bank voller Penis-Kritzeleien. Rein juristisch gesehen, sind wir Studenten zwar erwachsen, aber das bedeutet noch lange nicht, dass wir auch reif sind. Erst recht nicht, wenn eine toxische Kombination aus Filzstiften und Alkohol im Spiel ist.

»Das stimmt doch gar nicht. Halt bloß den Mund.« Ich lache.

Er dreht sich zu mir um und sieht mich mit ernster Miene an. »Doch, wirklich. Aber mein Kumpel Alistair hat als Erster gesagt, dass er dich mag, und ich wusste, wenn ich es auch sage, dann ärgert er sich. Oder vielleicht hatte ich auch Angst, dass er denkt, ich würde ihn imitieren oder so. Also habe ich quer über den Schulhof gebrüllt und euch beide miteinander verkuppelt!« Er lacht etwas zynisch. »Ganz schön kindisch.«

Ich schweige eine Zeit lang nachdenklich, während ich mir vorstelle, wie es mit ihm gewesen wäre. Ob für Esther und Nick die Schulzeit anders verlaufen wäre als für Esther und Alistair?

Ich richte mich auf meiner Penisbank auf und betrachte ihn eingehend. Was für ein seltsamer Abend.

Als unsere Blicke sich vor einigen Stunden in der Bar zufällig getroffen haben, wollte ich mich eigentlich umdrehen und wieder nach Hause gehen.

Ich bin Nick bewusst aus dem Weg gegangen, seit ich vor zwei Monaten mein Studium angefangen habe. Erstens waren wir auf der Schule definitiv keine Freunde. Er war ein blödes Großmaul, das nur mit anderen Jungs abhing und Mädchen grundsätzlich für eklig zu halten schien. Zweitens war er Alistairs Kumpel, und ich hatte mich gerade von Alistair getrennt und wollte nicht, dass Nick ihm von meinen betrunkenen Knutschorgien berichtete.

Aber vor allem bin ich Nick aus dem Weg gegangen, weil er mich an alte Zeiten erinnert. An mein altes Ich. Er kennt mich als Fanny Adams, die Versagerin. Aber die habe ich hinter mir gelassen. Ich bin jetzt Studentin! Ich habe mich neu erfunden. Die neue Esther ist cool und sexy. Jemand, die unter all diesen lässigen, schlauen, erwachsenen Menschen nicht negativ auffällt. Die neuen Freunde, die ich mir mit Alkohol erkauft habe, halten mich für genial, und ich will nicht, dass sie merken, dass das nicht stimmt. Ich will niemanden in meiner Nähe haben, der mein altes Selbst – mein wahres Selbst – kennt und mich daran erinnern könnte, was für ein erbärmlicher Loser ich bin. Ich will nicht, dass Nick allen erzählt, dass ich meine Schulzeit damit verbracht habe, mich hinter dem Fahrradschuppen zu verstecken.

Das Problem ist nur, dass er seit Neuestem in der Studentenkneipe arbeitet.

Folglich ist es ziemlich schwer, ihm aus dem Weg zu gehen.

Denn was soll ich machen? In eine andere Bar gehen und marktübliche Preise zahlen? Nachdem ich mein gesamtes Studiendarlehen innerhalb weniger Wochen verpulvert habe? Das wäre schlichtweg dumm.

Also bin ich geblieben. Und im Laufe des Abends habe ich festgestellt, dass ich immer öfter zu ihm rüberschaute. Ich sah ihn in einem anderen Licht. Und als er irgendwann zu mir kam, um »Hi« zu sagen, hatte er nichts mehr mit dem nervtötenden Teenager gemeinsam, an den ich mich erinnerte. Er ist nett, witzig, rücksichtsvoll, albern und freundlich. Alles, was man sich nur wünschen kann.

Mir ist bewusst geworden, dass es ihm wahrscheinlich genauso ergangen ist wie mir. Auch er hat sich selbst neu erfunden, und bestimmt hat er genauso viel Angst wie ich, seine neuen Freunde könnten die Wahrheit über ihn herausfinden.

»Du wirkst ganz anders hier«, sage ich, wechsle die Bank und lege mich neben ihn, sodass wir einander anschauen können.

Er sieht nachdenklich aus. »Ich weiß nicht, ob ich anders bin. Ich glaube, wenn überhaupt, bin ich hier mehr ich selbst als in der Schule. In der Schule stand man immer unter dem Druck, sich auf eine bestimmte Art geben zu müssen. Oder vielmehr: sich *nicht* auf eine bestimmte Art zu geben. Um dazuzugehören, musste man sich an alle möglichen Regeln halten. Und ich meine nicht die Hausordnung, sondern soziale Normen. Ich habe so viel Zeit und Energie darauf verwendet, der Junge zu sein, den alle in mir sehen wollten. An die Uni zu kommen hat sich angefühlt, als wäre ich aus einem Gefängnis entlassen worden.«

»Dann gefällt es dir hier?« Ich lächle und beobachte, wie sich seine Lippen bewegen.

Er nickt lachend. »Ich liebe es. Und der neue Job hier in der Bar ist super! Ich kriege Alkohol umsonst, und hin und wieder habe ich die Bar nach Ladenschluss für mich.« Er sieht mir direkt in die Augen, und mein Magen macht einen kleinen Satz.

Das ist nicht richtig.

Aber seltsamerweise fühlt es sich richtig an. Hier in der leeren Unikneipe mit Nick Wilde zu reden – nur er, ich und tausend halb ausgetrunkene pinkfarbene Cocktails in Plastikbechern, die darauf warten, eingesammelt zu werden.

»Was ist mit dir?«, fragt er mit ehrlichem Interesse. »Gefällt es dir?«

Ich überlege, ob ich lügen soll, tue es dann aber doch nicht. »Nein, nicht wirklich.« Ich seufze. »Einige Dinge machen schon Spaß, aber ich kapiere nichts von dem, was in den Vorlesungen gesagt wird. Es ist alles so trocken und verwirrend. Ehrlich gesagt weiß ich gar nicht, warum ich ein Studium angefangen habe. Ich habe das Gefühl, dass ich einfach dem Vorschlag meiner Eltern gefolgt bin, die wollten, dass ich ›etwas aus meinem Leben mache‹. In erster Linie wollte ich weg von zu Hause.« Ich verziehe das Gesicht, während ich mich frage, ob ich ihm auch den Rest verraten soll. Er sieht mich an und wartet geduldig – als wüsste er, dass noch etwas kommt.

Gott, er ist so viel einfühlsamer, als ich es ihm jemals zugetraut hätte. Nick Wilde, der Empath! Wer hätte das gedacht? Shelley und Lou werden sich in die Hose machen, wenn ich ihnen davon erzähle.

Vielleicht erzähle ich es ihnen lieber nicht.

»Also …« Ich hole tief Luft. »Ich arbeite seit Kurzem in einem italienischen Restaurant – nur als Spülhilfe, aber komischerweise liebe ich es. Ich hatte immer schon Spaß am Kochen, dachte aber nie, dass ich damit auch beruflich was anfangen könnte. Den Köchen bei der Arbeit zuzuschauen ist so toll.« Ich blicke auf meine Hände. »Ehrlich, es juckt mich richtig, dasselbe zu machen wie sie. Einer von ihnen hat mir neulich erlaubt, ihm bei den Vorspeisen zu helfen, und ich war noch Stunden danach ganz berauscht.« Verlegen wende ich den Blick ab. »Das ist albern.«

»Denkst du, dass du das beruflich machen willst?«, fragt er ernst. »So richtig als Karriere, meine ich?«

Ich überlege, ohne ihn anzusehen. »Ja, irgendwie schon«, räume ich schließlich ein und spüre ein Flattern im Magen. »Aber erst muss ich mein Studium abschließen. Danach schaue ich, wie es weitergeht.«

»Aber wieso?« Er macht ein verwirrtes Gesicht. »Wenn du weißt, was du tun möchtest, und dir die Uni keinen Spaß macht, warum willst du dann drei Jahre verschwenden? Es ist ja nicht so, dass du irgendwas in Richtung Gastronomie studierst, und fürs Kochen braucht man keinen Abschluss.«

Ich runzle die Stirn. »Weil …« Mir fällt kein Grund ein. Die einzige Antwort, die mir in den Kopf kommt, ist: *weil meine Eltern gesagt haben, dass ich studieren soll.* Stattdessen sage ich: »Weil ich mein Studiendarlehen schon auf den Kopf gehauen habe?«

Er lacht. Warum ist mir nie aufgefallen, was für ein schönes Lachen er hat? Man will sofort mitlachen und nie mehr aufhören. »Na ja, in den nächsten Jahren werden wir sicher noch eine ganze Menge mehr auf den Kopf hauen.« Er hält inne. »Also, aus rein egoistischen Gründen würde ich mich natürlich freuen, wenn du bleibst …« Erneut treffen sich unsere Blicke, und Hitze pulsiert zwischen uns. »Aber die Uni ist nicht für jeden das Richtige, selbst wenn uns das von Kindesbeinen an eingetrichtert wurde. Wenn du wirklich Köchin werden möchtest, solltest du diesen Weg auf jeden

Fall weiterverfolgen. Ich finde die Idee großartig. Etwas zu machen, was du liebst – das sind doch ideale Voraussetzungen.«

Gott, ich möchte ihn so gerne küssen.

Schweigen senkt sich zwischen uns. Ich schlucke mühsam und versuche, nicht auf seinen langen, schlanken Oberkörper zu starren. Sein Polohemd mit dem Logo der Bar vorne auf der Brust sitzt ziemlich eng. Er hat doch nicht etwa ein Sixpack? Keiner der Jungs, mit denen ich bisher was hatte oder die ich kennengelernt habe, hatte ein Sixpack. Auf der Schule galt es als uncool, ins Fitnessstudio zu gehen. Man spielte einfach Fußball. Und von Fußball kriegt man kein Sixpack, oder? Alistair hatte jedenfalls keines – er hatte den Körper eines Jungen. Was, wenn Nick Wilde den Körper eines Mannes hat?

»Allerdings …«, fährt er nach einer Weile fort, nicht ahnend, was für schmutzige Gedanken mir gerade durch den Kopf gehen, »… habe ich einen Onkel, der Küchenchef ist. Er liebt seine Arbeit, aber er meint auch, dass es einer der härtesten Berufe ist, die man sich vorstellen kann. Niemand schuftet so viel wie er. Wir kriegen ihn kaum zu Gesicht. Außerdem sagt er, dass Küchen stark von Männern dominiert werden und dass viel geflucht wird – man braucht ein dickes Fell.«

»Damit kann ich umgehen«, sage ich im Brustton der Überzeugung und grinse. »Ich liebe es zu fluchen.«

Wieder lächelt er mich an, und auf einmal liegt eine derartige Spannung zwischen uns in der Luft, dass ich sie auf meiner Zunge schmecken kann. Ungeschickt streicht er sich die Haare aus dem Gesicht, und ich widerstehe dem Drang, seine Hand zu nehmen und abzulecken. Ich will jeden Zentimeter seines Körpers ablecken. Ich will seine Finger auf mir und in mir spüren, ich will, dass er seinen männlichen Körper an mich drückt, ich will seine Lippen auf meiner Haut fühlen. Alles in mir schreit nach ihm.

Und obwohl ich nie in meinem Leben etwas so sehr gewollt habe – obwohl ich nie einen Menschen so sehr begehrt, mich noch nie innerlich so sehr nach etwas verzehrt habe –, sehe ich es fast nicht kommen, als er mich küsst.

Seine Lippen finden meine, und es ist wie eine Explosion. So bin ich noch nie geküsst worden. Hungrig und leidenschaftlich, nichts als Zunge und Lippen und Hände überall. Es ist anders als alles, was ich bisher erlebt habe. Ich habe die letzte Woche damit verbracht, jeden Mann zu küssen, der mir über den Weg lief, und davor habe ich jahrelang Alistair geküsst. Nichts davon kommt diesem Kuss auch nur annähernd gleich.

Der Gedanke an Alistair holt mich zurück in die Wirklichkeit. »Wir sollten das nicht tun.« Ich bin die Erste, die den Kuss unterbricht, auch wenn ich nicht weiß, wie ich es fertigbringe. In meinem Kopf dreht sich alles, und meine Sicht ist verschwommen. Als ich die Begierde in Nicks Augen sehe, lasse ich mich fast wieder hineinsinken. Ich will ihn so sehr.

Aber ich darf nicht. Es ist nicht richtig.

»Ich habe mich gerade erst von Alistair getrennt«, sage ich. Meine Stimme klingt leise und rau. »Und du bist sein Freund. Das geht nicht.«

Er schluckt mühsam und sieht mich eindringlich an.

»Du hast recht«, meint er nach einer Weile. »Ich weiß, dass du recht hast.« Wir lösen uns endgültig voneinander. Wir sind außer Atem, als wären wir gerannt. Als er abermals das Wort ergreift, klingt er entschlossen. »Okay, tun wir so, als wäre das nie passiert. Wir sagen es niemandem. Alis … Er muss nichts davon erfahren.« Er sieht mich noch einmal lange an und schluckt erneut. »Aber ich habe keine Ahnung, ob ich es schaffe, dir aus dem Weg zu gehen, wenn wir die nächsten drei Jahre zusammen an der Uni sind …«

45

»Gott, ich kann nicht glauben, dass du Nick Wilde aus dem Fußballteam geküsst hast!« Alex' Fassungslosigkeit versetzt mir einen Stich der Irritation.

»Ich *habe* ja auch nicht Nick Wilde aus dem Fußballteam geküsst.« Ich strafe sie mit einem strengen Blick. »Ich habe Nick Wilde, den sexy Studenten und Barkeeper, geküsst. Das sind zwei völlig unterschiedliche Personen. Er ist erwachsen geworden und hat sich neu erfunden. Ich habe den sensiblen und netten Nick Wilde geküsst, der schon mit achtzehn über Bartstoppeln und Gefühle verfügte.«

»Wisst ihr was?« Louise wirkt nachdenklich. »Männer sind echt kompliziert. Ich meine – quasi genauso kompliziert wie Frauen!«

»Ich glaube, du hast recht!« Ich nicke. »Der Gedanke ist mir neuerdings auch gekommen. Ich habe Männer immer als Idioten abgetan, denen alles scheißegal ist, aber inzwischen habe ich den Verdacht, dass sie durchaus vielschichtig sein können. Vielleicht haben sie auch mit Schwierigkeiten zu kämpfen, genauso wie wir. Schaut euch nur Rich, das Arschloch, an. Der *war* am Ende gar kein Arschloch, sondern nur ein Mann mit schwerwiegenden psychischen Problemen. Und er hat sich Hilfe gesucht! Das ist wahnsinnig mutig – erst recht, weil Männern andauernd eingetrichtert wird, dass sie sich niemals schwach oder verletzlich zeigen dürfen.«

»Eben«, sagt Lou. »Im Grunde sitzen wir alle im selben Boot. Frauen kriegen weniger Geld, aber Männer haben weniger Emotionen! Wir fordern gleiche Tränen und gleiche Bezahlung für alle.«

»Sei ein Mann, hab Eier, benimm dich nicht wie ein Mädchen. Sei keine Muschi.« Bibi schüttelt traurig den Kopf. »Was wir zu Jungen sagen, ist komplett lächerlich. Im Ernst.«

»Obwohl – das Wort ›Muschi‹ gefällt mir«, meine ich nachdenklich. »Diese Bildsprache. Vielleicht können wir das Wort zurückerobern, was meint ihr? Damit es zu etwas Positivem wird und jeder eine Muschi sein will. Wie toll es doch ist, eine Muschi zu sein!«

»Muschi ist ein komisches Wort«, murmelt Alex.

»Wir sind alle gleichermaßen muschihaft!«, entgegnet Louise mit Leidenschaft. »Jeder ist eine Muschi.«

»Ich finde, Männer und Frauen sind alle auf ihre Weise verkorkst«, verkündet Bibi feierlich. »Man darf es sich nicht so einfach machen, ein ganzes Geschlecht als Arschlöcher abzustempeln. Wir sind alle bloß Menschen. Wir sind einsam und haben Ängste und versuchen, irgendwie zu überleben.«

Alex drückt ihre Hand noch fester.

Ich nicke. »Genau das.« Mir kommt ein Gedanke. »Wobei – es gibt definitiv Ausnahmen auf beiden Seiten. Franco zum Beispiel ist definitiv keine Muschi. Er ist ein elender Drecksack.«

Bibi setzt sich kerzengerade hin. Ihre Miene verdüstert sich. »Was ist passiert? Was hat er gemacht?«

»Hä?« Alex und Lou schauen verwirrt.

»Er, na ja … er hat mich bedrängt«, gestehe ich und schäme mich dummerweise, obwohl ich weiß, dass ich gar keinen Grund dazu habe.

Lou schnappt nach Luft und legt schützend den Arm um mich.

»Scheiße«, flucht Bibi leise. »Es tut mir so leid, Esther. Das ist meine Schuld. Ich habe mein Bestes getan, um ihn von euch fernzuhalten. Ich will schon seit Monaten, dass er endlich gefeuert wird.«

»Hat er es bei dir auch versucht?« Auf einmal bekomme ich es mit der Angst zu tun. Was, wenn ich nicht entkommen wäre? Was hätte er gemacht? Was hat er vielleicht mit Bibi gemacht?

Zum Glück schüttelt sie den Kopf. »Nein. Aber nur, weil er weiß, dass ich ihm dann die Eier mit einem rostigen Küchenmesser abschneiden würde.« Sie macht eine Pause. »Das habe ich sogar schon mal ansatzweise getan.« Sie schaut zwischen uns dreien hin und her und seufzt. »Er zieht diesen Mist bei jeder Frau ab, die in der Bar arbeitet. Schon lange, bevor ich da angefangen habe. Ich wurde gleich an meinem ersten Tag vor Franco gewarnt, habe das aber nicht wirklich ernst genommen, bis ich ihn dabei erwischt habe, wie er einer der Kellnerinnen an den Arsch gefasst hat. Sie war total aufgelöst.«

»Warum hast du uns nichts gesagt?«, fragt Louise entsetzt.

Bibi blickt zu Boden. »Weil ich wusste, dass ihr dann versuchen würdet, mich zum Kündigen zu überreden. Und anfangs war ich einfach zu feige. Ich konnte es mir nicht leisten, den Job zu verlieren. Nachdem ich ihm in besagter Situation deutlich gemacht hatte, er solle meine Kollegin in Ruhe lassen, hat er mir gedroht. Er meinte, er würde dafür sorgen, dass ich gefeuert werde, wenn ich nicht den Mund halte. Ohne den Job hätte ich meine Miete nicht zahlen können, und ihr wisst ja, dass ich trotz aller Bemühungen bisher nichts anderes gefunden habe.«

Ich nehme ihre Hand, und sie sieht mich dankbar an.

»Als ich ihn dann ein zweites Mal erwischt habe, bin ich nach Ladenschluss zu ihm gegangen – mit einem Messer.«

O mein Gott, Bibi ist so krass.

»Ich habe es nur ganz lässig in der Hand gehalten«, fügt sie rasch hinzu, als Lou erschrocken nach Luft schnappt. »Ich bin Barkeeperin, da ist es völlig legitim, ein Messer in der Hand zu haben. Manchmal muss man eine Limette oder eine Zitrone schneiden … Aber in Wahrheit wollte ich mich schützen. Und ich wollte, dass er begreift, wie ernst es mir ist. Ich habe ihm gesagt, wenn er sich jemals wieder an einer der Frauen in der Bar vergreift, kriegt er es mit mir zu tun.« Sie hält inne. »Ich glaube, seitdem hat er Todesangst vor mir.«

Ich denke daran, wie oft wir in der Bar saßen und Franco mit verängstigter Miene an uns vorbeischlich oder sich weigerte, Bibi zum Arbeiten zu zwingen, wenn sie sich ihm gegenüber mal wieder von ihrer unverschämten Seite zeigte. Ich dachte, er hätte Angst vor ihr, weil sie generell eine ziemlich beängstigende Person ist – nicht, weil sie ihn mit einem Messer bedroht hat!

»Du hast deine Kolleginnen beschützt«, hauche ich voller Bewunderung für Bibi und ihre Stärke. »Du bist eine Heldin.«

»Na ja.« Ein wenig verlegen winkt sie ab. »Es war dumm, und ich hätte leicht verletzt werden können oder … Schlimmeres. Ich würde so was nicht zur Nachahmung empfehlen. Aber danach hat er die Mädels wenigstens in Ruhe gelassen.« Ein gequälter Ausdruck tritt in ihr Gesicht, und sie sieht mich an. »Jedenfalls bis jetzt. Esther, es tut mir so leid. Das Schlimmste daran ist, dass ich die ganze Zeit mit der Personalabteilung des Betreibers zusammengearbeitet habe. Sie haben mich gebeten, alles zu dokumentieren, und er steht kurz vor der Entlassung.«

»Der Kerl gehört in den Knast!«, ruft Alex wutentbrannt. »Er ist der Harvey Weinstein der Absturzkneipen.«

»Ja, das ist der nächste Schritt.« Bibi nickt. »Sie haben sich mit der Polizei in Verbindung gesetzt, und einige der Frauen sind bereit, gegen ihn auszusagen.«

»Wow«, sage ich leise. »Ich würde es natürlich auch tun, falls man mich fragt.« Ich schüttle den Kopf. »Ich dachte immer, er wäre ein harmloses, schüchternes kleines Männchen. Ich kann nicht glauben, wie sehr ich mich in ihm getäuscht habe. Was stimmt nicht mit mir? Sende ich irgendein unterbewusstes Signal, dass Männer wie Franco oder Carl anlockt?«

»Du bist es nicht«, sagt Bibi leise. »Es sind die Männer. Die Welt muss sich verändern, nicht du.«

Alex strahlt Bibi an: »Du bist fantastisch, Babe, unfassbar mutig.«

»Ich kann es gar nicht erwarten, diesem Sack endlich zu sagen, wohin er sich seinen Job stecken kann«, gibt sie durch zusammengebissene Zähne zurück.

»Oh.« Ich horche auf. »Dann hast du das Stellenangebot angenommen?«

Bibi grinst ein bisschen verlegen. »Also, na ja … nein.« Sie schielt zu Alex, die ihr ein aufmunterndes Lächeln schenkt. »Ich habe es ausgeschlagen. Es war nicht wirklich das, was ich langfristig machen will, deshalb habe ich beschlossen, es alleine zu versuchen! Ich habe mich selbstständig gemacht und meine eigene kleine Marketing- und Beratungsagentur gegründet. Alex will mir bei der Website helfen.«

»O mein Gott!« Ich bin ganz aus dem Häuschen. »Das ist ja wunderbar! Absolut perfekt. Ich bin so stolz auf dich!«

Sie zuckt die Achseln, aber man sieht ihr an, dass sie sich wahnsinnig freut. »Außerdem habe ich bei der Jobsuche so viele talentierte Werbefachleute kennengelernt. Wir könnten uns zusammentun und das Ganze ein bisschen größer aufziehen. Und bis es richtig läuft, kann ich nebenher weiter in Teilzeit in der Bar arbeiten. Jetzt, wo Franco gehen muss, könnte es sogar Spaß machen.

Die Kollegen sind alle nett, und ich glaube, sie würden mich noch mehr mögen, wenn ich tatsächlich mal anfange zu arbeiten.«

»Ich weiß genau, dass meine Chefs dir ein paar Aufträge vermitteln werden«, werfe ich glücklich ein. »Wie sich herausgestellt hat …«, ich kichere schüchtern, »werde ich von meinem Team sehr geschätzt. Wer hätte das gedacht?«

»O Mann.« Bibi rollt mit den Augen. »Was glaubst du denn? Es ist so merkwürdig, dass du ständig an dir selbst zweifelst. Du bist genial.«

»Wo wir gerade von Esthers Genialität sprechen …« Alex sieht mich aufgeregt an. »Erzähl uns, wann du Nick nach eurer frustrierend sexlosen Nacht das nächste Mal wiedergetroffen hast.«

Ich blicke auf meine Hände. »Okay«, sage ich kleinlaut. Ich fühle mich irgendwie komisch. »Ich war vierundzwanzig, und es war ein paar Monate, bevor mir Idris begegnet ist …«

GEHEIMER EX NR. 8: NICK WILDE

Auch bekannt als: der Ex, der keiner war Teil zwei

The Swan/Swab
Ausgang
19:15 h

Wir wollen gerade gehen, als ich ihn sehe.

»Äh, treffen wir uns zu Hause?«, sage ich zu Louise. »Ich habe da jemanden entdeckt, den ich kenne.«

Sie nickt, ohne sich umzuschauen. »Ich bin hundemüde, Babe«, gähnt sie. »Ich gehe sofort ins Bett, wir sehen uns dann also erst morgen früh.« Sie geht davon, und ich wende meine Aufmerksamkeit wieder dem Pub zu. Sosehr ich Lou auch mag, ich will diese Person nicht mit ihr teilen.

Wir waren erst ein paarmal in dieser Kneipe, obwohl sie nur wenige Minuten von unserer Wohnung entfernt ist. Sie ist ziemlich schäbig und altmodisch, aber so langsam wächst sie uns ans Herz.

Vielleicht hat sie sogar das Potenzial, unsere Stammkneipe zu werden.

»Esther?« Nick klingt erstaunt, als könne er nicht fassen, dass ich es wirklich bin. »Das muss ja Jahre her sein! Meine Güte, wie geht es dir?« Er umarmt mich zur Begrüßung, und ich wünschte sofort, er hätte es nicht getan. Sein vertrauter Duft hüllt mich ein und entfacht etwas in meinem Innern.

»Was machst du denn hier?« Lachend betrachte ich sein wunderschönes Gesicht. Er scheint sich aufrichtig zu freuen, mir über den Weg gelaufen zu sein. Er hat mehr Bartstoppeln als bei unserer letzten Begegnung in der Studentenkneipe, außerdem trägt er jetzt eine Brille, die ihm sehr gut steht. Ansonsten hat er sich nicht wesentlich verändert.

»Eine Kneipentour mit Kollegen.« Er verdreht die Augen. »Eigentlich wollten sie gerade weiterziehen. Gehst du schon? Oder bleibst du noch und trinkst was mit mir?«

Er verabschiedet sich von der lärmenden Gruppe und zieht sich mit mir an einen Tisch in der Ecke zurück. Wir setzen uns und mustern uns schüchtern.

»Ist nett hier«, sagt er vorsichtig. »Ich war noch nie in dieser Gegend, aber ich finde es nicht schlecht hier. Ich habe überlegt umzuziehen.« Er sieht mir direkt in die Augen, und plötzlich ist mein Mund trocken.

»Darf ich einen Schluck?« Ich deute mit einer Kopfbewegung auf sein Bier, und er erwacht aus seiner Erstarrung.

»Na klar. Aber warte, ich hole dir ein frisches. Tut mir leid, ich habe gar nicht daran gedacht.«

»Nein, nein, ich hatte wahrscheinlich genug.« Abwehrend hebe ich die Hände. »Ich bin schon den ganzen Tag mit Louise hier – erinnerst du dich noch an Louise Hickman aus der Schule?«

»Wie könnte ich Louise jemals vergessen?« Er lacht. »Geht es ihr gut?«

Ich nicke, und wir sprechen eine Weile über alte Zeiten. Der Small Talk fühlt sich seltsam intim an; ganz natürlich und warm, als könnte ich einfach die Hand ausstrecken und ihn berühren, und es wäre nichts Komisches daran. Als könnte ich mit den Fingernägeln durch seine Bartstoppeln fahren und ihn auf den Hals küssen.

Moment. Das wäre vielleicht doch ein bisschen komisch.

Er deutet in den Raum hinein. »Weißt du noch, wie ich in der Studentenkneipe gearbeitet habe?«

Ich lache. »Klar! Obwohl ich nach, äh … dem Abend nur noch zwei Wochen an der Uni war.«

»Ja.« Er lächelt ein wenig traurig. »Mehr geheime Treffen in geschlossenen Kneipen gab es für uns leider nicht.« Er macht eine Pause. »Obwohl das eine Mal auf jeden Fall denkwürdig war …« Seine Bemerkung beschwört Bilder besagten Abends herauf, und ich räuspere mich verlegen.

»So.« Er wartet. »Bist du nun Köchin? Auf dem besten Weg, der neue Gordon Ramsay zu werden?«

Ich verziehe das Gesicht. »Ich hoffe nicht. Aber ja, ich arbeite als Köchin!«

Er freut sich – bis er meine Miene registriert. »Oh. Macht es doch nicht so viel Spaß wie erhofft?«

»Ach.« Ich hebe die Hände. »Ich weiß auch nicht, Nick. Es gibt viele Aspekte, die ich liebe, aber die Arbeitszeiten bringen mich um. Heute war mein erster freier Tag in sechs Monaten, deswegen habe ich auch den ganzen Tag mit Lou getrunken!«

Er lacht freundlich, und als er das Kinn anhebt, muss ich wieder seine Bartstoppeln anstarren.

Nur einmal kurz drüberstreicheln? Vielleicht hätte er ja nichts dagegen?

»Und einige der Kollegen sind auch nicht besonders nett«, füge ich leise hinzu, während ich an die schrecklichen Erlebnisse mit Carl denke. Hals über Kopf im A'Diva aufzuhören war eine extrem demütigende Erfahrung. Ganz zu schweigen davon, dass viele Leute in der Branche zu wissen scheinen, was vorgefallen ist. Nach einer Weile habe ich zwar einen neuen Job gefunden, allerdings nicht auf demselben Level wie vorher. Und einige meiner Kollegen machen manchmal Bemerkungen über die Sache mit Carl ... Sie tun so, als wäre das Ganze ausschließlich meine Schuld gewesen.

»Wir sind ja noch jung«, meint Nick gutmütig. »Vierundzwanzig ist doch kein Alter! Du hast noch genug Zeit, dich anders zu entscheiden. Deine Träume dürfen sich anpassen und die Richtung wechseln.« Er zieht die Augenbrauen hoch. »In einer Minute träume ich von Zombies, in der nächsten davon, dass ich zur Arbeit die falsche Hose angezogen habe. Träume sind verrückt.«

Ich kichere. Gott, er ist so nett. Und so sexy.

»Ich wette, du bist richtig gut in dem, was du tust«, fährt er fort. »Ich war letzte Woche auf einer Party von der Arbeit, da war das Catering ungenießbar.« Er schneidet eine Grimasse. »Das kann einem den ganzen Abend versauen. Vielleicht solltest du in die Eventplanung gehen, damit du dort für gutes Essen sorgen kannst?« Er lacht, und ich lache mit, aber ...

Aber ...

Hm. Eventplanung. Darüber könnte man doch mal nachdenken. Eventplanung ... Ich liebe es, Menschen glücklich zu machen. Etwas zu schaffen, das den Gästen noch lange danach in Erinnerung bleibt. Ich liebe es, Teil eines Teams zu sein, das alles dafür tut, Menschen einen unvergesslichen Abend zu bescheren. Hm.

»Was ist mit dir?«, wechsle ich rasch das Thema. »Bist du glücklich? Wie ist dein Leben so mit Mitte zwanzig?«

»Ziemlich gut«, lächelt er. »Ich überlege, mir einen Hund anzuschaffen. Wäre das verrückt? Das ist ganz schön viel Verantwortung.«

Ich greife erneut nach seinem Bierglas und trinke einen Schluck daraus.

Er schaut mich an, und ich sehe, wie sein Blick dunkler wird.

»O Gott.« Er lässt den Kopf in die Hände sinken. »Esther, ich will keinen Small Talk mit dir machen. Ich meine – es ist schön und macht Spaß, aber ich muss die ganze Zeit daran denken, wie gerne ich dich jetzt küssen würde. Ich finde dich immer noch wahnsinnig attraktiv. Du machst irgendwas mit mir.« Er grinst. »Bist du Single? Könnten wir … also … mal auf ein richtiges Date gehen?«

Das »Ja« liegt mir schon auf der Zunge, doch ich verkneife es mir. Ganz so einfach ist die Sache nicht. »Bist du noch mit Alistair befreundet?«, frage ich schließlich.

Er betrachtet mich eine Zeit lang. »Irgendwie schon«, räumt er ein. »Nicht mehr so eng wie damals auf der Schule, aber wir treffen uns immer noch hin und wieder in der Gruppe.«

Ich reiße meinen Blick von ihm los. »Es ist zu kompliziert«, sage ich leise und starre auf meine Hände. »Alistair ist ein Teil deines Lebens.« Ich denke daran, wie gekränkt meine erste große Liebe wäre. Und dann ist da ja auch noch mein guter Freund Paul. Momentan ist das zwischen uns zwar rein platonisch, aber ich habe immer mehr den Eindruck, dass irgendetwas mit uns passieren wird, jetzt, wo wir endlich beide Single sind. Zwischen uns ist noch etwas, und das würde mir und Nick im Weg stehen. Nur weil meine Körperchemie bei ihm verrücktspielt, heißt das nicht, dass es richtig ist, etwas mit ihm anzufangen.

Ich versuche, meine Atmung zu beruhigen. »Es tut mir leid, Nick, ich glaube, wir sollten uns nicht wiedersehen. Du machst nämlich auch was mit mir. Ich kann nicht … es ist zu viel. Zu intensiv.«

Er sieht mich eindringlich an, ehe er sichtlich enttäuscht seufzt. »Wenn das deine Entscheidung ist, muss ich die wohl respektieren.« Er macht eine Pause. »Aber ich glaube, du irrst dich. Da ist etwas wirklich verdammt Besonderes zwischen uns. Und ich glaube, du fühlst es auch.« Er nimmt meine Hand, und ein Schauer durchrieselt mich. Er beugt sich zu mir. »Könnten wir nicht einfach eine Nacht zusammen haben?«, flüstert er eindringlich. »Heute? Jetzt gleich? Einfach, um den Druck loszuwerden? Ich habe das Gefühl, dass ich nie wieder jemanden so sehr wollen werde wie dich. Nur eine einzige Nacht?« Er nimmt auch noch meine andere Hand, und in meinem Innern explodieren Feuerwerkskörper.

Ich kann nicht. Ich sollte es nicht tun. Ich muss an Alistair und Paul denken. Es ist total unvernünftig.

O mein Gott, gleich wird er mich küssen.

Und das tut er auch. Er lehnt sich über den Tisch, und es ist genau wie beim letzten Mal, nur noch besser. Sobald ich ihn schmecke, will ich mehr.

»Können wir zu dir gehen?«, flüstert er mir atemlos ins Ohr.

»Ich will es wirklich.« Ich schlucke mühsam. »Aber Louise ist da, und der Mieter unter uns ist ziemlich gemein und hämmert an die Decke, sobald wir auch nur ein bisschen Lärm machen. Gott, wie ich ihn hasse.«

Nick sieht niedergeschlagen aus, und irgendwie macht ihn das noch sexyer.

Gott, wie sehr ich ihn will!

Wenn Leute darüber reden, dass sie jemandem nicht widerstehen können, habe ich insgeheim immer gespottet. *Natürlich* kann man widerstehen! Wie albern. Man benutzt das nur als billige Ausrede, wenn man mal wieder über die Stränge geschlagen oder ungeschützten Sex gehabt hat oder was auch immer.

Aber ganz ehrlich: Wenn Nick mich in diesem Moment fragen würde, ob ich von ihm schwanger werden will, würde ich Ja sagen.

»Komm mit«, sage ich leise, und er gehorcht. Mit entschlossenen Schritten gehen wir in Richtung Toiletten.

Ah, da ist sie. Ich wusste, dass es hier irgendwo eine Behindertentoilette geben muss. Direkt neben der Küche.

Nick schlüpft hinter mir hinein. Wir schließen die Tür und lauschen auf ein Klopfen oder eine Ermahnung. Als nichts geschieht, fallen wir übereinander her.

Wir küssen und streicheln uns, fassen uns überall an. Kleider werden ausgezogen, mein BH-Verschluss schnappt auf. Ich streiche mit den Händen über seinen straffen, definierten Bauch, und mein Inneres zieht sich vor lauter Verlangen zusammen. Ich will ihn so sehr. Mehr, als ich jemals jemanden gewollt habe.

Wir sind beide nackt. Wir küssen uns, als ginge morgen die Welt unter. Er packt mich an den Hüften und hebt mich hoch, und ich spüre den Druck seines Schwanzes zwischen den Beinen. Ich will es so sehr. *So sehr*. Gerade als ich spüre, wie er in mich eindringt, bringt uns ein lautes Klopfen an der Tür aus dem Gleichgewicht.

»Scheiße. Scheiße!«, flucht Nick und macht sich von mir los.

Die Tür wird aufgestoßen, und ein nervös wirkender Mann, auf dessen Namensschild »Franco« steht, starrt uns mit entsetzter Miene an. Er hat uns auf frischer Tat ertappt.

»Sofort raus hier«, ruft er schrill. Ohne aufzublicken, springen wir in unsere Klamotten. Wir schämen uns in Grund und Boden.

»Was für ein blöder Sack«, murmelt Nick, während wir mit eingezogenen Köpfen zum Ausgang eilen.

46

»Seht ihr?«, schließe ich triumphierend. »Das zählt nicht.«

Lous Mund steht offen. Sie wirkt zu erregt, um antworten zu können.

Bibi runzelt die Stirn. »Was soll das heißen, es zählt nicht?«

»Das heißt …«, ich verdrehe die Augen, »dass nur die Spitze drin war, und die auch nur ein kleines Stück, deshalb zählt es nicht. Ich habe Nick nie zu meinen Sexualpartnern gerechnet.«

»Dann bist du ein verlogenes Luder«, meint Alex belustigt. »Die Spitze war drin. Das zählt, Süße.«

»Was weißt du schon über Penisse?«, brumme ich, und sie schnalzt mit der Zunge.

»So oder so, er ist kein Ex«, sage ich trotzig. »Es waren nur diese beiden Begegnungen, bis ich ihn an dem Abend mit Alistair wiedergesehen habe.«

»Und wie hast du dich da gefühlt?«, will Bibi wissen. Drei Augenpaare blicken mich erwartungsvoll an.

Wie habe ich mich gefühlt?

Welche Gefühle habe ich mir eingeredet? Und was habe ich *wirklich* gefühlt, in der Region tief in meinem Innern, die ich nur selten betrete?

Lous vibrierendes Handy rettet mich. Ich schaue auf das Display und erhasche, wenngleich verkehrt herum, einen Blick auf einen Namen. Es ist derselbe wie an dem Abend, als wir mit Bibi in der Notaufnahme waren. Derselbe verdammte Name! Ich greife nach dem Handy. Es kann doch nicht sein, dass ich die ganze Zeit recht hatte? Waren all die Ich-liebe-Sven-Beteuerungen doch bloß Lügen? Was soll der Mist?

»Was machst du da?«, ruft sie und versucht, mir ihr Telefon zu entreißen.

»Warum schreibt Nick dir Textnachrichten?«, schreie ich. »Warum zwingst du mich, über ihn zu sprechen? Willst du bloß wissen, ob ich noch an ihm interessiert bin? Was geht hier wirklich vor, Lou?«

Sie verzieht verdattert das Gesicht, doch dann hellt sich ihre Miene auf. »Nick?« Sie klingt, als müsse sie sich ein Lachen verkneifen. »Du glaubst, Nick schreibt *mir* Nachrichten? Warum sollte er das tun?« Schnaubend deutet sie auf das Telefon in meiner Hand. »Sieh noch mal genauer hin.«

Ich drehe das Telefon richtig herum und lese langsam den Namen. »Nikar …? Äh, was?« Ich schaue sie an. Meine Wut verraucht und weicht großer Verlegenheit.

Aber auch sie wirkt verlegen. »Das ist Svens Alter Ego«, erklärt sie im Flüsterton. »Nikar, der Magier. Wir haben mehrere Szenarien ausprobiert, und das war die Figur, die uns beiden am besten gefallen hat.«

Bibi und Alex quietschen, und sie wirbelt zu ihnen herum. »Wehe, ihr lacht! Ich habe auch schon euren Sex Talk durch die Wand gehört. Ihr habt absolut kein Recht, euch über mich lustig zu machen!«

Alex verstummt, aber Bibi hat immer noch Mühe, ihr Lachen zu unterdrücken.

»Pass bloß auf, Bibi!«, warnt Louise sie. »Sonst rufe ich deine

Mum an und finde deinen wahren Namen heraus. Ich wette, der ist schlimmer als Nikar, der Magier.«

Schlagartig hört Bibi auf zu grinsen.

»O Gott«, stammle ich. »Sorry, Lou … das war absolut daneben von mir. Ich dachte, da steht … ich weiß auch nicht! Als wir mit Alistair was trinken waren und wir ihn gesehen haben, hast du die ganze Zeit von ihm gesprochen. Du hast ihn angestarrt und davon geschwärmt, wie heiß er doch aussieht. Du hast fast angefangen zu sabbern, weil du seinen Bart so sexy fandest und … Und dann, als wir nach Milton Keynes gefahren sind, hast du vor der Abfahrt mit ihm geflirtet. Du hast ihn sogar eingeladen, als wir in die Notaufnahme wollten …

Sie schnaubt. »Na logisch! Ich wollte, dass du endlich zugibst, dass du noch auf ihn stehst. Ich dachte, wenn ich sage, wie attraktiv er ist, stimmst du mir zu, und dann können wir gemeinsam überlegen, wie du ihn kriegst. Ich wollte, dass du begreifst, dass es noch mehr Optionen gibt als deine sieben Ex-Freunde.« Sie schnalzt missbilligend mit der Zunge, ehe sie hinterherschiebt: »Außerdem ist sein Bart wirklich erste Sahne.«

»Aber was ist mit den Blumen, um die du neulich so ein Geheimnis gemacht hast?« Die Erinnerung kommt mir ganz plötzlich. »Du hast behauptet, sie wären von deiner Agentin!«

Sie runzelt die Stirn. »Ach, die waren von Sven, aber du warst so verbissen und angespannt wegen deiner Liebesmission, dass ich dir seine romantische Geste nicht unter die Nase reiben wollte.«

Ich öffne den Mund, um alles abzustreiten, schließe ihn dann aber wieder. Sie hat recht. Ich war wirklich zu verbissen. Ich lasse den Kopf in die Hände sinken. »Entschuldige«, murmle ich. »Offenbar mag ich Nick mehr, als mir bewusst war.«

»Dann dürfen wir ihn also jetzt als deinen Ex bezeichnen?«, kräht Alex.

Ich zucke mit den Schultern und verkneife mir ein Lächeln.

Louise sieht mich streng an. »Nur fürs Protokoll: Ich habe Nick keine Nachrichten geschrieben. Aber weißt du, wer ihm schreiben sollte? Wer ihm schon vor langer Zeit hätte schreiben sollen?«

Jetzt lächle ich doch. Es ist ein sehr breites Lächeln. Ja, das weiß ich. Und ich glaube, ich bin endlich dazu bereit.

DER NICHT MEHR GEHEIME EX NR 8: NICK WILDE

Auch bekannt als: der Ex, der keiner war, aber jetzt offiziell als ein solcher geführt wird Teil drei

Haus von Alex Shelley
Esthers Handy
2:32 h

Nick Wilde (Schule)

Hey, Nick, tut mir leid, dass ich dir einfach so schreibe.
Ich wollte dir sagen, wie schön es war, als wir uns neulich wiedergesehen haben, und dass ich dir gerne noch viel mehr gesagt hätte. Ich denke oft an dich und an unsere zwei Abende vor all den Jahren. Ich habe sie und dich nie vergessen.
Die letzten Monate waren ziemlich seltsam, aber

heute durfte ich erleben, wie zwei meiner besten Freundinnen sich ineinander verliebt haben. Das war das Allerschönste im ganzen Universum und hat mich dazu inspiriert, selbst auch mutiger zu sein. Wahrscheinlich kommt dir das alles etwas schräg und übertrieben vor, aber ich weiß genau, wenn ich dich jetzt nicht frage, werde ich es auf ewig bereuen und mich immer fragen, was hätte sein können. Also – tief Luft holen! Möchtest du nächste Woche gerne mit mir auf ein richtiges Date gehen? Jackie Weaver ist natürlich auch eingeladen.
Esther x
2:33 h

Nick Wilde (Schule)

Fuck yes!
2:35 h

Epilog

einen Monat später

»Ich kann nicht glauben, dass es endlich so weit ist.« Lou tupft sich die Augen. »Ich hätte nie zu hoffen gewagt, dass dieser Tag jemals kommt.« Sie lacht zitternd, und ich umarme sie, wobei ich versuche, möglichst nicht ihr Kleid zu zerknittern.

»Ich auch nicht.« Ich klaue mir ein Taschentuch und trockne mir ebenfalls die Tränen. »Vor allem hätte ich nicht gedacht, dass ich so ergriffen sein würde. Wie albern. Ich hasse es zu weinen! Ich habe mir immer geschworen, dass ich *nicht* weinen werde.«

»Tja …« Lou holt tief Luft. »Heute ist ein großer Tag. Ein ganz besonderer Tag. Ich denke, da ist es erlaubt, ein bisschen emotional zu werden. Es hat ja auch wirklich lange gedauert.«

Erneut umarme ich sie, und als wir uns voneinander lösen, schauen wir uns mit feucht glänzenden Augen lächelnd an.

»Ich liebe dich, Esther«, sagt sie leise, und eine weitere Träne rollt mir über die Wange.

»Ich dich auch, Louise«, wispere ich.

»OKAY, KLO GEHT WIEDER!«, brüllt der Klempner aus dem Badezimmer, und wir rufen beide gleichzeitig: »HURRA!« Nicht zu fassen, dass es Jahre gedauert hat, bis unsere Toilette endlich vernünftig repariert wurde. Von einem professionellen Installateur, nicht vom inkompetenten Sohn unseres Vermieters. Wen wundert es da, wenn die Gefühle mit uns durchgehen?

»Dürfen wir gucken kommen?« Wir quetschen uns durch die Tür ins Bad und seufzen verzückt, während der Klempner gelangweilt an die Decke blickt. »Das ist ja fantastisch!! Das Wasser steht nicht bis zum Rand!«, sage ich ehrfurchtsvoll. »Kann ich spülen? Es läuft nicht über?«

Bei dieser Frage verzieht der Klempner das Gesicht. »Natürlich läuft es nicht über. Bin ich ein Vollidiot, oder was? War ein Kinderspiel, das Ding zu reparieren.«

»Wowwwww«, hauche ich und trete vor, um die Spülung zu betätigen.

»Warte!« Lou klingt ängstlich. »Ich gehe lieber ein Stück zurück. Ich will mein Kleid nicht ruinieren, falls es spritzt.«

»Gute Idee«, sage ich andächtig. Louise hat nämlich einen neuen Job als – kein Witz! – Assistentin eines Zauberers. Perfekt, oder? Sie liebt die Arbeit und hat ein tolles Bühnenoutfit. Sie ist felsenfest davon überzeugt, dass Großonkel Merton ihr geholfen hat, die Stelle zu bekommen, aber ich glaube, sie verwechselt Geister mit Magie. Es ist ein Jahresvertrag, und sie wird mit der Show quer durchs Land reisen. Sie freut sich schon riesig darauf. Sie darf vor Publikum auf einer Bühne stehen und muss dafür nicht mal schauspielern. Neulich hat sie endlich mal eine Sprechrolle in *Holby City* ergattert. Sie hatte eine Zeile Text, aber als die Folge ausgestrahlt wurde, hatten sie ihr Gesicht rausgeschnitten, und man hörte nur, wie sie aus dem Off »Jemand muss den Notruf verständigen!« rief. Und selbst das klang kein bisschen überzeugend. Aber jetzt ist sie glücklich, außerdem bietet der neue Job jede Menge Inspiration für ihre Rollenspiele mit Sven.

Der Klempner schnaubt verärgert und verschränkt die Arme vor der Brust. »Da spritzt kein Wasser. Welche Toilette spritzt denn bitte Wasser quer durch den Raum?«

Lou und ich beäugen ihn. »Wir haben mit dieser Toilette wirklich viel durchgemacht, guter Mann«, sage ich ruhig. Wenn der wüsste!

Die Wohnungstür knallt. »Mädchen?«, kommt Sofias Stimme aus dem Flur.

»Wir sind auf dem Klo!«, rufe ich zurück. »Mit dem Klempner.«

»Dreht ihr Pornos?« Sie steckt den Kopf zur Tür herein und nickt dem mürrischen Mann zu.

»Na, den Witz habe ich ja noch *nie* gehört.« Er verdreht die Augen. »Also, von wem kriege ich jetzt mein Geld?«

Lou und ich tauschen einen Blick. Der Vermieter wird uns doch nicht schon wieder hängen lassen? Er hat *versprochen,* sich um die Rechnung zu kümmern.

»Er ist draußen.« Sofia bemerkt unsere besorgten Blicke. »Ich bin gerade an ihm vorbeigekommen. Er ist am Telefon und schnauzt jemanden an.«

Ich ziehe die Augenbrauen hoch. Na klar. Vermutlich bestraft er gerade einen anderen armen Mieter, der Unsummen bezahlen muss, um in einer seiner zahlreichen Londoner Bruchbuden hausen zu dürfen.

»Ich gehe«, sage ich tapfer und schenke Sofia im Vorübergehen ein schnelles Lächeln. Sie ist neuerdings oft hier, das ist schön. Vor allem, seit Bibi nicht mehr bei uns wohnt.

Ich reiße die Wohnungstür auf. »Mr Whittle?«, sage ich nervös.

»JETZT NICHT!« In einer Hand hat er das Telefon, die andere hält er mir abwehrend vors Gesicht. Er fährt fort, die arme Seele am anderen Ende zusammenzustauchen, während ich von einem Bein aufs andere hüpfe. Hier draußen friert man sich ohne Jacke den Hintern ab.

Nach etwa einer Minute versuche ich es erneut. »Mr Whittle, der Installateur ist fertig und möchte gerne …«

»Halten Sie doch einfach DEN MUND!«, fährt er mich an, sodass ich seine gelben Zähne sehe. »Ich spreche gerade mit einem Mieter, und Sie verhalten sich absolut respektlos.«

Ich verhalte mich respektlos? ICH?

»Sie *beschimpfen* einen Mieter, wenn man es genau nimmt«, sage ich aufgebracht. »Genau wie Sie uns andauernd beschimpfen. Sie sind ein Tyrann, Mr Whittle, und langsam habe ich die Schnauze voll.« Meine Stimme ist fast genauso laut wie seine. »Nur weil Sie der Vermieter sind, glauben Sie, Sie können mit uns machen, was Sie wollen. Aber wir haben auch Rechte, verstanden? Wir haben uns im Laufe der Jahre so einiges von Ihnen gefallen lassen, und wir waren immer gute Mieter. Wir zahlen pünktlich die Miete – die Sie jedes Jahr erhöhen! – und die Nebenkosten. Sie haben kein Recht, uns wie den letzten Dreck zu behandeln! Ich wette, wenn wir Ihre übrigen Mieter kontaktieren, sagen die genau dasselbe!«

»Wie können Sie es WAGEN, SIE …« Mr Whittles Brust schwillt auf das Doppelte ihrer normalen Größe an, und er baut sich drohend vor mir auf. Doch seine Schimpftirade wird von Sofia und Ivan unterbrochen, die plötzlich aus dem Nichts aufgetaucht sind. Mit der Leichtfüßigkeit einer Tänzerin schiebt Sofia sich zwischen uns. »Treten Sie zurück, Sir!« Sie richtet sich zu ihrer vollen Größe auf. Mit ihren eins achtundsiebzig überragt sie den aufgeplusterten Mr Whittle. Der fängt tatsächlich an zu schlottern. »Wir werden nicht nur alle Ihre Mieter ausfindig machen …« Ihre Augen blitzen, als sie ihm ganz nahe kommt. »Ivan und ich werden uns offiziell beschweren. Es gibt Vorschriften, die kleine Arschlöcher wie Sie daran hindern sollen, aus der Wohnungskrise Kapital zu schlagen. Ihnen drohen Sanktionen, Sir! Wir alle wissen, dass das Dach voller Asbest ist, und wir haben nie etwas gesagt. Falls wir uns zu einer Beschwerde entschließen, wird Sie das um etliche Tausend Pfund ärmer machen.«

Ivan stellt sich neben sie, ein weiteres Schutzschild zwischen

Mr Whittle und mir. »Und wir wissen, dass die Elektrik nicht den Bestimmungen entspricht. Oder die Rohrleitungen. Wir haben Sie an den Eiern, mein Lieber. Besser, Sie reißen sich ab jetzt zusammen.«

Mr Whittle muss schwer schlucken. Mieter, die sich zusammenschließen, um einander zu helfen? Das ist sein schlimmster Albtraum. Das Grauen!

Ich trete vor. »Gehen Sie rein, und bezahlen Sie den Installateur, der nach Jahren endlich unsere Toilette repariert hat. Oh, und um diesen komischen gelben feuchten Fleck an meiner Schlafzimmerdecke kümmern Sie sich auch, ja?« Seine Miene verdüstert sich, und ich versetze ihm den Todesstoß. »Denn …« Ich mache eine extrem dramatische Pause. »Es mag sein, dass Bibi ausgezogen ist, aber wenn es sein muss, hetze ich sie Ihnen trotzdem auf den Hals. Glauben Sie mir, sie hat schon größere Arschlöcher als Sie fertiggemacht.« Ich erwähne nicht, dass sie mal einen Mann mit einem Messer bedroht hat. Wir haben im Moment moralisch die Oberhand, das will ich nicht aufs Spiel setzen.

Bei der Erwähnung von Bibi wird Mr Whittle blass – mit Recht.

»Meinetwegen«, knurrt er. »Ich bezahle den Mann. Und ich kümmere mich auch um Ihren verdammten Fleck. Obwohl ich mir sicher bin, dass Sie den verursacht haben.« Er verengt die Augen zu Schlitzen und sieht mich wütend an. »Hier …« Er reicht mir einige Unterlagen. »Geben Sie das Ihrer Freundin, die auszieht. Es sind ihre Papiere.«

Ich nehme die Unterlagen entgegen und beäuge ihn wachsam, während er in unsere Wohnung verschwindet.

»Danke, ihr beiden.« Ich schenke Ivan und Sofia ein strahlendes Lächeln. »Ich bin übrigens froh, dass ihr zumindest Freunde geblieben seid.«

Sie strahlen einander an. »Wir auch!«

Irgendwie macht es mich traurig, dass Ivan und Sofia nicht übers vierte Date hinausgekommen sind, aber es gibt kein böses Blut zwischen ihnen. Sofia war diejenige, die es beendet hat. Sie meinte, sie hätte zu viele Optionen auf Tinder, um sich für einen einzigen Mann entscheiden zu können. Ihr sei endlich bewusst geworden, wie sehr sie das Singledasein liebe – die Freiheit, das Abenteuer und die Spontaneität. Nicht zu vergessen den Sex auf Abruf, den ihr die Dating-Apps ermöglichen. Inzwischen verstehe ich, was sie meint. Ein Leben als Single kann großartig sein.

Ich gehe mit den Unterlagen in die Wohnung und lege sie auf Bibis altes Bett. Sie kann sie mitnehmen, wenn sie und Alex später zum Abendessen kommen.

Draußen auf dem Gang streitet der Installateur mit Mr Whittle über den Rechnungsbetrag, und Louise sitzt im Wohnzimmer und telefoniert lachend mit Sven – beziehungsweise Nikar. Aber ich bleibe noch einen Augenblick hier, sehe mich um und lasse alles auf mich wirken. Die Leere in Bibis Zimmer ist komisch. All ihre schönen Sachen sind verschwunden. Na ja, nicht *verschwunden*, sondern bei Alex. Nicht aus der Welt. Nur sechs Haltestellen mit der Northern Line.

Ich seufze.

Veränderung ist seltsam. Ich versuche, mich nicht dagegen zu sträuben – ich will die guten Veränderungen in meinem Leben von ganzem Herzen annehmen. Aber merkwürdig ist es trotzdem, zumal es mir so vorkommt, als hätten die zurückliegenden Monate *nur* Veränderungen gebracht.

Ich bin dreißig geworden, Bibi ist bei uns aus- und Sven eingezogen. Bibi hat ihre Agentur gegründet, und wir haben schon bei einigen spannenden Veranstaltungen zusammengearbeitet. Das war großartig. Meine Chefs sind tief beeindruckt von ihrem Fleiß und ihrer Arbeitseinstellung – genau wie ich, weil ich sie ja bisher nur von ihrem Job im Swab kannte. Sie reden sogar davon, ihre kleine Agentur offiziell mit an Bord zu holen, zum Beispiel mit einem festen Jahreshonorar. Das ist toll, und ich weiß, dass Bibi in ihrer Arbeit aufgeht. Außerdem stehe ich jetzt bei meinen Vorgesetzten gut da, weil ich sie empfohlen habe.

Was sonst noch, was sonst noch? Ach ja.

Nick.

»Hallo?«, ruft eine vertraute Stimme durch den Flur, begleitet von dem Geschrabbel von Hundepfoten auf Parkett.

Jackie Weaver kommt aus dem Nichts auf mich zugerannt, Zunge hängend, macht einen Luftsprung in meine Arme und schlabbert mein Gesicht ab.

»Bekomme ich auch einen Kuss?« Nick lehnt im Türrahmen und lacht mich aus, wie ich mit seinem Hund wrestle.

Wie gesagt, manchmal ist Veränderung gut. Sehr gut sogar.

Es ist noch alles sehr frisch, aber ich weiß das, was wir haben, zu schätzen. Es ist das erste Mal, dass ich eine Beziehung ohne Spielchen, Unehrlichkeit und Manipulation führe. Er schreibt immer sofort zurück, er kommt immer pünktlich, und er sagt mir, dass ich schön bin, ohne dass ich es ihm aus der Nase ziehen muss. Ich habe keine Eile, mich festzulegen oder es genau zu definieren – was das angeht, denke ich inzwischen anders als zuvor –, aber wir haben eine wundervolle Zeit zusammen. Wir kommen sehr gut miteinander aus, und der Sex ist bombastisch. Vor allem, da wir es inzwischen geschafft haben, mehr als nur die Spitze zu versenken. Niemand weiß, was die Zukunft bringen wird, aber momentan könnte ich schier platzen vor Glück.

»Komm her und hilf mir«, lache ich, als Jackie meinen Augapfel leckt. Nick kämpft sich an dem aufgeregten Fellknäuel vorbei und nimmt mich in den Arm.

Gott, seine Küsse machen mich immer noch schwindelig.

»Bereit, den Hund im Park auszuführen?«, murmelt er in meinen Hals, und ich bin plötzlich überhaupt nicht mehr bereit. Ich könnte ihn einfach rüber in mein Zimmer nehmen –

»Jackie!«, rufe ich entgeistert, als die Hündin einen ganzen Stapel Unterlagen von Mr Whittle über den Boden verteilt.

»Sorry.« Nick greift Jackie am Halsband. »In einer Minute draußen treffen?« Ich nicke und küsse ihn rasch, bevor er geht.

Als ich schnell die verstreuten Dokumente aufräume, halte ich inne.

O mein Gott.

Das kann nicht sein, das kann nicht sein, das kann nicht sein.

Da steht ihr Name. Bibis vollständiger Name. Da steht er. Schwarz auf weiß.

Heilige Scheiße.

Birgit Morag Colmer.

BIRGIT. Besser geht es nicht.

Ich höre, wie die Wohnungstür ins Schloss fällt, als der Klempner und der Vermieter zusammen gehen. Sie streiten immer noch lautstark. Ich zücke mein Handy, um Bibi – sorry, *Birgit* – eine Textnachricht zu schreiben und ihr zu sagen, dass ich endlich hinter ihr Geheimnis gekommen bin. Doch dann halte ich inne.

Sie möchte nicht, dass wir ihren Namen erfahren, und es macht ihr Spaß, uns damit aufzuziehen. Das gönne ich ihr gern. Wenn sie uns eines Tages die Wahrheit sagen will, kann ich immer noch Überraschung heucheln. Den Gefallen kann ich ihr tun. Sie gibt mir so viel. Sie, Alex und Louise sind die besten Freundinnen, die man sich wünschen kann, und ich möchte sie in meinem Leben nie mehr missen.

Ich freue mich über Nick und die Abenteuer, die uns bevorstehen, aber inzwischen weiß ich, was wirklich zählt. Er ist nicht der Eine, der mir alles geben kann, was ich von einem Mann brauche, und das ist auch in Ordnung so. Er bereichert mein Leben ungemein, er bringt mich zum Lachen, und es ist schön, jemanden wie ihn an meiner Seite zu haben. Jemanden, mit dem ich tolle Sachen unternehmen kann. Er macht etwas, das ohnehin schon wundervoll ist, noch schöner. Aber ein Partner ist kein Allheilmittel. Ich bin so froh, das endlich begriffen zu haben. Ich weiß, wie glücklich ich mich schätzen kann. Das ist die wichtigste Erkenntnis, die ich gewonnen habe, und ich bin jedem Einzelnen meiner sieben Ex-Freunde dankbar, weil sie mich das gelehrt haben. Sie haben mir geholfen, mich zu verstehen, und haben mich zu derjenigen gemacht, die ich jetzt bin. Sie alle haben mich hierhergeführt, an diesen Punkt, an dem ich jetzt gerade bin, mit meinen besten Freundinnen an meiner Seite und einem Job, den ich liebe und der nicht mein ganzes Leben vereinnahmt. Und sie haben mich zu sexy Nick geführt.

Ja, ich bin dankbar.

Louise steckt den Kopf zur Tür herein. Ihr neues Bühnenoutfit ist durchnässt, und sie sieht genervt aus.

»Die Toilette ist wieder kaputt, Süße. Ich habe die Vase schon rausgestellt. Du bist dran.«

LUCY VINE

SIEBEN MÄNNER SPÄTER

Roman

Aus dem Englischen
von Sybille Uplegger

Ullstein

Besuchen Sie uns im Internet:
www.ullstein.de

Deutsche Erstausgabe im Ullstein Taschenbuch
1. Auflage Mai 2023

Die englische Ausgabe erschien 2023 unter dem Titel
Seven Exes bei Harper Perennial
Umschlaggestaltung: zero-media.net, München
Titelabbildung: © FinePic®, München
Gesetzt aus der Albertina powered by *pepyrus*
Druck und Bindearbeiten: CPI books GmbH, Leck
ISBN 978-3-548-06802-2